紅玉《こうぎょく》のリフレイン

イローナ・アンドルーズ
仁嶋いずる 訳

RUBY FEVER
by Ilona Andrews
Translation by Izuru Nishima

mira

RUBY FEVER

by Ilona Andrews

Published by K.K. HarperCollins Japan, 2023

この本が最終的な編集段階に入ったころ、
ウクライナで戦争が起きました。
この献辞を書いている今も戦火がやむ様子はありません。
わたしたちは戦争を止めることはできないけれど、
生き延びた人を助けることはできます。
この本の著者印税の一部は
国連難民高等弁務官事務所（ＵＮＨＣＲ）に寄付されます。

謝辞

この本はカタリーナの物語をしめくくる一冊です。たくさんの人に助けてもらってここまで来ることができました。編集者のエリカ・ツアン、エージェントのナンシー・ヨースト、ナンシー・ヨースト出版エージェンシーのチーム、校閲のナンシー・F、マーク・バーケイット、ステファニー・モウェリー、時間がほしいわたしたちのために数日の猶予を稼いでくれたアリヴィア・ロペス、そしてジル・スミスとジニーン・フロストの無限の忍耐力とフィードバックに感謝します。医学の専門知識を授けてくれたマリアン・スーに感謝を――すべてのミスの責任はわたしたちが負うものです。そして忍耐強いベータリーダーのロイス・マッコイ、キアラ・プラト、フランチェスカ・ヴィルジーリ、デボラ・リン、M・D、ケイティ・ヒーズリー、ケリス・ハンフリーズ、ハリエット・チョウ、ロレダーナ・カリーニ、ロビン・スナイダー、ジェシカ・ハルスカ、そして誰よりもロッサーナ・サッソに感謝します。最後に、ハッピーエンドに続く長く困難な道をベイラー家とともに歩んでくれた読者の皆さまに感謝したいと思います。

紅《こう》玉《ぎょく》のリフレイン

おもな登場人物

カタリーナ・ベイラー――探偵事務所の経営者
アレッサンドロ・サグレド――伯爵位を持つ殺し屋
アラベラ――カタリーナの妹
バーナード（バーン）――カタリーナのいとこ
レオン――カタリーナのいとこ
コーネリアス――ベイラー一族の友人
マチルダ――コーネリアスの娘
ネバダ――カタリーナの姉
コナー・ローガン――ネバダの夫。通称マッド・ローガン
ペネロープ――カタリーナの母親
フリーダ――カタリーナの母方の祖母
ライナス・ダンカン――テキサス州の監督官
アルカン――ロシア帝国の元エージェント
コンスタンティン・ベレジン――ロシア帝国の皇子
ルチアナ――テキサス評議会議長
ケイリー――ルチアナの娘

プロローグ

「この家、幽霊は出る？」

何を言い出すかと思えば……。「出ないわよ、アラベラ」

妹は、近くに見えてきた大きな屋敷を疑わしそうににらんだ。車はゆるやかな上り坂の私道でスピードを上げる。「あの塔、見てよ。いかにも出そうじゃない？」

「出ないよ」バーンが言った。

「なんで言いきれるのさ？」後部座席からレオンが口を出した。

なぜなら、幽霊なんて存在しないから。「トルーディはいい人だし、わたしは好き。その彼女が幽霊屋敷を買わせるなんてありえないからよ」

「そうだよね」アラベラがうなずいた。「でも、ちゃんと質問した？」

「したわ。そしたらトルーディは〝出ない〟って」

この二カ月、不動産業者のトルーディは、これまでの彼女のキャリアでは経験がないような奇妙な質問に、気の毒なほど我慢強く答えてくれた。

妹は携帯電話を取り出し、金髪の頭をその上に伏せた。

車には、祖母と姉と義兄以外のベイラー家全員が乗っていた。これからみんなで家を買いに行く。

小さいころは、よくある郊外の家に住んでいた。当時の家族は父、母、姉のネバダ、わたし、妹のアラベラだけ。そのあと二人のいとこ、バーンとレオンがいっしょに住むようになった。二人の母親は頼りにできず、父親が誰なのかも全員知らなかったからだ。そのうち父が病気になり、治療費のために家を売って倉庫に移り、母の母であるフリーダおばあちゃんといっしょに住むようになった。父が亡くなったとき、十七歳だったネバダは家業のベイラー探偵事務所を引き継いだ。そしてテキサスの魔力エリートたちが持つ戦車や大砲の修理を請け負うフリーダおばあちゃんと二人で、家族の生活を支えてくれた。

ネバダの魔力が正式に認定されたとき、ベイラー家は有力一族として独立した。存命の〝超一流〟、つまり最高ランクの能力者を二人以上抱える名家の仲間入りだ。その後ネバダは愛する人ができて家を出ていき、わたしがベイラー一族の長《おさ》となった。駆け出しのころに担当した事件で、みんなの家だった倉庫を吹き飛ばしてしまったけれど、あれはもちろんわざとじゃない。だからといって家はもとには戻らないし、わたしの罪悪感も消えなかった。

しばらく家族は古い工場用ビルを住めるように改造してなんとか暮らしていたけれど、

みんなうんざりしていた。それに家族の暮らしも変わってきた。妹を含め、全員がもう大人だ。

いっしょにいたい気持ちは強い。家族を愛してるし、ベイラー家は一歩外に出ればたちまち命を狙われる新興一族だから、まとまっているほうが安全でもある。とはいえ、プライバシーも切実に必要だった。

みんなでいっしょに住みたいけれど、窮屈じゃないほうがいい。

予算内で理想の家を見つけるのは至難の業だったから、この物件にかける期待も大きかった。わたしはこの家が本当に気に入っていた。

「不動産業者は、物件に幽霊が出るときは告知する義務があるって聞いたけど」レオンが言った。

運転席の母を見ると、母はおもしろそうにほほえんだ。だめだ、助けてくれない。

「超常現象の告知が必要なのは四つの州だけみたいよ」アラベラが教えてくれた。「物件で死者が出たことを告知する義務があるのは九つの州で、テキサスはそのどちらでもない」

わたしは二人に言い聞かせた。「あの物件で死者の記録はないわ。中で誰も死んでないんだから、幽霊が出るわけないでしょ?」

「誰も死んでないなんて、どうやってわかる?」レオンが訊《き》いた。

「調べたんだよ、ぼくが」バーンがうなるように言った。

「記録なんか意味ないし」アラベラが口を出した。

車内は真っ二つに分かれた。事実重視チームと、事実なんかどうでもいいチームだ。

「もし不動産業者が隠してたら?」レオンがたずねた。

バーンは弟をにらんだ。事実を突き止めるスキルにかけてバーンの右に出る者はいない。記録が存在し、それが一度でもネットに接続したパソコンに入力されているなら、バーンは必ず見つけ出す。

私道は終わり、車は低い丘のいちばん上で止まった。母は屋敷を取り巻く高さ三メートルの壁を見上げた。目の前には壁をくりぬいたアーチ型の短いトンネルがあって、中の敷地に入れるようになっている。ふだんエントランスは重い金属のゲートで閉ざされているけれど、今ゲートは左側の壁の中にしまい込まれている。右手には、分厚い壁の中に守衛詰め所があった。

「守りが堅いのね」母が言った。

「気に入った」レオンが口を開いた。「敵が壁に押し寄せてきたら、弓矢と煮えたぎったコールタールで撃退できる」

母は装甲を強化したシボレー・タホでエントランスを抜け、右側にある正面入り口用の笑える。

駐車場に入った。アレッサンドロのシルバーのアルファロメオがすでに一画に駐《と》まっていた。

全員車を降りた。壁の奥には、両側に太いオークが並ぶ舗装された私道が、本棟のある南側へまっすぐ続いている。右側には、大きな窓が並ぶ、石と木材でできた巨大な建物があった。

母がその建物を顎で指して言った。「あれは？」

「結婚式用のパビリオンよ。中の梁《はり》がすばらしいの。しっかりした壁を入れればオフィス棟にできるわ」

レオンは顔をしかめた。「オフィス専用棟ってことだよね？　仕事はするけど、それが終われば出ていける場所」

わたしはため息をついた。

「レオン」母が口を開いた。「カタリーナとアレッサンドロはこの敷地の調査に二週間もかけたの。ほとんど寝てないし、食事もろくにとってない。わたしの記憶では、あなたたちはバーンをのぞいて誰も手伝ってなかったわね。これから一時間、そのお利口な口を閉じて、自分を抑えるのはどう？」

「了解」レオンは背筋をまっすぐ伸ばし、まじめな顔で言った。長続きはしないだろうけれど、やってみるだけえらい。レオンは二十歳で、自分のやり方を変えようなんて思ってもいない。こちらもそれでかまわない。今のままのレオンが好きだから。

母は私道の反対側にある二階建ての四角い建物を見やった。「あっちは?」

「兵舎よ、資料によると」

母は眉を上げた。「兵舎?」

「そう。下の階に厨房《ちゆうぼう》と食堂と武器庫があって、上の階にはベッドが十床と、トイレ四つ、シャワー三つのバスルームを入れられる広さがあるわ」

「ふうん」

いつもなら母の〝ふうん〟は簡単に意味がわかるのに、今は何を考えているのかわからなかった。

一同は私道をゆっくり歩いていった。両側にはオークときれいに整えた生け垣が続いている。木の枝が両側から頭上に張り出しているので、緑のトンネルの中を歩いているみたいだ。

「きれいな道だね」レオンが言った。

「今だけよ。敷地内で道がまっすぐなのはここだけなの」

「広さはどれぐらいって言ったかしら?」母がたずねた。

「一万平米弱」前を歩いているバーンが答えた。「そのうち六、七割が壁の内側で、あとはワイヤーメッシュの柵で囲われてる」

「壁を広げないとね」母が言った。「柵だけじゃ頼りないし」

「質問！」アラベラが手を挙げた。「ここを買うとしたら、ゴルフカートも買ってくれる？」

「自分のお金で買ってもいいのよ」母が答えた。

私道は、二階建てになった地中海風の屋敷の前庭に出た。

「本棟は広さ四百六十平米、下の階は二翼に分かれてる。どちらにも主寝室があって、上にはバスルームつきの寝室が四つあるわ」

「寝室四つ？」アラベラが言った。「じゃあママとおばあちゃんが下で、わたしたちは上ってこと？」

その口調を〝がっかり〟と表すとしたら、あまりにも控えめすぎるだろう。

「それでもいいし、別棟でもいいのよ」

アラベラはわたしをうさんくさそうに見た。「別棟って？」

屋敷に背を向け、両手で左右を指す。

家族全員が振り向いた。私道の両側に、生け垣で区切られた建物と木立が迷路のように広がっている。左手には三階建ての丸い塔。右手には緑の中に埋もれるように、広さ百六十平米の二階建てバンガローが三つあり、二階にある屋根つきの通路でつながっている。ここととバンガローとの間には庭、ベンチ、あずまや、噴水が見えた。

レオンは塔を眺めた。遠くを見るような目は、飛行船や翼のある鯨、宇宙海賊を想像するときの目つきだ。「あれに決めた」

「改修が大変よ」わたしは警告した。

「かまわないさ」

バーンは一歩前へ出てぽつりと言った。「気に入ったよ、ここ」その言葉を味わうように一拍置いてから、バーンは右手のバンガローに向かって石敷きの通路を歩き出した。

「どこ行くの？」母が呼びかけた。

「家」バーンは振り向かずに答えた。

母がこちらを見た。「ルナはバンガローを気に入るかしら？」

わたしはうなずいた。

バーンとわたしの親友は、ゆっくりと、でも着実に結婚に向かって進んでいた。ルナとそのきょうだいたちはうちで暮らしている。朝いちばんにバーンの部屋をこっそり出て廊下の向かいのトイレに入るルナを見ないふりするのも、だんだん大変になってきた。

ルナの気持ちはわかる。アレッサンドロとわたしは毎晩同じベッドで寝ているけれど、アレッサンドロと一つの部屋に住むのは、まったく別の理由でお互いに気が進まなかった。そこでアレッサンドロは隣のビルで暮らし、わたしはいつも窓を開けておくことにした。アレッサンドロにしてみれば、わたしの部屋にたどりつくまで家族の険しい視線にさらされるより、窓から出入りするほうがずっと楽なのだ。

「わたしの家はどこになるの？」アラベラが言った。「バンガローのどれかってこと？」

「それはもう予約ずみだと思うわ」母が、急ぎ足で歩いていくバーンを見ながら言った。

「バーンとルナがあそこに入ったら、エッターソンの子どもたちもあのへんに入るだろうし」

「本棟の裏に小屋があるから、そこにすれば？」わたしはそう声をかけた。

アラベラは本棟の脇を大股で進んでいった。母といっしょに、そのあとを追って細い道を歩いていく。

アラベラが肩越しに怒鳴った。「バーンとレオンは好きな家を選べるのに、わたしは残り物ってわけ？」

「そうよ」わたしはうなずいた。「いちばん年下だから」

アラベラは何かぶつぶつ言った。妹をいじめるのは本当に楽しい。

母がたずねた。「ここって本当はなんだったの？」

「リゾート開発のなれの果てよ。最初の所有者は、本棟とレオンの塔と大きいほうのバンガローを建てたの。ある男性がそれを買い取って、セキュリティのしっかりした〝超一流〟と〝一流〟向けの自然派ホテルを作ろうと決めたのよ。ウェブサイトには、〝ヒューストンのエリートのためのカントリーリゾート〟ってうたってあったわ」

アラベラが鼻で笑った。

「その人は十二年の間にばかみたいにいろんなものを付け足した。でも事業がうまくいかなくなって、借金返済のためにここを売り払おうとしているの」

ここには一貫した計画みたいなものが何も感じられない。さらに悪いことに、二人めの所有者は自分が器用だと勘違いして、リノベーションやメンテナンスをプロを雇わず自分でやってしまった。うちが頼んだ建物検査士によると、その人は器用だとはとても言えないらしい。

「いくらほしいって?」アラベラが訊いた。

「二千万ドル」

「予算オーバーじゃない」母が言った。

「融資を受ければだいじょうぶ」ローガンが所有するローン会社に申請を出したら、まばたきする間もないほどすぐに通ってしまった。

アラベラが首を振った。「半分なら払えるけど、そもそもここに二千万ドルの価値があるわけないよ。わたしが住む場所すらないのに。あるのは小屋だけ――」

角を曲がると、木立が消えて道が開けた。目の前には石敷きの中庭《パティオ》が広がり、その中に広いローマ風プールがあった。贅沢《ぜいたく》なプールの先でパティオは狭くなり、一万六千平米の湖に続く長い石敷きの道になっている。プールと湖の間の右側に、もう一つ三階建ての塔が立っていた。

レオンの選んだ塔はノルマン様式の城を思わせる雰囲気だけれど、この塔は、やしの木が並ぶビーチにぴったりだ。細く、白く、二階と三階には屋根つきのバルコニーがあり、屋上にはサンデッキがある。まさしくバケーションにおあつらえ向きの住まいだ。三階のバルコニーから細い通路が本棟につながっている。この敷地内のどの建物より新しく、最低限の改修で住めるだろう。

「これがその小屋」

アラベラはパティオを駆け出した。

母とわたしはプールの先の湖に向かった。水辺にはぐるりとランニングトラックがあり、周囲の緑の中にはさらに三つの家の屋根があちこちに顔を出している。

「あっちが南側のエントランス」わたしは湖の端を指さした。「おばあちゃんの修理工場は道に面したあそこに作ればいいわ」移動用にゴルフカートを買ってあげなくちゃ。祖母は元気だけれど、七十歳を余裕で超えている。

「本当にここを買えるの？」母が言った。

「ええ。四分の一を先に支払っても、一年分の経費は確保できるし、リノベーション用に五十万ドル使えるわ。ここにはもうソーラーパネルが設置されてるから、その分も節約できる。でも庭師を一人と、できればメイドサービスみたいなものを頼んだほうがいいかもね」

母はむっとした。「これまでメイドを頼んだことなんか一度もないし、自分の家を持てる年齢の大人なら、その場所をきれいに使うことだってできるはずよ」

「それはそうだけど、本棟はものすごく広いし、兵舎とオフィスもある。みんな忙しくなるわ。監督しなきゃいけない人は増えるし、リノベーションの指示も出さなきゃいけない。ふだんどおりに仕事もあるし、それ以外の役目も……」

時間を全部自分のために使える時期は終わった。そのうちの大部分は家族のため、一族の運営のために使っているけれど、それ以外にもかなりの時間をテキサス州の有力一族がからむ複雑な問題解決のために割いている。

アラベラが三階のバルコニーから顔を出した。「気に入ったかって？　もう最高！」

母がにやりとした。「アラベラも満足したみたいね。あなたとアレッサンドロはどこに住むの？」

「あの家」左側にある湖のそばの二階建てを指す。「アレッサンドロは中にいると思うわ。本棟の中も案内する？」

母は結構というように手を振った。「だいじょうぶよ。アレッサンドロの様子を見てきて」

母をすばやくハグすると、パティオの階段を上り、アレッサンドロと二人で選んだ家に続く道を歩いていった。

アレッサンドロはたぶんまだ中にいるだろう。ここに着いたときにメッセージを送ったけれど、返事はなかった。寝てしまったのかもしれない。

この世界の〝超一流〟は、わたしを含め、強大なパワーを持つ。ごく普通の能力者でさえ、それが戦闘レベルの魔力であれば、大きな破壊を引き起こす力がある。能力者の勝手が許される世界はカオスでしかないし、そんなものは誰も望まない。一般人は法律に縛られているけれど、能力者に関しては法執行機関は当事者まかせだ。そのために各州の能力者を統括する州評議会があり、州評議会の上にはアメリカ評議会が置かれている。

アメリカ評議会は、各州にただ一人の法執行官として監督官を置くが、それが誰なのかは当然非公開だ。監督官はエリート能力者による犯罪を捜査し、時として判決を下す。テキサスの監督官はライナス・ダンカンで、わたしは副監督官、そしてアレッサンドロは〝番人〟だ。〝番人〟と監督官は、法廷の廷吏と判事にあたる。監督官は捜査し、〝番人〟は監督官を守り、力が必要になればそれを提供する。わたしと同じくアレッサンドロも呼び出しに二十四時間応じなければならない立場で、ライナスは頻繁に彼を呼び出す。

そのうえ、アレッサンドロはわたしに差し出せるのが自分自身とそのスキルだけだと思い込んでいて、役に立ちたいと思うあまり、うちの仕事にも全力で取り組んでいる。アレッサンドロの有能さのおかげで、うちの売り上げは三十パーセントも伸びた。家を買うための頭金をこんなに早く用意できたのはそのおかげもある。アレッサンドロより稼いでいるのはレオンだけだ。

でも一日は二十四時間しかない。アレッサンドロは〝番人〟の仕事を削るわけにはいかないし、ベイラー一族の仕事を減らす気もなかった。だから休息の時間を削り、あちこちで眠り込むようになった。一週間前、食べかけのファヒータの皿を持ったまま階段で眠っているアレッサンドロを見つけたわたしは、その癖をやめないなら寝室から締め出すと言いわたした。そしてアレッサンドロは、夜は最低七時間休むと約束した。

わたしは家の中に入った。かわいらしい雰囲気の二階建てで、わたしたち二人にぴったりだ。家の前の芝生は冬なのに青々としている。ヒューストンは冬と縁遠い街だ。愛犬シャドウもこの芝生が気に入るだろう。シャドウが知っている外といえば舗装された場所だけで、脇に草がちょろちょろ生えたアスファルトをリードをつけて散歩するのがせいぜいだ。もしこの物件を買ったら、シャドウは女王としてこの地に君臨するだろう。

玄関のドアが開いたままになっている。屋根つきのポーチへの階段を上り、ホールに入った。窓にはカーテンがないので室内は光でいっぱいだ。高級石材の床に足音が響く。

この床には一財産つぎ込んであるに違いない。でもその分キッチンがあとまわしになり、かなり改修が必要な状態だった。中に入り、立ち止まる。カウンターの上のシンプルなガラスの花瓶に、深紅のバラが十二本いけてある。カウンターは残念なほど大きなアイランド型で、いくらかでもお金ができたらすぐ取り替えるつもりだった。冷蔵庫の横のカウンターには、〈ジュリオ・フェッラーリ〉のロゼのボトルと二客のワイングラスが置かれている。

アレッサンドロがわたしのためにバラとワインを買ってくれた。

頰がゆるむ。

直後、知らない男が突然ホールの左手から入ってきた。両手が真っ赤に光っている。こちらが侵入者に魔力の奔流をぶつける間もなく、アレッサンドロが恐ろしい亡霊のように男の背後から現れ、片手でその口をふさぐと、脇腹にさっとナイフを刺した。その一刺しはあまりにすばやく正確で、まっすぐ二人を見ていなければ気づかなかっただろう。

アレッサンドロはナイフをひねった。その表情はゆったりと落ち着いていて、目は真剣だけれど恐怖はない。男は白目をむき、その体がわずかにアレッサンドロに寄りかかった。わたしの愛する人は子どもでも抱き上げるように男を担ぎ、脇腹にナイフが刺さったままの体をアイランドカウンターに置いた。花瓶が滑り落ちそうになり、わたしは反射的にそれを受け止めた。

目の前で物音一つ立てず人が死んだ。それは圧倒的な神技であると同時に、背筋が凍るほど凄惨な現実でもあった。

「アルカンのしわざ?」

アレッサンドロはうなずいた。

わたしたちにとってのアルカンは、クローゼットにひそむモンスター、ベッドの下のブギーマンだ。ロシア帝国政府の元スパイで、カナダに拠点を構え、暗殺者の一団を配下に置いている。世界じゅう――とくに北米で陰謀をめぐらせ、殺し、政治をかき回している。あまりに危険なため、監督官局のデータベースでは黒タグがつけられている。普通なら小国の独裁者や世界的テロ集団のトップにつけられるタグだ。

ライナス・ダンカンは、アメリカが保管するオシリス血清のサンプルを盗んだアルカンの命を狙っている。一世紀半前にオシリス血清が発見されてから、遺伝する魔力を持った集団が出現し、世界を支配してきた。現在、血清の使用は国際条約で禁止されていて、それを遵守させるのが監督官の仕事の最優先事項でもある。アレッサンドロは父を殺したアルカンに血の償いを求めている。わたしがアルカンを倒したいのは、アレッサンドロの安全を守るためだ。アルカンとはこれまで二度対決し、向こうはいずれも部下や仲間を失った。でもアルカン本人には、わたしの手も法の力も届いていない。

侵入者はキッチンのカウンターにぐったりと横たわっている。アルカンは選《よ》り抜きの部下を選ばなかった。わたしに忍び寄る程度には優秀なのに、アルカンはこの男が生きて帰れるとは思っていない。こちらの注意を引き、〝いい家じゃないか。おまえたちのことは忘れてないぞ〟と伝えるためだけに、一つの命を投げ捨てたのだ。

アレッサンドロはわたしの手から花瓶をとり、両腕で抱き寄せた。「カタリーナ、こんなことで不安にならないでくれ」その口調は官能的で温かかった。「もう解決したからね。たいしたことじゃない」

彼の胸にそっともたれる。アルカンとの戦いは避けられない。アルカンという脅威がなくならない限り、二人にしあわせは訪れないのだ。

アルカンは決してわたしたちを放っておかないだろう。去年、水没地区で金属獣を倒した直後、この事件の裏で糸を引いていたアルカンは部下のテレキネシス、シャビエル・セカダを送り込み、手を引けと警告してきた。わたしたちは、寝言は寝て言えと追い返した。シャビエルはベイラー一族、とくにわたしを強烈に憎んでいる。シャビエルはかつてローガンの母方の親戚だったけれど、ローガンとネバダの結婚式を妨害しようとしたことをわたしがあばいたため、一族から追放された。水没地区の事件のあと、シャビエルからの報復を覚悟していたのに、あの男はスペインに飛んでかつての親族を襲撃した。

ターゲットは大人じゃない。九歳のミア・ローサだ。彼女が未来の〝超一流〟であり、一族の誇りだから。

ミア・ローサの訓練が不充分でシャビエルの力がもう少し安定していたら、あの子の命はなかっただろう。ミア・ローサは命は取り留めたものの、数カ月入院することになった。ローガンはシャビエルの首に手をかけたくてたまらない様子だった。この攻撃を許可したアルカンは入院中のミア・ローサに花を贈ってきた。〝すぐに会いに行くよ〟というカードをつけて。

わたしたちのしあわせの前に立ちはだかっているのはそういう男だ。

「ここに移ってきたら、もうこんなことはさせない」アレッサンドロが言った。「そうね」うちの警備は優秀だし、警備のチーフは別格だ。

アルカンに二人の家を穢《けが》させはしない。わたしたちの家庭は安全で温かな場所にしたい。

「ワインはどう?」

「今はいい」

アレッサンドロの顔が曇った。「こういう筋書きじゃなかったんだが」

「筋書きって?」

彼は侵入者を見やった。「でもこのほうがいいかもしれない。本心を言える」

アレッサンドロは一歩下がった。その手に、魔法みたいに小さな箱が現れた。

ワイン、バラ、新しい家、ジュエリーの箱。一瞬で頭の中のパズルが形になった。アレッサンドロがひざまずこうとしたので、わたしはその腕をつかんで止めた。「ひざまずかないで」

彼は小箱を開けた。黒いベルベットの上に、オーバルカットのルビーを配したゴールドのリングがあった。

「これは先祖代々の家宝じゃない」アレッサンドロの口調は誠実そのものだった。「うちの家族のものを使ったわけじゃなくて、きみのためにデザインして作らせた。これまで身に着けた人はいないし、きみがノーと言えばこれからもいない」

ファセットカットを施した宝石が、足元の血だまりをとらえた星みたいに輝いた。

「きみを心から愛してる。平穏な人生は約束できないが、ぼくが持つすべての力できみをしあわせにすると約束する。結婚してくれるね？」

そこでアレッサンドロは口をつぐみ、目に不安がちらつくのが見えた。これまであんなにたくさんのことをいっしょに乗り越えてきたのに、彼はわたしの答えに自信がない。二人の道が交わるのか分かれるのかがここで決まる。ほんの短い一言で互いの人生は変わり、もう後戻りできなくなる。その瞬間、二人の間の空気は痛いほど熱くなった。

わたしは爪先立ちになり、両手をアレッサンドロの首に回して目を見つめた。

彼は答えを待っている。

キスをしてささやいた。「イエスよ。答えはイエス」

1

半年後

月曜は朝から最悪で、よくなる気配はなかった。

パソコンの画面から、ルーベン・ヘイルがこちらをにらんでいる。わたしはトレメイン流の目つきでにらみ返した。残念ながら、この目つきは対面のほうが効果がある。リモート画面ではこの強烈さが伝わりにくい。

「手付金がうちの口座に振り込まれるまでは、仕事に取りかかるわけにはいきません」

ルーベンは五十代後半、肌は赤銅色で体つきはずんぐりしており、顎が大きい。そして〝一流〟だ。いろんな意味で〝一流〟は〝超一流〟より扱いづらい。〝超一流〟は虎と同じで、敵に回すと危険でも衝突を嫌う。〝超一流〟同士が戦うと街全体が廃墟《はいきょ》と化すからだ。ほとんどの〝超一流〟は、下位ランクの能力者にいばり散らすのは恥ずべきことだという意識を持っている。尊敬されてあたりまえだと思っているし、評判にも気を遣う。

〝一流〟は〝超一流〟になりたがっている。たいていの能力者より上の能力を持っているのに、権力のトップレベルにいるあこがれの存在より下だ。だから、えらそうにしないと自分たちの特権的な立場は認められないと多くの者が思い込む。〝超一流〟を嫌っているので、安全な場所で〝超一流〟をばかにするチャンスがあれば、思わず飛びついてしまう。

「よく聞け」ルーベンがカメラのほうに身を乗り出したので、鼻毛がくっきり見えた。

「あんたに依頼した理由はたった一つ、モンゴメリー国際調査会社より安いからだ」

「ミスター・ヘイル、安いけれどただじゃありません」

もともとこの件はアレッサンドロの担当だった。連絡を受けるはずのアレッサンドロは、あのいまいましいダグ・ガンダーソンを追いかけていた。ダグは変性能力者で、ミサイルに神秘域のエネルギーを注入する力を持つ。そして個人的な恨みを晴らすためにその能力を使い、ごく普通の雹《ひょう》を神秘域の流星雨に変えたせいで、うっかり地方自治体のビルを破壊してしまった。

テキサス評議会はガンダーソンに罰金を科しておしまいにした。ところがガンダーソンはただちに損害を弁償するどころか、当局の追及をかわしてあちこちに攻撃の手を広げた。評議会はガンダーソンを追いかけるのにうんざりしてライナスに助けを求め、ライナスはアレッサンドロを対応にあたらせた。

ルーベンの目を見れば、相手を押しきって物事を自分の思いどおりに進めるのに慣れているのがわかる。手付金が確認できるまでアレッサンドロが仕事を止めていたのも納得だ。今日で振込期限を六日過ぎている。

「仕事をもらったことに感謝するのが当然だろう」ルーベンはうなるように言った。オフィスのガラスドアと壁の向こうから、大きな声が漏れ聞こえてきた。誰かが、あるいは複数の誰かが会議室で怒鳴っている。なんだろう。今日は激論になりそうな会議の予定はないはずだけれど。

「誰にものを言ってるのかわかってるのか?」ルーベンがたずねた。

どうやら交渉は〝口のきき方〟を指摘する段階に入ったらしい。「あなたは契約書にサインしています。契約条件によれば――」

「条件は変わるものだ」

「サインしたらもう変わりません。契約書の意味を調べてください」

マチルダがドアの前を走っていった。黒っぽい長髪をたなびかせ、子どもらしい細い脚が駆けていくのが見えた。

「うちの仕事を請け負えるだけでありがたい話なのに、あんたはやりたくないようだな」

「仕事には対価がつきものです。それなのにあなたはただ働きを求めている」

ルーベンは目を丸くし、鼻の穴をふくらませた。

ラグナーがオフィスの前を走っていった。最初はコーネリアスの娘、次はルナの弟。いったいなんの騒ぎ？

「自分を何様だと思ってる！」ルーベンが怒鳴った。

「〝一流〟のヘイル！」わたしはトレメイン流の口調で言った。「わたしが何者なのかは秘密でもなんでもありません。〝超一流〟であり一族の長《おさ》なのは、公的な記録を見ればわかることです。問題は、あなたに支払い能力があるかどうか。あなたのせいでずいぶん時間を無駄にしました。契約は白紙に戻します」

「この――」

「次にどんな言葉を使うか、よく考えたほうがいいですよ。こけおどしはもううんざり。あなたも家族も、わたしに目をつけられたらどうなるかはわかっているはずです」

ルーベンは口をつぐみ、背筋を伸ばした。「ミス・ベイラー……」

「〝超一流〟のベイラーです」

「〝超一流〟の――」

契約書を手にとって二つに破った。「話し合いは終わりです」

ルーベンはショックのあまりただ見つめている。

わたしはビデオ通話を切り、立ち上がって大きくドアを開けた。いっきに騒音が押し寄せてきた。数人が一度に叫んでいる。怒りと悲しみのコーラスの合間に、女性の泣き声が聞こえる。

廊下を歩いていって会議室のドアを開けた。全部で八人のうち、中年の四人が床に座ったり這《は》い回ったりしている。マチルダとラグナーが驚きで声も出ない顔でそばに立っている。

「なんの騒ぎ?」

「あの子がいなくなった!」テーブルにいた六十代の白人男性が片手で目をおおった。ミント色のシャネルスーツを着た数歳年下の白人女性が、守るように男性の肩に腕を回している。

「あの子って?」

「ヤドビガよ」マチルダが教えてくれた。

「二人とも、外に出て」わたしは二人を廊下へと追い立ててドアを閉めた。「ポーランド初の女王が、この件になんの関係があるの?」

ラグナーは感心したようにこちらを見ている。「なんでそんなこと知ってるの?」

どうしてポーランド初の女王の名を知っているかは自分でもわからない。ときどき脳に残ってしまう雑学の一つだ。

「ヤドビガは蜘蛛《くも》なの」マチルダが説明した。「すごく変わった蜘蛛」

やれやれ。

「あれはダブロフスキ家の人?」

ラグナーはうなずいた。

ヤドビガはたしかに変わった蜘蛛だ。パンプキンパッチ・タランチュラぐらいの大きさで、つややかなマホガニー材みたいに光沢がある。普通の蜘蛛と違って腹部を途中で断ち切ったような形をしており、そこに古代の仮面を思わせる模様がついた固い円盤がついている。独特の砂時計型をした蜘蛛だ。

一目でわかる円盤がついている種は一つ、ジャイアント・アワーグラス・スパイダーだ。これまで七匹しか見つかっていない珍種の蜘蛛で、恐ろしいほどの高値がついている。ダブロフスキ一族の長トレフォン・ダブロフスキは、ヤドビガを発見した中国のオレンジ農家から二十五万ドルで買い取り、見事な蜘蛛コレクションの目玉にするべく税関の目をごまかして持ち帰ると、一族の邸宅にある贅沢《ぜいたく》なテラリウムに入れた。ところがたった一週間で盗まれてしまった。

うちの探偵事務所はコーネリアスのおかげで、解決困難な動物関連の事件に関して高い評価を得ている。蜘蛛を失ったダブロフスキ一族がうちを頼ったのも当然だ。まるで札束を投げつけそうな勢いだった。

「マチルダ、わたしの記憶ではあの件は断ったはずよ。あなたのお父さんにははっきり言われたの。蜘蛛は蜘蛛専門の能力者が必要だ、って。あなたもお父さんも、専門は鳥と哺乳類でしょう?」

マチルダが顎を上げた。この顔つきは知っている。これから長々とへりくつを聞かされる印だ。放っておいたら一日じゅうここで足止めを食うだろう。

「それに、この蜘蛛はアメリカに密輸入されてるの。マチルダ、密輸入の意味は？」

「法律に反して国に持ち込んだり持ち出したりすること」

「ベイラー一族は法に反しない」マチルダを見る。「ハリソン一族も」今度はラグナーだ。

「エッターソン一族も、希少な絶滅危惧種の密輸入に関わるわけにはいかないの」

「厳密に言うと――」マチルダが口を開いた。

「やめて」

「ヤドビガを感じるの。怖がってるし、ストレスでいっぱいになってる」

わたしはラグナーを見た。「簡単に説明して」

「マチルダはそいつを見つけて、つながりを作れるかどうか試したいんだ」

「そいつじゃなくて彼女よ」マチルダが言った。

「トレフォンの弟のバジリ・ダブロフスキが蜘蛛を盗んだんだ。ぼくらがそいつを――彼女を見つけ出して返そうとしたら、会議室で兄弟が喧嘩《けんか》を始めてさ。トレフォンがもう二度とヤドビガを見せたりしないって言ったらバジリが襲いかかって、テラリウムを奪おうとした。そのせいでテラリウムが床に落ちて、ヤドビガが通気口に逃げ込んだんだ」

わたしは深く息を吸い込んでゆっくり吐き出した。「マチルダは十歳だから、常識が足りないのも、自分の行動がどんな結果を招くか考えられないのも、しかたないかもしれない」

マチルダは頬を叩《たた》かれたみたいな顔をしている。

「でもあなたは十六歳よ。あと二年もしないうちに法的には成人になる年齢だわ」

「二人で見つけるから」ラグナーが言った。

「そもそもどうしてあなたたちが関わってるの？　二人とも仕事をもらう側で、案件をとってくる権限はないわ。契約書にサインしたのは誰？　書類には誰の名前が書いてあるの？」

二人とも黙り込んだ。

コーネリアスのはずがない。この件に関してはずっと気が進まない様子だった。違法な蜘蛛の誘拐事件を十歳の〝超一流〟の動物使いと十六歳の〝超一流〟の毒使いにまかせるなんて、いったい誰が――

わかった。そんなことをするのは彼しかいない。

デスクに置いた携帯電話が振動した。知らない番号だ。

「ベイラー副監督官」電話の向こうで深い声が響いた。

全テキサスでわたしが副監督官なのを知っているのはほんの一握り。わたしはまずラグナーとマチルダを、次に床を指さし、そこから動かないでと伝えた。そしてそっとオフィスに入ってドアを閉めた。

「はい」

「わたしはステファン・グレゴアール。〈レスピット〉の支配人です」

〈レスピット〉は有名なフレンチレストランで、味はすばらしいけれど値段も高く、エリート層が顧客だ。ヒューストンを動かす人々がひそかにビジネスランチをとりたいとき、この店を選ぶ。この店のオーナーがじつはライナスだというのは誰も知らない。

「一度お会いしましたね。何かあったんですか？」

「殺人です。〝超一流〟のダンカンに連絡をとろうとしたんですが、電話に出てくれません」

「被害者は？」

「ルチアナ・カベラ」

嘘でしょう。

「ほかにこのことを知っているのは？」

「電話したのはあなたが二人めです。監督官がつかまらないときはこちらへと指示を受けているので」

「そこにいてください。店は閉めて。すぐ向かいます」

通話を切ってライナスに電話した。呼び出し音が響く。一回、二回、三回……。

ライナスはいつも必ず電話に出る。昼夜を問わず、二度めの呼び出し音で出る。四回、五回……。

つかまらないときは前もって教えてくれる。今夜はアレッサンドロと三人でミーティングの予定がある。そこで通話を切り、ドアを開けた。

マチルダとラグナーが驚いた顔でこちらを見た。

「ダブロフスキ家の人たちをここから出して、その高価でストレスいっぱいで怖がってる蜘蛛を捜し出して。誰かを噛《か》んだり、卵を産んだりする前に」

出口に向かいながらアレッサンドロに電話した。今朝ダグ・ガンダーソンを追って出かけた彼は、すぐに電話に出た。

「今どこ？」

「もうすぐゲートに着く」

「緊急事態よ」

「ぼくの車で行こう」

建物から出て太陽の下に走り出した。ゲートに向かいながら、今度はレオンに電話する。

「蜘蛛の話なら――」レオンが口を開いた。

「蜘蛛はあと。ライナスが電話に出ないの。車でライナスの家に向かってくれる？」

「了解」

「着いたら電話して」

アレッサンドロのシルバーのアルファロメオがゲートから入ってきて、目の前ですっと止まった。わたしが乗り込むと車はUターンして私道を走り出した。

「行き先は？」アレッサンドロがたずねた。

「〈レスピット〉。テキサス州評議会の議長が殺されたの」

2

〈レスピット〉は、ミッドタウンのマイラム通りとアニタ通りの交差点にある二階建ての瀟洒《しょうしゃ》な建物だ。ヒューストンには華やかな街がいくつかあるけれど、ここは違う。平凡なアパートメント、カラオケバー、ビストロ、テイクアウト店が多い。メキシコ料理のチェーン店と〈スターバックス〉があり、ノースイースト・ミッドタウンの鉄筋とガラスでできたビルに通う若いオフィスワーカーに人気がある。

〈レスピット〉は外からは普通のレストランに見える。赤れんが造りで、一階にはアーチ型の大きな窓が並ぶ。表の入り口から中に入ると、フレンチのひねりをきかせた定番のテキサス料理をひととおり楽しめる。上顧客は表から入らない。脇から入り、狭い階段を通って二階に案内される。そして、プライバシーのためにテーブルを離した広いダイニングルームか、植え込みと石壁で区切られたオープンエアのパティオを選ぶ。ここには古き良き西部をテーマにした絵画やアンティークの地図、開拓時代の白黒写真が飾られている。

ルチアナ・カベラは、カウボーイの集団を撮った写真と、ヤグルマソウの野原を描いた幻想的な絵の間に突き刺さっていた。

六十センチの鉄槍《てつやり》が彼女の胸と石壁を貫いている。二本めの槍は開いた口から突き出ていた。生きていたころのルチアナは、男性政治家の髪型をあてこするみたいに、カールした髪を今風のショートカットにしたほっそりした女性だった。よく笑い、話すときは両手を使い、目には生命力が輝いていた。

今、壁に突き刺さっているのは、色褪《いろあ》せた彼女の抜け殻でしかない。血がベージュのスーツを染めている。トレードマークだったダークグリーンのフレームの眼鏡が床に落ちている。黒っぽい色のパンプスは脱げ、裸足《はだし》が床から十五センチのところでだらりと浮いている。爪先を染めるペールグリーンのマニキュアがとても無防備で、いたたまれなかった。靴を履いていない彼女なんて見たことがない。説明のつかない違和感に襲われ、息が苦しくなった。

ライナスのもとで働き始めた最初の数カ月、能力者の戦闘の残酷さにもいつかは麻痺《まひ》して慣れてしまうと自分に言い聞かせてきたけれど、あれからもう二年近くになる。今はもうわかっている。人の体が誰かの力で蹂躙《じゅうりん》されたのを見たときの逃げ出したくなる衝動、胃が沈み込むようないやな感じ、見えない手で喉を締めつけられる苦しさは、この身に取り憑《つ》いて離れない。いつもそうだ。でも、それらをかわして仕事をするのがうまくなった。こういうときに手袋は役に立つ。現場に入る前に手袋をはめると、自分の中の何かがそれを、個人的な不安や恐怖を押しやる合図だと受け取ってくれる。

アレッサンドロは死体を見つめている。その顔は険しい。

評議会議長が殺されたとテキサスの市民が知ったら大変なことになる。周囲への影響は計り知れない。わたしたちの仕事は、この件を秘密にすることだ。

何よりも先に、現場を〈レスピット〉から移動させなければ。ルチアナの死体はいずれ発見されることになる——ルチアナは有名だからただ消えるわけにはいかない。でももし死体がここで発見されたら、〈レスピット〉とそのスタッフにマスコミが殺到してしまう。ライナスに強烈なスポットライトがあたるのはなんとしても避けたい。

アレッサンドロが電話をかけた。「最優先で清掃スタッフを頼みたい。記録、移動、再現が必要だ」そして〈レスピット〉の住所を告げて通話を切った。

アレッサンドロとわたしは、ときどき怖くなるほど同時に同じことを思いつく。

気持ちを抑え、死体をじっくり眺める。槍の角度を見ると、下から刺さっている。一本めは壁に深くめり込んでいるので外からは十センチしか見えない。二本めは浅く、五十センチ近く外に残っている。両方とも先端は太いロープを通せる程度の輪になっている。

いやな予感がする。とてもいやな予感が。

アレッサンドロは槍を見つめ、首を傾《かし》げると、二ブロックほど南東にあるコンクリートとガラスの高層ビルを眺めた。

「支配人、説明してもらえますか?」

ステファン・グレゴアールはうなずいた。きれいに髭《ひげ》を剃《そ》った四十代なかばの白人男性で、波打つ黒っぽい髪はところどころにグレーがまじっている。眼鏡と仕立てのよいスーツを身に着けた彼は、店の壁の装飾に死体が加わったというのに動じる様子もない。その隣にはモノトーンの制服を着た若い金髪の女性スタッフがいるが、こちらはそれほど落ち着いていなかった。両手をぎゅっと握り合わせ、目の前の床を見つめている。その気持ちは理解できる。わたしもできればそうしたい。

支配人が答えた。「マダム・カベラは十一時二分にお一人で来店されて、このあと待ち合わせだとおっしゃっていました」

「待ち合わせの相手の名前は?」

「存じません。席はいつもの席でした」彼は二メートル半ほど離れたテーブルを指した。椅子が一脚倒れている。「シモーンがいつものワインをお持ちしました。マダム・カベラはお食事の前に〈ラ・スコルカ〉のガヴィを一杯召し上がるのがお好きで」

「ほかに注文は?」

「すぐにはありません。まずワインでゆっくり仕事の疲れを癒やし、注文したいタイミングでスタッフに合図するのがいつものやり方でしたから」

ここでライナスと食事したことがある。〈レスピット〉はヨーロッパ流のサービスが特徴だ。アメリカの店ではテーブルに何度も立ち寄るのがいいサービスとされるが、〈レスピット〉のスタッフは客の自由にまかせる。けれども無視しているわけではなく、ちょっとした仕草や視線にすぐに反応する。出すぎたことはしない。頼まれもしないのに飲み物のお代わりをたずねたり伝票を持っていったりして食事を邪魔するのは、とんでもない失礼にあたる。

「マダム・カベラは六分間お座りでした。最初の一本が胸にあたり、その体は椅子から飛ばされて壁に刺さりました。二本めは顔。即死でした。叫ぶ時間すらなかった」

犯人は〝超一流〟か〝一流〟上位のテレキネシスだ。武器から発射された槍なら、弧を描いて下向きの角度でルチアナを襲い、椅子を貫通しただろう。その場合、ルチアナは床に倒れていたはずだ。でもテレキネシスが飛距離の長いものを投げる場合、それはまっすぐには飛ばない。浅いUの字を描くように、低くなってから最後に上向きになる。

テレキネシスからの攻撃に備えてローガンから訓練を受けたとき、説明を聞いた。ローガンは専門用語を使ったけれど、要約するとその理由は三つ。まず、こちらに何かが飛んでくるのを見たら、人はジャンプするかあとずさる。上向きの弧を描く槍なら、そういう場合も相手を仕留められる。ルチアナが壁に刺さっているのはそのせいだ。次に、強力なテレキネシスが投げた物は独自の動き方をする。ターゲットを殺せなくても、上向きの槍は相手を空中に放り上げ、ダメージを与えることができるのだ。さらに、上向きの弧は直線より正確にターゲットを狙うことができる。それは習慣として体に染みついており、テレキネシスがとっさに動くときは、ほぼ必ず弧を描いて投げる。もし自分がターゲットとなったら、生き延びる唯一の方法は伏せてできるだけ平らになることだ。ルチアナには槍が見えていなかった。

「ほかにパティオにいたのは？」アレッサンドロがたずねた。

「〝超一流〟のカーティスとそのお嬢さんです」

カーティス一族は、綿、ひまわり、とうもろこしに特化した農業を専門とする一族だ。この事件とは関わりたくないだろう。静かに出ていく人々に話しかけても無駄だ。

「録画は？」アレッサンドロが訊《き》いた。

「〈レスピット〉ではお客様を録画することはありません」

これはあまりにもライナスらしくない。なぜだろう。「〝超一流〟のカベラが何を言っていたか、正確に教えてもらえますか？」

支配人は口を開き、ルチアナ本人の声で言った。「〝ステファン、こんにちは〟」

今度は自分の声に戻った。「〝ようこそ、マダム。いつものテーブルですか？〟」

「〝ええ、お願い。人と会う約束なの〟」どう聞いても女性の声だ。

「〝承知しました〟」

アレッサンドロが低く笑った。

音声記憶者。ライナスが監視カメラを置かなかったのも当然だ。支配人自身が完璧な記録装置なのだから。

携帯電話が鳴った。清掃スタッフが到着したようだ。

「支配人、うちのスタッフが下に来たので入れてもらえませんか？」

支配人はうなずき、早足でつまずきそうになるシモーンといっしょに出ていった。

アレッサンドロは高層ビルのほうにうなずいてみせた。「あのビルは？」

携帯電話で地図を調べた。「ＨＣＣ。ヒューストン・コミュニティ・カレッジよ。そこの屋上からだと思う？」

「ああ。ぼくならそこを選ぶ」

先端が輪になっている長さ六十センチの槍の画像を、携帯電話に表示してアレッサンドロに見せた。ルチアナに刺さっていたものとまったく同じに見える。

「マーリンスパイクか。船乗りがロープを解くときに使う道具だ」

「テレキネシスが投げるのは、普通はクロスボウの矢か巨大な釘《くぎ》よ。わたしが知っている、マーリンスパイクを使う有力一族は一つだけ」

アレッサンドロは眉を上げた。「ローガン一族？」

うなずいて言う。「水没地区で攻撃してきたテレキネシスもマーリンスパイクを使ってたわ」

「シャビエルってことか」アレッサンドロの目に危険な炎がひらめいた。「ローガンがコミュニティ・カレッジのビルの屋上まで上って、巨大なマーリンスパイクをテキサス評議会の議長に打ち込むなんて考えられない。殺すつもりなら、もっと静かに実行できるはずよ」

義兄のコントロール力は桁外れだ。彼がルチアナを殺そうとするなんて想像できないけれど、もしそうするならば、数百メートル離れたところから剃刀《かみそり》で喉を切り裂くか、本人のネックレスや服で首を絞めるか、目から小さな針を刺して脳を破壊する方法をとるだろう。

このやり方は力まかせで派手だ。きっとシャビエルに違いない。証拠はないけれど、あいつに決まってる。いかにもあいつらしいやり方だ。

アレッサンドロの携帯電話が鳴り、彼は蛇を見る目でそれを見やった。「ちょっと失礼。出ないといけない電話だ」

アレッサンドロは離れていった。イタリア語で何か話しているけれど、声が低くて内容は聞き取れなかった。

何かが起きたのだろう。よくない何かが。

槍のほうに目を戻す。

アルカンが接触するまで、シャビエルの魔力はたいしたことはなかった。数年前にアルカンがオシリス血清のサンプルを盗み、ライナス・ダンカンの永久ブラックリストに載ったとき、アルカンはそれを手元に置いていた。人が血清を摂取すると効果は世代を超えて続き、子孫が重ねて血清を摂取すると死んでしまう。アルカンはその死を回避する方法を必死に探していて、シャビエルを実験動物として利用した。被験者の大部分は悲惨な死に方をしたけれど、シャビエルは生きるか死ぬかの賭に勝ち、信じられないほど強力な即製〝超一流〟となった。

シャビエルはずっと義兄の陰で生きてきた。シャビエルにとって遠いいとこのローガンは夢のすべてを体現する存在だ。ローガンは人並みはずれた力と富を持ち、一族の全員から尊敬される戦争の英雄。いい生活にあこがれていてもそこそこの魔力しかないシャビエルは、ローガンのような高みには手が届かない。そんななかアルカンが現れたおかげで、シャビエルは自分もそこに手が届くようになったと思い、力を見せびらかそうとしている。あの槍は、ローガンに対する〝なめるな〟というメッセージなのだ。

〝おれにこんな強い力があるとは思わなかっただろう。甘く見てもらっちゃ困る〟

アレッサンドロが携帯電話をしまいながら急ぎ足で戻ってきた。彼とシャビエルには因縁の過去がある。アレッサンドロが父の仇をとろうとアルカンの命を狙ったとき、シャビエルにトレーラートラックをぶつけられ、死にかけたのだ。

アレッサンドロの目を見ると、そこには抑制された冷たい怒りがあった。殴られたような恐怖が走る。この半年、アルカンとアレッサンドロの対決を避けようと、できることはなんでもしてきた。それなのに、暴走する列車のようにその時は恐ろしい勢いでせまってきている。

「これは誰かに命じられた仕事だ」アレッサンドロが言った。

わたしはうなずいた。シャビエルは考え方がゆがんでいるけれど、アルカンのことは心から崇拝している。勝手にテキサス評議会の議長を殺すなんてありえない。アルカンがペットの裏で糸を引いている。シャビエルにターゲットを示し、噛《か》みつかせたのだ。

「これって、なんだか……」死体のほうに手を振ってみせた。

「やり方が派手だ」アレッサンドロは険しい顔で言った。

アルカンらしくない。アルカンは闇にまぎれて行動するのを好む。これは何かのメッセージ？ なぜ？ 誰に？ ルチアナに近い誰か？

ルチアナ・カベラは〝超一流〟の鎮静魔術家だった。人をなだめる魔力の使い手だ。サイオニックは群衆を扇動するが、鎮静魔術家は落ち着かせる。二十年前、テキサス一危険な刑務所エリス・ユニット内で暴動が起きた。当局は暴力に頼らない解決を求め、州で最高の鎮静魔術家を招いた。ルチアナは武器を持たずに一人で刑務所に乗り込んだ。その十五分後、彼女のあとを追った保安官が見たのは、通路の壁に沿って並ぶように座り、静かにほほえむ受刑者たちの姿だった。ルチアナの政治家としてのキャリアはその日から始まった。

ルチアナは政治家としていつも堂々としていた。評議会には、中学校のベテラン教師の態度で臨んだ。つまり、決まりに従う厳格さを持ちながら、特別な対応が必要なときは柔軟に妥協した。ふだんは、不安に苦しむ人に向けたクリニックを経営していた。ハーバードで心理学の博士号もとっていた。

どこを見てもアルカンの標的になるような要素はない。もっと情報が必要だ。ライナスはいったいどこにいるの？

携帯電話から『荒野の用心棒』のテーマが流れた。レオンだ。

電話に出ると、画面にレオンの顔が現れた。

「ライナスの家に来た。ゲートは閉まってる。コードを入力したけど開かない。電話もインターコムも返事なし。それから、これ」

レオンはカメラを切り替えた。ゲート横のキーパッドが黄色く点灯している。本来コードを入れたら緑になるはずだ。

ライナスは包囲攻撃対応モードをオンにしている。これはまずい。

「ゲートを飛び越えようか？」

「やめて！　絶対に中に入らないで。何もかも迎撃態勢になってるから、一歩足を踏み入れたら自動銃で八つ裂きにされるわ」

「なるほどね。そんな大げさに言わなくてもわかる」

「そこで待っててくれる？」

「ゲートの中で？」レオンは目を大きくした。

「レオン！」

「心配いらないって。了解」

ふとある考えが頭をよぎった。形のないあいまいな考えだけれど、どうしても気になる。

「ゲートに触らないように、周囲を映してくれる？」

携帯電話の画面が動き、ロートアイアンのゲートが映った。庭はいつものままだ。

アレッサンドロがこちらを見た。「どういうことだ？」

「死体がない」

ライナスがロックダウンを起動したとしたら、それは攻撃を予期したか、実際に攻撃されたかのどちらかだ。以前は攻撃を受けている最中でも電話に出てくれた。

「レオン、絶対に待ってて」

「わかったよ」

レオンは電話を切った。

支配人が、大きなダッフルバッグを持った五人を連れてパティオに戻ってきた。バッグを下ろすと、彼らは防護服を取り出して身に着けた。中でも年上の黒人女性がこちらに近づいてきた。彼女とは一度仕事をしたことがある。名前は知らないけれど、ライナスが信頼しているのは知っていた。本人が〝チームリーダー〟と名乗っているので、わたしもそう呼んでいる。

「制限時間と場所は？」

「九十分。シーダークレスト通りの倉庫」

その住所を告げると、彼女は防護服を着込んだ。清掃スタッフはビニールシートを広げて死体へと向かった。

「保存袋一枚とルチアナのバッグを」

そう声をかけると、一人の清掃スタッフがバッグと保存袋を持ってきてくれた。バッグを開けて中をのぞく。ティッシュ、眼鏡ケース、ピンクのブラシ……これでいい。ブラシを取り出して保存袋に入れる。

保存袋を閉じながら考えた。勘違いかもしれないけれど、万が一ということがある。チームに背を向けて支配人に向き直った。「カベラ議長は今日ここに来なかったことにしてください」

「承知しました」

アレッサンドロがたずねた。「シモーンのほうは問題ない？」

「ここで働く者は慎重に選びますので」

あとはカーティス家の人たちだけれど、巻き込まれるのを恐れて口をつぐむだろう。シャビエルはもう遠くに逃げたはずだ。残るはルチアナの約束の相手。この相手がいちばんの手がかりになりそうだ。ルチアナとはランチで会う約束だったのに、一時間以上過ぎてもまだ現れない。

金属音がした。清掃スタッフがペンチで壁から槍を引きぬこうとしている。

わたしは支配人に会釈し、アレッサンドロと階下へ急いだ。レストランを出てアレッサンドロのアルファロメオに向かう。本当は走りたかったけれど、誰が見ているかわからない。

車に乗り込み、アレッサンドロがエンジンをかける。車はうなり声をあげた。

「ライナスの家?」

「ええ」どうか無事でありますように。どうか、お願い。

アレッサンドロがギアを入れ、車は駐車場を出て、猛スピードで走り出した。

ライナス・ダンカンはリバー・オークスに住んでいる。ヒューストンきっての高級住宅地で、大邸宅が並び、街路樹が続き、いまいましい減速帯がある。アレッサンドロはスピード狂で、ハイウェイで充分時間を短縮してくれた。リバー・オークスに入ったとたん、そんなスピードが出せなくなる。

がたんと減速帯を乗り越えた。

また減速帯。

「くそっ！」

まったく同感だ。もう一度電話してみたけれど、誰も出なかった。

「ライナスに何かあったと思ってるんだね。何か深刻なことが」

「包囲攻撃対応モードを起動してるのよ」

「だからって死んでるとは限らない。テストかもしれない」

アレッサンドロを見やった。

アレッサンドロは肩をすくめた。「ライナスは家の中でタイマーを持って、ぼくらが駆けつけるのにどれぐらいかかるか計ってるのかもしれないよ」

「だといいんだけど」

ライナスはまさにそういうことをやるタイプだ。でも胸の奥深くで、それよりずっと悪いことが起きていると何かが告げていた。ネバダに捜査の仕事を伝授してもらったとき、勘を信じなさいと言われた。最初に違和感を抱いたなら、それはたいてい正しい。うなじの毛が逆立ったら、すぐさまその場を立ち去らないといけない。ネバダはアラベラにも同じことを教えた。妹はそれを〝原始脳の声を聞く〟と表現している。わたしは自分の原始脳を信じている。そのおかげでこうして生きているのだから。

携帯電話が鳴った。ラグナーからメッセージだ。

〈ヤドビガは見つからなかった。マチルダは、蜘蛛《くも》は夜行性だから今夜また捜そうって言ってる。会議室の鍵を閉めて、鍵はカタリーナのデスクに置いておいたよ〉

「どうした?」アレッサンドロがたずねた。

「ヤドビガよ」

アレッサンドロがこちらを見た。

「高価で絶滅危機に瀕《ひん》した蜘蛛が会議室で野放しになってるの。アメリカに密輸入されて盗まれ、取り返したけど、現所有者への引き渡しの際に逃げちゃって」

「うちの会議室で?」

「そう」

「大きさは?」

「脚を広げた状態で十センチ」

アレッサンドロは天を見上げた。天は車の天井に隠れて見えないけれど、天にまします方はきっとアレッサンドロの目が無言で慈悲を求めるのを見抜いたと思う。

「訊くのを忘れてたけど、ガンダーソンの件はどうなったの?」

アレッサンドロは肩をすくめた。「話し合った。で、豚みたいに縛り上げて司法センターの前に置いてきた。あとはレノーラがやってくれる」

ハリス郡地方検事のレノーラ・ジョーダンなら、必ずなんとかしてくれる。以前ローガンが言ったように、法と秩序はレノーラの神であり、レノーラは神に仕える戦士だからだ。

車が角を曲がるとライナスの家のゲートが見えてきた。レオンの青いシェルビーGT350がキーパッドのそばに駐《と》まっている。アレッサンドロはそのうしろに車を寄せた。

車から降り、キーパッドの前に立つ。レオンが使ったのは家族用のコードで、わたしのは副監督官用コードだ。あらためてコードを入力した。

レオンがウインドウを下ろした。「指示どおり、ちゃんと待ってたよ」

ゲートががらがらと開いた。キーパッドのライトは点滅しているけれど、色はレモンイエローのままだ。

やっぱり。ライナスの家は、攻撃を受けていると認識している。侵入者が敷地内に一歩足を踏み入れれば、一見無害な芝生から防御用の自動銃が危険なマッシュルームみたいににょきにょき生え出し、侵入者を引き裂いて焦げた肉塊に変えてしまう。ライナスは、武器を作るギリシャ神話の火神の名を持つヘーパイストスだ。そのへんのごみやダクトテープで強力な武器を作り出す。ライナスの防御システムみたいにすごいものはどこにもない。

アレッサンドロも車を降りた。

ロートアイアンのゲートは、こちらを噛みつぶそうとする獣の口みたいに大きく開いている。理屈のうえでは、システムはわたしとアレッサンドロを認識するはずだ。理論上は殺されることはない。残念なのは、臨戦状態でこの理論を一度も確かめていないことだ。

「中に入る？」レオンが訊いた。

「ぼくが入る」アレッサンドロが言った。「二人は待っててくれ」

「わたしは反対よ」

「何人も入る必要なんかない」アレッサンドロが答えた。

「そのとおり。だからわたしが一人で入るわ。副監督官としての義務よ」

「その副監督官を守るのがぼくの義務だ」アレッサンドロの口調は、話し合いはこれで終わりだと告げていた。

「だからこそ二人で入らなきゃ」

レオンがため息をついた。「ぼくはここで待ってるよ。カタリーナたちが無事中に入るか、挽《ひ》き肉になるか、見守ってる」

よけいなことを想像させないでほしい。

ここでぐずぐずしていたら、事態は悪くなるばかりだ。

深く息を吸い込む。

ゲートに向かい始めると、アレッサンドロが隣に来て手をとった。「落ち着いてゆっくり行こう。公園の散歩だと思えばいい」

ゲートを抜け、歩調を乱さずに円形の私道を歩いていく。敷地内にはなんの異常もない。

戦闘の跡も、場違いなものもない。

不規則に動いてはいけない。息を詰めるのもだめだ。システムは身体や行動の特徴を測定する。でも、このスキャナーシステムはあてにならないので有名だった。

二カ月前、ライナスが自動銃をテストするのを見たことがある。対象は、弾道実験用のダミー人形を乗せた装甲車だ。銃弾の雨が装甲を突き破り、車をほぼ真っ二つにした。射撃が終わったとき、ダミー人形は消えていた。ぐちゃぐちゃになったゼラチンだけを残して。

アレッサンドロの力強く温かい指がわたしの指を握った。「あと少しだ」

ゆっくりとした歩調できれいな花壇の中にある噴水を回り、玄関に続く階段を上る。副監督官の退屈な日常の一コマだ。

二人でポーチに入った。顔を上げ、隠されたカメラをまっすぐ見つめる。ライナスが中にいるなら入れてくれるはずだ。

何も起きない。

もしこれがテストなら、わたしはきびすを返して家に帰り、ライナスが謝るまで口をきかないだろう。空からオシリス血清が降ってきたって、もうどうでもいい。本心から謝ってほしい。

高機能ロックにコードを打ち込み、親指を指紋スキャナーにあてる。

遠くでモーターがうなり、金属が音をたてた。

ロックがかちゃりと鳴った。

アレッサンドロがドアノブに手をかける。

カタリーナ、ゆっくり息をして。

ドアが大きく開いたので、中に入る。

目の前は広々としたホールで、真っ暗だ。モーター式のブラインドが窓をふさいでいて、明かりといえば、ドーム天井のステンドグラス越しの光しかない。ベネチアンプラスターで仕上げた白い壁、ドーム天井の真下にある噴水を包み込むような二つの階段。ドア口は三つあり、左は客用寝室とガレージに、まっすぐ行けばダイニングルームに、右はライナスの書斎へつながる廊下に続いている。

アレッサンドロが一歩踏み出した。無言で耳をすませ、待つ。噴水の水が跳ねる音以外、屋敷は墓場みたいに静まり返っている。

アレッサンドロは室内を見回しながら、左手の後ろ側を指さした。わたしはその方向に動き、二本の柱の間の暗がりに入って秘密のセンサーを押した。壁の一部がスライドし、ライトの消えたコントロールパネルが現れた。ここに向かって話さなければならない。室内に隠れている者がいたら、この背中はいい標的になる。アドレナリンで心拍が上がった。腕を上げて魔力を呼び出し、腕の骨と筋肉へ伝わせる。肌が内側からオレンジ色に輝き、五つの星を中心に、からみ合う蔓《つる》が円を描く印が浮かび上がった。銃弾を予期するかのように、肩甲骨の間がむずむずした。

「カタリーナ・ベイラー。副監督官」

コントロールパネルが緑色に点灯し、小さな画面が表示された。アクセスが許可された。息を吐き、自分のコードを打ち込む。包囲攻撃対応モード起動中を示す入力画面が表示された。ここで選択肢は二つある。〝キャンセル〟を選んで前のメニューに戻るか、〝モード解除〟を選ぶかだ。わたしは〝モード解除〟を選んだ。

パネルが赤く点滅した。解除を知らせるアラートが鳴ると思ったけれど、家は静かなままだ。金属音も機械音もサイレンも聞こえない。画面に〝武装解除〟と表示されただけだ。

携帯電話を取り出し、レオンにメッセージを送る。

〈解除した〉

しばらく経《た》った。

玄関のドアが開き、シグ・ザウエルを持つレオンが入ってきた。

アレッサンドロの右手のあたりの空気が一瞬オレンジ色に輝き、まったく同じ銃がその手に現れた。

レオンは音をたてずに左側に行き、アレッサンドロは書斎に向かって右に歩き出した。そのあとを追う。短い廊下を抜け、アレッサンドロが書斎に入った。こちらの視線をふさぐように立ち止まると、彼は左によけ、中に入るよう合図した。

右側にあるアンティークのペルシャ絨毯《じゅうたん》の上に、ライナスのボディガードのピートが倒れていた。横向きになり、手足はねじれたまま、顔をこちらに向けている。唇が黒い。かっと開いた目はにごり、何も見ていない。目から生え際まで、ぎざぎざの黒っぽい線が走っている。

ショックが冷たい波となって襲ってきた。

ピートのことは一年近く前から知っている。ライナスの呼び出しがかかると、必要なときは車で現場まで送ってくれた。どんな脅威からも、ためらいなく体を張って守ってくれた。先週も、クランベリータルトを作ったのでライナスとピートに持っていった。二人はそれを分け合って食べ、ピートは、副監督官なんてつまらない仕事で人生を無駄にするのはやめて、おいしいデザートを作るという天職に身を捧《ささ》げるべきだと言った。その彼が死んでいる。

ピートのそばにしゃがみ込んだ。まるで誰かに自分の体を操作されているかのよう。ゆっくりと彼の右肩を押す。完全に硬直している。死後数時間以上、一日未満というところだ。

顔のぎざぎざの線は肌から盛り上がっている。乾いた血がなんらかの力で模様を描き、黒ずんだように見える。

アレッサンドロが隣に来て肩に手を置いた。温かく力強いその指には、人を安心させる力があった。

守ってくれるピートが死んだなんて、おかしい。いったい何が？　でもライナスはまだ行方不明のままだ。死体が見つからない限り、望みはある。

わたしは立ち上がった。

アレッサンドロがこちらの視線を捕らえた。口を開かず、無言で言葉を交わす。

〝だいじょうぶ？〟

〝ええ〟

書斎の隅に行き、壁を飾るウッドパネルに手をあてて、センサーが反応するのを待つ。壁の内側でモーターが音をたて、パネルが横にスライドし、直径四メートル弱の石造りの穴が現れた。壁沿いに石の階段が続き、中心には下まで届く滑り棒がある。その棒はどす黒い血で汚れていた。

アレッサンドロが幽霊みたいに静かに階段を下りていった。そのあとに続く。

ぐるぐると三階分の階段を下りると、そこは広い通路だった。左側にはワイヤーケージでふさがれた貨物用エレベーターがある。右側は、工房と武器庫に続く巨大な鋼鉄のドアだ。血の跡が点々とそちらに続いている。左側の壁にあるコントロールパネルが赤く染まっている。

心臓が胸から飛び出しそうなほど打った。コントロールパネルには本当にうんざりだ。袖でキーについた血を拭き、コードを打ち込み、指紋スキャナーに親指を押しつける。何も起きない。一秒、二秒……。

どういうこと？

三秒、四秒、五秒……。

ドアの向こうで物音がした。

開いて！

工房のドアがきしみながらスライドし、中が見えた。すえた尿の臭いがする。目の前の床に応急手当ての道具が散らばっている。ライナスはぐったりと作業台に寄りかかっていた。どす黒い血の跡が鼻から唇へ、そしてシャツへと続いている。目は閉じている。

その姿は死んでいるように見えた。

3

　わたしはライナスのそばに膝をつき、首に手をあてた。かすかだが、たしかに脈がある。軽く顔を叩《たた》いた。「ライナス！　ライナス、起きて！」

「無駄だよ」アレッサンドロが、床に落ちていた医薬品の空箱を拾い上げて見せてくれた。携帯電話ぐらいの大きさで、ラベルに黒い川、小舟、頭巾をかぶった男の漕《こ》ぎ手の絵が描かれている。

「これは？」

「仮死薬だ」アレッサンドロは救急セットの中身を探り、空の注射器を拾った。「意思系能力者の攻撃に対する最後の防衛線だよ。これを注射すると仮死状態になる。意思系能力者は、存在しない心を攻撃することはできない」

「どれぐらいその状態が続くの？」

「人による。この薬はとてつもなく危険なんだ。六時間で目覚めることもあれば、三日後に目覚めて自分が誰だかわからなくなることもある。永遠に目覚めないことだって」

「脳死状態だ。脳が機能しない。この箱からすると、規定の倍量使っている」アレッサンドロは顔をしかめ、同じ形の注射器を取り上げた。そっちも空だ。「二本も注射するなんてどうかしてる」

信じられない。「解毒できないの？　目覚めさせる薬は？」

「そんなものがあるとしても、ぼくは知らない」

わたしのこれからの行動が、ライナスの生死を左右する。

胸を締めつけていた恐怖と不安は取り落としたガラスの器のように砕け、破片となって飛び散った。その破片が痛みとともに胸に食い込んだ瞬間、論理だけが支配する静かな場所が戻ってきた。

アレッサンドロとわたしにとって、ライナス・ダンカンはテキサス州監督官だ。それ以外のヒューストン市民にとっては、表向きは引退しているけれど多大な政治的影響力を持つ元評議会議長で、揺るぎない名声の持ち主だ。

現役の評議会議長が殺され、元議長も自宅で襲われて仮死状態で発見された。あらゆる手を尽くしてこの事実を隠さないと、ヒューストンがパニックにおちいってしまう。

最初にすべきなのはライナスの治療だ。二番めは、この病状を隠すこと。もしライナスに意識があれば、その順番を逆にしろと言っただろう。

「永遠？」

階段をゆっくり下りてきたレオンがライナスを見て足を止めた。「なるほど。ひどいな」

「そっちは？」アレッサンドロがたずねた。

レオンは首を振った。「何も。テレポーテーションの形跡もない。ピートを殺した奴《やつ》はドアから出ていったらしい。包囲攻撃対応モードの起動中にどうやってそんなことができたのか、こっちが訊《き》きたいよ」

ライナスが工房の中でロックダウンを起動したのだろう。危険がせまっていないなら、わざわざ仮死薬を注射しなかったはずだ。ライナスは地下工房に入り、包囲攻撃対応モードのボタンを押し、急いで薬を注射した。ピートを殺した者が家から出ようとしたなら、ゲートにたどりつく前に自動銃に撃たれただろう。

「一つだけ、これを見つけた」

レオンは黒いＤＡアンバサダーが入った保存袋を差し出した。〈ダンカン・アームズ〉が製造する最新鋭の四〇口径の銃。ピートの銃だ。

「これをどこで？」アレッサンドロがたずねた。

「玄関の柱のうしろ」

ピートの銃がそんなところにあるなんておかしい。ピートはそれを肌身離さず身に着けていた。寝るときはナイトスタンドだ。誰かがピートを殺し、銃を拾い、外に出る前に柱の陰に隠したに違いない。

包囲攻撃対応モードの起動中、自動銃は特別許可を持つ人物を無視するけれど、銃火器を持っていたら撃たれる。襲撃者はそのシステムをちゃんと知っていた。

「侵入者は特別許可を持っていたのね。アレッサンドロとわたしみたいに」

「ライナスは裏切られたんだ」アレッサンドロが言った。

「誰だと思う?」レオンが訊いた。

首を振って答える。「それを探るのはあとよ。先にライナスを運び出さないと」

ライナスを死なせるわけにはいかない。絶対に。

「この家は要塞も同じじゃないか」レオンがため息をついた。「危険を冒して運び出すより、医者を呼ぼうよ」

「あなたを入れるために、工房に入って包囲攻撃対応モードを解除したの。一度解除すると、再起動できるのはライナスだけなのよ」

レオンはじっとこちらを見つめた。「〝解除〟って、正確にはどういうこと?」

「今はどのドアもロックできないの。ロックされてるドアは誰かが手動で開けない限りそのままだけど、玄関も、ゲートも、工房も、今開けてきたドアは全部もう再ロックできないわ。自動銃も監視カメラもオフ。目と耳をふさがれて、身を守る方法もないの」

ライナスのボディガードはピートとヘラだけで、ヘラは今国外だ。この二人が最後の防衛線だけれど、ライナスがそれに頼ったことはほぼなかった。自動銃があったからだ。その自動銃が今や、芝生に置かれたドワーフ人形同然の力しかない。今のわたしたちは絶好の標的だ。

レオンが訊いた。「どうしてそんな仕組みにしたんだろう?」

「システムを再起動させるライナスがここにいない場合、考えられるのは死んでいるか制圧されているかよ。きっと監督官の関係者や救急隊や法執行機関が家に入るのを想定していたんだわ。そんなときにシステムを再起動したら恐ろしいことになる。大量虐殺よ」

アレッサンドロが背を起こした。「レオン、先導してくれ。ぼくはライナスをガレージまで運んで、郊外用装甲車に乗せる。本部まで連れていくんだ」

「そうだね、そうしよう。通りすがりの誰かが略奪しに入ってきたら困る」レオンが答えた。

頭上で物音がした。

セミオートマチックの銃が二丁、まるでそれ自体の意思で動いたみたいにレオンの手に現れた。レオンは右に動き、作業台のうしろに隠れた。アレッサンドロがライナスを抱き上げる。床にUSBメモリが落ちたので、拾った。血でぬるぬるしている。それをポケットに入れ、血のついた指をTシャツでぬぐった。

アレッサンドロはドアからの視線が届かない左手にライナスを運び、そっと床に下ろすと、工房のドア脇の壁に張りついた。ここからは階段が見えるけれど、下りてくる人物はすぐにはわたしに気づかないだろう。

余裕たっぷりの足音ががらんとした家に響く。なじみのあるメロディが漂ってきた。『アイーダ』の《凱旋《がいせん》行進曲》を、鍛えられたバリトンがハミングしている。

レオンがこっちを向いて口を動かした。〝何あれ？〟

ハミングが大きくなった。視界に長い脚が、次にその持ち主が入ってきた。四十代後半、政治家風のすっきりしたあたりさわりのないヘアスタイルに整えた、ウェーブした白髪まじりの髪。健康的な成人男性としか表現できない、ハンサムだけれどありふれた顔。グレーのサマースーツ。

男は階段を下りきったところで立ち止まり、工房を眺めた。

「そろそろ来るころだと思ってたよ、ミズ・ベイラー」

その声は完璧にありふれていた。訛《なま》りはなく、出身もわからない。大手のニュース番組に出ていてもしっくりくるだろう。

「その老人を自分で運ぶしかないと覚悟しかけたところだ。背に腹は代えられないって言うじゃないか」

アレッサンドロが顔をしかめた。

男は工房に一歩近づいた。

「そこまでだ」アレッサンドロが言った。

男は目を丸くした。「サーシャ！　おまえもいたのか。すばらしい。これで話が早くなる」

男は立ち止まってまっすぐこちらを見た。その顎に火がちらつき、顔が炎に包まれた。〝超一流〟の幻覚の使い手だ。わたしが知っている〝超一流〟の幻覚の使い手といえばオーガスティン・モンゴメリーだけで、彼は炎のショーを披露することなどない。

炎が派手なオレンジ色に燃え上がった。あたりに煙の匂いが漂う。男の肌、毛髪、服が紙でできているみたいに焼け落ち、灰になり、溶けてなくなった。男は首を振って漂う灰を振り払った。二十代後半の、たくましい肩をした長身の男が現れる。色褪《いろあ》せたジーンズを穿《は》いた長い脚。青いヘンリーネックシャツが筋肉質の体を包んでいる。

その髪は、人が何千ドルも払って真似《まね》しようとする、あこがれのホワイトゴールドだ。肌は黄金色に焼けていて、人目を引くどころか、交通整理が必要なほどの人だかりができそうな顔立ち。四角い顎、豊かな唇、高い頬骨、まっすぐな鼻筋、群青色の印象的な大きな目、ダークブロンドの太い眉。まるで太陽と波しぶきでできた天界の存在だ。

言葉が出ない。

男はほほえんだ。長く暗い冬のあとで顔を出した春の太陽みたいに。

「ロシア帝国の皇子、コンスタンティン・レオニドビッチ・ベレジン。よろしく」

ベレジン。ベレジン一族。ロシア帝国の王家だ。

「なぜここに？」アレッサンドロの声は氷のようだった。

「おまえに助けが必要だからだよ」皇子はアレッサンドロをよけて中に入ろうとしたが、アレッサンドロは同じ方向に動いて入り口をふさいだ。

「こんなことをする必要があるのか、サーシャ？」

「あいつ、撃っていい？」レオンが訊いた。「脚。あいつの脚を撃つから、ライナスを担いでここからおさらばしようよ」

「撃つのはやめて。この人、ロシア皇帝の親族よ」

「そのとおり」コンスタンティンが言った。「陛下がぼくに何かさせたいとき、お気に入りの甥《おい》だと念を押すんだ。もちろん、全員に同じことを言ってるけど」

「何が望みだ？」アレッサンドロが言った。体の周囲に今にも飛び出しそうなほど魔力が渦巻いている。

もしわたしが副監督官としてロシアの皇子に魔力を使ったら、国際問題に発展するだろうか？　彼が勝手に家に入ってきたことは関係ない？　どういう手順を踏めばいいの？

「ぼくの望みなんか関係ない。問題は帝国が何を求めているかだ。ぼくは祖国の意思を実行するいやしい道具にすぎない。で、今はその意思が副監督官との会話を求めている。だからそこをどいてくれ。さもなければぼくがどかせる」

アレッサンドロのまわりがオレンジ色に燃え上がった。「ああ、望むところだ」コンスタンティンは動かなかった。「やめておこう。ぼくは必死に理性的であろうとしているんだ。喧嘩《けんか》するために来たわけじゃない」

「うしろを向いて、来た道を帰るんだ。そうすれば死ななくてすむ。それがぼくからの理性的な提案だ」

アレッサンドロの顔から感情がかき消えた。口調は慎重で落ち着いている。わたしが毎朝いっしょに目覚めるアレッサンドロじゃない。有能で断固とした〝番人〟でもない。これは、最初の、そして最後の警告を発するマエストロだ。コンスタンティンの目を見れば、彼の意思を読み取ったことがわかった。分厚い心の扉をばたんと閉ざしたかのように、チャーミングなぬくもりは消えた。

崖から飛び降りるときは下を確かめてから、というのがわたしのルールだ。ロシアの皇子を怪我《けが》させたらどんな結果を招くか、さっぱりわからない。この三人でコンスタンティンを足止めすることはおそらく可能だ。でもその結果に責任を負えるかどうか自信がなかった。

レオンがたずねた。「仮定の話だけど、こいつを撃ったって誰にもわからないよね？ぼくは死体を隠せる場所を知ってるし、証拠だって残らない」

皇子はレオンをよく見ようとして片側からのぞき込んだ。「証拠なんか必要ない。疑いだけで充分だ」

ライナスはまだ意識が戻らない。あまり時間がない。

わたしは立ち上がった。

皇子はまばゆいほどの笑顔を見せた。「そこにいたのか、ミズ・ベイラー。写真よりずっとすばらしい」

「殿下、監督官局はあなたに敬意を表します。ただ、その行為は侵入にあたるので、この家から出ていってほしいの」

「話し合わなきゃいけないことがある」

「今はそのタイミングじゃないわ」

「残念だが緊急なんだ」コンスタンティンが言った。「きみと話すためだけにこの家を三時間も見張ってたんだぞ」

皇子の言葉を信用していいのかどうか、まったくわからない。ライナス襲撃に関わっているのかもしれないし、なんの関係もないのかもしれない。今はライナスをここから連れ出すこと以外、どうでもいい。

「わたしを知っているなら、どこに行けば会えるかもわかるわね。今、あなたは仕事を邪魔してる。すぐさま立ち去らないなら、ロシア大使館に正式に苦情を申し入れるわ。人目につくやり方で」

「それは……遺憾だな」コンスタンティンはまたほほえんだ。「さっきも言ったように、ここへは手助けするために来たんだ」

「監督官局はロシア帝国の寛大な提案に感謝するわ。残念ながら今は断るしかないけど。どうかここから出ていって」

コンスタンティンはため息をついた。「そういうことならきみの望みを尊重するしかないな。ただし、話し合いは必要だ。きみの事務所に場所を移すという理解でいいね？」

「どうして脅されているみたいに思えるんだろう？　この答えは、あとで責任を問われないような、あたりさわりのない内容でなければいけない。

「通常の時間内ならベイラー一族はクライアントを歓迎します。もし訪ねてきてくれるなら、丁重にもてなすつもりよ」

「それは本心？」

アレッサンドロが一歩前に出た。その声は暴力を予感させた。「出ていけ」

コンスタンティンはため息をつき、一歩下がった。「お望みどおりに。ぼくはベストを尽くした。お互い、後悔しないことを祈ろう」

皇子は背を向け、階段を上り出した。アレッサンドロはそのあとを追った。

「なんだよ、あれ？」レオンがささやいた。

「さあ」

のろのろと時間が過ぎていった。

アレッサンドロが戻ってきて軽々とライナスを持ち上げ、消防士スタイルで肩に担いだ。

「行こう」

レオンが先導した。その次がアレッサンドロ、最後がわたし。すばやく家を通りぬけ、ガレージに向かう。そこには四台の装甲車が待っていた。〈ダンカン・アームズ〉製ストーマーのキーを棚からとり、リモートでエンジンをかける。大型の白いSUVがそれに応えてうなり声をあげた。ライナスが所有する特別仕様車両のうち、これがいちばん装甲が厚い。地雷の爆発に耐え、ライナスの自動銃の射撃にも十秒間持ちこたえる。これより守りが堅いのはライナスのパワースーツだけだ。

わたしが運転席に座り、アレッサンドロがライナスを後部座席に寝かせた。

「ぼくも乗る？　それともうしろからついていく？」レオンが訊いた。

「ついてきてくれ。二台めがあったほうがいい」

二台めが必要になるのは、ストーマーが動かなくなったときだけだ。

レオンはガレージの扉を開け、ゆっくりとシェルビーに走っていった。アレッサンドロが助手席に座った。オレンジの魔力がはじけ、〈ダンカン・アームズ〉製のライフルがその手の中に現れた。

大型の装甲車で私道をぐるりと回り、ゲートに向かう。レオンのあとについて右折して一方通行の道に入り、Uターンする。一つめの減速帯を越え、住宅街から抜け出した。

「サーシャって?」そうたずねる。

アレッサンドロはイタリア語で何か毒づいたが、早口で聞き取れなかった。

「あの人、何者なの?」

「本人が言ったとおりだ。ロシア皇帝ミハイル二世の弟、レオニード・ベレジン大公の次男だよ」

「アレッサンドロ、情報を出し惜しみしないで」

彼は険しい目でこちらを見た。「奴には二人の兄弟がいる。兄はまじめで裏表がなく、大公の後継者としてぴったりだ。鋭すぎず、鈍すぎない。弟は喧嘩好きで、ハイになった牡牛《おうし》ほどの繊細さしかない。コンスタンティンは酒や女やパーティが大好きな快楽主義者だ。三人は周囲にそういうイメージを振りまいている。それが割り当てられた役割だからであって、本当は違う。奴らは人間じゃない。帝国の玉座を守る、人間の皮をかぶった狼《おおかみ》だ。奴がここにいたということは、帝国内の最高権力がからんでる。奴には任務があって、それを邪魔する者は誰であれ殺すだろう」

「わたしたちが邪魔したら殺される?」

「一対一ならぼくは負けない。厳しい戦いになるけどね。でも一対一にはならない。ロシア帝国はあいつを一人で送り込まないからだ。皇帝のお気に入りの甥だと言っていたが、のあながち嘘じゃない」

「うれしくない情報ばかりね」

「ああ」

「あの人がライナスを襲ったと思う?」

「どうかな。監督官を殺せば戦争になる。少なくとも、大きな政治的混乱を引き起こすのはたしかだ。もしあいつがやったなら、すぐに距離を置こうとするだろう。ところがあんな派手なやり方で姿を見せた。ぼくはアルカンがやったほうに賭けるよ」

暗殺者軍団のボスになる前、アルカンはロシア帝国情報局のエージェントだった。アルカンが殺されずに引退できたのは、倒すとなると金がかかりすぎるからだ。ルチアナはアルカンの手下に殺され、ライナスは襲撃され、今度はロシアの皇子が手を貸すと提案してきた。これらはどこかでつながっているはずだけれど、今思いつくのは憶測でしかない。まずはライナスを生き返らせないと。

車はサウスウエスト高速道に入り、スピードを上げた。「ライナスは呼吸してる?」

アレッサンドロは座ったまま振り向き、ライナスを見た。「ああ」

レオンの車がすっとうしろについた。

ライナスはベレジン一族とのつながりを口にしたことなど一度もなかった。わたしが知る限り、テキサス州監督官はロシア帝国となんの関わりもない。監督官はあくまで国内だけの法執行機関だ。

ライナスを失うわけにはいかない。師でありボスであるという以上に、姪こそ違うけれど家族の一員だ。アラベラはライナスが大好きだし、ネバダは尊敬していて、わたしは頼りにしている。ライナスはわたしの世界を支える礎だ。困ったときは助けてくれて、励ましてほしいときは励ましてくれる。活を入れてほしいときは厳しく説教してくれる。

そのすべてを、これまでは全部あたりまえだと思ってきた。頭の中では、ライナスは誰にも手出しできない永遠の存在だった。ところが今のライナスは車の後部座席で死にかけている老人で、こちらにはどうすることもできない。

何者かがライナスを傷つけた。必ず報いを受けさせてやる。どこに逃げようと、絶対に追いつめる。

携帯電話に、家に電話するよう告げた。医療チームと全館封鎖、そして家族会議が必要だ。

4

自分のオフィスに入り、リモコンでブラインドを閉めて暗くすると、デスクに座り、ゆっくりと深呼吸した。

ライナスは本棟の上階にたくさんある予備の寝室に運び込まれた。うちの一族専属の医師パテルが付き添っている。医療チームが点滴をつなぎ、体を拭き、ほかに怪我《けが》がないか調べた。傷はなく、大量出血は鼻からのものだった。

診断結果はよくなかった。ライナスは昏睡《こんすい》状態にある。MRIやCTは役に立たないだろう。脳の代謝を調べるには陽電子放射断層撮影《PET》が必要になる。ライナスが意識を取り戻すかどうか知る方法はそれだけだ。ただ、うちにはその装置はなく、ライナスを病院に運ぶわけにもいかない。ライナスの命を狙う者が誰であれ、とどめを刺そうとする可能性がある。護送するとなると、頑丈な壁と警備で守られているこの家にいるよりずっと危険だ。

パテル医師からは経過を見ることを勧められた。ライナスは昏睡から目覚めるかもしれないし、目覚めないかもしれない。誰もどうすることもできない。

本部は最高警戒態勢に入った。うちの警備のチーフ、パトリシア・タフトは、非番のスタッフを全員招集した。二十分後には、このオフィスの向かいにある会議室に家族みんなが集まる。わたしは行動計画を説明しないといけない。あわてず、落ち着いた態度を見せなければ。

でもあわてていたし、落ち着きなんて言葉は今のわたしの辞書にはない。

ここに座っている間も、ライナスはゆっくり死にかけている。今にも息を引き取るかもしれないのに、誰かに呼ばれるまではわからない。いつ携帯電話が鳴り、パテル医師からライナスが亡くなったという知らせが入るかわからないと思うと、心の一部が錯乱状態におちいった。

もしそれが現実になったら？　おそらく、数分後の会議で誰かが質問してくるだろう。そのすべてに答えなくてはいけない。しかも正直に。テキサス全州を相手にすらすらと嘘をつけても、家族に嘘をつくことはできない。

ドアを引っかく小さな音がした。

涙を拭き、立ち上がってドアを開ける。シャドウがするりと中に入ってきた。毛足の長いつややかな黒い毛は後ろ向きにカールしていて、小さな犬のわりには驚くほど歯が大きい。

「よくここだってわかったね」

シャドウは尻尾を振った。ハンバーガーのぬいぐるみを口にくわえている。わたしが動揺していると必ず自分のおもちゃを持ってくる。こちらがその努力に応えないと、シャドウは家具に上り、おもちゃをわたしの口に入れてなぐさめようとする。

わたしはシャドウを撫《な》でてパソコンの前に戻った。シャドウは隣に置いた犬用ベッドで丸くなった。

キーボードを軽く叩《たた》いてスリープを解除し、ポケットからUSBメモリを取り出して差し込む。意味不明なコードが何列も画面いっぱいに表示された。暗号化されている。当然だろう。USBメモリを抜いて、バーンにまかせるしかないと考えた。

自分だけのコードを入力し、監督官ネットワークにログインする。システムがアクセスを許可したので、トップページのメニューから〝緊急連絡〟を選んだ。

新しい空白のウインドウが開いた。この手順はライナスが説明してくれた。ここに緊急事態の内容を入力し、返事を待てばいい。

〈ルチアナ・カベラ議長がレストランでランチ中に殺害された。ダンカン監督官は自宅で襲撃され、仮死薬を注射。昏睡状態だが安定し、こちらで安全に保護している。アルカンの関与を疑う。コンスタンティン・ベレジン皇子から副監督官に接触があり、詳細は不明だが協力の申し出あり。助言を求める〉

エンターキーを押して待つ。州評議会の議長が殺されたことがこれまであったかどうかは知らないけれど、有力一族間の権力争いの激しさを思えば、初めてのはずがない。議長の死、監督官の負傷、押しつけがましい外国の皇子にどう対処するか、決まった手続きがあるはずだ。きっと助けが来るだろう。経験豊かな誰かが来てくれる。よその州の監督官とか、アメリカ評議会のエージェントとか。

ティッシュをとって目にあてる。涙さえ止まればだいじょうぶ。泣いてるわけじゃないけれど、ストレスとプレッシャーで涙が止まらない。目を赤くして会議に出たら、家族はわたしの言葉を聞かずに、まずなぐさめようとするだろう。

早く自分を取り戻さないと。仕事があれば気持ちを集中できる。ストレスに対処しきれないとき、いったんそれを忘れることができる。議長の殺人に関して、さっさとビデオ通話を始めないといけない。

ウォール捜査官はすぐに出た。「ウォール捜査官だ」

世の中にはいかにもそれらしい風貌というのがある。何十年も権力の頂点に君臨するライナスはまさに〝超一流〟らしい。それと同じように、ウォール捜査官はいかにもＦＢＩだ。地味な髪型、重々しい顔つき、鍛えぬいた体。生真面目な目は、こちらが何もしていなくても悪巧みを見抜き、それをおもしろく思っていないと告げているかのようだ。

「貸しがあったわね」

「わたしに？」

「ええ。二人の〝超一流〟外国人と、謎のスーツケースの件」

「ぴんと来ないな」

「同時に開けないと爆発する仕掛けのスーツケースのことよ」

「ああ、あれか。ほとんど忘れてたよ」

「ウォール捜査官、あれは二カ月前よ。日曜なのに、わたしはすべてを放り投げてそちらのビルに駆けつけた。あなたは監督官局に借りがあるわ」

「わたしの気に入らない話だな？」

「気に入るようなら借りとは言えないでしょ？」

ウォール捜査官はため息をついた。「言ってくれ」

ある倉庫の住所を告げる。清掃スタッフはもうとっくにあそこを離れているはずだ。

「そこに何がある？」

「あなたの主導で頼みたい、あるものよ。匿名の通報ということにして」

ウォール捜査官は短く笑い、通話を切った。

ブラウザを開き、コンスタンティン・ベレジンを検索する。何列もの画像と、無数のリンクが出てきた。深紅の縁取りのある濃紺の制服を着たコンスタンティン。帝国空軍だ。険しい顔つきの年配の父親と並ぶコンスタンティン。どちらもスーツとコートで、雪の積もった街路の真ん中で撮った広報用の写真だった。背後には、ロシアのどこかにある大聖堂の、金色の丸い尖塔《せんとう》が見える。兄弟と並ぶコンスタンティン。改まった席で、全員別の軍服を着ている。

兄弟の一人は黒い帝国海軍の制服で、余裕のあるほほえみを浮かべている。もう一人の兄弟は父親と同じ黒っぽい髪で、誰でもいいから殴りつけたがっているみたいに見える。体にぴったりと合ったダークグリーンの軍服。母なら彼を喧嘩腰《けんかごし》と表現するだろう。コンスタンティンはその間に立ち、夢見るようなほほえみを浮かべている。まるで、木陰のハンモックで長々と昼寝を楽しんだばかりかのように。

人間の皮を被った狼《おおかみ》たち、とアレッサンドロは言っていた。その一人がやってきた。なんのために？

小さなアラートが鳴り、監督官からのメッセージを告げた。よかった。これで助けが来る。監督官ネットワークに画面を切り替え、メッセージをクリックした。

〈ベイラー監督官代理、了解した。カベラ議長の殺人事件の捜査を許可する。幸運を祈る〉

どういうこと？　画面をじっと見つめた。

〝幸運を祈る〟

軽いノックがして、顔を上げた。母がドア口に立っている。

恐怖が胸に突き刺さった。「ライナスは……？」

「変わらずよ。十分後に会議のはずなのに、会議室がロックされてる」

そうだった。半分腰を浮かせていたことに気づいて、すぐに座り直した。

母はドアを閉めてソファに座った。今日は脚が痛むようだ。歩き方が少しぎこちないのを見ればわかる。脚にかける体重を意識しているせいだ。母はずっと病気一つせずにたくましく、動きもすばやかった。バルカン半島での紛争に派遣されたとき、母の部隊は二つの敵グループにはさみ撃ちにされた。そしてわずかな生き残りは、ボスニア側が支配する小さな町の捕虜収容所に入れられた。母は兵士の一団を率いて脱出を図り、つかまった。

母は脚を折られ、穴に入れられた。短いトンネルに続く下水口で、雨水と下水でいっぱいだった。濡《ぬ》れていないのは壁のそばだけで、幅は一メートル弱。母は座ったまま眠った。一日に一度、下水口のふたが開いて食べ物の袋が投げ落とされた。運よくすばやく動けたときだけ、下水に落ちる前にキャッチすることができた。

どれぐらいそこにいたのかは、母にもわからない。収容所が解放されたとき、軍が脚を手当てしてくれたものの、二度と治らなかった。母は一つかみの勲章をもらい、名誉除隊となった。なぜ脚を怪我したのか説明するとき、一度だけその話をしてくれたけれど、それ以来二度と聞いたことはない。

母の頭の中では自分の動きの遅さがもどかしいらしく、いつもそれを補おうとする。会議が正午だとすると、十一時四十五分には会議室にいる。

「どうしたの?」母がたずねた。

「援護を頼んだの」

「それで?」

「来ないって」

「来ると思ってた?」

「うん、なんとなく。アドバイスを求めたら、向こうはわたしを監督官代理にして、幸運を祈ってくれたわ」

「昇格してずいぶん責任が重くなったのに、昇給も特別なメリットもなしってわけね」母はにっこりした。「あなたが誇らしいわ。立派な大人になったのね」

「州の法執行機関の最高レベルの人たちを顎で使える立場よ。それがメリット」

顎で使えるかどうかは怪しいけれど。法執行機関は邪魔されるのを好まないから。

「人生では援護が来るほうが珍しいわ。それを知るのが大人になるってこと。あなたが部下の兵士だとしたら、わたしはなんて声をかけると思う?」

「なんて言うの?」

「自分のことは自分でしなさい」

思わず母を見つめた。

「あなたは一年半もライナスのもとで働いてきた。プロとしての訓練を積んで、経験やスキルや力を手にしたし、やり方も身に着けた。今回のことも、これまでの案件と同じように取り組めばいい」

「でもライナスが……」

「ライナスは自力で生きるなり死ぬなりするわ。ライナスを助ける方法はないんだから、頭から追い払いなさい。自分ができることに集中して」

デスクに目を落として考える。母は間違ってない。

母がたずねた。「ライナスが死んだらどうなるの？」

「わたしが監督官になる」

「どちらにしろ、いずれはそうね。ライナスは永遠に生きるわけじゃないし、それはみんな同じ。援護がないのはそれが理由よ。向こうは、あなたがその仕事を引き受ける準備ができてるかどうかを知りたがってるの」

「自分ではよくわからないけど」

「戦闘中に上官が死んだら、準備ができてるかどうかを自分に問いただす時間なんてない。自分に順番が回ってきたら黙って指揮を執る、そうしないと命が失われるからよ。わたしはあなたを信じてる。アレッサンドロも、家族も、ライナスもね。ライナスはあなたをこの仕事に選んだ。だから、まずは自分を立て直すために必要なことをしなさい。泣きたいなら泣けばいいし、射撃場に行きたいなら弾がどこにあるかはわかってるわね」

立ち上がって母のそばに行った。「ハグしていい？」

母が両手を広げたので二人で抱き合った。母はわたしの髪にキスした。

思わず泣きそうになる。昔、わたしの魔力が漏れて、そのせいで誰かが我を忘れてわたしに執着する事件が起きると、母はこんなふうにハグしてくれた。だいじょうぶ、練習すればうまくできるようになるから、と。母はいつも心からわたしを信じてくれる。

「あなたたち三姉妹は全然違うけど、それでもみんな同じね」

「どんなふうに？」

「自分のやり方にこだわらなければ、やりたいことをなんだってできる力を持ってる。とくにあなたは頭でっかちなところがあって、考えすぎるのが悪い癖よ。まず自分をレールに乗せて、走り出しなさい」

「わかった」

ドアが開いてアラベラが顔を出した。「なんで会議室の鍵が閉まってるの？」そこでわたしと母に気づいた。「ああ、ママタイムなんだ。なんかあった？　落ち込んでるんでしょ？」

「ドアを閉めて」母が言った。

アラベラは頭を引っ込め、ドアを閉めた。

「心の準備はできた？　それとももう少し時間がほしい？」

「だいじょうぶ」

母はうなずいた。「だと思った。じゃあ、始めましょう」

家族全員が廊下に集まって、壁から壁までを埋め尽くしていた。

黒っぽい髪、日に焼けた顔に白い歯のレオンは、ほっそりした長身を壁に預けている。垂直面があるともたれずにいられないのがレオンだ。隣は、弟より大きい、肩のがっしりした筋肉質の体、夏はダークブロンドで冬はライトブラウンの髪を持つ、レオンの兄のバーン。バーンはルナに腕を回している。ルナの髪は燃えるように赤く、目は緑、肌は暗闇で光りそうとみんながからかうぐらい白い。バーンはノートパソコンを、ルナはタブレットを抱えている。

右側の会議室のそばで腕組みしているのはアラベラだ。小柄だけどスタイルは砂時計型で、日に焼けている。モノトーンのジャガード織り花柄ワンピースは、フィットしたウエストからフレアスカートが広がるデザインで、合わせているのは黒のパンプスだ。最近スタイリッシュなアッシュを入れた髪をうまくルーズなアップスタイルにまとめていて、本人はこれを〝教会で人気のある女の子ヘア〟と言っている。今朝は目立つ場所で仕事の顔合わせがあったに違いない。

みんなのうしろでフリーダおばあちゃんが携帯電話を見て顔をしかめていた。身長は母と同じぐらいだけれど、この二人は正反対だ。フリーダおばあちゃんは折れそうなほど細く、カールした髪はプラチナブロンド。機械工らしいオーバーオールにはついたばかりのエンジンオイルのしみがある。母はがっしりしていて肌は浅黒く、髪も目も黒っぽい。その目は狙った相手までの距離を測るとき、氷のように冷たくなる。

そのうしろにコーネリアスが控えていた。薄いサマースーツのスラックスとグレーのベストが、均整のとれた体にオーダーメイドみたいに合っている。白いドレスシャツを肘までまくり上げ、ブロンドの髪は少し乱れ気味だ。コーネリアスの服装はいつも完璧だけれど、本当に改まった席でない限り、何を着てもさりげなくカジュアルに見せるのがうまい。コーネリアスの相棒、黒とベージュの大型ドーベルマンのガスが足元に座っていた。コーネリアスとマチルダに初めて会ったとき、二人のそばには別のドーベルマンのバニーがいた。バニーはマチルダと同い年で、何年も忠実に寄り添いたくさん遊んできたものの、今はもうあまり元気がない。ガスはバニーの子なので、レオンはいつもガスのことを頑固に〝ガス・バニーサン〟と呼んでいる。

コーネリアスの隣は、うちの警備のチーフ、パトリシア・タフトで、こちらの二人もいろんな意味で正反対だ。コーネリアスは巧みに着崩していて威圧感がない。いっぽうでパトリシアは、三つ編みにしたダークブラウンの髪から浅黒い肌を引き立てるベージュのパンツスーツまで、一分の隙もない。制服みたいにパンツスーツを着こなし、自信と権威を漂わせていて、彼女が来るのを見ると人はきちんと並び直す。アレッサンドロがふたつきのプラスチックケースを持って自分のオフィスから出てきた。わたしを見ると、ケースで何かをつかまえる仕草をしてみせる。ああ、ヤドビガだ。キーを差し上げて言った。「一列に並んで」

家族は全員こちらを見つめている。

「一人ずつ会議室に入って。足元に気をつけて、椅子に座るときも確認してからね」

バーンがレオンのほうを振り向いた。

「何?」レオンはわざと無邪気そうにまばたきしてみせた。

「よく言うよ」バーンがため息をついた。

「どうしたの?」母が口を開いた。

「今朝、会議室でとても珍しい蜘蛛《くも》が逃げ出したの。絶滅危惧種で、二十五万ドルの価値がある」

「すごい」アラベラが言った。

「謝罪するよ」コーネリアスが苦しそうな顔で言った。「ぼくがマチルダに話したんだ」

「蜘蛛を見つけても踏みつぶさないように」わたしは会議室の鍵を開けて脇に下がった。

「叫んでくれたらアレッサンドロがつかまえに行くから」

「叫ぶのならまかせて」ルナが言った。「でも踏みつぶさないって約束はできないかも」

「努力して」そうルナに告げる。

家族は一列になって会議室に入った。悲鳴が聞こえるのを待つ。でも誰も叫ばない。アレッサンドロがプラスチックケースを持って廊下を横切り、どうぞと言わんばかりに会議室のほうに片手を大きく振った。中に入り、椅子をチェックし、テーブルの上座のいつもの席に座る。アレッサンドロが右に、パトリシアが左に座った。

バーンはテーブルの端でノートパソコンを広げ、キーを叩いた。向こうの壁に取りつけたスクリーンにローガンとネバダが映し出された。義兄は仕事モードの黒ずくめで、いつもどおり迫力があった。背が高く、黒っぽい髪と強烈な青い目の持ち主で、ヒーターが熱を発するみたいに威圧感を漂わせている。

姉のネバダがこちらに手を振った。ハニーブロンドの髪をすっきりと編み込んでいる。白いワンピースを着ているということは、これから出かけるか、外から戻ってきたかのどちらかだ。息子のアーサー・ローガンと白いワンピースは相性が悪い。一歳と一カ月のこの甥《おい》のエネルギーは無尽蔵だ。歩くのを覚えて二歩ほど一人で歩けるようになったとたん、行きたいところ、やりたいことが生まれて、それができないと物を浮かせて引き寄せようとする。けれどもコントロールが甘く、幼児用のストローマグのふたが途中で開くことがある。

「録画はオフになってる？」

そうたずねると、ルナがバーンにタブレットを渡した。バーンはそれに指を滑らせた。

「ああ」

この会議は記録されない。

感情を表に出さずに言った。「今日の十一時八分、ルチアナ・カベラが〈レスピット〉で殺害された」

会議室は静まり返っている。

「襲撃者はおそらく〝超一流〟のテレキネシスで、二本の槍《やり》でルチアナを壁に串刺しにしたわ。一本は胸、もう一本は口」

携帯電話をタップすると、壁に突き刺さったルチアナ・カベラの画像が背後の壁のスクリーンに高画質でまざまざと映し出された。皆がそれを見るのを待って、もう一度タップする。遺体から引きぬいた槍がスクリーンいっぱいに表示された。

わたしはローガンを見やった。

ローガンが大きな声で言った。「ジェレミー、これから一週間のスケジュールを全部キャンセルして、バグを捜してくれ」

アレッサンドロが言った。「そのテレキネシスはおそらくシャビエル・セカダだと思う。武器と殺害方法が奴《やつ》の手口と一致する」

画面にシャビエルの写真が現れた。身長は平均的で体は引き締まり、ハンサムだ。男性は二十代で男っぽくなる人も多く、シャビエルも大人になったけれど、その顔にはかすかにユニセックスな美しさが残っている。五年前に初めて会ったときはボーイズバンドのメンバーみたいだと思った。日焼けした輝くような赤銅色の肌。よく似合うスタイルにカットしたチェスナットブラウンの髪。高級サロンが大好きと言わんばかりの髪型だ。黒っぽい目は高慢で冷たく、人を見下すようなほほえみは、うぬぼれの強さを物語っている。

「生意気そうな小僧ね」祖母が言った。

アレッサンドロが続けた。「シャビエルが関わっているというのは、この殺人にアルカンの承認があったことを意味する。現時点では、議長を殺害した動機はわからない。アルカンは表に出たがらず、著名人を抹殺する場合は事故を装うか失踪させるのが普通なんだ」

「〈レスピット〉のオーナーはライナスなの」わたしは口を開いた。「今ライナスに注目が集まるのは困るから、犯罪現場は移動させたわ」

アラベラがくるっとこちらを見た。「なんで？　ライナスに何かあったの？」

母は、ちょっと落ち着きなさいと片手で妹を抑えた。「だいじょうぶだから、大騒ぎしないで」

「どういうこと？」アラベラが声を張り上げた。「誰か教えてよ」

「ちょっと黙ってくれたら教えるわ」そこで深く息を吸い込んだ。「これまでの二十四時間のどこかで、ライナスが自宅で襲われたの。ピートが亡くなったわ」

アラベラははっとして、母の顔に悲しみが浮かんだ。母とピートは友人だった。バーンは——めったにないことだけれど——驚いている。ノートパソコンの画面にいるローガンとネバダは顔から表情が消えた。姉は夫の癖がうつったらしい。

「ライナスは地下工房に逃げ込んだ」アレッサンドロが言った。「襲撃者は意思系の能力者だ。それでライナスは仮死薬を通常の二倍量注射した」

祖母が低く口笛を吹いた。

「意識はあるのか?」ローガンがたずねた。

「ないわ」そう答えた。

「仮死薬って?」ルナが質問した。

「意思系の攻撃を防ぐ薬だ」ローガンが説明した。「軍用で、意識を完全に遮断する力がある。意思系の能力者は相手の心を感じ取れないと殺すことはできないからな。永遠に目覚めない危険もあるから、最後の手段なんだ」

「目を覚ます薬はないの?」アラベラが言った。

母が答えた。「ないわ。自力で目覚めるのを待つしかないの」

アラベラは手を握りしめた。

ライナスの昏睡問題はこれぐらいにして、先に進まないといけない。

「ライナスは包囲攻撃対応モードを起動していたから、それを解除して工房から運び出したの」

「今どこ？」ルナが訊《き》いた。

「本棟の上にある、予備の寝室よ」

アラベラがはじかれたように立ち上がった。

母がテーブルを指して告げた。「座りなさい」

妹はすぐさま従った。

安心させようと穏やかに言う。「パテル医師が付き添ってるからだいじょうぶ。会議が終わったら会いに行ってもいいわ」

アレッサンドロが椅子の背にもたれて言った。「これから厳戒態勢に入る。付き添いや援護なしでの外出は禁止だ」

パトリシアがうなずいた。「当然ね」

わたしはバーンのほうを向いた。「ライナスの家も、中にある装備類も、警備システムを再起動するまでは無防備なままなの」

あの家には小国の政府を転覆させられるぐらいの武器がある。

バーンは答えた。「ぼくがなんとかする」

「わたしもいっしょに行くわ」ルナが言った。

ルナは〝超一流〟の毒使いで、バーンを愛している。バーンにとってこれ以上のボディガードはいない。

「ありがとう。レオン、カベラ事件の捜査をウォール捜査官に引き渡したから、あの捜査官を見張ってほしいの。行動を報告して、もしアルカンが彼を狙ってきたら、守ってくれる?」

「了解」レオンはルナを見て言った。「オタクのボディガード、がんばってよ。ぼくはFBIのお守りだ」

ルナはふんとあしらった。

レオンに倉庫の住所をメッセージで送り、ローガンとネバダに目を向ける。「ライナスの不在をごまかせるような話を作れるといいんだけど」

「まかせて」ネバダが言った。

ローガンがこちらを見た。「シャビエルを見かけたら、すぐに連絡してくれ」

会議が終わったら、ローガンは部下である情報処理の専門家バグをヒューストンに放つのだろう。バグは疲れ知らずで、超人的なスピードで視覚情報を処理する。シャビエルは気づいてないだろうけれど、バグの目に留まったら最後、楽しいお出かけはおしまいだ。

「もう一つ問題がある」アレッサンドロが口を開いた。「まだ理由は不明だが、ロシア帝国がこの状況に興味を示している」

わたしはタブレットをタップし、まばゆい制服姿のコンスタンティンをスクリーンに映した。

祖母がまっすぐ座り直した。「なるほどね！」

「母さんったら……」母がうめいた。

「わたしは年をとってるだけで、死んでもいないし目が見えないわけでもない」祖母はにやりとした。「それに、制服姿の殿方には昔から目がないんだ」

「勘弁して」母がつぶやいた。

「こいつ、何者？」レオンが質問した。

「ロシア帝国のコンスタンティン・レオニドビッチ・ベレジン皇子。皇帝ミハイル二世の甥で、帝国保安局局長レオニード・セルゲーヴィチ・ベレジン大公の息子」

全員が、しばらく無言でコンスタンティンを見つめる。

「ちょっと気になるな」ローガンが言った。

義兄はものの言い方が控えめすぎる。

「わからないのは、ロシア帝国がなぜこのタイミングで首を突っ込んできたのかよ」

アレッサンドロが首を振った。「すぐにわかるだろう。とにかく、危険な状況だということだけは強調しておきたい」

アレッサンドロがわたしのタブレットをとって操作した。画面にオーガスティン・モンゴメリーが現れる。引き締まった体つきの長身、正確無比にカットされたプラチナブロンドの髪、半神半人の顔。手袋のようにフィットした高価な白いスーツを着た彼は、細いワイヤーフレームの眼鏡の奥からおもしろそうに、そして少しばかにするように世界を眺めている。

オーガスティンは、最初は事務所のローンの債権者であり、ボスであり、潜在的な敵でもあったけれど、今は友人だ。その友情はオーガスティン主導であっても、友情には違いない。ベイラー一族とモンゴメリー一族はビジネスのライバルであると同時に、同盟も組んでいる。オーガスティンとローガンが大学時代にルームメイトで友人だった過去も、同盟関係を支えていた。

アレッサンドロは画面のほうにうなずいてみせた。「オーガスティンがどんな人か、一言で説明してみてくれ」

「えらそう」レオンが答えた。

「ビジネス至上主義。有能」これはバーンだ。

「冷たい。でも公平だよね」いわく、アラベラ。

「頭が切れる。危険。嘘が得意」わたしはそう付け足した。

「思いやりがある」ルナが口を開いた。

全員がルナを見た。

「ある意味そうでしょ。もしオーガスティンがいなかったら、ラグナーはここにいなかったかもしれないじゃない？」

あの夜、すぐに病院に駆けつけてくれとわたしを説得したのはオーガスティンだった。その屋上で、取り返しのつかないことをしようとしていたルナの弟を、わたしの魔力で引き留めるために。

「ほかには？」アレッサンドロがたずねた。

「ハンサム」祖母が言った。

アレッサンドロはタブレットをタップした。動画が再生され、若い男二人がいるジムの様子が映し出された。一人はオーガスティンだ。長身、短くカットしたプラチナブロンドの髪、ほぼ完璧と言っていい顔立ち。

このオーガスティンにはどこか違和感があった。今より若いけれど、どこで年がわかるか説明するのは難しい。今のオーガスティンの全体的な印象が三十代初めというのと同じく、全体的な印象が二十代初めだ。でも違和感のもとは年齢ではなくて、ほかの何かだった。

じっと動画を見つめる。足元は裸足《はだし》で、服装はシンプルな白いTシャツと黒っぽいショートパンツ。何が引っかかるんだろう？

対戦相手は黒っぽい髪の長身の男で、振り向いたとき顔が見えた。ローガンだ。一瞬ローガンだとわからなかったけれど、あの青い目は間違いない。

まるで別人だ。

このローガンは義兄と特徴は同じでも、トレードマークの強烈さがない。ローガンには威圧感がある。画面の男性にはそれが感じられず、肩の力が抜けている。戦争前のローガン――彼を〝マッド・ローガン〟に変えた大きな出来事が起きる前のローガンだ。

ネバダが夫を見て言った。「これはいつの動画？」

ローガンは画面をにらんだ。「卒業の翌日だな。海外に出る一週間前だ。この動画をどこで？」

アレッサンドロが答えた。「それはどうでもいいことだ」

「どうでもよくはない。おれが持ってない動画だ」

ネバダはバーンを見やった。「まさかモンゴメリー国際調査会社のサーバーをハッキングしたんじゃないでしょうね？」

バーンはつかの間ネバダを見つめた。「まさか。そんなことをしたら戦争になる」

「デ・シルバから手に入れたんだな」ローガンが言った。

ネバダがローガンを見た。「デ・シルバって？」

「これを撮った奴だ」

画面上で、オーガスティンとローガンが身構えた。

〝始めるぞ〟若いオーガスティンが言う。

〝どうぞ〟ローガンが答える。

ローガンはとてつもなく強くてスピードもあり、いったん戦い始めるとすさまじい力を発揮する。現在のオーガスティンは身長こそローガンと同じぐらいだけれど、体重は二十キロ以上少ないはずだ。二人を並べたら、オーガスティンは弱々しく見えるだろう。二人でやり合おうなんて、ばかげてる。どうしてこんなことになったのか不思議だ。オーガスティンへの罰ゲーム？

〝じゃあ、お嬢さんたち〟カメラの外から三人めの男の声がした。〝お茶会を始めようか〟

画面の中でローガンがにやりとした。〝いつでも来い〟

オーガスティンの両手が上がった。腕の筋肉がうねる。

違和感の正体がわかった。このオーガスティンは全体的に大きい。肩幅は広く、腕は筋肉隆々で、脚も筋肉がくっきり浮き出ている。ローガンのそばに立っていても、少し細いかなというぐらいだ。これは驚きだった。

「オーガスティンって、昔はたくましかったのね」ルナが言った。

「今もそうよ。体を細くしてるだけ」

アレッサンドロはわたしが先に気づいたことを誇らしく思い、こちらを見てほほえんだ。

アラベラがたずねた。「どういうこと？」

「いったん止めて」そう指示する。

アレッサンドロがタブレットをタップすると、動画が止まった。

「オーガスティンの肩と胸の比率を見て。わたしたちが知ってるオーガスティンは肩も胸も、もっと薄い。肩のラインまで今と違う。筋肉量は落とせても、骨格までは変えられない。魔力で細く見せてるってことよ」

「身長も五センチほど付け足してる。細く見せるためにね」ローガンが補足した。

アレッサンドロがタブレットに触れた。

オーガスティンがはじかれたように動き出した。右のこぶしが稲妻の速さでローガンの顎を捕らえた。

「すげぇ!」レオンが手を叩《たた》いた。

ローガンはあとずさって両手を上げた。オーガスティンがローガンの左膝を狙ってキックを放つ。ローガンは予想したらしく、脚を上げたけれど避けきれなかった。衝撃でローガンはよろよろと後退した。

「速いな」バーンがプロらしい口調で言った。

いとこは二人とも身を乗り出し、画面に見入っている。アラベラまでも。アラベラは今だけはライナスのことを忘れ、画面の中の二人の動きを目で追っている。その姿にはどこか獲物を狙う猛獣の雰囲気があった。戦う二匹の猫を眺める猫みたいだ。

画面のローガンが前に出てローキックを繰り出したが、オーガスティンの腿をかすめただけだった。オーガスティンはひょいと下がった。その目が輝き、口元にほほえみが浮かぶ。〝危ない、危ない〟

ローガンはハンマーのように腕を突き出した。オーガスティンは両腕を交差させて攻撃をかわすと、ローガンの左腿にフロントキックを打ち込んだ。二人はキックし、パンチし、うなりながら、ジムのフロアを移動していく。その光景は美しくもあり恐ろしくもあった。

画面の中でオーガスティンが飛んだ。ローガンの頭を狙い、右脚を野球のバットのようにフルスイングする。ローガンはぎりぎりで脇によけ、その脚をつかんで引き倒した。二人はマットに転がった。

「うまい」バーンがつぶやいた。

ローガンはオーガスティンをハーフネルソンで押さえ込んだが、それも一瞬で、オーガスティンは首をひねって転がり、ローガンの上にのしかかった。ローガンはブリッジでオーガスティンを払いのけ、耳を殴りつけた。オーガスティンはうなり、ローガンの顔に膝蹴りをくらわせた。

雰囲気が変わった。さっきまでは遊びで、キックもパンチも大きな怪我につながらない場所を狙っていた。でもここからは遊びじゃない。もうスパーリングではなく、喧嘩だ。

映像が揺れながら二人に近づいていった。

〝二人とも立て。これでおしまいだ〟見えないところでデ・シルバが言った。

二人はその言葉を無視し、相手に襲いかかった。

しゅーっという音とともに二人に消火剤がぶちまけられた。

二人が離れた。

〝なんのつもりだ？〟オーガスティンがうなるように言った。

〝感謝したほうがいいぞ。もう少しでマットのしみにされるところだったんだからな〟ローガンは鼻から血を拭き取ってオーガスティンのほうに振り払った。

〝負け惜しみか〟

オーガスティンはすっと立ち上がった。体操選手みたいな体つきだ。その顔がかすみ、わたしたちが知っているオーガスティンの若いバージョンが現れた。ほっそりしていてエレガントで上品なオーガスティンだ。

動画が止まった。

オーガスティンはわたしたちをだましていた。オーガスティンの印象を言葉にするとき、最初に来るべきなのは〝鍛えぬかれた殺人者〟だ。

バーンのほうを見て言う。「もしオーガスティンにこれを――」

バーンは首を振った。「そんなことしたら殺される」

「オーガスティン・モンゴメリーはマーシャルアーツの達人だ」アレッサンドロが口を開

いた。「高度な幻覚の使い手はたいていそうだ。彼らは情報を集めたりターゲットを倒したりするために、他人の特徴を身に着けて危険な状況に臨む。オーガスティンみたいな〝超一流〟は、戦いの中で自分の動きを隠すことができるんだ。もしこの動画が本当の戦いで、彼がナイフを持っていたら――」

「それでもローガンならオーガスティンを叩きのめせるさ」レオンが言った。

レオンは中学生のころから熱烈なマッド・ローガンのファンで、それは今も変わらない。レオンはローガンのことを、水面だって歩けるし朝食に敵の戦車を食べると思っている。

ローガンが首を振った。「奴らは現実をあいまいにすることができる。さっきまで離れていた手が、次の瞬間こちらの脇腹にナイフを突きつけている。目に見えない動きでね。遠くからなら殺せるだろうが、接近戦でオーガスティンと戦おうとは思わない。だが、オーガスティンはこの部屋にいる誰かを傷つけるようなことは絶対にない」

「ネバダは知ってたの？」わたしはそう訊いた。

姉はうなずいた。「二人はときどきスパーリングするから」

母が言った。「それなのに教えてくれなかったのね」

珍しいことに、ネバダはしゅんとした。「思いつかなかったの。コナーが言ったように、オーガスティンは敵じゃない。彼は数年前にコナーとちょっとしたことがあって、それ以来考えを変えたのよ」

ローガンがうなずいた。「信じてほしい。オーガスティンが脅迫じみたことを言ったとしても、はったりだ。あいつは味方なんだ」

「信じる気にはなれないけど」母がさらりと言った。

ローガンは顔をしかめた。「まあ、厄介な男だから」

アレッサンドロがさえぎった。「コンスタンティン・ベレジンは、おそらくオーガスティン以上のことができるはずだ。奴に会ったらコブラだと思ってほしい。攻撃範囲に近づくな。奴はすばやく、なんのためらいもなく殺す」

「そのとおり」パトリシアが言った。「追いつめられた幻覚の使い手ほど手ごわい敵はいない」

頭の中では、正体をあばかれた幻覚の使い手は無力だという思い込みがあった。それは生死に関わる勘違いだ。コンスタンティンは恐るべき敵。これまでずっと戦闘系じゃないと思っていたオーガスティンが殺人マシンに変身するのを見れば、心の底から理解できた。

「コンスタンティンの件は厄介だけど、優先順位のトップはライナスと議長の殺人事件よ」

「ところで」ネバダが口を開いた。「じつはちょっといやなニュースがあるの」

「PACのこと?」バーンが訊いた。

ローガンは腐ったリンゴでもかじったような顔をした。「それはこっちでなんとかする」

　ＰＡＣと名乗っている〈プリンシパル・アクション・コンサルティング〉は、最近ローガン家の頭痛の種になりつつある。ローガンと同様、ＰＡＣは私設軍隊を提供する会社で、ローガンの軍隊と同じく強力な〝超一流〟である〝マーカー〟のマシュー・ベリーが率いている。〝マーカー〟は、建物の一部にマークをつけ、そこに神秘域のエネルギーを集中させて爆発させる力を持つ。その力は砲兵隊に匹敵するほどだ。

　ＰＡＣを立ち上げたのはマシューの父だった。当時は〈ブラック・ハリケーン〉と呼ばれていたけれど、ローガンが軍界隈《かいわい》に衝撃的に登場したあと、マッド・ローガンと関わりがあるのか訊かれることが多くなった。父子はそれにうんざりし、社名を変えた。

　でも本当に厄介なことになったのは去年だ。パキスタンで、アメリカ人四人を含む考古学者のグループが誘拐された。複雑な政治的理由により、アメリカ政府は秘密裏に彼らを救出することを望み、ＰＡＣと契約した。いっぽうで、ローガンの母の友人であり、考古学者の一人の父親だった人物がローガンに接触した。ベリー家と政府が契約条件でもめている間に、ローガンは少数のチームを率いて人質を救出した。

　ベリー家はなぜかこれをあてこすりとみなした。ビジネス上のライバルという建前は個人的な恨みに変わり、息子のほうのベリーはローガン一族を地球上から抹殺することを心に決めた。ローガンの部下がある紛争で片方につけば、ベリー家はその敵側に雇われるよう動いた。二社は何度か異国の地で衝突した。最終的にぶつかり合うのもそう遠くはないと皆思っている。

「ベリーがオースティンに兵を集めている」ローガンが言った。

ベリーの本拠地はバージニアだ。彼の軍隊が、うちから数時間のオースティンにいる理由などない。ベリーはローガンへの攻撃を準備しているのだろう。ここにいる皆がそれを知っているけれど、誰も動くつもりはなかった。先制攻撃をしたほうが法的責任を問われることになる。最初の一撃を下すより、攻撃されるのを待つほうが賢明だ。

ベリーは大きな脅威だし、偶然にしてはタイミングが悪すぎる。ローガンとネバダはいつでも助けてくれるけれど、あてにしたことはない。自分たちで対処するのが当然だからだ。でもこれで助けが来ないのがはっきりした。少し計画を変えないといけない。

「アラベラ？」

妹がこちらを見た。その目にまだ怒りが燃えている。

「ライナスを殺そうとした者は、おそらくとどめを刺しに来るわ」

「来るなら来ればいい。家族には指一本触れさせないから」

うちのみんながライナスを家族だと思っている。ライナスはわたしたち三姉妹が孫娘で、バーンとレオンを孫息子だと思っている。とくにアラベラには甘い。ウイスキーや葉巻を盗まれても何も言わない。アラベラがライナスにアドバイスを求めることもある。ネバダはライナスから敬意と指導を受け、わたしは教育と訓戒を受けるけれど、アラベラは笑顔で賛成してもらえる。もしライナスを失ったら、アラベラはなぐさめようがないほど落ち込むだろう。それはわたしも同じだ。

「だからここにいて。何があっても本部を離れないで。アラベラが最後の砦《とりで》よ」

「わかった」

「会議はこれで終わり。みんな、仕事に取りかかって」

ネバダが手を振り、ノートパソコンの画面が暗くなった。

バーンのそばに行ってUSBメモリを手渡した。「何が入ってるか教えて」

「了解」

バーンは立ち上がり、ルナと二人で出ていった。レオンもぶらぶらと外に出た。母がアラベラにうなずくと、アラベラは跳ぶように立ち上がり、二人で会議室を出ていった。

コーネリアスも立ち上がった。会議中はそこにいるのを忘れるほどずっと静かだった。

「ちょっと待って」わたしは立ち上がってオフィスに行き、ルチアナのブラシを入れた保存袋を引き出しから取り出して、会議室に戻った。「これを調べてほしいの」

「くわしく聞かせてくれるかな」コーネリアスが言った。

5

携帯電話が鳴ったのでパソコンの画面から顔を上げた。見るとライナスからだ。

ライナス⁉

「もしもし？」

「ライナスの携帯電話をハッキングした」バーンが言った。

もう。「心臓発作を起こすかと思った」

バーンは喉を鳴らしたけれど、たぶん笑ったんだと思う。

「めぼしい情報は見つかった？」

「最後に通話を受けたのは午後六時四十三分。日曜の夜だ。最初の留守電は午後十時五十一分。この間に何かあったんだ」

「最初の留守電は誰から？」

「ザラ・カバーニ」

ザラ・カバーニはミシガンの監督官だ。ライナスは彼女と協力して逃亡犯を追っていた。

ザラからの通話なら出るはずだ。

「警備システムの復旧は進んでる？」

「今やってる。ライナスの容態は？」

「意識不明のままよ」

「悪化するより現状維持のほうがいい」

「そうね。USBメモリはどう？」

「今やってるところ」

バーンは、じゃあと言って切った。

顔をこすって考える。日曜の夜、六時四十三分から十時五十一分の間にライナスに何かが起きた。ピートの検視が終わったら、もっと時間帯を絞れるだろう。

ピートの顔に残っていた、ぎざぎざの黒っぽい線が脳裏に浮かんだ。わたしはそのイメージを押しやり、画面を見つめた。

アレッサンドロと二人で捜査を手分けすることにした。アレッサンドロは海外に強い情報源をあたり、ロシア帝国がなぜ突然テキサスや監督官に興味を持ったのかを探る。わたしはカベラ一族だ。

頭がぼうっとしている。急いで何か食べたほうがいいかもしれない。デスクの引き出しを探るとジャーキーが一袋あったので、歯で破り、これまでの仕事の成果を眺めた。二時間かけてカベラと名のつくものすべてを調べたけれど、たいしたことはわからなかった。

ルチアナ・カベラ、〝超一流〟の鎮静魔術家、カベラ一族の長《おさ》、五十六歳、未亡人。なぜか彼女のことは六十代初めだと思っていた。

夫のフレデリック・カベラも〝超一流〟の鎮静魔術家で、ルチアナの十歳年上。六年前に癌《がん》で亡くなっている。フレデリックはカベラ一族に入り、妻の姓を名乗った。調べた限りでは南アフリカ生まれで、アメリカへの移住を望んでいた。当時アメリカはエボラ出血熱の流行のせいで南アフリカからの移住を禁じていたけれど、ルチアナとの結婚でそれを回避することができた。

娘のケイリー・カベラは二十二歳。ここヒューストンにあるライス大学の学生だ。運転免許証とIPアドレスによると、今も親の家に住んでいる。巣立ちたくなかったか、巣立ちを許されなかったかのどちらかだ。

ルチアナには兄弟が二人、叔父が一人、叔母が三人、存命の両親がいるけれど、両親はどちらも健康とは言えない。ルチアナ以外にカベラ一族の中で正式に認定を受けた〝超一流〟は、高齢の母親だけだ。けれどもルチアナの十二歳の姪《めい》と十七歳の甥《おい》はどちらも予備テストを受け、〝超一流〟相当と判定されている。正式な認定がおこなわれるのは十八歳になってからだ。それ以外の一族メンバーは〝一流〟の範囲に入る。

ほかの有力一族と違い、カベラ一族の事業はそれほど手広くない。主要な収入源は〈セレニティ・クリニック〉で、それ以外は個人でおこなっている株式投資のみだ。カベラ一族の大人たちは全員このクリニックで働いており、必要な学位を持つか、その取得のために勉強しているかのどちらかで、家業から逃げ出そうと試みる者はいない。

スキャンダルの記録はなく、前科もなく、彼らの信用情報には破産も巨額の負債も何ひとつない。すがすがしいほど退屈だ。

ルチアナの政治家としてのキャリアも退屈だった。この三年、アルカンに狙われるような問題を評議会に持ち込んだ記録は一つも見つからなかった。テキサス州の有力一族の相続に関する細かな規則や〝超一流〟の厳密な認定手順に、アルカンが興味を持つとはとても思えない。どれもこの地域にしか関係のない話だ。

ペンを唇にあてる。一つ気になることがあった。SNSのヘラルドのゴシップによるとケイリー・カベラは両親と同じ〝超一流〟らしい。〝超一流〟は普通、認定テストを受けたがるものだ。ケイリーの四人のいとこは予備テストを受けていて、これは正式な認定ではないものの、家族は本人のおおよその能力を知ることができる。四人のうち二人は暫定的に〝超一流〟と判定され、あとの二人は〝一流〟相当だ。カベラ一族のウェブサイトにはこの結果が至るところに記載されている。ところがケイリーには予備テストの記録がないし、認定を申請した形跡もない。

〝超一流〟が正式な認定を延期するには理由がある。たいていは事業や家族の事情だ。たとえば、抗争中の有力一族は認定テストを遅らせ、実際より弱く見せて相手を油断させる。

でもカベラ一族は戦わないし、ケイリーは有力一族の子弟が集まる世界に欠かせない一人だ。インスタとヘラルドを見れば、特権階級の子どもなのがわかる。高価な服を着て高級車を乗り回し、人気のレストランで食事し、同じような友人と遊ぶ。監督官ネットワークでライス大学の成績証明書を取り寄せてみた。学業は順調で、心理学で学士号取得を目指している。スピーチやプレゼンテーションの成績を見ると、能力に不安を抱えているとしてもそれをうまくコントロールしているようだ。

人は時として自分の才能をわざと隠す。コーネリアスのパートナーを殺したオリヴィア・チャールズは、他人の体を自分の思いどおりに動かす能力者、コントローラーだったけれど、理性を操るサイオニックで登録されていた。とはいえ、一度は認定テストを受けなければこの手を使えない。

何かが引っかかる。はっきりこれとは言えないけれど。もっと情報を得るためにはケイリーに話を聞くしかない。

携帯電話が鳴った。ウォール捜査官だ。思わず身構える。

「もしもし？」

「とんでもない借りだったな！」ウォール捜査官の口調には、そばに人がいるため表に出せない怒りがこもっていた。

「これで貸し借りなしね」

「知ったこっちゃないが、この現場は仕組まれたものだ。これをどうしろっていうんだ？」

どうしてわかったんだろう。ライナスの清掃スタッフは、わたしが副監督官になってからだけでも、誰にも勘づかれることなく三度事件現場を移動させたことがある。一分の隙もない仕事ぶりだった。

「派手に捜査してほしいの。質問へのコメントは拒否して、記者会見を開いて最低限の情報を出して、また質問へのコメントを拒否すればいいわ」

「おとりになれってことだな」

「こちらで自由に捜査できるようにしておきたくて。それにあなたは記者会見が好きでしょう？　ちゃんとしてるけど謎めいてるって言ってた、あの黒いスーツを着るチャンスよ」

「監督官は承知のうえなんだな？」

「今はわたしが監督官代理。アメリカ評議会はあなたの理解と協力に感謝します、ウォール捜査官」

沈黙が流れた。

「生きてるのか？」

「厳密に言えば」

　さらに沈黙が続いた。

「了解した」ウォール捜査官が言った。

「よかった。あなたに連絡したのは信頼してるからで、それは監督官の信頼があるからよ。この事件を捜査して、コンサルタントとしてわたしを引き入れて。解決したら手柄はあげる」

「解決っていうのは、真実があばかれることか、アメリカ評議会に都合のいい筋書きができあがることか、どっちだ？」

「こちらもそちらも満足できる、真実の一バージョンが公表されること」

　また沈黙が流れた。

「結構。わたしがＦＢＩ捜査官だということは頭に叩《たた》き込んでおいてほしい。それから、大衆の目をあざむくためにわたしや局を利用させるつもりはない」

「監督官ネットワークにアクセスして、ＦＢＩがこれまでそういうことを何度もやってきた例を見せてもよかった。でもウォール捜査官を味方につけておきたいし、その倫理観は尊敬に値する。わたしの倫理観にも通じるものがある。

「この殺人事件を解決したいし、犯人には裁きを受けさせたい。その気持ちは本物よ。誰かを陥れたり、罰すべき者を見逃したりはしない。それでどう？」

「了解した。これからカベラ一族の話を聞きに行く」

「同席できる？」

「ああ。五時までに来てくれ。遅れるな」ウォール捜査官は通話を切った。

アレッサンドロのオフィスに向かうと、アレッサンドロはテーブルに脚をのせて椅子の背にもたれ、電話していた。ドア口をこんこんとノックすると、こちらに向かってウインクした。

「マヤに愛とキスを。チャオ！」

アレッサンドロは通話を切り、にっこりしてみせた。

「〝チャオ〟？」

アレッサンドロが仕事でこの言葉を使うのは一度も聞いたことがない。〝チャオ〟はとても砕けた表現で、どんな挨拶にも使える。〝わたしはあなたの奴隷です〟という意味のベネチアの方言がもとになっているらしい。たいていは若い友人同士や家族など、よく知っている間柄で使う言葉だ。

「いけないか？　気軽に使ってこその決まり文句だろう？」

「そう聞いて安心した」

「どうして？」

「ウォールから連絡があったの。あの一族を調べるそうよ。ルチアナの娘のケイリーはわたしと同い年だから、伯爵に来てもらいたいの」

アレッサンドロの人格が変わった。テーブルから脚を下ろしてまっすぐ座り直し、脚を組む。その仕草はエレガントそのものだ。顔つきが上品になった。世慣れた感じで遊び人の雰囲気もあるけれど、息をのむほどハンサムだ。

「きみが求めてる伯爵ってこういう感じ？」つややかなネイルみたいになめらかなその言葉には、軽いイタリア訛《なま》りがあった。

「ええ、まさにそう」

「で、きみに同行したらこの従順な伯爵は何をもらえるんだい？」

「仕事がうまくいった満足感？」

「ぼくはもっと現実的なものを考えてた」

「たとえば？」

「これが終わったら、週末に二人でビーチに出かけるんだ。場所はどこでもいい。澄みきった青い海と太陽があればね。会議もアポも電話もなし」

アレッサンドロが何を言いたいかはわかる。ライナスが生き延びるかどうかに関係なく、実現させなければいけない。二人きりの時間が必要だ。

「決まりね。手付けはキスで支払う？」

「当然じゃないか」

わたしは近づいていって体を寄せた。唇と唇が触れ合う。おずおずとやさしく、じらすようなキスは、はっきりした約束というよりこれからを予感させる暗示でしかない。アレッサンドロが口を開いた。その息を捕らえ、舌が舌を軽くかすめる。髪に手をからませると、彼はむさぼるように、この瞬間を味わうようにキスを返した。その瞬間、世界が止まる。空気を求めて離れたとき、彼の服に手をかけたくなる衝動を必死に抑えた。

サグレド伯爵がまばゆいほどの笑顔を見せた。「ぼくはきみの奴隷だよ、愛する人《テゾーロ・ミオ》」

ルチアナ・カベラと娘が住んでいるのはリバー・オークスにある七百万ドルの豪邸で、ライナス宅から徒歩十分もかからない。手入れの行き届いた敷地に建つ八百平米近いその家は、アレッサンドロが〝ヒューストン風ヨーロッパ様式〟と呼ぶスタイルだ。地中海風を気取るベージュの漆喰《スタッコ》仕上げで、柱廊と、そこだけ異質な茶色い石造りの円塔があった。

車で敷地に入り、政府車両のナンバープレートをつけた、平凡な黒のSUVのうしろにライノを止めると、アレッサンドロが顔をしかめた。ライノはフリーダおばあちゃんの特製で、一から作り上げた装甲つきのSUVだ。ぎりぎり一般車を名乗れる、最高に安全な車だった。

「俗っぽいな」アレッサンドロは苦虫を噛《か》みつぶしたような顔をこちらに向けた。「どうして小塔なんかあるんだ？　投石機を持った中世の騎士の軍隊が攻めてくるとでも思ってるのか？」

「ないとは言えないわよ」

「トスカーナ式の柱廊にスコットランドの小塔にチューダー様式の窓か」

「手をつないであげる。そうしたら目をそらしたまま中に入れるでしょ？」

「必要ないよ」

携帯電話が鳴った。

「コーネリアスよ」アレッサンドロに言い、スピーカーに切り替える。

「きみの言うとおりだった。最近だよ。二十四時間以内だ」コーネリアスが言った。

ああ、わたしの勘違いならいいと思っていたけれど。

「ありがとう」

「どういたしまして」

アレッサンドロがこちらを見ている。

「ルチアナのバッグから取り出したブラシのこと、覚えてる？　それをコーネリアスに渡したの。コーネリアスはブラシを持ってガスをライナスの家に連れていき、残り香を調べさせたのよ。ルチアナの匂いは庭にも家にもあって、まだ薄れていなかった。ルチアナは議長として自由に監督官に会う権利を持ってる。二人は何度も極秘に会っていたし、ライナスはルチアナを警備システムの攻撃対象外に指定していたはずよ」

「いつわかったんだ？」

「わかったんじゃなくて、ぴんときたの」

アレッサンドロは指を振ってみせた。「魔法だな」

「いいえ、本能よ。レオンから連絡があって、包囲攻撃対応モードが起動してるけど死体はないって聞いたとき、襲撃はなかったか、襲撃者が無傷で逃げたかのどちらかだと思ったの。ルチアナとライナスが次々と襲撃されたのは、とても偶然とは思えない。ルチアナを疑ってはいなかったけど、どこかしっくりこなかった。だから仮説の根拠を固めたいと思ったの」

アレッサンドロは驚かなかった。どうして驚かないんだろう？

「アレッサンドロ、何か隠してるでしょう」

「ああ」

「何を隠してるの？」

「見たい？」

「アレッサンドロ！」

アレッサンドロは芝居がかった身振りで携帯電話を差し出した。そこにはジョルダーノという人からのメールが表示されていた。

「ジョルダーノって誰?」

アレッサンドロは通りのほうにうなずいてみせた。「引退した脳外科医だよ。三十年前からライナスの二軒隣に住んでいる」

「ジョルダーノ一族なんて記憶にないけど」

「存在しないからね。先生は能力者じゃない。このあたりに住むために、これまでずっと懸命に働いてきたリッチなご老人だ。ライナスと親しくて、ぼくも何度か話したことがある」

そう聞いても驚かなかった。アレッサンドロは何もしなくても人に好かれる不思議な力がある。見知らぬ人しかいない部屋に入っても、三十秒で皆が自分の身の上話をアレッサンドロに語り始める。

アレッサンドロはこの情報を明かすのをもったいぶって楽しんでいるらしい。

「教えて」

「先生は毎日計ったように正確に、朝と夜の九時に犬の散歩へ行く。日曜の夜、九時少し過ぎにルチアナ・カベラがライナスの家のほうから歩いてくるのを見たらしい」

推測していた時間帯とぴったり合う。「見間違いじゃないのね」

「ああ。七十代だが今も頭は鋭い。それだけじゃない」

「何?」

「ルチアナには同行者がいた。二人とも大きなフードをかぶっていたからよく見えなかったらしいが、歩き方からして若者だろうと言っていたよ」

椅子の背にもたれて言う。「ルチアナが能力を隠していない限り、魔力でピートを殺すことはできないわ。本物の鎮静魔術家なら無理よ」

アレッサンドロはうなずいた。「ルチアナといっしょにいた奴《やつ》が犯人だ」

「だとしたら、どうしてジョルダーノを見逃したの？　目撃されたのに」

アレッサンドロはにっこりした。「慢心だよ」

ルチアナは〝超一流〟で、日々関わり合うのも〝超一流〟たちだ。政治家の世界は能力者を中心に回っている。ジョルダーノ医師は一般人で、普通の状況で脅威になることは絶対にないため、警戒していない。歴戦の戦闘系能力者なら目撃者は全員始末するだろうが、ルチアナは自分の手を汚すのに慣れていない。ジョルダーノ医師を見逃したのは、彼のような人々を無視するよう条件づけされているからだ。ルチアナにとっては透明人間も同じだった。

彼を遠くへ避難させなければ。「その先生は今どこ？」

「魅力的なパートナーとバカンスだ。監督官の負担でね。ぼくが状況を説明したら、納得してくれた」

アレッサンドロって本当に最高。

「ルチアナは若い人を連れてたそうだけど、ピートは普通じゃない魔力の持ち主に殺されている。でもケイリーは認定テストを受けてないわ」

「興味深いじゃないか」

カベラ一族がピートを殺しライナスの命を狙ったのなら、必ず償わせてやる。

「疑問が多すぎる」目の前のダッシュボードを指で軽く叩いた。「ルチアナがライナスを狙った理由は？　なぜアルカンは彼女に手を下させたの？　ピートの命を奪ったのは、ルチアナとケイリー？　それともアルカンの暗殺者？　もしアルカンの部下なら、ルチアナにライナスに近づく手助けをさせて、それに失敗したから殺したの？」

「本人に訊《き》いてみよう」アレッサンドロがドアを開けた。「行こうか」

「ええ」

アレッサンドロは車を降り、こちら側のドアを開けてくれた。

扱いが難しいドレスを着ているのでない限り、いつもは自分でドアを開ける。でも今は、サグレド伯という人格に切り替えたアレッサンドロを周囲に見せびらかさないといけない。彼は手袋を替えるように人格を切り替える。そしていったん決めた人格を見事に貫き通す。

今日のアレッサンドロの服装はカーキのパンツにハリのある白いTシャツ、シアサッカー地のジャケットのボタンをはずし、袖を半分ほどさりげなくまくっている。靴は〈サントーニ〉製の青いローファー、サングラスは〈トラサルディ〉。

ネットで〝若いイタリア人　超一流〟と検索したら、こういう画像が出てくるだろう。それも何枚も。

ケイリーはわたしと同じ二十二歳。アレッサンドロは若い世代にとっては神同然で、インスタのアカウントは皆が祈りを捧《ささ》げる祭壇だ。わたしはもうそんなファンタジーから卒業した。わたしが好きなのは、ボルジア家の一員みたいに策略をめぐらせ、相手に気づく隙も与えずに敵を制圧し、真夜中にわたしを起こして、あとで聞いたら顔が赤くなるようなことをするアレッサンドロだ。でもケイリーはわたしじゃない。

アレッサンドロが差し出した手に手をゆだね、車から降りる。ベージュのパンプスでコツコツと静かな足音を響かせながら、幅の広い階段を三つ上る。今日はアレッサンドロが主役なので、こちらの服装は控えめな濃紺のパンツ、白い小花柄の紺のシルクブラウス、揃《そろ》いの七分袖のジャケットだ。地味になるぎりぎりのナチュラルメイクで、髪はゆるく一つにまとめている。人前でも恥ずかしくない格好でありながら、その場に溶け込む服装だ。

ベルを鳴らさないうちに分厚いマホガニーの扉が開き、険しい顔つきの喪服の男性が出てきた。顔立ちはルチアナを思わせるけれど少し若く、肌はルチアナより茶色い。髪には白いものがまじっている。フリアン・カベラ、ルチアナの弟だ。

「お待ちしていました」

「お悔やみを申し上げます」アレッサンドロが誠実そのものの顔つきで言った。

「それはどうも」フリアンは家のほうに手を向けた。「お入りください」

フリアンのあとについて左にあるアーチをくぐり、贅沢《ぜいたく》な化粧室の前を通って、ぬくもりのあるウォールナット材のパネル張りの書斎に通された。大きなアーチ型の窓の間には作りつけの書架が並んでいる。ダークブラウンの床にはヴィンテージのモロッコ絨毯《じゅうたん》が敷かれ、左の壁の半分ほどを大きな暖炉が占めている。部屋の真ん中のコーヒーテーブルを囲んでゆったりしたベージュのソファやふかふかの椅子が置いてあり、そこに四人が座っていた。

暖炉の正面にウォール捜査官とベージュのスーツの女性。黄褐色の肌をしたその女性は捜査官と同年代だ。目は茶色で、肩までの茶色の髪を左だけ耳にかけている。ほとんど目立たないけれど耳から透明なプラスチックのチューブが出ている。補聴器だ。わたしが知る限り、ＦＢＩでは厳しい身体条件が課される。聴覚に問題がある捜査官が認められるのは異例に違いない。

二人のＦＢＩ捜査官の向かいには、喪服の年配の男性と若い女性がソファに座っていた。男性はフリアンを年上にした容姿だ。鼻も口も心配そうな目も同じだけれど、背は高くてほっそりしている。短い髪は灰色だ。兄のエリアス・カベラだろう。

その隣で、ケイリー・カベラが背筋を伸ばしたまま ぎこちなく座っていた。スリムな体つきで、ハート型の顔、濃い眉と大きな目、豊かな唇の持ち主だ。肌は母親と同じようにぬくもりのある茶色だったけれど、髪はきれいなシャンパンゴールドに脱色している。使い分けられたハイライトがとても自然だ。さりげなくウェーブがかかっていて、スタイリングに時間をかけたのがわかる。印象的なのは、マホガニー色にも見える濃い紫の口紅だ。それにはいろんな意味がありそうだけれど、彼女の目が語っているのは反骨心だ。ケイリー・カベラの目は、屈服するつもりはないし、屈服させようとするならやってみろ、と言っていた。

わたしたちが入っていくとケイリー以外の全員が立ち上がった。ケイリーが顔を上げ、アレッサンドロを見た。その目が丸くなる。一瞬、彼女は怒りの表情を忘れ、じっと見入った。

ええ、どんなふうな気持ちか、わたしにはわかるわよ。

ウォール捜査官が疑わしげに目を細くした。隣にいるFBIの女性捜査官がケイリーを、そしてアレッサンドロを見た。二人とも部屋の雰囲気を読み取ったようだ。

「心からお悔やみ申し上げます」アレッサンドロが洗練された軽いイタリア訛りで言った。「事情を聞いて駆けつけました」

「ちょうど時間どおりだ」ウォール捜査官が言い、遺族のほうを向いた。「こちらはアレッサンドロ・サグレド――〝超一流〟のメンタルディフェンダーと、ベイラー一族のカタリーナ・ベイラー。扱いに注意を要する事件なので、この二人がコンサルタントに入る。

いちおう言っておくが、わたしはウォール捜査官で、こちらはガルシア捜査官。もう一度言うと、この面談は録音されている」

「どうぞ座ってください」エリアスが言った。

クッションの効いた椅子に腰を下ろす。アレッサンドロはわたしの左で、エリアスとケイリーのそばだ。ケイリーはまだアレッサンドロを見ている。体勢を変え、ソファのアームに左腕を置いて体を開き、脚を組んで、自分をよく見せようとしている。わたしのことは目に入っていない。完璧だ。魔力の触手をそっと伸ばしていく。

ウォール捜査官は基本的な質問を始めた。ルチアナに敵は？　恋愛関係にある相手は？　ここにいる全員との関係は？　最近トラブルはなかったか？

質問にはエリアスが主導権をとって答えた。ケイリーは直接話しかけられたときだけ答えた。彼女が口を開くたび、アレッサンドロは力づけるようにほほえんだ。

魔力の触手がエリアスの心の表面を撫《な》でる。本人は気づかない。典型的な鎮静魔術家に感じられる。鎮静魔術家は群衆をコントロールする能力者だ。わたしと同じで、魔力が漏れるとまずいことになるため、頑なに感情を抑え込み、精神を意思の壁で包み込んでいる。その心は半透明で固く、牡蠣《かき》の殻の中の真珠みたいだ。

予想外のものは何もない。今度はフリアンに移った。

携帯電話が振動した。見ると、パトリシアからだ。

「失礼」そうつぶやいて立ち上がった。

全員、なんの反応も見せない。

廊下に出て電話に出る。ボディカメラからの映像が映し出され、四十代なかばのひょろっとした白人男性が見えた。黒っぽい服装で、肩を殴られるのを覚悟するみたいに猫背になっている。そのまわりを四人の警備が取り巻いている。

「この紳士を確保した」パトリシアが言った。「約束があるって言ってるけど」

男がカメラのほうに顔を上げた。アクアマリンの中に浮かぶ茶色の虹彩《こうさい》。正体はコンスタンティンだ。どうして？

「訪ねてくる予定だったＶＩＰの幻覚の使い手というのは、この人？」パトリシアがたずねた。

「ええ」

「カタリーナたちは忙しいって言ったら、終わるまで待つと言ってる。どうすればいい？」

営業時間内に来るように言ったのはたしかだ。なぜライナスの家にいたのか、知る必要がある。

「一人？」

「ええ」

「中に入れて、監視をつけて。攻撃してこない限り、手出しはしないように。ロシア帝国との衝突は避けたいの」

「了解」

エントランスをふさいでいる鉄のゲートが壁の中に引き込まれていく。コンスタンティンはにっこりして歩き出した。

あの笑顔は、いまいましいほど高慢だ。

それに、今の姿にはどこか見覚えがある。あの顔、どこで見たんだろう？

一同は壁を抜け、前庭に入った。コンスタンティンは足を止め、まっすぐこちらを見た。

「できるだけ早く帰ってきたほうがいいぞ、ミズ・ベイラー。時間には限りがある。サーシャに、今度はこっちが勝つと伝えてくれ」

どういう意味？　気になるけれど、こっちを先に終わらせないと。通話を切って書斎に戻る。

席をはずしている間に雰囲気が変わっていた。エリアスとフリアンが心配そうに見守る中、ケイリーがあいかわらずアレッサンドロを見つめたまま、単調な声で話している。

「……夕食は七時ぐらい。宿題があったから自分の部屋に戻ったの。そのあと母が何をしてたかは知らない。日曜の夜はいつもならオーディオブックを聞いて、リラックスしてるんだけど」

　わたしは椅子に戻った。魔力の網はそのままだ。フリアンの心を探ると、この人も鎮静魔術家だった。でも落ち着いてはいない――壁の奥深くが荒れているのがわかる。ただ、それをしっかり自制していた。次はケイリーだ。

「寝たのは？」ガルシア捜査官がたずねた。

「十一時ごろ。母はまだ起きてた。頭痛薬をとりに下りたの。統計学の勉強っていつも頭が痛くなるから」

　魔力の触手がルチアナの娘の心にたどりつき、壁の表面を撫でた。

「今朝起きた時間は？」ガルシア捜査官が続けて訊いた。

　ケイリーはため息をついた。「八時ごろ」

　触手が一本壁から中へと忍び込む。あまりにスムーズに入ったので驚いた。ケイリーの心の壁は紙のように薄い。壁の内側では心が燃えていた。真珠ではなく、灰の中の真っ赤な石炭だ。

「最初の授業が十時で……ねえ、母が殺されたのに、わたしの睡眠とか時間割の話を聞くなんて、いったいなんの関係があるの？　どうして外に出て、犯人を探さないのよ？」

　ウォール捜査官が口を開こうとした。

「ミズ・カベラ」アレッサンドロが言った。「お母さんを亡くされたのは本当に気の毒だし、ぶしつけな質問も申し訳ないと思ってる。強いストレスを感じたとしても、それは当然だ」

ケイリーはアレッサンドロのほうを向いた。「わたしはただ犯人を見つけてほしいだけ。母を取り戻すことはできないけど、罪を裁くことはできる」

「あと少しだけ質問させてくれないか」アレッサンドロが申し訳なさそうにほほえんだ。

「いいわ。あなたの質問ならしかたない」

「きみは青いパーカーを持ってる？」

ケイリーはまばたきした。その心がはじけ、魔力がいっそう強く輝いた。鎮静魔術家の部分も少しあるけれど、それ以外は見たこともないものだ。力にあふれているのに訓練の跡がほとんどない。甥のアーサーを思い出させるものの、アーサーはまだ一歳ちょっとで、ケイリーは二十二歳だ。

「うーん、持ってるかな。覚えてない」

「思い出してほしい」

「たぶん持ってるわ。大学のカラーがグレーと紺だから、一枚はあるはず。わたしのクローゼットって迷宮なの。中学以来着てない服まで入ってる」

「お母さんと散歩をすることは？」アレッサンドロがたずねた。

ケイリーの心が怒りに赤くなり、魔力の触手は断ち切られて消滅した。その短い一瞬、心に痛みが走り、脳の血管が脈打った。

ライナスを殺そうとしたのはケイリー・カベラだ。自分の魔力がわたしを遮断したことに気づいてもいない。ケイリーはピートを殺した。ライナスが昏睡《こんすい》状態におちいったのは彼女のせいだ。

いったいどうやってあの家から出たんだろう？　ルチアナは特別許可を持っていたけれど、ケイリーにはない。なぜ生き延びたの？

カベラ兄弟が警戒し始めた。アレッサンドロの質問に目的があることに気づいたらしい。ケイリーは乱暴に肩をすくめた。「母は散歩はしないわ、〝超一流〟のサグレド。行きたいところがあれば運転手が連れていってくれる」

嘘だ。

ケイリーはここから二メートルも離れていない。わたしの歌を浴びせかければ、何もかも白状するだろう。

アレッサンドロが手を伸ばし、わたしの手を握りしめた。彼はわかりすぎるほどよくわかっている。わたしが今にも力を放ちそうなのに気づいたのは、この部屋で彼だけだ。一線を越えようとするこちらを引き留めようとしている。

ケイリーの視線がつながれた手をちらりと見た。その心に怒りが燃え上がる。

二人のＦＢＩ捜査官は身を乗り出し、鮫《さめ》のようにケイリーを見つめていた。

アレッサンドロは、ケイリーに爆発するチャンスを与えないよう、抵抗できないほどチヤーミングなほほえみを向けた。

わたしはまっすぐケイリーをにらんだ。こっちを狙えばいい。さあ、攻撃しなさい。そうすればすべてを終わらせることができる。ちょっとした理由さえあればいい。それがいいわけになる。FBI捜査官という目撃者もいる。ケイリーは少し戦闘態勢を見せるだけでいい。ピートの死をあなたにも味わわせてあげる。心が小枝のように折れるまで。

アレッサンドロがぎゅっと手を握りしめ、無言でだめだと伝えた。続ける声はなめらかで、セクシーでさえあった。「昨夜の八時から十時の間、きみはどこにいた？」

ケイリーの心の壁がはじけた。増水した川が木や岩をなぎ倒して山肌を流れ下るみたいに、もつれて不揃いな、でも力にあふれた魔力が飛び出した。アレッサンドロを狙ったのに、コントロールが弱いせいで部屋じゅうに飛散してしまった。わたしの心の壁にぶちあたった魔力は、真っ赤に燃え上がっただけで力なく消えた。それに応えるようにフリアンとエリアスの心が輝き、難攻不落の壁と化した。

〝わたしを好きになって！〟

ウォール捜査官の顔にとろけるようなほほえみが浮かんだ。こんなに気味の悪いものは見たことがない。

その隣のガルシア捜査官はにこりともしない。ケイリーの頭をねじ切りたいと思っているような顔つきだ。

「さっきも言ったけど……」

ケイリーが口を開くと同時に、二度めの魔力の奔流がアレッサンドロにぶちあたった。驚くほど強力だ。その端に少し触れただけで、炎の燃えさかる暖炉に頭を突っ込んだみたいだ。ケイリーの力は鎮静魔術家の魔力と同じだけれど、これまで出会ったどんな鎮静魔術家とも違う。

〝わたしを好きになって！　わたしを好きになれ！〟

野生の馬が後ろ脚で立ち上がるみたいに、抑えつけたわたしの魔力が翼へ広がろうともがいている。歯を食いしばり、必死に抑え続けるしかない。

ケイリーが続けた。「……宿題があったから」

三度めの攻撃が来た。アレッサンドロを燃え上がらせる気だ。でも訓練ができていないせいで、力まかせだった。精緻さも巧みさもない、むき出しの衝撃。ケイリーはハンマーで叩くみたいにアレッサンドロの心を叩いている。

意思系の能力者は普通、心を壁の中に隠している。能力者が最初に学ぶのが壁の作り方だ。それは石でできた壁と同じで、充分な力があれば、敵の壁を壊すことができる。あんなふうに一度の攻撃にすさまじい力を込めると自分が無防備になってしまうけれど、強ささえあれば相手の壁をぶちぬける。

アレッサンドロの心にも壁がある。でもそれを叩こうとすると、壁に終わりがないのがわかる。心全体が一つの玄武岩の塊になっていて、壊すことはできない。

「散歩には行ってないわ」四度めの攻撃。

その魔力はわたしの壁に焼けるような痛みを残した。アレッサンドロがメンタルディフェンダーでなければ、ただ笑うだけの抜け殻になるどころか、脳にダメージを負っていただろう。

ガルシア捜査官がこちらを見た。その目に怒りが燃えている。

ケイリーを殺してやりたい。ライナス――わたしの家族を傷つけたケイリーを、また大事な人に手出しする前に今ここで地球上から抹殺したい。心の海が嵐で荒れくるい、波が岩に打ちつけ、潮流が止めようもなく渦巻いている。ケイリーをその中で溺れさせたい。

アレッサンドロがわたしとガルシア捜査官に向かって首を振った。

またケイリーの魔力がはじけたが、今度は弱かった。疲れてきたようだ。

どんなに攻撃を受けてもアレッサンドロは汗一つかいていない。彼はまたわたしの手を握りしめ、やさしく叱るようになめらかな声で言った。「本当に外に出てないんだね？　近所をちょっと歩くことぐらいはあるだろう？　ここに来たのはきみを助けるためだが、正直に言ってくれないと困るな」

ケイリーは信じられないという目でアレッサンドロを見ている。

ウォール捜査官はうれしそうにため息をついた。「ここにいると気分が楽になる。とてもいいところだ。きみはやさしい人だな、ミズ・カベラ」

エリアスとフリアンが同時に立ち上がった。

だめ、まだ終わってない。わたしにはやることがある。

「姪は疲れてるらしい」フリアンが言った。

ガルシア捜査官が怒鳴るようにたずねた。「あなたの姪は、連邦捜査官への攻撃が何を意味するかわかってるんですか?」

「聴取は終わりだ」エリアスが口を開いた。

ガルシア捜査官はウォールの腕をつかみ、引っ張って立たせた。

ウォールは彼女を見てまばたきした。「帰るのか? もうちょっとここにいたいんだが」

「いいえ、だめよ」ガルシア捜査官は彼をドアのほうに引っ張っていった。「まだ終わりじゃないわ。また連絡する」

フリアンはケイリーを部屋から出した。

エリアスはこちらを見下ろしている。「今日はご苦労でした」

アレッサンドロはうなずき、落ち着いて立ち上がった。彼が手を離そうとしないのでわたしもいっしょに立つ。そして互いに指をからめたまま、玄関へと向かった。

6

あの家から外に出ると、まるで地下墓地から太陽の下に出たような気がした。

前方で、ガルシア捜査官がウォールを半分押し込むように黒のＳＵＶに乗せている。

ウォールはガルシア捜査官にほほえんだ。「きみって、ほんとに……」

「何？」

「荒っぽいな」夢見るようなほほえみだ。

ガルシア捜査官は彼の顎をつかんだ。「ヴィクター！　わたしの目を見て」

ウォールは彼女を見た。目玉が白くひっくり返り、彼は意識を失って座席に崩れ落ちた。

「エナジーサイフォンか」アレッサンドロがつぶやいた。「なるほどね」

エナジーサイフォンは魔力食いとも言われ、魔力を自分の中に吸収してしまう。攻撃を防がずにエネルギーに変えるため、意思系と四元素系の多くの魔力に対して免疫に近い力を持つ。ガルシア捜査官がウォールの脳に残った魔力を取り除いたショックで、彼は昏倒《こんとう》してしまった。

「わたしを止めたわね」アレッサンドロの手から手を抜いて言った。背後にはカベラ家の監視カメラがある。声をひそめたまま続けた。「あの子がピートを殺したのよ」

「証拠がない」

「そんなのどうでもいい」

「いや、どうでもいいなんて思ってないはずだ。ぼくらにはルールがある。それがあいつらと違うところだよ、カタリーナ。今はタイミングも場所も悪い。怒ってるのはわかるが、止めなかったらきみは後悔しただろう」

「後悔なんてしないわ」

「ライナスがここにいたら、やっぱり止めたはずだ」

「ライナスはここにいない。あの子にやられたからよ」

アレッサンドロはのぞき込むようにこちらを見た。「きみらしくないな」

わたしらしくない。

そう思ったとき、心の中で何かが変わった。魔力の流れが途絶えた。

もう少しで捜査自体を台無しにするところだった。アレッサンドロが手を握ってくれなかったら、今ごろケイリーと水面下で決闘になっていただろう。ケイリーは訓練こそされてないけれど、恐ろしく強い。

わたしはもう少しで歌い出すところだった。襲撃者の捜査が危うくなるだけでなく、あの部屋にいた全員の命を危険にさらすところだった。こんなことは初めてだ。幼いころから魔力と感情をコントロールしてきたのに、荒削りな意思系能力者に怒りを煽《あお》られ、我を忘れる寸前だった。

ケイリーのせいというより、ライナスのせいだ。ライナスはまだ意識不明で、それがどうしても気になってしまう。もっと気持ちを引き締めなければ。もし我を忘れたら、取り返しのつかないことになる。

「止めてくれてありがとう」

「どういたしまして」

ガルシア捜査官がつかつかと歩いてきた。こちらも彼女に近づいていった。室内の監視の目からなるべく離れたほうがいい。

「あの子は、ただ座っているだけの連邦捜査官とあなたがた二人を攻撃した」ガルシア捜査官はうなるように言った。「今すぐ攻撃チームを呼んであの子を拘束してはいけない理由があるなら、教えてほしいぐらいよ。あの子が途中で死のうがどうでもいい」

そうなったら悪夢だ。監視カメラに背を向け、体で隠しながらそちらを指さして、声を低くした。

「あなたは間違ってないし、怒るのも当然よ。でもあれぐらいじゃすまなかったかもしれない。あの子を壁に磔《はりつけ》にしたい気持ちはあるけど、彼女はなんらかの形でもっと大きな陰謀に関わってるの。拘束したら何が起きるかわからない。だから時間をちょうだい」

「なかったことにするのだけはやめて」ガルシア捜査官が言った。「有力一族同士の事情で闇に葬ったりはしないと約束して」

「約束するわ」

「猶予は七十二時間」ガルシア捜査官の声は怒りに満ちていた。

「監督官局はあなたの配慮に感謝する」アレッサンドロが言った。

ガルシア捜査官は手を握りしめたが、ゆるめた。「一つだけ言っておくと、あの子は鎮静魔術家じゃない。あの魔力はまるでガラスの破片みたいに尖《とが》っていた」

彼女は車を回って運転席に乗り込み、意識不明のウォール捜査官を乗せたまま走り出した。そして、私道に入ろうとするガンメタルグレーの装甲をしたダッジとぶつかりそうになった。一瞬二台はどちらも動かなかったが、やがてダッジがバックし、ガルシア捜査官に道を空けた。車は私道から出ていった。

アレッサンドロは顔をしかめた。

ダッジが目の前に止まった。運転席のウインドウが下り、二十代後半の日に焼けた男が顔を出した。ライトブラウンの髪とグレーの目、大きな丸眼鏡。前に会ったことがある。レノーラ・ジョーダンの部下の地方検事補、マットなんとかだ。

「嘘だろう」アレッサンドロがつぶやいた。

マットはすまなそうに手を振った。「ぼくはただ伝言を伝えに来ただけですよ」

私道の入り口に、リードでつないだガスを連れたコーネリアスが現れた。彼はこちらを見つけて手を振った。車が見当たらないということは、ライナスの家から歩いてきたに違いない。

わたしも手を振った。

マットが言った。「ダグ・ガンダーソンを逃がしました」

「どういうことだ、マット」アレッサンドロの声には怒りがにじんでいた。「きみのところの入り口まで連れていってやったじゃないか」

「無能もはなはだしいですよね」マットが明るく答えた。「奴《やつ》はセント・アグネス・アカデミーのそばで目撃されています。きっとあの学校を攻撃するでしょう。詳細は車内で教えます」

アレッサンドロの口調は冷たかった。「ぼくは忙しい」

今度はわたしが理屈を諭す番だ。アレッサンドロの手をとり、ぎゅっと握る。アレッサンドロは怒ったようにこちらを見た。

マットが続けた。「レノーラがじきじきにあなたを指名しています。受けてくれれば恩に着る、と」

ヒューストンには、どんなに強力な有力一族でも怒らせたくない相手が何人かいる。ハリス郡地方検事もその一人。それより重要なのは、触れると同時に爆発する魔力の隕石《いんせき》が、何百人という子どもの上に降り注ぐ危険があるということだ。

「だいじょうぶだから、行って」

アレッサンドロは首を振った。

「レノーラが迎えの車まで出してくれたのよ。あなたがいない間、軽率なことはしないって約束する。ほら、コーネリアスが来たから、いっしょに車でバーンとルナの様子を見に行って、そのまま家に帰るわ」

アレッサンドロはまた毒づいた。

「こっちはだいじょうぶ。でもセント・アグネスには大勢の子どもがいる」

アレッサンドロはため息をついてSUVに乗り込んだ。「マット、猛スピードで頼む」

「了解」マットはわたしに笑顔を見せた。「協力に感謝します、ミズ・ベイラー」

ウインドウが上がり、ダッジはバックしてから走り去った。

コンスタンティンのことを言うのを忘れていた。しまった。でも言ったたって何も変わらない。どちらにしろ、アレッサンドロはダグ・ガンダーソンを捕らえに行かないといけない。彼が帰ってくるまで、皇子から事情を聞くのは待つことにしよう。

ライノに乗り込み、コーネリアスが立っている私道の入り口に向かう。

「乗っていく？」

「ああ、頼むよ」

コーネリアスが後部座席のドアを開けると、ガスが座席に乗り込んで息を切らしながら寝そべった。すぐにコーネリアスも助手席に乗ってきて、車は走り出した。

「何してたの？」

「ガスといっしょにルチアナの匂いをたどってたんだ」

それでまっすぐあの家に着いたわけだ。

コーネリアスがたずねた。「あの家族との話で何かわかったかい？」

「ケイリー・カベラは鎮静魔術家じゃない。アレッサンドロもわたしも、どんな能力なのかわからないの。魔力食いのＦＢＩ捜査官がいたんだけど、彼女にもわからないそうよ」

「ケイリーが犯人だと思う？」

「ええ。二メートルと離れてない場所にいたのに、見逃さないわけにはいかなかった……証拠がないから」

「まだ、ね」

「ええ。まだ」

「どうして現議長が娘を使って元議長を殺そうとしたんだろう？」

「元議長を殺そうとしたんじゃなくて、監督官を狙ったのよ」

コーネリアスは指で顎を叩《たた》きながら考えた。「ルチアナは昔から慎重だった。絶対に危ない橋を渡らないタイプだよ。この事件はやり方がずさんだし、結局成功していない」

「たしかに、全然彼女らしくないわね」

「自衛のはずなんだ。ライナスを、自分か愛する誰かにとって危険だとみなしたに違いない。ルチアナはぼくと同じシングルペアレントで、生活の中心は子どもだ。仕事のため、逮捕を避けるために評議会の報復を招くようなことはしないが、娘を守るためならなんだってするはずだ」

「コーネリアスは、マチルダを守るためならライナスを殺す？」

「もちろん」

ためらいはなかった。

「違いは、ぼくならつかまらないってことだ」

「どんな手を使うつもり？」

コーネリアスはにっこりした。「毒がいちばんシンプルだね。ライナスが製氷機の取っ手にキッチンタオルをかけてるの、知ってるかい？　大きなねずみかオコジョが一匹いれば、あのタオルをつかんで体重をかけさせ、製氷機を開けられるだろう。ねずみのハーネスのポケットに、数分で死に至る青酸カリみたいな毒入りのビニール袋を入れればいい。いちばんコントロールが難しいのは、毒を均一に氷にまぶす部分だ」

「すごい」

コーネリアスの笑顔が大きくなった。

「コーネリアスは今のポジションや収入に満足してる？　ベイラー一族を代表して訊《き》くけど、どうすればもっとうちにとってあなたが大事な存在だと感じてもらえる？」

笑顔が消えた。コーネリアスはこちらを見て言った。「カタリーナ、きみの家族はぼくの家族だ。姉と兄も同じように感じてる。きみとアラベラとネバダは、マチルダにとっては姉同然なんだ。ぼくがきみたちに危害を加えることは絶対にない」

よかった。

車はライナス宅の私道に入った。ガレージの前、装甲を強化したうちの軍用ハンヴィーの隣に、コーネリアスの電気駆動ＢＭＷが駐《と》めてある。玄関のそばに、監督官関係のスタッフである警備が一人立っていた。サブマシンガンを持っていて、せいいっぱい目立とうとしている。周囲の住人はライナスに何があったか知らないけれど、ライナスと軍のつながりは知っているから、武装した警備がいても異常だとは思わない。でもアルカンが見ている場合に備え、この家がちゃんと守られていることを示したかった。アルカンが監視しているのは百パーセント間違いない。

「そういえば、マチルダが例の蜘蛛《くも》の存在を感じるって教えてくれたんだけど」

「マチルダが？」コーネリアスの目が輝いた。

「ええ。その蜘蛛は雌で、ストレスを感じておびえている、って。もしかしてマチルダは蜘蛛専門なの？」

コーネリアスはにっこりした。「そういうわけじゃない。動物使いにはほかの能力者と同じように力のレベルがある。最低レベルの動物使いは、一つの種としか絆《きずな》を結べない。そのレベルは動物の分類階層に合わせて上がっていく。〝平均〟の能力者が操れるのは齧《げっ》歯目《しもく》や食肉目だ。〝一流〟や〝超一流〟レベルになると、たいていの能力者は綱全体を扱えるようになる。だから、哺乳綱、鳥綱、爬虫綱《はちゆうこう》を専門とする〝超一流〟がいるんだ。抜きん出た力を持つ者は、複数の綱を扱えるようになる」

「つまり、羊膜類とか？」

コーネリアスはほほえんだ。「そのとおり」

コーネリアスは自分の能力を卑下しているが、彼が鳥や哺乳類と絆を結ぶのをわたしは見てきた。

「でも蜘蛛形類は羊膜類とはずいぶん違うわね」

コーネリアスは静かなほほえみを浮かべたまま、またうなずいた。

哺乳類や蜘蛛形類を含む上の階層の話になりそうだ。「ごめんなさい、生物の分類についてはそれ以上よく知らないの」

「マチルダは左右相称動物すべてに反応するんじゃないかと思うんだ。左右相称の生き物は全部この範囲に入る。その数は百万以上だ。もちろんマチルダがそのすべてと絆を結べるかどうかはわからないが、存在を感じ取れるだけでも充分なんだ。ぼくは蜘蛛を感じることはできないからね」

コーネリアスは控えめな人だ。それ以上何も言わなかったけれど、言わなくてもわかった。親のプライドが光るものなら、コーネリアスは小さな太陽みたいに輝いていて、きっと目がくらんでしまっただろう。

ライナスの家のドアが開いた。ルナが出てきて手招きする。

「わたしに話があるみたい」

「ガスと待ってるよ。帰りはいっしょのほうがいい」

「ありがとう」コーネリアスにそう言って車を降りた。

バーンがライナスの書斎で待っていた。

「お疲れ――」

言い終わらないうちにバーンはUSBメモリを差し出してわたしの手にのせると、ルナと二人で部屋を出て、両開きのドアを閉めた。

なんだろう。

椅子に座り、USBメモリをライナスのデスクトップパソコンに差す。ヘッドホンが用意されていた。中身がなんであれ、バーンは外に漏れないほうがいいと判断したらしい。

ヘッドホンをしてUSBメモリにアクセスする。動画が一本入っていたのでクリックした。

ライナスが現れた。今わたしがいるのと同じ椅子に座っている。

「やあ、カタリーナ。これはいわゆる〝最悪の事態を想定した動画〟だ。バーンのためにわかりやすいパンくずをまいておいたから、暗号の解読にそれほど時間はかからなかったと思う」

視界がぼやけ、いったん動画を止めた。ライナスはまだ死んでいない。頑固でどうしようもない人だけれど、あんなばかみたいな薬を注射したぐらいで死ぬわけがない。

やめてよ、ライナス。

目をぬぐって動画を再生する。

画面の中のライナスは、ツーフィンガー分のウイスキーを入れた分厚いクリスタルの切り子グラスを掲げ、一口飲んでにっこりした。「これは液体として摂取できる勇気だ。じゃあ本題に入ろう」

そう、そのほうがいい。そうでなければ、このまま座ってただ泣くだけだから。

「わたしはダンカン一族のライナス・スチュアート・ダンカン。母はダンカン一族のフィオナ・ダンカン。父はヴァシリス・マクリス。父の父はクリストス・マクリス。出生時の名はクリストス・モルプ。モルプ一族の出身だ」

その名前に殴られたような気がして、思わず椅子から立ち上がった。ヘッドホンのコードが抜けた。ヘッドホンを頭からむしり取り、床に落とす。

モルプ一族。かつて存在した、セイレーンを輩出することで知られている唯一の有力一族。

ライナスはモルプ家の人だった。

彼はセイレーンだ。

つまりライナスは……。

「かまわないよ」ライナスがグラスを掲げた。「少し歩くといい。その意味が頭に染みわたるまでね。きみが考えているとおりで間違いない」

ライナスはわたしの祖父だ。

信じられない。

頭がフル回転し始めた。デスクを回って右に行き、また戻って左に歩き、デスクの前を行き来する。怒濤《どとう》のような記憶を処理するために。

水没地区での戦いのあと、神のような金属獣を倒そうとして魔力のすべてで歌い尽くし、考えることすらできなくなったとき、ライナスはわたしを見つけて現実に戻そうとした。あとで、なぜ方法がわかったかたずねると、ライナスは〝調べた〟と言った。セイレーンが力を使い果たすと心を失ってしまうことがある。そうなるともうしゃべれず、狂気と誘惑の魔力が宿る歌しか歌えなくなる。わたしが話せなかったときに備え、ライナスは意思系の〝超一流〟を一人用意していた。わたしの心の中に飛び込み、現実へと連れ戻すために。

ライナスは、〝調べたから知っていた〟と言った。たぶん知り合いの血縁者にたずねたのだろう。

なんてこと。

ライナスみたいな立場の〝超一流〟がなぜ新興の一族に、それもうちみたいな奇妙な一族に親身になったのか。わたしが副監督官になる前から、ライナスは何度もうちと関わってきた。ネバダを通してつながりを作り、すぐにバーベキューや釣り旅行に誘うようになった。バーンの大学院入学にも力を貸してくれた。レオンは、ライナスが新しい銃火器を作るときはほぼ工房に泊まり込んだ。うちに降りかかったトラブルが、まるで見えない力が働いたみたいに消えたことが何度かある。親切でめざとい誰かが、代わりに背後で動いてくれたみたいに。

一族として認定されたときも、ライナスはその場にいた。ライナスとローガンが立会人だった。

ある記憶がよみがえってきた。アレッサンドロと二人でライナスの別荘に行ったとき、お得意のファヒータ用の肉を焼いているライナスを見て、アレッサンドロはわたしと見比べ、独り言を言った。〝ぼくがばかだった〟と。

アレッサンドロは知っていた！　セイレーンの魔力がにじみ出ていて、メンタルディフェンダーのアレッサンドロはそれを脅威として嗅ぎつけたに違いない。

「許せない！」

どちらに向かって言ったのか、自分でもよくわからなかった。

デスクの前で立ち止まり、かがみ込んで、動画の中のライナスをにらむ。

「嘘つき」口に出して言うとすっきりした。

「たぶんきみはわたしをののしっているだろう。それも当然だ。でもこれを観《み》ているということは、事態は急を要する。だからののしるのはあとにして先に進もう。きみに話さないといけない大事なことがたくさんある」

また椅子に座る。たしかに、くわしい話を聞くのが待ちきれない。ダンカン一族のことはなんでも知っている。古いスコットランドの一族で、代々〝超一流〟のヘーパイストスを出している。ダンカン家の人はあらゆるタイプ、あらゆるサイズの武器を作り出す。ライナスと二人で追われていたあるとき、車とその中のものすべてを捨てるはめになったことがある。ライナスはリサイクルセンターに寄って金属のスクラップと魔力で銃を作った。銃弾は、アルミ缶についている小さなタブだ――これも一箱分リサイクルセンターにあった。ライナスはそれで三人倒した。

ライナスは孤児だ。両親は、彼が幼いときに悲劇的な自動車事故で亡くなった。正式な記録が残っている。

「祖父のアンガス・ダンカンは頑固な男で、いつも自分が正しいと思い込んでいた」

よく言うわね。自分はどうなの？

「祖父と母はいつもぶつかっていた。母が十九歳のとき、父親と喧嘩《けんか》して、ギリシャに旅行に出かけた。そこで二十六歳のハンサムでチャーミングな父と出会ったんだ。夏のロマンスが生まれ、母はわたしを身ごもった。父の家族は結婚をせまり、祖父は母に帰ってこいと命じた。祖父と母は今度は電話で喧嘩し、母は翌週父と結婚した。だがダンカン一族は式には出なかった」

両親への腹いせで結婚したら、厄介なことになるのは目に見えている。

「出会いの新鮮さはすぐに薄れたようだ。わたしの両親はまったくタイプが違っていた。母は目的を持っていた。自分の力を試し、ひとかどの人物になろうとしていたが、父は家族が用意したぬるま湯に浸《つ》かっているだけで満足というタイプだったんだ。それでもわたしが産まれた二年後に、母は女の子を妊娠した。父の親族は堕胎をせまった」

堕胎？

ライナスの顔つきが険しくなった。「第一次大戦中、あの地域はロシア帝国に侵略された。父の叔母にあたるカティナ・モルプは、エーゲ海に数多くある切り立った小島、海から突き出た岩礁のような島にボートを漕《こ》いでいき、侵略軍に向かって歌い始めた。叔母に会いに行こうとして、一個大隊のほとんどが溺れ死んだが、何人かは嵐で荒れる海を泳ぎきった。それからどうなったかはきみにもわかるだろう」

兵士たちは彼女を引き裂いた。

セイレーンがかき立てる愛は本当の愛ではない。やさしくもなければ無私でもなく、燃えるような執着心で、そのままにしておくとすべてをのみ尽くす所有欲に変わる。相手の全部が自分のものにならなければ、かけらだけでも手に入れようとする。髪、爪、指。なんでもかまわない。カティナは自分の街を守るために非業の死を遂げた。認定テストの前にネバダがこの話をしてくれた。セイレーンの魔力がどんなに危険か、警告するために。

「モルプ一族は全員がこの才能を持っているが、〝超一流〟になれるのは女性だけだ。現存の男性セイレーンの中ではわたしが最強だと思うが、それでも〝平均〟にすぎない。ダンカン側から受け継いだ魔力のせいじゃないかと思うがね。わたしはきみのように相手を動かすことはできない。人に好かれやすくしたり、意思系の能力者がこちらを操ろうとするのを感じ取ったりするのがせいぜいだ」

ケイリーとその母が書斎に入ってきたとき、ライナスはケイリーが力をたくわえているのを感じ取ったに違いない。セイレーンの魔力は、どんなに弱くても警告を発することができる。ライナスがまだ生きているのはそのおかげだ。

「戦後のモルプ一族は、その力を利用しようとする近隣諸国や政治組織に追われ、大勢が命を落とした。助かるためには隠れるしかなく、住む場所や名前を変え、〝超一流〟が生まれないようにした」

モルプ一族流の産児制限だ。男の子だけが生きることを許された。

「わたしの母は、お腹の中の妹をあきらめられなかった。母は〝超一流〟のヘーパイストスで、誰にも赤ん坊に手出しさせなかった。一軒の家にたてこもり、わたしの祖父に迎えに来てほしいと連絡した。祖父と叔父はその家に駆けつけたが、一日遅かった。父が母を丸め込んで中に入れさせ、頭を撃ちぬいたんだ」

〝うちの一族を途絶えさせたくないなら、おまえの妻と腹の中の娘を殺せ。一族を救うためにやるんだ〟そんな言葉が吐かれていたとしても、もう驚かない。もっとひどいものを見たことだってある。人は恐怖にかられるとどんなことでもやってのける。でもこの話はつらかった。これはわたしの一族の話で、わたしはこの一族の出身なのだから。

「それからは虐殺が始まった。ダンカン一族は母の死体とわたしを取り戻してスコットランドに帰り、母の葬儀を執り行った。正式な記録では、母はギリシャでの旅行中に自動車事故で亡くなり、夫の死体は海に消えたことになっている。暗い時代の話だ。わたしはあのときのことも両親のことも何も覚えていない。初めての記憶は、城壁のそばでポニーに乗ったことだ」

ライナスがおじいさんに育てられたのは知っていたけれど、心の傷の深さまでは知らなかった。

画面の中でライナスは険しい顔で身を乗り出した。「マクリス一族を信用してはいけない。もしきみに接触してきて、拘束されないために必要なら、何人殺してもかまわない。彼らは、後ろ暗い歴史が表沙汰になると思ってきみを恐れている。自分の魔力の答えを求めて彼らを捜すのはやめなさい。近づいても、連絡をとってもいけない。きみが接触すれば、奴らはどんな手を使ってでも殺そうとするだろう。そんな事態を招いてはいけない」

ああ、なんてこと。

「自分の魔力にいろいろと疑問が浮かんでいるのは知っている。わたしが知るすべてを教えよう。まもなくきみは危機に直面する。もう直面しているかもしれない。これまでは魔力の一面だけを使ってきたが、その力はきみが気づいているよりずっと複雑だ。その問題が最初に形になったのが黒い翼だよ。感情の負担が大きいと、事態は深刻に――」

突然、外で男性の悲鳴が聞こえ、やがて苦しげなうめき声になった。

パソコンからUSBメモリを引きぬき、ポケットに突っ込むと、窓辺に駆け寄った。

地面に描かれた直径六メートルの魔方陣の外周が煙を上げている。中に、肌が緑に変色した二つの死体が転がっていた。ルナの攻撃を受けた印だ。魔方陣の中心に赤っぽい肉塊があり、蒸気が上がっていた。中から骨が突き出ている。人間の骨だ。テレポーテーションの能力者は自分だけでなく他人をテレポートさせることもできるけれど、それには複雑な魔方陣と入念な下準備が必要だ。少しでも計算を間違えたり体重が変化したりすれば、すべてが裏目に出る。

家を駆けぬけて玄関に向かう。ドア口でルナとバーンが三つの死体を見つめていた。魔方陣から、腐った魚を蒸したみたいなひどい悪臭が漂ってくる。失敗したテレポーテーションの匂いは知っている。一度嗅いだら忘れられない匂いだ。

「……尋問できたのに」バーンが言ったのが聞こえた。

「バーナード」ルナが言った。

この呼び方。バーンは覚悟したほうがいい。

「もしあなたがわたしを敵の家にテレポートさせたら、一秒あれば目に入った全員を殺せるわ。わたしを見た敵がすぐ撃ってきたとしても、その敵も倒せる。あなたのことを心から愛してるから危険にさらしたくないし、わたしにはここにいる全員の安全を守る責任がある。だからこうしたの」

「当然よ」わたしは二人に向かって言った。

「ほらね？　カタリーナもこう言ってる」

「ぼくも賛成だ」コーネリアスが別の廊下から出てきた。ガスがついている。いつの間にか家の中に入っていたようだ。「家で銃を持った侵入者を見つけたら、足を撃っちゃいけない。確実に仕留めるんだ」

バーンはため息をついた。

バーンの広い背中から魔方陣をのぞいた。手前に倒れている女性の緑色の死体は、編んだ髪を冠みたいに頭に巻きつけている。この髪型は知っている。アルカンが抱える戦闘系能力者、メラニー・ポワリエだ。ルナがすぐに倒さなかったら、制圧するのに相当手こずっただろう。

アルカンは真っ昼間にテレポーテーションする危険を冒した。なぜだろう? アルカンはいつも計画を慎重に実行に移す。これは軽率すぎる。こんなに動揺してるなんて、いったい……。

そのとき、あることが稲妻みたいに頭にひらめいた。くるりと背を向け、書斎へと走り出す。

「どうしたの?」ルナが大声で訊いた。

わたしは答えなかった。

書斎に入り、キーボードを引き寄せて監督官ネットワークに飛び、ログイン情報を入力する。ルナ、バーン、コーネリアス、ガス——そして監督官の警備スタッフがあとから駆け込んできた。

「何があったの?」ルナがたずねた。

ネットワークがログインを許可し、目の前に監督官用の画面が表示された。データバンクにアクセスする。

「カタリーナ、どういうこと?」ルナの声が大きくなる。

イグナット・オルロフ、別名アルカン、判明している関係者。リストをスクロールする。

違う……。

違う……。

トロフィム・スミルノフ。

その名をクリックすると詳細情報が開いた。見覚えのある顔が画面からこちらを見ている。年は四十代、ほっそりした猫背の白人男性が、不意打ちのパンチにおびえるみたいにこちらを見ている。

しまった。

ポケットの携帯電話を引っつかみ、パトリシアに電話する。誰も出ない。

バーンに肩をつかまれ、動けなくなった。「説明してよ」

一息置き、話せるようになるまで脳のスピードを落とした。「一時間前、ベレジン皇子がわたしに会いたいと言って本部に来たの。パトリシアに入れるように言ったんだけど、そのときはこの姿をしていた」

ルナが画面を見やった。「これ、誰?」

「トロフィム・スミルノフ。アルカンにとってのバーンよ」

アルカンに近い部下たちについては調べたし、一目見ればほとんどわかる。でも、調べたのは、人混みで見つけたときに脅威となる戦闘系だけだ。スミルノフはパターンマスターで、キーボードの前にいるときがいちばん危険だ。警戒順位を下にした判断ミスのせいで、どれほどの命が危険にさらされるだろう。

みんなこちらを見ている。バーンが携帯電話を開き、電話をかけ始めた。

「今アルカンは、いちばん古い友人が自分を裏切って監督官のもとに駆け込んだと思ってる。事情を知りすぎた男スミルノフが、今うちにいるの。アルカンがスミルノフを生かしておくはずがない。きっと報復してくるはずよ」

コンスタンティンはわたしたちを罠《わな》にかけたのだ。アルカンはどんな手を使ってでもスミルノフを殺そうとするだろう。

「電話がハッキングされてる」バーンが言った。

「どうやって？」ルナが訊いた。

バーンは首を振った。素手で誰かを引き裂きかねない顔だ。

「アルカンがスミルノフと交換するために家族を誘拐したら、それであいつの問題は全部解決する。本部の外にいる者は全員誘拐か殺害の危険があるわ」

ルナが机を叩いた。「もうここにはいられない」

ルナは恐ろしい力の持ち主だけれど、この家の自動銃は停止中だし、警備スタッフは全員〝平均〟止まりの能力者だ。もしアルカンが凄腕《すごうで》の能力者を送り込んで多方面から攻撃してきたら、死体の山ができる。

今すぐここを出なければ。

バーンは監督官配下の警備スタッフに言った。「全員、五分で荷物をまとめさせて」

アレッサンドロに電話する。

警備スタッフはこちらを見ている。彼らは監督官局の命令にしか従わない。

「バーンの言うとおりにして」

警備スタッフは駆け足で部屋を出ていった。

「〝あなたの電話は、ボイスメールサービスに――〟」

バーンはそっとわたしをどかしてデスクトップパソコンにかがみ込んだ。その指がキーボードを操る。「ルナ、地下工房からノートパソコンを二台とってきてくれる？」

ルナは階段を駆け下りていった。

もう一度アレッサンドロにかける。またボイスメールサービスだ。あとはメッセージを送るしかない。

〈コンスタンティンがスミルノフに化けて本部に入った〉

ほかに何も言う必要はない。アレッサンドロならわかるはず。レオンにもメッセージを送り、同じことをできるだけ早く説明しようとした。

コーネリアスが首を振った。「ぼくの携帯電話もだめだ」

パソコンの画面がちらつき、バグの顔が現れた。「ローガンの部下の一人、顔色が悪くひょろりとした情報処理の専門家で、一度に十の事柄を対処することができる。

「なんの用だい、変人さんよ?」

「アルカンにハッキングされて、電話もネットも使えなくなった。本部に襲撃の警告をしなきゃいけないんだ」バーンが答えた。

バグの顔から落ち着きのない表情が消えた。「まかせろ」

バーンは通話を終わらせ、新しいウインドウを開いてコードを打ち込んだ。

ルナがノートパソコンを二台抱えて地下工房から戻ってきた。ライナスの黒いのとバーンの銀色のだ。バーンがせき立てるように手を振ると、ルナはそのままドアから駆け出した。

レオンへのメッセージを打ち終わったけれど、届くかどうかわからない。「警備システムをオンラインに戻せない?」

「緊急再起動できるかもしれないから、今やってるとこ」バーンの目は画面に釘《くぎ》づけだ。

「それ、どういうこと?」

「地下工房にロックがかかって、包囲攻撃対応モードが例外なしにオンになる。待避できる時間の猶予は三分。もう誰も中に入れなくなるから、必要なものがあったら今すぐ持ってきたほうがいい。もしライナスが死んだら、相当苦労しないと中に入れなくなる」

バーンは正しい。これがベストの選択肢だ。

部屋のどこかで電話が鳴った。一瞬、バーンもわたしも必死に音の出所を探した。

またくぐもった音がした。

デスクの中だ。

バーンが真ん中の引き出しを引っ張った。鍵がかかっている。バーンは歯を食いしばって力を込めた。木片がはじけ、引き出しが開いた。あわてて携帯電話を取り出す。ロックはかかっておらず、わたしは電話に出た。

「カタリーナ！」アラベラの怒鳴り声がした。

「どうやってかけてるの？　これは誰の携帯電話？」

「こっちはローガンの部下が持ってきてくれたプリペイド携帯からかけてる。そっちの携帯電話はわたしの緊急用よ」

「どうしてライナスの家にアラベラの緊急用があるの？」

「わたしの携帯電話っていつも電池切れだから、そっちに行ったとき用にライナスが買ってくれたの」

まったく、ライナスらしい。

「そんなことより、ママが外に出ちゃってる」

「えっ？」

「ピートの遺体の確認に行ったの。警備スタッフを三人連れて。でも連絡がつかない」

「どうしてママが自分で行くことになったの？」

「ピートの息子さんが来てて、誰かが直接ピートの死因を説明しなきゃいけなくなったから」

まずい。ピートはテキサス女性病院にある民間の死体安置所に運ばれた。あの病院まではここから二十五分かかる。

アラベラが宣言した。「じゃあ、わたしが迎えに行く」

電話の向こうで、電光がはじけるような音が響く。

「行かなきゃ」妹はそう言って切った。

携帯電話をポケットに突っ込む。

バーンはタワーパソコンのうしろからコードを引きぬいて持ち上げた。

三人で出口を目指して走り出した。警備チームは装甲兵員輸送車に乗り込んでいる。オリーブ色の肌をした長身のリーダー、ジーンが助手席の窓を下ろし、こちらを見て指示を待っていた。

監督官局専属の警備チームの業務範囲は厳密に決められている。監督官の家族の護衛は彼らの仕事ではないから、バーンとルナに付き添わせることはできない。わたしが正式に捜査にあたる間だけ護衛を命じたら従ってくれるだろうけれど、母を迎えに行くのは監督官の業務ではなくて、ベイラー家の仕事だ。

「基地に戻って守りを固めて」

「了解です、監督官代理」

最後の一人が監督官用車両に乗り込み、側面を叩いた。車両は動き出した。ライナスの部下の基地はヒューストン郊外にある。場所は秘密で、基地内には〈ダンカン・アームズ〉が作り出す最高の防御用兵器が揃《そろ》っている。もしアルカンが彼らを追跡したとしても、後悔するだけだ。

アルカンが彼らを狙うことはないだろう。ほしいものはうちの本部にあるのだから。

バーンはタワーパソコンを軍用ハンヴィーに積み込み、運転席に乗り込んだ。ハンヴィーはウインドウを開けたままこちらに近づいてきた。

ルナがたずねた。「いっしょに行こうか?」

「だいじょうぶ。二人は家に帰って、電話をもとに戻して。アレッサンドロとレオンは外出したままで、目も耳も奪われたも同然なの」これを直せるのはバーンだけだ。

「まかせて」バーンが答え、ハンヴィーは走り去った。

ライノに駆け寄って運転席に飛び込む。コーネリアスはもう助手席にいて、タクティカルショットガンを抱えている。ガスはうしろでハアハアいっている。車をバックさせ、私道から出ると、ゲートの外で止めた。

刻々と時間が過ぎていく。一、二……十。

ゲートががらがらと閉まった。地面から自動銃が飛び出し、残っていた魔力で輝いた。街路に低い警報音が響く。システムが再起動した。もうライナスの屋敷には入れない。コーネリアスのシルバーのＢＭＷが十メートルほど先にあった。コーネリアスが動かしたんだろう。

「自分の車で帰る？」

「いや、きみといっしょに行く。数が多いほうが安全だ。車はあとでとりに来る」

ガスも小さくわんと吠《ほ》えて賛成した。

援護は多ければ多いほどいい。「ありがとう」

ライノは減速帯を乗り越えて走っていき、Ｕターンして、バッファロー通りを目指してスピードを上げた。

バッファロー通りは混んでいた。動いてはいるものの、それほどスピードは出ない。

「車と携帯電話をペアリングしておいたよ。お母さんの携帯電話は〝ママ〟で連絡先に登録してある」コーネリアスが言った。

「ママに電話」

車のオーディオシステムが従順に電話をかけた。呼び出し音が鳴る。

「〝あなたの電話は、ボイスメールサービスに……〟」

「ママ、迎えに行くから連絡して」

標識が点滅している。

〈注意　前方工事中〉

前の車がブレーキを踏んだ。周囲の車がスピードを落とし、車間がせばまった。

「ママに電話」

呼び出し音が続く。

〈左車線　百五十メートル先通行止め〉

「〝あなたの電話は、ボイスメールサービスに……〟」

「お母さんは有能だ」コーネリアスが言った。

「そうよ」

そして母は重要度の高いターゲットでもある。もし母がアルカンの部下に捕らえられたら、取り戻すためにどんな対価だって支払うだろう。

「女性病院にある〈マーゴリス検視ラボ〉の電話番号を調べて、かけてみてくれる？」

「わかった」コーネリアスは携帯電話を操作した。「あったぞ」

携帯電話がスピーカーモードに切り替わった。呼び出し音が鳴る。「〝こちらはマーゴリス検視ラボ……〟」

ピーという電子音が聞こえるまで待って、言った。「ペネロープ・ベイラーにメッセージをお願いします。すぐに電話するように、と」そして新しい携帯電話の番号を伝えた。

車列は一車線におさまっていった。左車線は、カラーコーンと白のピックアップトラックでふさがれている。

「いつも工事中」わたしの声は落ち着き払っていて、ロボットみたいだ。

「街には街の特徴がある」コーネリアスが言った。「サンアントニオは遊歩道のリバーウォークやアラモの砦《とりで》で有名だし、オースティンはバーや銃撃事件でよくも悪くも有名な六番街がある。で、ここは工事と洪水で有名ってわけだ」

右側にコンクリート防護柵が現れ、車線がせばまった。カラーコーンの間を縫って、ミリ単位の正確さでライノを運転する。

「カタリーナ」コーネリアスの声は静かだった。「こぶしが真っ白だ」

「ありがとう」ハンドルを握る手から力を抜く。

「きみは怖いほど落ち着いてる」

「アレッサンドロが同乗している車を運転してるのはレノーラ・ジョーダンの部下って言ってたけど、幻覚の使い手かもしれない。ハリス郡の地方検事がこんなタイミングで緊急事態なんて、都合がよすぎるわ。レオンはＦＢＩ捜査官を見張っているはずなのに、カベラ邸には影も形もなかった。ママは本部の外にいる。誰も電話に出ないし、本部は襲撃されてる。今は落ち着く以外に何もできないわ」

「分断して孤立したところを襲うつもりだろうか？」

「わたしならそうする」

「もう一度アレッサンドロとレオンにかけてみよう」コーネリアスは携帯電話をタップした。

　車はリッチモンド・アベニューを通り過ぎた。

「返事なし」コーネリアスが告げた。

　これ以上考えていたらパニックになりそうだ。

　携帯電話が光った。着信だ。「出て！」

「カタリーナ？」母だった。

　やっとつかまった。「今どこ？」

「ラボのオフィスよ」母の声は不気味なほど冷静だった。狙撃のために照準器を見つめる直前、母はいつもこの穏やかな地平に到達する。

「護衛はどこ？」

「空港のタイラーから電話があったんだけど、車は来なかったわ」

タイラーはピートの息子だ。

「だから護衛に迎えに行かせたの。それが一時間前。それ以来着信はないし、うちにもかけられない。携帯電話が壊れたみたい。これは固定電話よ。駐車場に装甲車が一台止まってて、十分も誰も出てこないの」

敵は母を見つけたらしい。

「そいつはシャビエルよ」シャビエルが母を捕らえるチャンスを逃すはずがない。おそらく誰かを連れて、じきじきにやってきたのだろう。「今うちはアルカンに襲撃されてるの。電話もハッキングされてる」

「ああ、そういうこと」

落ち着いた冷静な声が出た。「シャビエルはママが出てくるのを待ってるけど、それほど忍耐強いほうじゃない。ママをつかまえようとしてラボに入ってくるはずよ」

「ここでじっとしてるのは論外ね」

「ええ」

選択肢を考える。女性病院の敷地は広く、西はグリーンブライアー通り、東はファニン通り、北はオールドスパニッシュ・トレイルに囲まれている。ここからはまだ十五分はかかるし、母が建物の中で隠れたって見つかってしまう。だいたい、この車が駐車場に入った瞬間、シャビエルがそのへんの街灯をフロントガラスに向かって投げつけてくるだろう。

母を連れて生きたまま逃げ出さないといけない。

病院の周囲には何がある？　ファニン通りの東側には医療関係の建物、グリーンブライアー通りの西側には、たしか……。そうだ、そうすればうまくいく。

「ママ、駐車場に出ないで別の建物に移れる？」

「待って」ドアが開く音がして、母が何か言い、男性の声がそれに答えた。

母が電話口に戻った。「行けるわ」

「その建物から出て、グリーンブライアー通りを渡って記録局に行ってほしいの。羽根ペンみたいな形の大きなビルよ。そこに入って、わたしと約束があるから待たせてほしいって言って。何があってもそこから出ないで。一歩でも外に出たら助けてくれないけど、記録局は建物を守るし、そこからママをさらっていこうとする者は誰だって許さないはずよ」

記録局は有力一族と能力者のデータベースを管理している。中立的な機関で、賄賂は通じず、能力者も一般市民も問わずテキサスのどんな権力からも独立している。記録係が管理者を務めていて、一度会ったことがあるけれど、もう二度と会いたいとは思わない。まともな人なら記録局を襲撃しようなんて考えない。でもシャビエルはまともじゃないし、もしこちらの運がよければ襲おうとするはずだ。

母が誰かと話している。「わかった。じゃあ行くわね」

通話は終わった。

母は医療施設の間を縫って南へと歩き、駐車場からは見えないグリーンブライアー通りを渡り、記録局の前にある広い駐車場を通らないといけない。歩く速さは早足でも時速六キロだ。アクセルを踏み込んで目の前の車を跳ね飛ばしたい衝動にかられる。でも慎重にライノを運転して工事現場を抜け、一秒でも稼ぐために車の間を縫って進んだ。

広々とした敷地の真ん中に、黒いガラスでできた低いタワーが立っている。流れるようなエレガントなラインは、羽根ペンの形にそっくりだ。そのうしろには、認定テスト用アリーナの暗い建物が不気味にそびえている。

さっき電話してから母と話していない。母の携帯はれんが同然だ。ちゃんと歩き通せただろうか。

どうか記録局にいて。

コーネリアスにたずねた。「いっしょに行く？　それとも車に残る？」

「同行する。一人になるほうが危険だ」

「了解」

逃げ道を提案したけれど、コーネリアスは断った。思っていたとおりだ。

できるだけエントランスに近い真ん中の列に車を入れたけれど、かなり歩かないといけない。ドア口まで乗りつけるのは問題外だ。記録局はタワーの周囲にキルゾーンを設けている。そこに車を入れたら、たちまちターゲットになる。

コーネリアスが、ライナス特製のコンパクトサブマシンガン、DAトラーを手渡してくれた。コーネリアスはタクティカルショットガンをとり、二人で車を降りた。

エントランスまで五十メートル弱。肩甲骨の間が緊張でぴりぴりする。マーリンスパイクが飛んでくる音が聞こえないか耳をすますあまり、幻聴が聞こえそうな気がする。

目の前のドアがすっと開いた。コーネリアス、ガス、そしてわたしは広々としたロビーに入り、静かに息を吐いた。記憶にあるのと同じだ。黒い花崗岩《かこうがん》の壁、グレーの花崗岩のフロア。真ん中に金の象眼で描かれた魔方陣がきらめいている。右側に黒い花崗岩のデスクがあって、警備が一人座っていた。でも母の姿はない。

背筋に冷たいものが走った。

警備の中年の金髪女性がこちらを見て立ち上がり、会釈した。「ようこそ、〝超一流〟のベイラー、〝一流〟のハリソン。武器はこちらで預かります。待ち合わせの方は、五階にある記録係のオフィスにいらっしゃいます」

間に合ったんだ。よかった。

どうしてロビーで待ってなかったんだろう?

二人とも武器をカウンターに置き、コーネリアスはガスに〝待て〟とうなずいた。

ガスは床に寝そべり、わたしたちがエレベーターに乗り込むのを見守った。

ドアの上のライトが点滅し、階数が上がっていく。心臓がどきどきする。

ドアが開き、長い通路が現れた。両脇にドアが並び、突き当たりの黒く分厚い、両開きのドアだけが大きく開いている。走りたくなるのを我慢し、できるだけ早足でまっすぐその部屋に向かった。

その広い部屋は円形で、床から天井まで壁を埋める書架にはびっしりと本が詰まっていた。入り口を守るように円形のカウンターがある。その上に小さな明かりがあり、温かな黄色い光を放っている。カウンターのうしろには、座り心地のよさそうなレザーのソファがシャンデリアに照らされて部屋の中心に置かれている。左手のソファに記録係が座り、その正面に母がいて、小さな青いカップからお茶を飲んでいた。

肩から重いものが下りて床に落ちた。もしそれに形があれば、木製の床を突き抜けロビーまで落ちていっただろう。

記録係がこちらを振り向いた。背は高くも低くもなく、ほっそりしていて、年をとっている。茶色の肌には皺《しわ》が寄り、目尻と口元には年月の足跡が刻まれ、髪は白い。茶色のスリーピーススーツを着込み、赤褐色と黒のボウタイをしている。いつも人を歓迎する顔つきだけれど、大きな眼鏡の奥の目は人の歩みを止める力がある。闇のようなその目は、磨きぬかれた二つの黒翡翠《くろひすい》のようにきらめいている。

「〝超一流〟のベイラー。お久しぶりです。またお目にかかれるとは」

母が目を丸くしてこちらを見た。

「こんにちは。母の相手をしてくださったことに感謝します。お手数をかけてすみません」

記録係はにっこりした。その歯は真っ白で鋭い。「手数なものですか。ベイラー一族の方とお話しするのはいつだって歓迎です。そうだろう、マイケル？」

マイケルが影の中から現れた。歩いて出てきたというより、神話に登場する精霊みたいに、影が形となったように思えた。きっと気のせいだろう。書架の間に隙間があって、そこから出てきたに違いない。でもさっきまで四人しかいなかったところに、突然もう一人加わったような気がした。

マイケルはうなずいた。年齢は二十代なかば、黒のスーツの下に白いシャツを着ていて、それがブロンズ色の肌を引き立てている。黒い髪は短く、丸刈りにならない程度にトップを長く残している。服から出ている両手と首には、部族の刺青《いれずみ》を思わせるタトゥーが渦巻いている。育ちがよさそうなハンサムな顔立ちだが、目は不思議な色をしていて、虹彩《こうさい》に光があたると、ライナスが好んで飲む古いスコッチみたいな黄色になる。

記録係はコーネリアスのほうを向いた。「お久しぶりです、〝一流〟のハリソン」

「こちらこそ。ぼくの認定テストでお会いしてからずいぶんになりますね」

「十五年三カ月と十四日です。もし、もう一度認定テストを受け直すということでしたら、いつでもおいでください」

コーネリアスは少しあとずさりした。「その必要はありませんよ」

「どうぞご随意に」

上のランクに挑戦するのでもなければ、認定テストを受け直したい人なんていない。これはネバダに伝えなくては。わたしと同じで、ネバダも以前から、コーネリアスは認定テストでわざと力を控えたと思い込んでいるから。

記録係は、曲げた膝の上で指先を合わせた。「それで、ベイラー一族は記録局にどんなご用件がおありですか?」

記録係に情報を求めるつもりはなかった。ロビーで母と合流してさっさと出ていき、できれば攻撃されないうちに家に帰りたいと思っていた。でもせっかくここに来たのだし、母はお茶まで出してもらっている。記録係がここまでしてくれたのに、お礼だけ言って帰るわけにはいかない。

いいチャンスかもしれない。記録係は有力一族の血筋に関してはプロだ。いろいろな質問に答えてもらえるだろう。でもその対価は?

記録局はわたしの管轄権がおよばない二つの能力者組織のうちの一つで、もう一つは評議会裁判所だ。記録係を無理に従わせることはできない。記録係が何を教えてくれるにしてもそれは自発的なもので、質問が多くなればその対価も大きくなる。

数年前、ネバダは記録係に、邪悪な祖母ヴィクトリアの命を助けてくれるならなんでもすると約束した。わたしがヴィクトリアのもとで修業を始めてから、彼女はそのことを少なくとも十回は口にしている。ヴィクトリア・トレメインが夜眠れなくなることはめったにないけれど、この件だけは別だった。記録局は負わせた恩に関しては必ず対価を要求するし、命を助けたとなればその対価はただならないものだ、とヴィクトリアは何度も言っていた。

どちらにしても、この会話は人に聞こえないところでするのがいちばんだ。

「じつはある極秘事項について話したいと思ってます。母と〝一流〟のハリソンを待たせる場所はありますか？」

「もちろん。マイケル、客人を青の間へ」

マイケルは音もなく床を滑ってきた。この人を見ると髪の毛が逆立ってしまう。

母とコーネリアスは彼のあとについて部屋を出た。

記録係は笑顔でこちらを見た。「監督官代理、お茶はいかがです？」

この人は知っている。アメリカ評議会が礼儀として教えたに違いない。ほかに誰が知らされたのだろう？

「ええ、お願いします」

「蜂蜜、ミルク、レモンは？」

「なしで」

記録係はうなずいた。

マイケルがカップを一つのせたトレイを持って戻ってきた。彼はそのカップをわたしの前に置き、ティーポットからお茶をつぎ、テーブルにトレイを置いて三歩下がった。

お茶はすばらしく、バニラの香りがした。「おいしい」

「口に合ってよかった」

この会話は慎重に進めなければ。監督官局の手に負えないような借りを作るわけにはいかない。記録局が情報の見返りに何を求めるにしろ、こちらが与えられるものでなければ。記録局を敵に回すなんて問題外だ。

「二つ質問があります。一つは公開されている情報、もう一つは極秘の情報についてです。監督官局は協力に感謝します」

まるで内側に明かりが灯《とも》ったみたいに、記録係の目が一瞬光った。「記録局は常に、監督官局からの対価を回収する機会を歓迎しますよ。そうだろう、マイケル？」

マイケルはまっすぐこちらを見た。ライフルの照準器にとらえられたような気がした。

「では、質問をどうぞ」記録係がうながした。

「ケイリー・カベラが認定テストを受けたことは？」

「ありません」

「予備テストは？」

「あります」

ここからはグレーゾーンだ。認定テストは立会人の前でおこなわれ、結果は公表される。魔力の内容を非公開にすることはできても、ランクは隠せない。予備テストの結果は非公開だ。仮のテストなので、当事者一族が公開すると決めた場合のみ公表される。

ケイリーのランクを質問したら記録係は答えてくれるけれど、その情報は高くつく。監督官局の義務は軽いほうがいい。

「その予備テストの結果から、記録局はケイリー・カベラが〝超一流〟に値すると予想しますか？」

記録係の顔は容赦なかった。「奇跡を起こすか人道への罪を犯さない限り、そのレベルには達し得ないでしょうな」

正当な認可を受けずにオシリス血清を摂取するのは、人道への罪にあたる。記録係はたった今わたしの疑いを裏づけてくれた。ケイリーは生まれつき能力が低く、母のルチアナは娘を〝超一流〟にするためにアルカンを頼った。訓練ができていないのも、魔力がどこか歪《いびつ》なのもそのせいだ。

携帯電話を取り出し、ピートの顔の怪我《けが》を表示させてテーブルに置いた。「どういう能力者がこういうダメージを与えるのか、記録局は把握していますか?」

記録係は携帯電話を見やった。「ピーターには昔から好意を抱いていましたが、残念です。これはメンタマリウスのしわざです」

「つまりマインドハンマー?」

記録係はうなずいた。「よく偽鎮静魔術家と呼ばれますが、正確に言うと違います。偽鎮静魔術家は、鎮静魔術家という木から伸びたゆがんだ枝ではなく、この二つはむしろ同じ根から生えた別々の幹、と言うべきでしょう」

「どう違うんですか?」

「鎮静魔術家の魔力は脳の一部を攻撃します。周囲の脅威を評価する扁桃核《へんとうかく》や、ストレス反応ホルモンの分泌をうながす力を持つ視床下部です。そして、早急に脅威に対応するためのコルチゾールやアドレナリンの分泌を止め、視床下部からドーパミンやオキシトシンといった気持ちをリラックスさせる物質を作れという信号を送るのです。鎮静魔術家によるダメージは一時的なもので、その力は努力しないと発揮できません」

「つまり、意識して落ち着きを送り込むということですね?」

「そのとおり」記録係はうなずいた。「偽鎮静魔術家の魔力も扁桃核や視床下部を攻撃しますが、いちばんのターゲットは前頭葉で、ホルモンの分泌をうながすのではなく、脳の物理的な構造を完全に破壊してしまいます。攻撃は意思によっておこなわれ、成功した場合、心へのダメージは脳への物理的な傷となります。その結果は凄惨としか言いようがない」

ケイリーの魔力に攻撃されたときの記憶がよみがえった。〝わたしを好きになれ。わたしを好きになれ〟

「その力は感情によって生まれるんですね?」

記録係はにっこりした。「ええ、まさにそのとおりです。鎮静魔術家は冷静で理性的ですが、偽鎮静魔術家は不安定で、癇癪《かんしゃく》を起こした幼児の熱量で自分のすべてを攻撃につぎ込みます。感情のすべてを燃料とし、全身全霊で修復できない傷を与えてしまう。真の鎮静魔術家と同じく、一時的に多幸感を呼び覚ますことはできても、被害者は結局は認知能力を失います」

ケイリーのせいでアレッサンドロがただ笑うだけの抜け殻になってしまうと思ったとき、その想像がどれほど正確か、あのときは気づいていなかった。

記録係はそっとわたしの携帯電話に触れた。「ピーターの場合、使われた感情は怒りや憎しみで、その大元となる衝動はきわめてシンプルなものです」

「〝死ね〟?」

「はい」

ウォール捜査官は?「偽鎮静魔術家の攻撃に軽くさらされた人は、回復の見込みはありますか？」

「ええ。すべての能力者と同じく、偽鎮静魔術家の力にもさまざまなレベルがあります。偶発的にターゲットとなった者が攻撃のあとも正気を保っていたなら、ダメージは軽微と言えるでしょう。熱いものに触るのと同じですよ。火に触れている時間が長いほど火傷《やけど》もひどくなる」

思わず息を吐いた。ウォール捜査官は正気だった。へらへら笑っていたけれど、認知能力はあった。

「偽鎮静魔術家が不安定なのは誰もが知るところです。今もこの魔力を駆使する有力一族は数えるほどで、一族に属する者は幼いころから厳しい意思コントロールの訓練を受けます。コントロールの難しさから敬遠される魔力がいくつかありますが、これもその一つで、ほとんどの一族はその魔力を絶やす方向に動いてきました」

ケイリーはマインドハンマーとして目覚めた。ルチアナは娘に訓練を受けさせるまで、それを必死に隠そうとしたはずだ。カベラ一族は戦闘系ではない。ケイリーが貴重な資産なのかとんでもない厄介者なのかは、親族がどう受け止めるかによって決まることになる。

これで、ピートを殺し、ライナスを襲撃したのがケイリーなのは百パーセント確実になった。エレガントと言っていいやり口だ。きっとルチアナが最初に鎮静魔術家の力で皆を落ち着かせ、娘がその心を打ち砕いたのだろう。ただライナスにはセイレーンの力があったため、危ないとぴんときた。

　わからないのは、ケイリーがどうやって自動銃の攻撃を逃れたかだ。これはいずれあきらかになるだろう。

　犯人とタイミングがわかった。あとは動機だ。アルカンが二人に命じ、そのあと口封じでルチアナを殺したのか、それ以外の理由があったのか、どちらだろう？　これは自分で探り出すしかない。

　もう少しはっきりさせたいことがあった。

「理屈で考えれば、ある一族に鎮静魔術家が生まれ、四世代にわたって鎮静魔術家だけを輩出してきたとしたら、オシリス血清を繰り返し摂取したことでマインドハンマーの力が目覚めるのは不思議に思えます」

　記録係は椅子の背にもたれた。「マイケル、〝定めの石〟を」

　マイケルは書架から箱を取り出して記録係に渡すと、また三歩下がって定位置についた。

　記録係は装飾を施した木箱を開け、血を固めたように赤い、小さな六面のサイコロを取り出した。一面ずつにギリシャ文字が刻まれていて、象牙の象眼が施されている。

　記録係が光にかざすと、サイコロは輝いた。ルビーだろうか？

「能力者の運命です」記録係はギリシャ文字のΖが書かれた面を見せた。「ゼータ、犠牲」

　今度は別の面だ。「ベータ、悪魔」

さらにもう一つ。「ラムダ、成長。危険を承知で血清を摂取する者を待つ、三つの運命です。死、怪物化、力」

血清を摂取した者は、死ぬか、怪物化するか、魔力を得る。魔力を得れば富と権力が手に入る。

記録係はそれをこちらに差し出した。

手を伸ばすと、サイコロが手のひらに落とされた。三つのシンボルが二つずつ描かれている。

「転がして」記録係が言った。

冷たくなめらかなサイコロを指先から離す。サイコロはテーブルに落ち、転がって止まった。ゼータだ。

「死」そうつぶやく。

「このサイコロは一八六五年、オシリス血清のブームが二度めに訪れたときに彫られたものです。無数の魔力志望者が最終決断の前に、今のあなたのようにこれを転がした。そして大勢の者がその目を見てあきらめた」

テーブルの上でサイコロが輝いた。

記録係がたずねた。「どうして死ぬ者とそれ以外の者がいたと思いますか？」

「誰にもわかりませんよね。科学じゃなくて魔力の話だから」

「そこをあえて推測するなら？」

魔力理論の本なら何冊か読んだことがあるけれど、今読んでいるもののほとんどは実践的な内容だ。

「おもな仮説は五つあって、そのほとんどが〝血清は潜在的な魔力を持たない者を殺す〟と言っています。食習慣やインフルエンザの罹患歴《りかんれき》など、さまざまな要素を考慮に入れたうえで。当時の記録は当然だけどあいまいなものが多くて――」

記録係が片手を上げたので、そこで口をつぐんだ。

「それはそうですが、あなたは最高位の魔力を持つ〝超一流〟で、生まれたときから力を使っている。そのあなたの立場からの意見を聞きたいのです」

「三つの場合のどれをとっても、オシリス血清は、作られたとおりの効力を発揮しているだけじゃないかしら。潜在的な力を探し、それを開花させる。死んでしまう人は魔力を使う力がないんじゃなくて、魔力が強すぎたり破壊的すぎたりして、肉体的に扱いきれないんです。怪物化する場合も同じ。大きすぎる力を抑えておけなくて、ゆがんでしまう。無事に生き延びて能力者になった人は、強かったんじゃなくて弱かったのかもしれない。サイコロの目がどう出るかは、誰にも予想できません」

記録係はにっこりした。「そのとおり」

思わず試験をパスしたような気分になる。

「あなたの理論をもとに、能力者一族に生まれた魔力を持たない者がサイコロを転がしたとしたら、血清はどう働くでしょう？　一族に魔力の血は流れていても、本人はその魔力との相性が悪い。となると血清はそれ以外の力、祖先から受け継がれた別の魔力の隠れた痕跡を探そうとする。それ自体の力は弱くて開花できなくても、血清の力を借りれば表面に浮かび上がってくるかもしれない」

つまり、ケイリーの血筋のどこかに偽鎮静魔術家の力があったけれど、弱すぎて血清の力を借りなければ開花しなかったということだ。この二つの魔力はとても近い。遠い祖先の結婚によって両方の傾向を持つ子どもが生まれるのは珍しいことじゃない。何世代にもわたって力が埋もれたままなのもありうること。

考えれば当然だ。わたしたち姉妹は両親が同じだから、わたしはアラベラやネバダと同じ遺伝情報を持っている。十代先のわたしの子孫に尋問者の魔力が開花したとしても、理由はわからないままだろう。能力者の血統を記録する遺伝子データベースがいいビジネスになるのは、それが理由だ。

「あなたのサイコロの投げ方が気に入りましたよ」記録係が言った。「息を吹きかけることも、振ることも、放り投げることもなかった。ただそのまま落としただけです。サイコロを転がして、その結果を受け入れる――それは、この部屋にいる者には必要のないこと。代わりに我々の祖先が転がし、多大な代償を支払いました。我々は彼らが作った誓約に従うことで、その勇気に敬意を表しているのです。制約とは、血清の違法な使用の禁止。いかなる犠牲を払ってでもそれを守らねばならないことを理解する者は、みずからの責務を神聖なものとみなします。ゆえに、我々はいかなる干渉も許さない。そうだろう、マイケル？」

「ええ、そのとおりです」マイケルが答えた。

7

エレベーターのドアが閉まり、下へと動き出した。

「もう二度とこういうことはやめましょう」母が言った。

「同感だ」コーネリアスがうなずいた。

「ママはロビーで待ってると思ったのに」そうつぶやく。

「そうしようとしたんだけど、記録係に連れていかれちゃって」

記録係と話せるチャンスなんてそうはないのに、まさか本人がじきじきに自分の書斎へ招いてくれるなんて、想像もしなかった。

〝それを守らねばならないことを理解する者は、みずからの責務を神聖なものとみなします〟

記録局と同じく、監督官局も現代社会の秩序を保つ立場だ。どちらの機関も社会の基盤を守っていて、賄賂で動くことは許されない。今の社会はちゃんと機能してるとは言えないけれど、強者がすべてを支配する野放し状態よりましだ。それがわかったのが〝恐怖の時代〟で、あのとき人類は滅亡に瀕《ひん》した。

記録係はわたしをある意味同僚だと思っている。自分と同じように、秩序と混乱のはざまに立つ者だと考えている。彼はわたしと母を丁寧にもてなしてくれた。でも、もてなしは協力とは違う。もしビル正面の駐車場でわたしたちが襲われても、記録係もその不気味な助手も、助けようとはしてくれないだろう。

ロビーに下りて、預けていた銃とガスを受け取った。ラトラーを母に渡す。母はそれをチェックし、三人は揃《そろ》ってガラス張りのエントランスに向かった。

時刻は八時過ぎ。太陽は沈み始め、あたりは薄暗くなりつつある。駐車場にじわじわと闇が広がっていく。三メートル半の高さの街灯がついて、人工の光が駐車場を満たした。

「ここにいて」母に向かって言った。「車を回すから」

母の目が計算している。わたし一人なら安全な装甲車まで速く行ける。母がいても進みが遅くなるだけだし、コーネリアスとガスがいたらターゲットが増えてしまう。

「了解。援護するわ」母が答えた。

ドアから出て、軽く走りながら駐車場を抜ける。母とコーネリアスは、すぐにロビーに駆け戻れる距離まで出て待った。

目の前に通路が続いている。ほかの車をチェックしながら進む。SUVが七、八台、トラックが数台、セダンが少し。きっと一部は装甲が強化されている。こんな時間でも車はたくさん残っていた。ライノの百メートルほど向こうに、派手なライムグリーンにオレンジで〝燃えよタコス〟と描かれたキッチンカーが駐《と》めてある。キッチンカーを放置するには場所が悪い。動かさないと、朝にはなくなっているだろう。

目の前にライノが現れた。ドアの取っ手をつかんで開け、運転席に乗り込む。ドアを閉め、外界をさえぎるB7レベルの防弾鋼の中に身を置き、身構える。

何も起きない。

エンジンをかけると、車は安定したうなり声をあげた。一度バックしてエントランスに向かう。母とコーネリアスがこちらに歩いてきた。

ビルの周囲に引かれたキルゾーンを示す赤い線のすぐ外で車を止めた。一拍置いてドアが次々と開き、母、コーネリアス、ガスが乗り込んだ。気がつかないうちに詰めていた息を吐くと、左折して隣の列に入り、駐車している車の間を縫ってスタジアム・ドライブ方向へと向かった。あと一分で出られる。そこから左折してオールドスパニッシュ・トレイルに入れば、行き交う車にまぎれ込むことができる。

タコスのキッチンカーが宙に浮き上がった。

目でとらえたものを、脳が処理を拒否している。

誰かが巨大なバットで打ったみたいに、キッチンカーがこちらに飛んできた。まるで映画だ。

キッチンカー。プロパンガス。炎。

ライノは両側を車にはさまれている。

無理やり左にハンドルを切る。ライノは赤いホンダ車に突っ込んだ。衝撃で体が前のめりになる。キッチンカーは頭上を飛び越えていった。

「外に出て！」母が怒鳴った。

全員が動いた。運転席の外に出る。視界の隅で、キッチンカーがまるで見えない壁にぶつかったみたいに止まった。そして空中でくるりと回って向きを変えた。

体を低くし、車の間に隠れながら通路を走りぬける。

キッチンカーがライノの上に落ちた。世界が爆発した。爆風で体が浮き、右側の白いピックアップトラックに叩《たた》きつけられる。耳に轟音《ごうおん》が響き、頭がくらくらした。目の前に渦巻く白い煙を払いのけ、振り向く。

オレンジ色の火の玉がライノを包み込んでいる。フリーダおばあちゃんはさぞ腹を立てるだろう。間違いない。

耳鳴りが止まった。

目の前のトラックがずるっと動いた。とっさに通路の左に跳び、黒い車のうしろにしゃがみ込んでそのまま進み、ライノの燃える残骸のほうに戻った。

あれはシャビエルに違いない。シャビエルの魔力は目が頼りだ。奴《やつ》は今キッチンカーのうしろに隠れ、車列の間を探っている。車を動かしてこちらを見つけ出そうとしている。

ぱっと立ち上がってエントランスの方向に駆け戻り、白いトラックのうしろに隠れる。車体に背中をつけたまま端に寄り、荷台の向こうをそっとうかがった。

車列のいちばん端で、シャビエルが能力者のポーズをとっていた。両手を上げ、見えないバスケットボールを持つように肘を曲げている。足元の地面が白く輝いている。魔方陣を描いていたらしい。耳にはヘッドホンをつけている。準備万端だ。

単純な増幅用の魔方陣があれば、ローガンならバスをフリスビーみたいに投げ飛ばすことができる。シャビエルはコントロールはそれほど正確ではないけれど、パワーは劣らない。セイレーンの力を使っても無駄だ。シャビエルの耳には聞こえない。

思いきってもう一度シャビエルのほうをのぞいた。隣にもう一人、折れそうなほど細い長身の男が、ホワイトブロンドの髪を額に張りつかせている。その耳にも、わたしの魔力をはねつけるヘッドホンがあった。ダグ・ガンダーソンだ。

なぜあの男がここに？　アレッサンドロはどこ？　死んでしまったの？

ガンダーソンの足元で二つめの魔方陣が深紅の光を放ち、二人の背後の木箱を照らし出して、また普通の明るさに戻った。

アレッサンドロが死ぬはずがない。ガンダーソン程度の力で殺せるわけがない。救命具にしがみつくみたいに必死にその思いにすがり、ともすればパニックにおちいりそうな自分を抑えた。

ガンダーソンは、重いものを持ち上げようとするかのように、両手を前に出して力を入れている。

魔力が二人のほうへとらせんを描いて伸びていった。声を封じられているので、翼の力に賭けるしかない。でも、翼で幻惑するには時間がかかる。シャビエルに見つかったら瞬時に攻撃されるだろう。それに二人は遠くにいるし、距離という要素は無視できない。

ガンダーソンがうなり、首に血管が浮き上がる。魔方陣が地面を離れ、傾いたかと思うと、アスファルトから六メートルほどのところに魔法のカーテンみたいに浮いた。

あれはいったい……。

ばきっと何かが割れる音。シャビエルのうしろの木箱がはじけ、発射台が顔を出した。

シャビエルはおもちゃを持ってきたらしい。

口を開き、歌い出す。魔力は駐車場を這《は》い進み、二人の心に巻きついた。ところが中に入れない。声に力を込め、歌い続ける。

なんの効果もない。油でべったりした大砲の弾をつかむようなものだ。重くてつるつるしていて、魔力の触手はその表面で滑るばかり。

発射台から何かが飛び出し、ガンダーソンの魔方陣が作ったカーテンを貫いて、深紅の光を帯びた。古代の軍隊がいっせいに放った矢のように、魔力のシャワーが周囲の車に降り注いだ。

そばの荷台に光が突き刺さる。深紅の光に包まれた二十センチほどの釘《くぎ》が見え、わたしは横に飛んだ。釘が高い音をたててはじける。頭上に魔力が飛び散った。振り返ると、トラックの荷台はアルミ缶が内側から爆発したみたいに、ただのねじれた金属と化している。周囲の車はどれも穴だらけだ。駐車場に金属くずが散らばっている。

わたしたちを見つけようとして車をどけるのは、あまりにも力を食う。そこで車自体を榴散弾《りゅうさんだん》に仕立てたわけだ。

全身全霊で力を強く送り込む。魔力の触手はガンダーソンとシャビエルの心にびっしりと巻きつき、二人の心の光が見えないほどだ。

なのに、なんの効果もない。中に入る方法がない。

かつてない無力感に襲われた。

背後の空から悲しげな歌が湧き上がった。男性の美しい声が歌う、歌詞のない歌だ。それは胸に入り込んで心臓をつかみ、ねじ上げた。世界が白くかすむ。わたしは空気を求めてあえいだ。

コーネリアスが歌っている。なんて歌声だろう。

歌は最高潮を迎え、消えた。

わたしの魔力はまだ敵の心に巻きついている。そこにいっそう強く力を込めた。二つの心に侵入するためにエネルギーのすべてをつぎ込むうち、世界が揺らぎ、音が遠ざかった。

また釘の雨が車に降り注いだ。周囲で魔力がはじけ、トラックやSUVに深紅の光が躍る。いかれた爆竹みたいに、それは次々と爆発した。熱いものが頭にあたったかと思うと、サイドミラーの塊が地面に落ちた。

でも、そんなものはどうでもいい。魔力の触手は脈打っているけれど、中に入ることができない。入れなければ、三人ともこの駐車場で死ぬ。

また釘の雨が襲いかかってきて、脚に何かが刺さった。

手を打たなければ、生きてここから帰れない。いちかばちか、翼を試すしかない。

前に飛び出し、後輪の端から向こうをのぞく。シャビエルがガンダーソンの魔力のカーテンに向けて次の釘を発射しようとしている。

ラトラーがタタタッと弾丸を吐き出す音が夜空をつんざいた。母が応戦している。

ガンダーソンの体がびくりと動き、右肩を押さえてよろめいた。空中の魔方陣が溶けるように消えた。

渾身《こんしん》の力で二人の心を締め上げる。トレメインの力をほしいと思ったことなどないけれど、脳を打ち砕く祖母の力を一度だけ爆発させられるなら、十年寿命が縮んでもいい。

シャビエルが歯をむき出した。その前の車がするりと動き、怒った子どもが蹴ったおもちゃのミニカーみたいに吹っ飛んだ。列の反対側の大きなタホがきしみ、右側に転がっていった。母は撃ちながら立ち上がった。燃えるタイヤが宙を飛び、母に激突する。母はうしろに飛ばされ、青いSUVに叩きつけられた。

ママ！

二人の心を締め上げていた触手を離すと、すぐに意識を戻せず、世界が揺らいだ。母は遮蔽物のない場所で車に寄りかかったままだ。周囲に金属の槍《やり》が降り注ぐ。母がうめくように短く叫んだ。

わたしは車の陰から飛び出した。

空から降ってきたこうもりの群れが、シャビエルとの間をふさぐように広がった。魔力がはじけ、群れに釘が突き刺さっていく。小さな体は次々と地面に落ちた。

駆け寄ると、母はSUVにぐったりともたれたままうめいている。ガラスの破片で足元が滑り、車につかまって母のそばにしゃがむ。「ここから移動しないと――」

母の右腿から六十センチの槍が突き出し、SUVに釘づけにしていた。脚は血だらけで、ジーンズが赤く染まっている。両手も真っ赤だ。

槍をつかんで引っ張ったけれど、抜けない。

「わたしはいいから」母がうなるように言った。

手が母の血で滑る。シャツをつかんで槍に巻きつけ、全身の力を込めて引っ張った。

「行きなさい！」

コーネリアスが車の陰から飛び出してきて、槍に気づいた。

「抜けないの！」コーネリアスに言う。

彼はショットガンをこちらに投げ、槍をつかんだ。その腕の筋肉がふくらむ。母は息を吸い込んだ。

こうもりの群れがまばらになり、その間から向こうが見えた。深紅の魔方陣がまた宙に浮き上がっている。

コーネリアスは車に片脚をかけて槍を引っ張った。背中がふくらみ、首の筋肉が浮き出る。

「いいから逃げて！　早く！」

コーネリアスは獣みたいにうなっている。ガスが駆けてきて、歯をむき出した。

武器はショットガンと一匹の犬。距離が離れていて敵にダメージを与えられない。シャビエルが母を見つけたら、死は避けられない。コーネリアスもいっしょだ。

深紅の魔力がはじけた。

こうもりの群れが散り、シャビエルが魔方陣の中でにやりと笑った。隣のガンダーソンは血まみれの手で腕を握っている。その顔には苦痛しかない。頭上に一台の車が浮き、今にもガンダーソンの魔力のカーテンを突き抜けようとしている。

あの車は母とコーネリアスの上に落ちて爆発するだろう。二人とも死んでしまう。その一瞬、動かなくなって地面に横たわる母と、その隣で倒れているコーネリアスの生気のない青い目が見えた。

だめ、そんなことはさせない！

わたしは通路に飛び出した。それを見つけたシャビエルの笑みが大きくなる。

もどかしさと恐怖が体の中ではじけ、怒りとなって燃え上がった。黒い翼が先端を赤く輝かせていっきに開き、わたしは叫んだ。それは歌でも声でもなく、ガラスの破片のように突き刺さる恐ろしい悲鳴だ。魔力が真っ黒な奔流となって噴き出し、レーザーのように声を導いて二人の男にぶつかっていく。シャビエルの周囲の魔方陣は、台風の前のろうそくのようにあっけなく消えた。ガンダーソンが白目をむき、涙を流しながら膝から崩れ落ちる。深紅のカーテンは消えた。

シャビエルは血の気のない顔でよろよろとあとずさり、叫んだ。宙に浮いた車が震え、前後に揺らぐ。

シャビエルの周囲の魔方陣がまた光り始めた。この魔方陣がわたしの悲鳴のほとんどからシャビエルを守ったらしい。シャビエルはよろめきながらゆっくりと背を起こした。

わたしの真後ろは記録局のビルだ。

シャビエルは臆病者で、こちらに心をつかまれるのを何よりも恐れている。

ローガンのアドバイスがよみがえった。

〝テレキネシスがとっさに動くときは、ほぼ必ず弧を描いて投げる〟

深呼吸して翼を広げる。先端が地獄の業火みたいに真っ赤に輝く、黒い翼が立ち上がった。シャビエルに片手を差し出し、口を開いた。

ほら、よく見て！　これから叫ぶから、覚悟しなさい！

シャビエルが吠《ほ》えた。浮いていた車がいったんすっと沈み、ありえない速さでこちらに向かって飛んできた。顔に飛びかかるゴキブリを叩きつぶすみたいに、わたしをつぶすつもりだ。ろくに狙いも定めていない。スピードはあまりにも速く、かなりの高さがあった。

さっと地面に伏せる。車は頭上を通り過ぎ、駐車場を抜けて、弧を描くように記録局のビルの三階に突っ込んだ。黒いガラスがはじけ飛ぶ。車はぎざぎざの黒い穴を残してビルの中に消えた。

ありがとう、ローガン。

ビルに空いた穴から、悪夢の中の怪物が触手を伸ばすように闇があふれ出した。その中からマイケルが姿を現し、キルゾーンの縁で止まった。不自然なほど暗く青い稲妻がそのうしろで光っている。

シャビエルが一歩あとずさった。ガンダーソンは何もわからず膝をついたままだ。心の光は四散し、消えている。

穴から闇が広がり、ねじれた黒い奔流となって駐車場の上を進んでくる。街灯の光がちらつき、一つずつ消えていった。

奔流が頭上に来たとき、わたしはその魔力を感じ取った。身の毛もよだつ貪欲さの塊だ。ただひたすら獲物を求めている。隣でガスがおびえて小さく鳴いた。両腕で抱きしめ、かばう。あの暗闇がわたしたちを狙っているなら、もう逃げられない。抵抗するなんて無理だ。どうやったら戦えるか、考えることすらできない。

マイケルはシャビエルをにらんだ。奔流はシャビエルへと向かっていく。

魔方陣は消えた。シャビエルはくるりと背を向け、必死に走り出した。

奔流が蛇のようにガンダーソンに噛《か》みついた。ガンダーソンは逃げようとしない。危険を認識できるだけの意識がもう残っていなかった。闇はその体に巻きつき、上へと這いのぼっていく……。

そしてガンダーソンがいた場所には、ひざまずく男の形をした灰色の煙だけが残った。やがてそれは崩れてちりぢりになり、消えた。

闇はシャビエルのほうへと向きを変えた。シャビエルは駐車場から出ようとしている。奔流は飢えた生き物のように容赦なくそのあとを追った。

駐車場の端でシャビエルがバイクに飛び乗った。

闇が追いすがっていく。最後の街灯が消えた。

エンジン音が轟《とどろ》き、バイクが猛スピードで駐車場を出ていった。

闇は駐車場の端で見えない境界線にぶつかったかのように渦巻いていたけれど、やがてビルに向かって吸い込まれるように戻っていった。そしてマイケルのまわりに集まったかと思うと、そのうしろにかき消えた。

マイケルがこちらを見た。その目の力が体をわしづかみにする。警告なのか、いらだちなのか、〝どういたしまして〟なのか、読み取れない。体が動かなかった。

マイケルは背を向け、ビルの中に消えた。

緊急救命室の中にある小さな専用待合室。座る足元にはガスがいる。コーネリアスは母の槍を抜こうとしたときに背中に榴散弾を受けていた。でも緊急救命室のスタッフからは、ドーベルマンは中に入れられないと言われてしまった。

マイケルがいなくなったあと、すぐに母の槍を抜いた。コーネリアスが母を抱き上げ、二人で道を渡って女性病院へと急いだ。スタッフは母を先に受け取り、そのあとコーネリアスも担ぎ込まれた。アラベラの緊急用携帯電話で家に電話すると無事つながり、三十秒で事情を説明した。ちょうどそのとき医療スタッフに腕をつかまれ、引きずられるように奥の部屋に連れていかれたので、アレッサンドロの安否を訊《き》く暇はなかった。

戦いの途中、割れたガラスで切ったらしく、パンツがずたずたで脚は血まみれだった。あと数センチ深いか横にずれていたら、駐車場で失血死していただろう。おとなしく横たわって傷口を洗ってもらう間、アレッサンドロが無事でありますようにと祈り続けた。

彼を失うわけにはいかない。絶対に……。

心の奥深くに恐怖があった。アルカンがアレッサンドロのお父さんを殺す映像を見て以来、それは鋭い爪を持つ小さな獣になって、魂に穴を掘り続けている。恐れや不安ならこれまでも感じたことはあるけれど、この恐怖はそれとはまったく違う。アルカンの名を聞くたびにその獣は冬眠から目覚め、熱く鋭い爪で魂をえぐった。

ガラスの破片を取り除いて傷口を縫ってもらったので、検査着と下着のままで処置室を出た。息が詰まり、その場にいられなかったからだ。一瞬触れたマイケルの魔力がしみのように体の中に残って脈打っていたものの、やがてゆっくりと消えていった。どこか広々とした、人の姿を見られる場所に出たい。でも、待合室に戻るとガスしかいなかった。

さっきはもう少しで全員死ぬところだった。シャビエルに殺されていてもおかしくなかった。母もコーネリアスも怪我《けが》を負った。三人とも生きているのが奇跡だ。マイケルの魔力のこだまが亡霊のように周囲に渦巻いている。それを消そうとして、わたしは自分を抱きしめた。もう限界だ。意思の力で抑えつけてきた感情がこみ上げ、息が詰まった。

ガスが起き上がり、腿に顎をのせてきた。その茶色の目に、涙があふれそうになる。

まだだめ。まだ安全じゃない。

ドアが開いて、アレッサンドロがつかつかと入ってきた。すさまじい顔つきだ。邪魔する者がいたら、目にも留めずに殺してしまいそうに見えた。

ガスを抱きしめる。もしあれが幻覚の使い手なら、ガスが見抜くはずだ。

アレッサンドロがこちらを見て足を止めた。

目が合った。その目にはたくさんのものが浮かんでいた。恐怖、怒り、安堵《あんど》、そして愛。偽物じゃない。アレッサンドロ、わたしのアレッサンドロだ。

一瞬で彼はそばに膝をつき、わたしの肩をぎゅっと握った。「怪我は?」

両手で抱きつき、首筋に顔を埋《うず》める。その肌は燃えるように熱い。わたしは〝超一流〟で、一族の長《おさ》だ。もっと冷静でいなければいけない。でももう気力は残っていなかった。

アレッサンドロのたくましい腕がそっと体を抱き寄せる。

「カタリーナ、話してくれ」

できない。すべてを説明する言葉が出てこない。アレッサンドロは死んだと思っていたし、母は目の前で死にかけた。そしてあまりにも多くのものを感じた。憎しみに突き動かされたシャビエルの爆発的な力、ガンダーソンの狂気のほほえみ。地面に倒れ伏して涙が涸《か》れるまで泣きたくなる、コーネリアスの必死な歌。そして何より恐ろしかったのは、言葉では表現できない、まだ心に取り憑《つ》いて離れないマイケルの闇だ。

アレッサンドロの唇が熱く触れ、いっそう強く引き寄せられた。「ぼくがいる。もう安全だよ。だいじょうぶ」

やっと口が動いた。「死んだと思ってたわ。ガンダーソンとシャビエルに殺された、って」

「ありえない。きみを置いていくわけがないじゃないか。絶対に離れないよ」

恐怖が心臓を締めつけた。

「だいじょうぶ、ぼくがいるから」

「家に帰らなきゃ。みんなで」

「帰ろう、ぼくの天使《アンジエロ・ミオ》」

さびついた水車が水の力で回り始めるように、ようやく頭が動き出した。「コンスタンティンの罠《わな》だったわ」

「知ってる」

「記録局の駐車場がめちゃくちゃよ」

「レオンが対応してる」

「ママの護衛は――」

「見つけたよ。命は助かって、病院にいる」

アレッサンドロはまたキスしてわたしを両腕に抱いた。やがてコーネリアスと、看護師に車椅子を押された母が戻ってきた。

8

アレッサンドロは装甲バスを用意していた。

このどっしりした車は、外から見ると重装甲のトラックというところだけど、貨物スペースの代わりにそれぞれハーネスがついた座席が壁際に二列並んでいる。運転席側の四分も入れると、全部で二十五人が乗れる。重量は、全長十八メートルのバスが満員になったときと同じで、十八トン近い。このバスを地面から浮かせようと思ったら、ローガンでも魔力増幅用の魔方陣が必要になる。

母を乗り込ませると、アレッサンドロと護衛がわたしたちを乗せ、出発した。うちの警備スタッフの一人が運転し、アレッサンドロとわたしも前に座った。

窓の外は真っ暗だ。街灯や店や窓の明かりがあるのに、息が詰まるほど暗い闇が広がっている。

アレッサンドロに手をとられたので、わたしも握り返した。しばらく沈黙が続いた。

「話してくれないか」やがて彼が口を開いた。

「わたしのミスよ」

アレッサンドロが眉を上げた。

「攻撃が始まったとき、あなたにコンスタンティンのことをすぐ言えばよかった」アレッサンドロならコンスタンティンが誰になりすましているかすぐにぴんときて、そのあとの襲撃を予測できただろう。「あなたと連絡がとれないなら、自分で気づかなきゃいけなかった。わたしの立場なら当然よ」

「きみは不安定な意思系能力者を取り調べている最中だった。それなのにぼくはきみを放り出して、政治がらみの雑用を片付けに行った。いっしょにいたら、今夜はこんな結果に終わらなかったはずだ」

「そっちはどうだったの？」

アレッサンドロは首を振った。「学校に向かったら、奇妙なことにガンダーソンは姿を消していて、今度は郵便局に現れた。急行したらまた消えて、一キロ離れた場所で目撃情報が出た。そっちへ向かってもまた手遅れ。それで郵便局の監視カメラ映像を調べた。目撃情報によれば奴《やつ》が映ってるはずだったんだが、いなかった。そのとき気づいたんだ――幻覚の使い手、それもあまり力のない奴を追いかけてたことに」

〝超一流〟の幻覚の使い手なら、化けた姿を監視カメラ映像に残せるが、下位レベルの能力者はその力がない。

「きみに電話したら留守電だった。本部に連絡してもつながらない。で、マットの携帯電話を借りてもう一度本部にかけたが、今度は誰も出ない。ライナスの家、バーン……」アレッサンドロは肩をすくめた。「そこでようやくわかった。携帯電話を切って家に戻り、私道に入ったところで緊急救命室のきみから電話があった」

「アルカンはガンダーソンも取り込んだの？」

「たぶんね。こちらでつかんでいる限りでは、二人を結びつける証拠は何もない。アルカンはいいチャンスだと考え、シャビエルが部下として動いたんだろう。ガンダーソンが留置場から逃走した状況を考えると、テレキネシスが関わってる」

「バーンは電話を復旧させた？」

「一部はね。本部の固定電話は使える。ぼくが出発したときはまだシステムを直してたよ。レオンはぼくとほぼ同時に家に戻った。ＦＢＩ捜査官はカベラ家からオフィスに戻る途中で襲われたらしい」

最悪だ。「レオンはだいじょうぶだった？」

「本人はそう言ってる」

レオンのことだから、安心できない。腕を一本切り落とされてもレオンは〝だいじょうぶ〟と言うだろう。

「ウォールとガルシアは？」

「生きてるけど、レオンに言わせると〝ご不満〟そうだ」

レオンらしい。「どうしてアルカンはFBIを狙ったの？」

アレッサンドロは暗い顔で言った。「スミルノフに近づけたくなかったんだろう」

「FBIが何かつかんでいるかどうかもわからないのに、万が一に備えて殺そうとした、ということ？」

「ぼくはそう思ってる」

「あの二人は連邦捜査官なのよ。アルカンがばかだとは思えないけど」

「スミルノフは何か知ってるんだ。アルカンが必死になって口をふさごうとするような何かを」

アレッサンドロを見た。「たとえば？」

「コンスタンティンに関係がある。今パンくずのあとを追ってるところだよ」彼はこちらを向いた。「カタリーナ、必ず真相を突き止めると約束する」

「ええ、わかってる」

シートの背にもたれて考えた。今回はあらゆる方向から攻撃された。全部わたしの責任だ。

「自分を責めるのはたやすい」アレッサンドロが言った。「今後の計画を立てるほうがずっと大変だ」

アレッサンドロがテレパシーを使えないのは知ってるけれど、ときどき疑ってしまう。

「わたしの考え方が甘かったのよ」

「ぼくらの、だ。二人とも甘かったんだ。たとえば、きみはサイバーセキュリティの仕組みを知ってる？　ネットワークのセキュリティ攻撃に対処するためのコードを書ける？」

「いいえ」

「それはバーンの仕事で、バーンが得意とするものだ。ぼくの仕事はもっと単純で、監督官代理を守る、ただそれだけ。なのに、レノーラ・ジョーダンに恩を売っておけばうちの一族の利益になると判断して、その仕事をおろそかにした。きみが全員を細かく管理するなんて無理なんだ。きみの仕事はまかせることで、立派にそれを果たした。みんな自分が何をするべきか知ってる。ただ相手が手ごわかっただけだ」

「それも今日で終わりよ」歯を食いしばると、魔力がうごめいた。ふだんならそれは、ふたを開けるたびに湧き出す澄みきった泉だ。でも今は違った。危険で、復讐に燃えている。

アレッサンドロは身を乗り出してわたしの頰の涙をぬぐい、手をとってキスした。

「悲しいんじゃないの」

「わかってる。怒ってるから泣いてるんだ」

アレッサンドロにもたれる。「あなたも怒ってる？」

その目にオレンジの閃光《せんこう》が走り、肩に荒っぽいほど力強く腕を回してくる。それは怒りじゃない。激怒だ。

「とてもね」

その肩に頭をのせた。「よかった。それならいっしょに怒りましょう」

本部を取り巻く丘は、まるで誰かが手榴弾《しゅりゅうだん》を一つかみ投げたみたいに穴だらけだった。車らしきものの残骸が金属の塊となり、道の脇で細く煙を上げている。その反対側に、捨てられたコーラ缶のようにつぶされた三つの塊があった。一つは横向き、一つは逆さま、一つは真っ二つ――有力一族の抗争に捧《ささ》げる現代アートのインスタレーションといったところだ。

アラベラが怒って暴れまくったに違いない。このところ、原因になるものが多すぎた。

パトリシアは医療チームとアラベラといっしょに本棟で待っていた。バスのドアがすっと開いた瞬間、アラベラが乗り込んできた。

「ママ！」

母が答えた。「だいじょうぶよ。たいした怪我《けが》じゃないから、心配しないで」

「ママったら、血と煙の匂いがする！」

パトリシアのほうを向いてたずねる。「犠牲者は？」

「味方はゼロ」そう言うと、パトリシアは左を指さした。

地面にいくつも遺体袋が並んでいる。一、二……全部で九つ。黒っぽいしみがついた巨大な金属の棒がその隣に置いてあった。アラベラの十八歳の誕生日にローガンがプレゼントしたものだ。これで車が破壊されていたわけがわかった。よかった、足で踏みつけたわけじゃなくて。この前派手にいろいろ踏みつけたとき、アラベラは巨大な足を切ってしまい、人間に戻ったとき、破傷風の注射を受けさせるのが大変だった。

「アルカンは、炎使いと理性を操るサイオニック、援護にプロの殺し屋を数人よこしたわ」パトリシアが報告した。「アラベラが自分が制圧すると言って、その言葉を実行した」

アラベラをパニックにおちいらせようと思ったら、アルカンの手下よりやり手のサイオニックが必要だ。アラベラが暴れ出すと、怒り以外の感情の入る隙がなくなる。恐怖を注入しようとしたら、怒りに火を注ぐだけだ。

アレッサンドロは母をバスから助け降ろし、医療チームに引き渡した。と、アレッサンドロの携帯電話が鳴った。

顔つきが一瞬で険しくなった。電話に出ると、彼は離れていった。またイタリア語、しかも小声だったので、内容は聞き取れなかった。

遺体はマッチ箱の中のマッチみたいにきちんと並んでいる。

「母の護衛につけた三人は？」

パトリシアの顔はあくまでプロらしかった。「サム・ヒューストン通りでＳＵＶが時速百五十キロでぶつかってきて、車は横転。駆けつけた救急隊員がドアをこじ開けて助け出したわ。カトリーナは脳震盪《のうしんとう》を起こしただけで無傷、モーアンは足を骨折、レックスは重体で集中治療室にいる」

レックスは笑ってばかりのひょうきんな人で、大きな顔にはそばかすがある。半年前に結婚したばかりで、パートナーは妊娠している。

ふいに耐えられないほどの吐き気が込み上げ、気分が悪くなった。

今日、妹は九人も殺すはめになった。母は脚に穴を空けられ、コーネリアスは十八針も縫い、わたしはミイラみたいに包帯だらけだ。レオンの怪我がどれぐらいなのかはまだわからない。レックスは集中治療室でなんとか生きようとしている。記録局もハリス郡地方検事事務所もこの件に巻き込まれ、FBIは〝ご不満〟状態だ。すべての責任が誰にあるかはわかってる。怒りが恐ろしい強さで頭を締めつけた。

「あいつはどこ？」吐き出すようにたずねた。

「兵器庫よ」

くるりと振り返って今来た道をたどり、敷地を囲む壁へと向かう。左にある四角い建物がうちの兵器庫だ。パトリシアが追いすがってきた。脚は彼女のほうが長いけれど、わたしのほうが若くて怒りも強い。

「〝超一流〟のサグレドから、絶対に皇子に手出ししないよう強く言われてるけど」

「殺しはしないわ。ただ死んだほうがましだと思わせるだけ」

「カタリーナ……」

兵器庫のドアを押し開け、つかつかと中に入る。兵器庫は長方形のコンクリート製の建物で、明るい照明で容赦なく照らされている。壁には金属ケージがずらりと並んでいて、そのほとんどに武器が保管してある。その中の一つにコンスタンティンがいた。警備はいない。パトリシアはあの男を監禁し、遠隔で監視していた。

彼はライナスの家で会ったときと同じ外見だった。金髪、青い目、ハンサムな顔。太陽と都会のエレガンスをそのまま絵にしたような男だ。

ケージに近づくにつれて魔力が体内でふくらみ、自由になろうとしてもがくのがわかった。

コンスタンティンがケージの中から小さな笑みを浮かべてこちらを見た。「警告しようとしたんだ」

わずかに残った自制心も怒りに押し流されそうになった。この男は危険だ。この男のせいで大事な家族が負傷した。もう誰もそんな目にあわずにすむように、今すぐこの男を殺さないといけない。

「あんなことになるとは想定外だった」

「嘘よ。まさに想定どおりでしょう。罠《わな》を仕掛けたのね。アルカンが黙ってはいないと知っていて、親友が裏切ってわたしたちに保護を求めたと思い込ませた。アルカンが報復に出るのを承知のうえで、監督官局と衝突するように仕向けたんだわ」

声が大きくなり、その中で魔力が脈打った。まだコンスタンティンに向けてはいないものの、怒りが大きすぎる。心の奥深くで暴走を警告する声が聞こえたけれど、魔力の奔流がそれをかき消してしまった。

「あなたが抗争の引き金を引いて、うちの一族が戦うはめになった。あなたのせいで血が流れたのよ」

「きみが選択肢をくれなかったからだ」

「ああ、いいセリフね。あなたの家族が捜しに来たら、使わせてもらうわ」

パトリシアが割り込んだ。「カタリーナ……」

背中に、先端が真っ赤に染まった黒い翼が広がった。威嚇すると、パトリシアはよろよろとあとずさり、携帯電話を耳にあてた。「すぐに兵器庫へ！早く！」

わたしはコンスタンティンのほうに向き直った。口をあんぐり開けてこちらを見つめている。その目に警戒心がよぎった。

「さあ、殿下」それは相手を魅了するセイレーンの歌ではなく、力と恐怖に満ちた冷たい怪物の声だった。「もう一度言いなさい、わたしのせいだと」

アレッサンドロが兵器庫に駆け込んできてわたしを抱き上げ、外へ連れ出そうとした。

「下ろして！」彼の顔に向かってうなった。

「だめだ。きみが自分を取り戻すまでは」

よくもそんなことを。思わず威嚇の声が出る。

「ほら、だから言ってるんだ」アレッサンドロはわたしを抱いて外に出ると、肩越しに怒鳴った。「ドアを閉めておいてくれ。ぼくの付き添いがない限り誰も入れるな」

「下ろしてってば！」アレッサンドロに抵抗するのは列車を止めようとするようなものだ。

アレッサンドロは装甲バスを過ぎて私道を歩いていった。その先にアラベラがいた。

アラベラは目を丸くした。「どうしたの？」

また威嚇の声が出た。

「きみのお姉さんはちょっと動揺してる」アレッサンドロが言った。

翼を打ちつけたけれど、この翼に物理的な力はない。

アレッサンドロは本棟に入ってキッチンやリビングを通りぬけ、裏口から出た。目の前に月光を受けたプールが輝いている。アレッサンドロは一歩踏み出して飛んだ。水が押し寄せ、頭の上からおおいかぶさった。

冷たい深みに石みたいに沈んでいく。

アレッサンドロの手が離れたので、やみくもに手足で水をかいた。そのうち足がプールの底についたことに気づいた。体を起こすと、そこは百二十センチの深みでしかなかった。

髪から流れ落ちる水がまるで熱湯のように熱く感じられる。水といっしょに怒りも洗い流された。

震えるように長く息を吸い込む。

頭上の空に、冷たい星がなだめるように光っていた。力を抜いて背中から倒れ込む。水がやさしく体を包み込んだ。漂ううちに、最後に残った熱と怒りが消えていった。足の傷が燃えるように痛い。

「どうしてこんなこと知ってるの?」わたしはささやいた。

「ライナスが教えてくれた。翼が黒くなって自制が効かなくなったら、塩水が役に立つ、って」

「ライナスなんか大嫌い」

「本気じゃないね」

「面と向かって打ち明ける勇気もなかったのよ。USBメモリに動画を残してたの」

ポケットからUSBメモリを取り出してアレッサンドロに見せた。

「これはたぶん濡《ぬ》らさないほうがいい」彼はそう言って手からUSBメモリをとり、手すりに置いた。

「ライナスはわたしの祖父だけど、嫌いよ。あなたはそれを知ってた。だからあなたも嫌い」

「それも本気じゃない」

「どうして教えてくれなかったの？」

「教える立場になかったからだ」

　星が二人にウインクした。

「コンスタンティンを殺しちゃだめだよ、カタリーナ。ロシア帝国という重荷がうちの一族にのしかかることになる」

「母は死ぬところだった」

「知ってる。それでも奴を殺しちゃいけない。もし殺したら、今日のことがゆかいな思い出に思えるほどの仕打ちが待っているだろう。ロシア帝国はアルカンを鍛え上げた。すべてを教え込み、手放したんだ。ああいう奴がほかにもいる」

　あのマエストロが、うちの家族に手出しした男を殺すのを止めるなんて。こんなことは早いうちにやめさせないといけない。足を沈めて起き上がると、アレッサンドロのほうを向いた。

　彼は胸まで水に浸《つ》かっている。肌が輝いている。濡れて頭にからみつく茶色の髪、熱い蜂蜜みたいな目。

　なんて……。

　なんてすてきなんだろう。

わたしのもの。

水を隔てて見つめ合う。ほほえむと、彼ははっとしてまばたきした。

少し沈むと髪がまわりにたゆたった。頭を傾け、ゆっくりと背を向ける。アレッサンドロが手を伸ばしたけれど、わたしは水を蹴って離れ、ちょうど手が届かないところで待った。

アレッサンドロ、壁から離れてここまで泳いできて。二人でずっとここにいればいい。水と星、そしてわたしたち二人。あなたのすべてはわたしのもの。わたしだけのもの。

アレッサンドロは首を振った。「どうして大勢の船乗りが溺れ死んだのかわかったよ」

思わずふふっと笑った。

アレッサンドロが顔を見つめている。その視線が目から口へと移る……誘惑しなければ。

また水中に沈み、水に髪をゆだねてかき上げ、浮かび上がる。アレッサンドロがふたたび手を伸ばしたけれど、するりとかわした。その目に小さな琥珀《こはく》色の明かりが灯《とも》る。

「気分はどう？　まだ殺したいほどの憎しみにとらわれてる？」

「コンスタンティンのことは殺すつもり。それからアルカンも。コンスタンティンを殺すのを手伝ってくれる？」

「だめだ」

「アレッサンドロ……本当は殺したいくせに」

「いいや、コンスタンティンは殺さないよ」

「どうしてそんなわがまま言うの？」

「今のきみは本当のきみじゃない」

うしろに倒れ、月を見上げる。「あなたってそればっかり。〝きみらしくない、カタリーナ。本気じゃないだろう、カタリーナ。本当のきみじゃない、カタリーナ〟。これは本当のわたしよ。あなたを愛する女。あなたのためならなんだってする。だからいっしょにいて」

アレッサンドロがこちらに泳いできた。温かい手が右手首をつかんで引き寄せる。くるりと振り向かされ、プールの壁と彼の間に閉じ込められた。

つかまってしまった。アレッサンドロを見上げ、にっこりほほえむ。

「きみの目に星が浮かんでる」アレッサンドロがささやいた。

「どこにも行かなくていいのよ。二人でずっとここにいればいい」

アレッサンドロはわたしをつかんでキスした。攻撃そのもののような――欲望と不安、何より愛から生まれた、凶暴なまでに相手を求めるキス。彼の体に両脚を巻きつけ、濡れた髪に両手を這《は》わせる。その体は硬く、体を引き寄せる腕はたくましい。わたしの全身が歌っていた。

ふたたび唇が重なり、舌が入ってきた。体に甘い震えが走り、目をつぶる。アレッサンドロを求める気持ちはこんなにも強い。

震えで水が流れ落ちていき、それといっしょに魔力も抜けていった。

アレッサンドロはプールから出ようとしている。

「裏切り者！」

彼はうなるように言った。「ずっとプールにいるわけにはいかない。ぼくは人間だからね」

プールの階段を半分上った。

魔力が目の前に幻影を描いた――月に照らされた暗いプール、静かな水面に反射する銀色の光、最期の表情を顔に貼りつけたまま、隣に浮いているアレッサンドロの体。わたしはほほえんでいる。これですべてわたしのものになった。もう離れることはできない。

やめて！　心の中で幻影を引き裂く。アレッサンドロを傷つけるなんてありえない。

ぶつかって砕ける二つの波みたいに、強烈な力が心の中でぶつかり合い、すべてが真っ暗になった。

9

目覚めると、自分のベッドにいた。

部屋はここちよい暗闇に包まれていた。新しく入れたブラインドがほとんど外の明かりを遮断していたけれど、忍び込んだ朝の光が端を輝かせている。時計を見ると六時三十四分。夜が明けたばかりだ。

頭を上げると、シャドウがカバーの上をとことこ歩いてきて手を舐《な》めた。シャドウを抱き寄せ、起き上がる。

隣のシーツは乱れていたけれど、アレッサンドロはいない。

幻影の中でほほえんでいた自分が、泡のようにぽっと頭に浮かんだ。シャドウのふわふわの頭を撫《な》でる。あのとき意識を失わなければどうなっていただろう？　もし、あのとき……。

ドアがさっと開いてアレッサンドロが入ってきた。

「おはよう」

「昨日の夜、あなたに何かした？　だいじょうぶ？　怪我《けが》はなかった？」

アレッサンドロはベッドまで来て片膝をつき、顔を寄せてキスした。数カ月前、中世をテーマにしたイベントで手作りの蜂蜜酒を飲んだことがあった。アルコールを感じさせない、ベリーと蜂蜜の風味豊かな、甘い飲み物だ。どんどん飲んで瓶が半分ほどになったとき、フォークを持とうとして取りそこねた。体が言うことを聞かなくなっていた。このキスもそれと同じで、口当たりは軽いけれど酔ってしまう。アレッサンドロにすべてを乗っ取られた気がした。

目を開け、そっと彼を押しやる。「わたしのせいで痛い目にあわなかった？」

アレッサンドロはため息をついた。「あわなかったよ。本当にがっかりだけど、昨夜きみはぼくに何もしなかった。気を失ったときは心臓が止まるかと思ったよ。でも先生にだいじょうぶだと言われて」

わたしは枕にもたれ、アレッサンドロはベッドの端に腰かけた。

「状況は？」

「敷地を完全に閉鎖してる。ライナスはまだ意識不明で皇子はおとなしく檻《おり》の中、ぼくはアルカンの動きを追ってる。アルカンは部下をヒューストンに集めてるけど、まだ動きはない。きみのＵＳＢメモリはバーンが持ってる。乾かしたら元どおりになると言っていたよ」

「ママは……」

「順調に回復していて、きみへの伝言を頼まれた。こっちのことは心配しないで、走り続けろ、って」

うんざりして天井を見上げた。走り続けろ、か。

周囲の人がどんな動機で行動しているか、いつもわかるとは限らない。自分の感情だって半分ぐらいはわからないけれど、魔力のことならわかる。どんな力を持っているか、何ができるか。でも昨夜は予想外だった。あんなことがあったあとで、どうやって走り続ければいい？

「バグがあの駐車場の監視カメラ映像を見つけたから、見せてもらった。あれは……興味深いね。とくに黒い翼と悲鳴が」

軽い口調だったものの、その目は殺意にあふれていた。もしシャビエルをつかまえたら、八つ裂きにする気だ。

「わたしの中で何か起きてるの。自分でもよくわからない。昨夜はもう少しであなたを溺れさせるところだったし」

「そんなことはないよ」

「アレッサンドロ、あなたはわかってない。あのとき心のどこかで、どうしてもプールに引き留めたいと思ったの。わたしには危ういものがある。もしかしたら――」

「昨日の夜、危険なことなんて何もなかった」

　わたしはまばたきした
「きみの魔力は効かないんだ。それにぼくはひ弱じゃないし、泳ぎもうまい」

「やっぱりわかってない。どうして怖くないと思ったの？」

「いや、怖かったよ。きみの家族全員に、プールでセックスしているところを見られるのは倫理的にまずいからね」

「そういう意味じゃなくて」

「この件が片付いたら、きみの仮説を検証してみよう」

「アレッサンドロ……」

「昨日の続きをやるんだ。誰もうちに近づかない夜を見計らってプールに入り、ぼくを全力で溺れさせようとしてみてくれ。ぼくのすべてを独り占めできる」

「まじめに考えてくれないのね」

　アレッサンドロの声からユーモアが消えた。「ぼくの愛する女性は、昨夜敵に襲われた。お母さんは怪我をして、ロシアの皇子は兵器庫に監禁中で、ぼくの父を殺した男はうちを攻撃すると宣言している。ぼくは大まじめだよ」

「わたしが悲鳴をあげたときのガンダーソンの顔を見た？」

　アレッサンドロはうなずいた。

「ヴィクトリアが人の心を砕くと、あとに残るのは破片だけ。心の目で見るとその破片は光るの。とても弱々しいけど、確実に」

「ガンダーソンの心は光らなかったのか？」

「ええ。黒い穴だったわ。まるでわたしがあいつの存在を吸い取ったみたいだった」膝を胸に引き寄せる。「怖いの」

アレッサンドロが腕を回してくれた。その中にもたれかかる。

「叫ぶ前に何を感じた？」

なぐさめるための質問じゃない。アレッサンドロのおじいさんはひどい人だけれど、魔力の理論に関して孫息子には高度な教育を受けさせた。アレッサンドロは意思系の魔力のあらゆる面を知り尽くしている。

「ママは怪我をして出血していたし、次の槍《やり》が飛んできたらママもコーネリアスも死んでしまうと思ったから……ただひたすらシャビエルとガンダーソンを突き飛ばしたかった」

「突き飛ばす？」

「子どもの喧嘩《けんか》を見たことがあるでしょう？　口喧嘩で癇癪《かんしゃく》を起こした子は、相手を突き飛ばして攻撃をやめさせようとするわ」

「きみは怒ってたんだね」

「ええ。ママとコーネリアスが死ぬかもしれないのが怖くてたまらなかった」

「コンスタンティンは？　あいつのことも突き飛ばしたいと思った？」

「今回襲撃を受けたのはあいつのせいよ。あの死体を見た？　アラベラは九人も殺すはめになった。みんなあたりまえだと思ってるけど、わたしたちの中でいちばん繊細なのは、たぶんあの子よ。物事を気にしすぎる性格なの。これからしばらく殺した相手のことを考え続けるわ。そのせいでアラベラがどんなに傷つくか、想像もつかない。姉として妹を守る立場なのに、わたしはそれができなかった」

「ぼくらは安全だと思うよ」

反射的にアレッサンドロを見た。

「大事な人を傷つけたらどうしようと心配してるみたいだけど、黒い翼が出ていたってきみはきみだ。プールではぼくを攻撃しなかった。魔力は炎みたいに燃え上がっていたけど、ぼくを標的にはしなかった。ただぼくを誘惑しようとしてうまくいかなくて、ちょっとすねただけだ」

思わず彼を押しやる。「すねただけ？」

「うん」

「あなたの目の前で叫んだのに、すねただけ？」

「叫んでるきみはとてもすてきだった」

両手で顔をおおってしまった。この人はどうしようもない。

「大事なのは、きみはやみくもに攻撃してるわけじゃないってことだ。大事な人にとって脅威になると感知した者を攻撃している。その力がなんであれ、解き放てばいい。解き放つ必要がある」

「本当にそう思う？」

アレッサンドロはうなずいた。「きみにぞっこんのフィアンセとしてじゃなく、〝超一流〟のメンタルディフェンダーとして言ってるんだ。きみは自分の力をいつもぎゅっと抑え込んでる。常に自制の状態にあるのは意思系の〝超一流〟としては珍しいんだ。脅威のレベルが上がれば、きみの反応も強くなる。それをうまく抑えるのは難しいと思うけど、調節は必要だ」

この新しい力のコントロールは、加減が身に着くまで練習するしかない。

「じゃあ、ターゲットを選んであとは運にまかせるってこと？」

「そうだ」

「もしコントロールできなくなったら？」

「ぼくが助ける。約束するよ」

「わかったわ」

二人ともしばらく無言で座っていた。

「コンスタンティンのことをなんとかしないと」

アレッサンドロは顔をしかめた。「残念だけど、あいつをずっと檻に入れておくわけにはいかない。入れておくのは楽しいけどね」

ベッドから下りてたずねる。「どうしてあいつはあなたをサーシャって呼ぶの？」

「ぼくがいやがると知ってるからだ」

「なぜ知ってるの？」

「遠いいとこだからだよ。ぼくが忘れてるとでも思ってるのか、必ず思い出させようとする。家族っていうのは、いっしょに生きるのが難しくても絞め殺すわけにもいかない。厄介だよ」

パトリシアか誰かが、檻の前に椅子を二脚用意してくれていた。その一つに座ると、アレッサンドロがもう一つに座り、長い脚を組んだ。その姿はイタリア貴族そのものだ。ここに来る前、オフィスに寄って契約書を書いた。来る途中でアレッサンドロに遠いいとこの件をたずねたものの、はぐらかされた。答えるのを拒否したわけじゃなくて、ただ話題を変えたのだ。まあ、かまわない。いつかは話してくれるはずだから。アレッサンドロの家系図なら四代前まで何も見ずに言える。でもその中にロシア人はいないし、全員サグレド一族かイギリスの意思系能力者だ。

檻の向こうからコンスタンティンがこちらを見つめている。変わらず、とてもハンサムだ。檻での一夜で疲れたとしても、それを顔に出すつもりはないらしい。

皇子が言った。「ようやく自分を抑えられたみたいで、よかったよ」

そんな餌には食いつかない。ただ黙って見つめ続けた。

「口を閉じてよく聞け」アレッサンドロが言った。「要点だけ言うから、残りは自分で考えろ」

コンスタンティンはどうぞと言うように手を振った。エレガントだけどえらそうな仕草だ。本当にいけすかない。

「去年、アルカンがオシリス血清の最後のサンプル二つを改良し、安定性を二十パーセントまで高めたことはわかってる」アレッサンドロが話し始めた。

これを知ってライナスは激怒した。去年まで、アルカンが手を加えた血清は自発的な被験者のほとんどを死に追いやった。ところが今はだいたい五人に一人は生き残り、肉体を損なわずに新しい魔力を開花させるチャンスを手にしている。

「アルカンは、代々魔力が薄れていく有力一族や無能力者にひそかに血清を提供し、同盟のネットワークを作っている。相手は慎重に選んでいるが、この前の夏に欲を出した。奴《やっ》はドルゴルーコフ一族に血清を提供したんだ。アレクセイ・ドルゴルーコフは現防衛大臣で、アルカンは先を見越して恩を売ろうと考えた」

アルカンは、ロシア社会の最上位にいるエリート一族に狙いをつけた。血清のせいで死ぬこともあるのは承知のうえだ。成功率は二十パーセントに過ぎないのだから、リスクは大きい。でも傲慢すぎてそんなことには目がいかなかった。

「ドルゴルーコフ一族には二種類の魔力の系統がある」アレッサンドロは続けた。「パターン解析と予知だ。この二つの組み合わせのおかげで、ドルゴルーコフ一族は優秀な戦略家集団として名を馳《は》せてきた。でも一族の子弟三人のうちの最年長、インナ・ドルゴルーコフは生まれつき魔力がなく、一族は十七年間というもの、あらゆる手を使ってこの事実を隠してきた。ここまではわかるな?」

「すばらしい説明だ」コンスタンティンは皮肉っぽく言った。

隠すのは当然だ。〝超一流〟は魔力のために結婚する。子どもも親と同じく強力な能力者になると保証されているほうが都合がいい。魔力のないインナが同じ社会階層の者と結婚できる可能性はゼロだ。役立たずという劣等感を持ち、哀れみの目で見られ、親族が権力やコネを自由に使うのを横目で眺めながら、脇役として一生を過ごすことになる。

それだけじゃない。彼女の存在そのものが一族の未来を危うくする。エリート能力者から見れば、彼女はドルゴルーコフ一族の遺伝子に決定的な傷があることを示す証拠だ。彼女の両親が無能力者を産んだのなら、その子どもたちも無能力者を産むかもしれない。ドルゴルーコフ一族との結婚は安全とは言えず、ギャンブルとみなされる。

「でも話はそこで終わらない。そうだろう?」アレッサンドロが言った。「コンスタンテイン、おまえは遺伝子学が好きだったな。おまえの一族とドルゴルーコフ一族にどんなつながりがあるか、もう一度教えてくれないか？」

「インナの母はぼくの叔母だ」コンスタンティンの声には感情がなかった。

「父方？　母方？」アレッサンドロがやさしく訊《き》いた。

「父方だよ」

なんてことだろう。インナの母は皇帝の姉妹だった。無能力者のインナは、一族だけでなく帝国の名も汚しかねない存在だ。

「十七歳になったのなら、インナの魔力が開花する可能性はないも同じね」そう声に出して考える。「いずれは結婚をせまられるけど、皇帝一族は彼女の無能力を伏せておくためにおそらく始末しようとするはずよ。だから、追いつめられたインナの両親はアルカンの血清に頼ったんだわ」

「それはぼくの一族への偏見だ」コンスタンティンが言った。「インナは世間の目の届かないところで静かに暮らすことになっていた」

「それは違う」わたしは首を振った。「どんなに静かに暮らそうと、彼女の遺伝子が脅威なのは同じよ。帝国の支配者一族に隙は許されない。なんらかの危機に見舞われたとき、それを遠回しに指摘する記事が一つ出れば、ベレジン一族の血筋に大きな欠陥があることがあっという間に広がるでしょうね。それなら彼女を殺すほうがすっきりする。静かな生活とやらの最中に、人里離れた場所で都合よく事故が起きる――自動車事故、不運な落馬、溺死。検視では魔力の有無は証明できないし」

コンスタンティンは身を乗り出した。「きみに驚くのは会ってから二度めだよ、ミズ・ベイラー」

まだ何も知らないくせに。

アレッサンドロのほうを向き、質問する。「彼女はそれからどうなったの？　アルカンの血清で命を落としたの？」

「いや、すぐに死んだわけじゃない。生き延びて魔力を得た」

「どんな魔力？」

アレッサンドロはほほえんだが、目は笑っていなかった。「〝超一流〟の毒使いだよ。非常に強力だが、きわめて不安定な毒使いだ」

血清のおかげでインナはルナと同じ力を得た。一ブロック四方にいる人間をほんの数分で全員毒殺する力だ。

「ドルゴルーコフ一族に毒使いに対処できる者はいなかった」アレッサンドロは続けた。「そのうえインナは訓練も受けられなかった。一族がちゃんとした指導者を探す間、インナは力を隠し、何事もないふりをするよう命じられた。インナの祖母にあたる皇太后は社交が好きでね。お気に入りの孫のインナは必ずパーティに招かれた。この三月に開かれた春のパーティで、インナはある公爵夫人の言ったことにひどく腹を立て、魔力を制御できなくなったんだ」

　やっぱり。

「彼女はその場で三人の女性を殺し、七人を中毒にした。その場の全員が殺されていただろう——最初の犠牲者が倒れた二秒後に、コンスタンティンの母が姪《めい》の頭に弾丸を一発撃ち込まなければね」

　そう、毒使いを阻止するにはそれしかない。攻撃する毒使いに対しては、離れた場所から倒さないとこちらがやられてしまう。

「皇太后はそのおこないに感謝しつつも、ひどく機嫌をそこねた。皇太后はいつも社交の集いを心から楽しんでいたからね」

　コンスタンティンの顔は、石壁みたいに表情がなかった。「サーシャ、おまえはずいぶん情報に通じてるみたいだ。イタリアのチャーミングなみなしごという触れ込みがまだ効いているらしい」

　コンスタンティンは、〝みなしご〟を強調した。

　アレッサンドロはにらむように目を細くした。このままだとまずいことになる。

「ところで母上は元気かい？」アレッサンドロは明るい声でたずねた。「噂《うわさ》では、姪を殺したことがトラウマになってるとか」

「すっかり回復して元気にしてるよ。あれは残念な出来事だが、誰かがやるしかなかった。母の機転とすばやい行動のおかげで大勢の命が助かったんだ。どこかの母親と違って、ぼくの母は誰の子であろうと子どもたちの幸福をいちばんに考える。自分のことを差し置いてもね」

アレッサンドロの母は息子や娘たちの面倒を見ようとせず、自分の手で稼ぎたいと言い出したアレッサンドロに祖父が激怒したときも息子を守らなかった。家族がひそかに貧困にあえぐいっぽうで、アレッサンドロはリッチな〝超一流〟を装い、お金持ちの女相続人をつかまえることを強いられた。彼の青春自体が結婚広告のようなもので、進んで息子を売り出そうとする母親はアレッサンドロの心を傷つけた。

アレッサンドロはほほえんで言った。「おまえの母上はいつも愛情深いが、国のために必要となれば別の顔も見せる。長男のフィアンセを自分の手で殺せる母親はそうはいない。ルドミラも気の毒に。青天《せいてん》の霹靂《へきれき》とはあのことだ」

ルドミラって誰？　コンスタンティンの母親はいったい何人殺してるの？　殺人が趣味？

コンスタンティンは身を乗り出した。表情がこわばり、顎に力が入る。目からは温かな光が消え、ぞっとするほど冷たくなった。彼は次の餌を見つめるライオンさながらの強い視線でアレッサンドロをにらんだ。

「ほら、見てごらん」アレッサンドロがわたしに言った。「覚えておくといい、これがこいつの真の顔だ。ぼくが知ってたことに怒ってるんじゃない。きみにばらしたことに腹を立ててる。一族の暗い秘密が外部の目にさらされるといらだつんだ」

コンスタンティンの目に燃えていた怒りが消え、彼はまたたく間にチャーミングな皇子に戻った。うなじの毛が逆立つような気がした。

「さっきも言ったように」皇子は続けた。「叔母たちはサーシャを哀れに思ってる。ハンサムで貧乏だからだ。帰国したら、おしゃべりを慎むように釘《くぎ》を刺しておくよ」

アレッサンドロを見ながら訊いた。「ロシアの親戚と連絡をとってるの？」

「ああ、言ってなかったのか」コンスタンティンはにっこりした。「ぼくらは、またまたまたいとこ同士なんだ」

「まだまたまたまたいとこよ」そう訂正する。

コンスタンティンは顔をしかめ、指折り数えた。「ああ、そうか。おまえのイギリス側の家系は複雑だからな。だが、血は血だ。ところでリリアン叔母さんは元気かい？　今もおじいさんが怒鳴るたびに小さくなってるのか？」

アレッサンドロの目にオレンジの火花が散った。

触ったら感電しそうなほど空気がぴりぴりしている。わたしは人差し指を上げて言った。

「質問。アルカンは、血清ビジネスをロシア帝国が把握していることを知ってるの？」

コンスタンティンは体を起こした。「知らない。アルカンは慎重に痕跡を消してるからね。ドルゴルーコフ一族だって、血清を手にするまでは取り引きの相手が誰なのか知らなかったぐらいだ」

これまで、アルカンみたいに慎重な男が結果もかえりみず、いきなり全面戦争を仕掛けてくる理由がわからなかった。アルカンは、スミルノフが寝返って情報をもらせば、インナの死の原因が自分にあることにロシア帝国が勘づくと思って震え上がった。そして帝国と対決するぐらいなら、監督官局、ＦＢＩ、テキサス州を敵に回すほうがまだましだと考えた。なるほど、これで謎が解けた。

アレッサンドロは続けた。「ロシア帝国は、アルカンの殺人クラブを解体するためにおまえを送り込んだ。帝国側はアルカンが命じた暗殺事件にすでに何件か気づいていたが、インナの件でついに堪忍袋の緒が切れたんだ」

「アルカンは一線を越えた」コンスタンティンが言った。「奴は、我々が飼い慣らして森に戻した狼《おおかみ》だ。森から出ないならこちらも追いかけはしない。ところが奴は牧草地に入り込んで羊を殺し、庭を糞《ふん》だらけにした。だから殺すことにしたのさ」

なんてこと。

「いつスミルノフを殺した？」アレッサンドロがたずねた。

「三カ月前」

それ以来コンスタンティンはスミルノフになりきり、アルカンの懐に入り込んだ。

「スミルノフはパターンマスターだけど、その力がないことはどうごまかしたの？」

「パターンは論理だ。ぼくは幼いころから論理的思考を鍛えられてきた。洗練されたロシア教育の賜物《たまもの》だよ」

「それにアルカンは病的に疑《うたぐ》り深い」アレッサンドロが言った。「手持ちのコマは別々に動かすんだ。スミルノフの専門はサイバーセキュリティだった。一度ネットワークを作れば、あとはある程度自動で動いていく。スミルノフのいちばんの仕事は、アルカンとの意見交換だった。二人はチェスをしながらアイデアを交換し合った」

「あれは楽しかったよ」皇子が口をはさんだ。「凶暴な虎とチェスをしながら、政府を転覆させたり重要人物を暗殺したりする計画を練るんだ。これからはあの時間をなつかしく思い出すだろう」

　彼はアルカンが何年も前から知っている仲間になりきり、同じ場所で暮らし、毎日話し合い、チェスをした。それなのにアルカンは、いちばん古い友人が偽物だと気づかなかった。感心するほど見事だけれど、警戒心も湧いてくる。

　コンスタンティンはアレッサンドロを見やった。「アルカンは人気者でね。誰もが奴の首を壁に飾りたがる。ロシア帝国はあいつが勝手なことをするのを許せない。アメリカ評議会は血清を盗まれたから追いかけてるし、奴が菓子パンでも売るみたいに血清を売りさばいているせいで顔に泥を塗られたと思ってる。ライナス・ダンカンは、アルカンに手玉にとられてプライドを傷つけられたのが許せない。おまえは父親を殺された。ミズ・ベイラーは、アルカンがおまえを殺すかもしれないというひそかな恐怖からあいつを殺したがってる」

心の奥深くに眠っていた恐怖が目を覚まし、爪を立てた。コンスタンティンがどうやって人の心を読んだのかは知らないけれど、まさに図星だ。アルカンは冷酷で手ごわく、誰も阻止できない。アルカンを怖がらないのは愚か者だけだ。でも体の中で何かが燃えるようによじれるのはそのせいじゃない。自分を犠牲にしてでもアルカンを殺すことと見逃すこと、この二つの選択肢を前にしたら、アレッサンドロがどちらを選ぶかはわからない。アルカン自身より、そのことが怖かった。

コンスタンティンがうしろにもたれかかった。その一瞬、彼の素顔が見えた。「ぼくはアルカンを倒したいわけじゃない。奴が作り上げたものすべてを壊したいんだ。安全も、社会的地位も、金も、部下も、それから命も。母を怒らせた者への当然の報いだ」

〝いとこを殺した者への当然の報い〟ではなく、〝母を怒らせた者への当然の報い〟。

インナはまだ十七歳だった。この事件の中では悪役だけれど、被害者でもある。ところがコンスタンティンの心の中では、いとこの死は悲しい事故のようなものであり、大事なのは母の怒りのほうだという。人がどんな優先順位で動いているかわかったときは、それを覚えておくといい。

「まさかあなたがそんなことを言うとはね」ヴィクトリア・トレメインの孫娘らしい口調が自然と流れ出た。「今まさにわたしの母は上で体を休めているの。アルカンが大事にしてるテレキネシスに、長さ六十センチの槍を太腿へ突き刺されたからよ。原因を作ったのはあなた」

コンスタンティンは眉を上げた。「ぼくはきみの背中を押しただけだよ。アルカンとの抗争は避けられなかった。これまできみが公然と行動を起こさなかったのは、アルカンが理由をくれなかったからだ。だがこれで理由ができた」

「よけいなお世話よ」

コンスタンティンの頬の筋肉がぴくりと動いた。こちらは踏みつぶそうとするゴキブリを見る目でこの男を見ているし、顔にはいかにもトレメイン一族らしい傲慢な表情が浮かんでいる。コンスタンティンは見下されるのに慣れていないらしい。

「ここに来たのは、帝国からの助力を申し出るためだ。この抗争に勝つのにこれ以上いいチャンスはないぞ」

少し顎を上げ、見下ろすようにして答えた。「あなたの助けはいらないわ。わたしが翼を広げた瞬間、あなたは膝から崩れ落ちて、檻の中を這《は》いながらわたしにもっと訊いてくれとせがむことになる。自分からあらゆる秘密をばらして、おとなしい羊みたいにわたしのあとをついて回るようになる。用ずみになったらロシア大使館の前に放り出してあげる。わたしがそばにいないことに気づいて、あなたは泣きながら死のうとするでしょうね」

緑の翼をはらりと広げ、少しだけ見せた。コンスタンティンはそれをじっと見つめると、首を振った。

「試してみる?」そうたずねる。

「ぼくは簡単には屈服しない」

そのとおり。幻覚の使い手は意思系の訓練を積んでいる。

祖母ヴィクトリアを真似《まね》て鼻で笑う。「これまで会った幻覚の使い手の中で、あなたが最強ってわけじゃないわ」

厳密に言えば、コンスタンティンとオーガスティンのどちらが強いかを判断するのは難しい。でもコンスタンティンにそんなことを告げる必要はない。

「ロシア帝国から報復を受けるぞ」

「どうでもいい。あなたのせいで母が怪我をしたのよ。殿下、わたしはベイラー家の人間であると同時にトレメインの血筋でもあるの。わたしたちは決して許さない」

コンスタンティンはアレッサンドロを見やった。「サーシャ、それでは自分のためにもおまえのためにもならないと教えてやってくれ」

マエストロは首を傾《かし》げ、淡々とした口調で言った。「ぼくはテキサス州監督官の〝番人〟

だ。脅威を見きわめ、それを排除する。コンスタンティン、おまえは脅威だよ。ここにいることで監督官に危険をおよぼすから、大使館に引き渡せば問題はすべて解決する。おまえが生きていて肉体的なダメージもないなら、向こうだって何もできないだろう。時間はかかるがいずれ回復する。恐ろしい絶望にかられて何度も自殺しようとするだろうが、いずれはもとに戻る」

「あなたが見つけたアルカンのファイルの中身を見てみましょうよ」翼をはためかせて言う。

「そちらの条件は?」

フォルダーを手にとってペンといっしょに渡す。コンスタンティンは中身をざっと確めると、声に出して読み上げた。

「〝ロシア帝国は、イグナット・オルロフ、別名アルカンの生命と自由に対するすべての権利をアレッサンドロ・サグレドに委譲する。アレッサンドロ・サグレドのみがイグナット・オルロフを殺害する権利を有する。この条項に違反した場合、契約は無効となる〟」

「わからないところはある?」そうたずねた。

「おまえには守護天使がいるらしいな」コンスタンティンはアレッサンドロに言った。

「おまえみたいな罪人に関わるなんて、気の毒としか言いようがない」

「守護天使は心優しいかもしれないが、罪人のほうは違うぞ」アレッサンドロが釘を刺した。

「覚えとくよ」

「当然だ」

コンスタンティンは指先で契約書を叩《たた》いた。「まとめると、ぼくはここに監禁され、きみたちの明確な同意がなければ自分自身も部下もアルカンに対して行動を起こせない、ということだな。また、きみの家族を危険にさらす行為も許されない。そして、きみたちの要請に従って、全力で協力することを期待される。アルカンを殺すチャンスに恵まれたとしても、殺すことはできない」

「そうよ」きっぱりと答える。

「これにサインするのか?」

「いいえ、捺印《なついん》して」

これはあらかじめ調べておいた。特殊な使命を帯びた王族は、正式な文書に押すための印章を持ち歩いている。この印章には、一族全体の名誉がかかっている。絶対的なものではないけれど、皇帝の言葉にもっとも近い力を持つのだ。アレッサンドロの話では、コンスタンティンも持っているはずだった。

「それには電話を一本かけなきゃいけない」コンスタンティンが言った。

アレッサンドロは檻の間から携帯電話を渡した。

「一人にしてくれないか」

「檻の中なんだからだいじょうぶよ」意地悪かもしれないけれど、こう言うのは楽しかった。

コンスタンティンは首を振って立ち上がると、檻の奥へ行った。そして電話をかけ、早口のロシア語で低く話した。

時間がのろのろと過ぎていく。その沈黙の中で、脳がようやくフルパワーで動き始めた。

「うちには援護が必要だと思うの」そうアレッサンドロにささやく。

「誰を呼ぶつもり？」

ある名前を挙げた。「万が一に備えて」

アレッサンドロは低く笑った。「きみのお母さんが喜ぶぞ」

コンスタンティンは電話を切り、シャツの中に手を入れて首からネックレスを引っ張った。シルバーのチェーンに、シンプルなシルバーの長方形のトップがついている。指で押すと、その長方形がすっと二つに分かれた。コンスタンティンが上半分をとって署名欄の下に押しつける。双頭の鷲《わし》の周囲をキリル文字が取り巻く赤い印だ。そして飾り文字で名前をサインし、アレッサンドロに向かってにやりとした。

「おめでとう、サーシャ。これで復讐《ふくしゅう》はおまえのものだ。だが奴の死体はもらう。おまえの用がすんだらな」

アレッサンドロは、暗い森の真ん中で月を見上げる狼みたいにほほえみ、檻のロックをはずすコードを打ち込んだ。「了解だ」

携帯電話が鳴った。登録のない番号からだった。

「手短に言う」電話に出ると、アルカンの声がした。「トロフィム・スミルノフを解放しろ。そうすればおまえの姉妹は今日死ななくてすむ」

口調がすぐにトレメイン流に切り替わった。「偶然ね。今ちょうどあなたの死体をどうするか、契約で決めたところなの。決まってから電話してくるなんて、本当に気がきいてるわ」

コンスタンティンが一言も発さずに檻から出てきた。アレッサンドロがフォルダーをつかみ、裏に何か走り書きをして掲げてみせた。

〝挑発しろ〟

もちろん、わかってる。

何人工作員を倒したって、アルカンがカナダの拠点に居すわっている限り手出しすることはできない。カナダまで乗り込んでいくには、二国の政府の協力と国際逮捕状が必要になる。一度ライナスが試みたことがあるけれど、わたしたちがアルカンを狙う理由を誰もカナダに言いたがらなかった。血清が盗まれたことがカナダ政府の耳に入れば、外交上の大問題に発展し、アメリカ政府は恥をかく。血清の話を出せなければアルカン逮捕の根拠が薄れるし、カナダ政府は戦闘系の危険な〝超一流〟チームが国境を越えて市民を捕らえに来るのを歓迎しないだろう。

アルカンをこちらに引き寄せなければいけない。

「おまえの家族を救う最後のチャンスだぞ」アルカンが言った。動画を見たから声は知っていたけれど、電話で聞くと背筋に寒気が走った。五感をナイフで切りつけるような声だ。

「この交渉で切り札を持ってるのは自分だと言ってるみたいに聞こえるんだけど、気のせいかしら」

コンスタンティンがフォルダーとペンを奪い、何か書いてこちらに見せた。〝奴をカナダから引っ張り出せ〟

ありがとう、皇子様。そんなことは百も承知よ。

言葉を続ける。「誤解してるみたいね。あなたは交渉のテーブルに招かれてもいない。ミスター・スミルノフとは合意に達したの。彼はまさに情報の宝庫。連邦政府の協力も取りつけたし、あなたの脅しなんて怖くもなんともないわ」

コンスタンティンがまた何か書き始めた。アレッサンドロもフォルダーをつかみ、奪い取ろうとした。二人は無言のままフォルダーを引っ張り合った。

「ＦＢＩも監督官たちもおまえを助けはしない。うちの部下がおまえの家の焼け跡から引き上げたら、死体を引き取ってくれるかもしれないがな」わたしの棺《ひつぎ》に釘を打ちつけるように、アルカンは言葉の一つ一つに力を込めた。

アレッサンドロがフォルダーの真ん中をつかみ、真っ二つに引き裂いた。二人は奪い取った部分に必死に何かを書きつけた。

「愛国心に燃えるのも結構だが、自分のおこないが気高いと思ってるなら、それはおまえが世間知らずの生意気なガキだからだ。アメリカはおまえを利用するだけ利用して、使えなくなったら捨てる」

みずからここにやってくる以外に勝つ方法はない、そうアルカンに思わせないと。この一年でアルカンの手下を何人も倒した。今は人材不足で困っているはずだ。そこを突いてみよう。

「国に尽くした結果、墓石が増えるだけだ。サグレドが好きなら、二度とその声が聞けなくなることを想像してみるんだな。そうなったら、家族がいなくなった穴をどうやって埋めるつもりだ?」

アレッサンドロとコンスタンティンは、フィギュアスケートの大会で審判がスコアを出すみたいに、同時にフォルダーを見せてきた。アレッサンドロのほうは〝残ってる超一流は五人〟、コンスタンティンのほうは〝手下の三分の一を失ってる〟と書かれていた。

わたしは手を伸ばしてフォルダーの残骸を二人の手からとると、肩越しに投げ捨てた。

「すばらしいスピーチだったわ。ミスター・オルロフ、あなたが無駄にしゃべり続けてわたしの時間を奪ってるのは、理由があるからよ。手下の〝超一流〟で残ってるのは五人だけ。マリチェンコ、サンダース、クラウス、ブラー、シャビエル。しかもシャビエルは、わたしたち二人とも知ってるように、足手まといになりかねない。手下の〝一流〟もかなり減ったわね。その全員、それにサンダースの息子も加わって攻撃してきても、簡単に迎え撃つわ。わたしたちがこのちょっとしたダンスを始めてから、そっちは一度も勝ったことがない。そのうえ、今こっちにはスミルノフがいる。手下が全員いなくなって隠れる場所がなくなったら、蠅《はえ》みたいに簡単に叩きつぶしてあげる」

コンスタンティンとアレッサンドロはじっとこちらを見つめている。

「はっきり言うけど、これは国の安全を守るためにやってるわけじゃないの。あなたがアレッサンドロのお父さんを殺したことも、けちくさい血清ビジネスのことも見逃したってかまわない。ところがあなたはずうずうしくもこの新居に殺し屋を送り込んだ。自分からすすんで邪魔しに来たのよ。野良犬がうちの芝生に残した落とし物を処理するみたいに、目の前の道をふさぐあなたも処理するつもり。そして、誰もあなたの名前を覚えていないことに満足しながら、いつまでもしあわせに暮らすの」

アルカンは電話を叩き切った。

コンスタンティンは目を輝かせて笑った。「面と向かってあいつを犬のクソ呼ばわりするとはね。気に入ったよ」

アレッサンドロはなんともいえない目でこちらを見ている。「〝新居に殺し屋を送り込んだ〟？」

その件について、まだ気にしているのか知りたいらしい。

「もしあいつがこちらの動機を〝神と国のため〟だと思ってるとしたら、これからも脅して邪魔し続けるわ。だから個人的な動機だと念押ししたの。個人的な恨みを持つ者を止めるのは難しいし、それはアルカンも知ってるはず。あなたで思い知ったからよ」

外で警報が鳴り響いた。敵の襲撃だ。

二人はすぐさま外に向かった。わたしはロシア帝国との契約書をつかんでコンスタンティンのいた檻の中に放り込み、ロックした。これから始まる戦いで、契約書にもしものことがあったら困る。そして貴重な時間を費やして、そばにある銃器庫のロックにコードを打ち込んだ。ロックが緑色に光る。扉を開けてDAアンバサダーを取り出し、弾倉を叩き込んで走り出す。

アレッサンドロもコンスタンティンも消えていた。

警報が突然止まった。

あたりは奇妙に静まり返っている。右には北ゲート、左には本棟とそれに続く長い私道がある。持ち場に駆けつける足音や騒音、それに銃声が聞こえたっておかしくないのに、なんの音もしない。本部全体がしんとしている。誰もいない。

いったいどういうこと？

上空で魔力の気配がした。見上げると、北ゲートと本棟の上に黒い穴が二つ、ぽっかり空いている。召喚者が作り出した神秘域からの出入り口、ポータルだ。

二つの穴が同時に震え、内側に吸い込まれるように消えていった。召喚されたものはすでに外に出たに違いない。

銃声が建物の間に響きわたった。本棟の屋上にある見張り台から、母が誰かを狙って撃ったらしい。

家族とライナスが危ない。

本棟に向かって走り出す。

また銃声が轟《とどろ》いた。

さらにもう一発。

母は百発百中の狙撃手だ。ターゲットが複数いるか、大きなものを狙っているかのどちらかだ。

私道からはずれ、美しく整えた茂みを抜ける脇道を駆けていく。手に持ったアンバサダーが重い。

反撃する銃声は聞こえなかった。悲鳴も、うなり声も、何もない。髪の毛が逆立った。

道はカーブしてレオンの塔のそばの広場に出た。ここで私道が広がり、広い石敷きのパティオにつながっている。パティオの反対側には階段があり、本棟に入れるようになっていた。

その階段に人が倒れていた。警備スタッフ、パトリシア……そして金髪が見えた。階段のいちばん上にアラベラがいる。顔に金髪が広がったまま、胎児みたいに丸くなっている。

いっきにパニックが襲ってきた。

動かないよう自分を押し留《とど》め、慎重にあたりを見回す。細かいグリッターみたいに鮮やかなインディゴ色のほこりが敷石の上で動いた。ほこりはパティオ全体をおおっている。レオンの塔の前もきらきらと輝いている。レオンが生きているなら、塔から出られないはずだ。

これは前にも見たことがある。

一歩前に出るとそれが見えた。二メートル半ぐらいの高さの植物が、パティオの真ん中でねじれた深緑の太い根を這わせている。からまり合った茎の上に、タイヤぐらいの大きさの花が咲いている。矢車草みたいに青いインディゴ色の花びらがびっしりと並ぶ様子は、まるで菊の怪物だ。淡い青に光る触手が伸び、ルナを捕らえようとしていた。エメラルドグリーンの空気に包まれたルナは、足を開き、肘を曲げて両手を開いている。その額は汗びっしょりだ。

花が脈打った。外側の花びらがしおれて茎に吸収されたかと思うと、中心から新しい花びらが開き、インディゴ色の花粉を空中に放った。花粉はルナを包む緑色の空気に触れると灰色に変色し、地面に落ちた。触手がルナに巻きつこうとしては滑っている。

あれは、植物と動物の中間の不気味な生物、ナイトブルームだ。神秘域で成長し、地面を這い回り、有毒の花粉を空中にまき散らす。花粉で獲物を眠らせてゆっくりと殺し、最終的にはその死体を乗っ取って根を張り、養分を吸い上げるのだ。

およそ四十分のうちに解毒剤で中和しないと、みんな死んでしまう。

アラベラのことは考えないで、あの花に意識を集中しなければ。

銃を構える。ナイトブルームとルナはからみ合っている。正確に狙えるのは花だけだ。花を狙って引き金を引き、いっきに二発撃ち込む。花はびくともしない。

「逃げて！」ルナが絞り出すように言った。「早く！」

花の根の隙間から、ちらっと何かが光った。背の高い何かだ。

一歩あとずさる。

ナイトブルームのうしろから男が現れた。二メートルをゆうに超える大男で、アメフト選手みたいな体つきだ。全身をおおうのは輝く細長いクリスタルで、中世の鎧《よろい》にも似た防護服を作り出している。多面カットのつららでできた、薄くて長いプレートを身に着けているみたいだ。頭のてっぺんから爪先まで、クリスタルのメッシュにおおわれている。分厚い部分もあれば、編み込まれているところもある。顔も隙間なく守られていて、細いクリスタルを編み込んで作った中世の兜《かぶと》のように、目の部分だけが透明の板になっている。鎧は男の体にぴったりと合っていた。

ダト・ブラー。〝超一流〟の装甲魔力の使い手。水晶の騎士だ。アルカンは秘蔵の五人のうちの一人をけしかけてきた。最悪だ。

ブラーがこちらを見た。

引き金を引く。弾丸が兜にあたり、そのまま地面へと滑り落ちた。

ブラーが腕を振った。クリスタルでできた薄く鋭い刃が腕からすっと飛び出した。死がこちらに向かってくる。

スナイパーライフルが火を噴いた。弾丸があたったのが見えた――が、頭に命中したのにブラーは少しよろめいただけで、弾丸はぺしゃんこになって地面に落ちた。

レオンの塔から大きな発射音がした。うるさい掃除機と高性能ドリルを足したような轟《ごう》音《おん》――あれはＭ１３４、通称ミニガンだ。レオンが援護に加わった。

続けざまに銃撃を受けてブラーはふらついた。強風に向かって歩く人みたいに、銃撃の雨に対して体を前のめりにしている。

緑の植え込みを回り込む。歌っても効果はない。翼は役に立たない。鎧の中にいるブラーは何も聞こえないし、意思系の魔力は通じない。あの鎧は弾をはじくと同時に、内部の温度をぴったり二十四度に保つ。そしてなんらかの仕組みで呼吸用の空気を作り出す。着る者の意思で自由に形を変える、防弾仕様の宇宙服だ。そんな〝超一流〟がわたしを殺そうとしている。

茂みが飛び散り、クリスタルの刃が現れた。こちらをにらみつけるブラーは悪夢そのものだ。

茂みを抜け、私道に向かう。すぐうしろからブラーが追ってくる。

生け垣から私道に飛び出すと、アレッサンドロにぶつかった。アレッサンドロはわたしの肩をつかんで背後に追いやった。そこにいたのは見知らぬ男。たぶんコンスタンティンが化けているんだろう。彼が脇へと引っ張っていった。

ブラーが生け垣を抜けて三人の前にぬっと現れた。顔のない騎士が虐殺を始めようとしている。

アレッサンドロの手にオレンジ色の光がはじけ、短剣の形をとった。

ブラーが飛びかかってきた。クリスタルの剣が空《くう》を切り裂く。アレッサンドロはのけぞって剣を避け、ブラーの腕を切りつけた。断ち切る動きではない。クリスタルの筋に刃を入れ、手首をひねって半月形に切り取る。ブラーが反撃に出る前にアレッサンドロは腕の反対側に刃を入れ、上向きに削《そ》いだ。ブラーはさっと振り向いたが、アレッサンドロはクリスタルの一筋をつかみ、引きぬいた。

どういうこと？

水晶の騎士はくぐもった声で吠《ほ》えた。右腕が指先まで血に染まっている。まるでアレッサンドロに皮をむかれたみたいに、血の下で筋肉が光っているのが見える。

ブラーはアレッサンドロを狙い、二本めのクリスタルの刃を左腕からすっと出した。怪我をした右手にクリスタルがきらめく。アレッサンドロはかがみ込んで刃をかわし、ブラーの利き足に刃をあてて、また血まみれのクリスタルを削ぎ取った。

半狂乱になったブラーが叫び、アレッサンドロを蹴りつけようとした。アレッサンドロに逃げ場はない。構えたままキックを受け、私道を転がると、ぱっと起き上がった。その唇に血がしたたっている。それを払いのけると、彼はブラーに向かって駆け出した。

ブラーがわずかにあとずさる。

あのクリスタルの鎧は防弾ベストみたいなものだ——スピードのある弾丸は止められても、それより遅い刃ははじくことができない。

刃があれば。

さっと振り向くと、コンスタンティンがブーツナイフを持っているのが見えた。うちのナイフだ。誰かから受け取ったに違いない。

「ナイフを！」

コンスタンティンはあっけにとられている。

「そのナイフをちょうだい！」

ようやく彼はナイフを差し出した。「これを使っても――」

コンスタンティンの手からナイフをつかみ取る。

ブラーはクリスタルの刃の竜巻と化していた。アレッサンドロはその周囲を飛び回り、クリスタルを削ぎ取っている。

わたしは父方からセイレーンの力を受け継ぎ、母から射手魔術家の力を受け継いだ。ただしその力は小さい。母は絶対に狙いをはずさないけれど、わたしの力は敵のいちばん無防備な場所へと刃を導いてくれるだけだ。この力を使うには二つのものがいる。それは刃とターゲット。今その二つが揃《そろ》った。

魔力が手のひらを突きぬけ、ブラーへと導いていく。重心を置く足を踏み替えながら、隙を探す。

ブラーがアレッサンドロを切りつけた。また光が炸裂《さくれつ》し、わたしの部屋にある剣コレクションの一つ、カーブした古代の長剣ファルカタの重いレプリカが彼の左手に現れた。アレッサンドロは避けずに水平方向の刃をブロックし、相手の腕を払うと、兜の一部を削り取った。血がふくれ上がる。

魔力の導きに従い、ブラーの背後に回って背中を切りつける。光ファイバーのケーブルの束を切り裂くみたいに、刃に不思議な引っかかりがあった。ブラーがさっとこちらを振り向く。クリスタルの剣が腕をかすめ、肩に熱い線が走る。と、アレッサンドロがブラーの脇腹を十センチほど細く削ぎ取った。

二人でブラーの周囲を移動しながら、あらゆる状況を想定した練習用の金属獣とライナスのパワースーツを相手に何百回も訓練したように、切りつけ、削ぎ取っていく。熊と戦う二頭の狼のように、小さな傷を重ねて出血箇所を増やしていく。

ブラーが吠えた。ずっと無敵だったのに、今は何度も切りつけられ、痛みと怒りで我を忘れている。クリスタルの鎧は血まみれだ。何度も鎧を再生しようとしているが、二人がかりで切りつけられているせいで追いつかない。鎧の裂け目から筋肉がむき出しになり、血がしたたっている。クリスタルがうごめき、傷を埋めようとするものの、その動きは遅く、二人の剣がどんどん傷を増やしていく。

顔に飛び散っている血は誰の血だろう。鎧を深くえぐろうとして力を入れるため、腕が疲れてきた。ブラーは永遠には戦い続けられないはずだ。でもそれはこちらも同じだった。

ブラーが全身の力を込めてアレッサンドロに飛びかかったが、彼は避けた。ほんの一瞬目が合ったとき、わたしは悟った。今がチャンスだ。

アレッサンドロはファルカタを落とした。オレンジ色の光がはじけ、その手に暴徒鎮圧用の盾が現れた。アレッサンドロは盾を突き出し、ブラーの攻撃を受け止めようとした。

剣は、バターでできているみたいに強化ポリカーボネートに食い込んでいく。アレッサンドロは後退せず、踏ん張ったままだ。鮫《さめ》は水の中の血を嗅ぎつけた。力と力のぶつかり合いだとアレッサンドロに勝ち目はないし、ブラーはそれを知っている。ブラーは続けざまに盾に打撃を加え、破片を跳ね飛ばし、獲物の弱みを感じ取った猛獣の本能でアレッサンドロをその場に釘づけにした。

アレッサンドロの足がよろめく。

ブラーは盾の残骸を叩き続けている。

わたしは鎧のわずかな隙間から肝臓を狙い、ナイフを刺した。

ブラーは気づかない。

ナイフを抜き、もう一度すばやく刺す。アイスピックを使うみたいに、肉の中に何度も刃を埋《うず》める。抜くたびに血がほとばしった。

ブラーがはっとして体を起こした。

アレッサンドロは盾の残骸を放り投げ、跳び上がった。その手に光るのは、虎のかぎ爪を思わせる両刃《もろは》のカランビットナイフだ。彼はそれでブラーの喉を切り裂いた。

水晶の騎士が膝をついた。最後の息とともにくぐもったうめき声が漏れ、その体が横向きに倒れる。クリスタルの鎧は溶け、私道には男の死体だけが残った。筋肉質の巨体だが生白く、まばらな髪は短く刈り込まれ、貧弱な顎は髭《ひげ》で隠されている。体はあちこち皮膚が欠け、傷口が開いていた。

大きく息を吐いた。コンスタンティンが地球外のモンスターを見るような目でこちらを見ている。

アレッサンドロの右肩が血まみれだ。駆け寄ると彼もこちらに近づいてきた。

「怪我は？」

「かすり傷だよ」

本棟から不気味な威嚇の声が聞こえてきた。

ルナだ。

くるりと振り向く。

高電圧ケーブルが刺さったみたいに、ナイトブルームが痙攣《けいれん》している。根はだらりと垂れ、花はうしろに落ち、花びらは茶色くしおれている。花が震え、花びらの上に緑色のもやが広がった。ナイトブルームが揺らぎ、腐った植物の塊となって崩れると、その向こうに右手を伸ばしたルナの姿が見えた。手はべとべとした植物の残骸におおわれている。

ルナは気味悪そうにその手を見たあと、手を振って言った。「開花から二十三分経《た》ってる」

あと十七分以内に解毒しないと。さっと振り向き、診療室に向かって走り出した。

家族全員が会議室に集まった。みんな二十四時間前と同じ席に座っているけれど、見た目は何ひとつとして同じじゃない。空襲を受けて避難しそこねたみたいに見える。

わたしの右にはアレッサンドロが、左には皇子に戻ったコンスタンティンが座っている。水晶の騎士との戦いで失ったものは大きかった。アレッサンドロもわたしも傷だらけだ。アドレナリンが薄れてしまうと痛みが襲ってきた。背中に衝撃を受けたらしく、左の肩甲骨からウエストにかけて全部があざになったみたいだ。アレッサンドロの怪我も同じぐらいひどいけれど、全然顔に出さない。

バーンは目の下に大きなくまがあった。レッドブルをいっきに飲んで、ノートパソコンをにらんでいる。その隣のルナは険しい顔でアイスコーヒーを飲んでいた。ルナの妹ハリーは姉の横でぐったり座り、テーブルに突っ伏している。その向こうのラグナーは疲れた顔で、寝込まないように必死に目を大きく開けようとしている。

アルカンは二方向から攻撃を仕掛けてきた。始まりは三台の装甲車だ。一台めから降りたブラーは、その場で鎧を作り出した。いずれブラーが襲ってくるのは想定していたので、アラベラが対処する計画だった。鉄壁の防御を誇っていても鎧の中身は人間だし、妹がストレスを発散し終われば、もうブラーを恐れる必要はなくなる。監視カメラにブラーの姿が映った瞬間、アラベラは予想どおり本棟から走り出して正面ゲートに向かった。

しかし残念なことに、アルカンが抱える〝超一流〟の召喚者クラウスがポータルを二つ作った。一つは本棟の真上、もう一つは北ゲートで、そこからナイトブルームを二体召喚した。北ゲートの見張りはたちまち倒れ、アラベラも妹の攻撃援護チームも眠り込んだ。ルナはたまたまラグナーたちの部屋にいた。警報を聞いて監視カメラ映像を確認すると、眠っているアラベラと侵入してくるブラーが見えたので、戦闘が終わるまでじっとしているように妹と弟に言い残して、迎え撃ちに行った。ハリーとラグナーはその言葉を守り、ルナがナイトブルームを倒したと同時に部屋を出て、みんなの解毒にあたった。

毒使いは、相手が盛られた毒を殺すものを与えるか、相手の毒を自身で吸い込んで代謝することで無毒化する。ナイトブルームの解毒剤はいくつも用意してあったけれど、問題は時間だ。エッターソン一族の子どもたちは全員を助けて疲れきってしまった。気の毒なラグナーは自分がどこにいて何をしているのかもわからない様子だ。

右側ではアラベラが無言の憎しみを込めてコンスタンティンをにらんでいる。アラベラが目覚めると同時に事情を説明したが、その結果妹は、母の怪我やそのあとに続いた出来事の原因がコンスタンティンにあることを知り、皇子から目を離さなくなった。何も言わずに憎しみをたぎらせているアラベラほど危険なものはない。

コンスタンティンとアレッサンドロは襲撃直後に北ゲートに駆けつけたので、ブラーとは入れ違いになった。アレッサンドロはお気に入りの戦闘用火炎放射器で一体めのナイトブルームを焼き払った。コンスタンティンはうちの警備スタッフに化けてクラウスを追ったけれど、クラウスはポータルを作るとすぐに逃走してしまった。ナイトブルームが枯れるとアレッサンドロは取って返し、そこでわたしとブラーに出くわしたというわけだ。

フリーダおばあちゃんはテーブルを指でとんとんと叩きながら、正面に座った母を見つめていた。今日の母は顔色が悪く、ブロンズ色の肌が灰色がかっている。祖母は母が鎮痛剤をのんでいないと教えてくれた。襲撃があったとき、祖母は修理工場にいて、戦車の修理に没頭していた。警備マニュアルでは祖母と警備チーム三人は南ゲートを守ることになっていて、今回もそのとおりの働きをしてくれた。

フリーダおばあちゃんの隣はレオンだ。Tシャツから出ている腕に、古傷のような白っぽい細い筋がついている。FBIを襲った者はレオンも見逃さなかったらしい。パテル医師は傷跡が消えるかどうかわからないと言っていた。傷のせいで具合が悪くなったレオンは、ナイトブルームがパティオに花粉を降らせたとき塔で寝ていた。ナイトブルームとブラーを狙撃しようとしたもののうまくいかず、ミニガンを使っても無駄だった。そのせいで自分を役立たずのように思い、レオンはむっつりとふさぎ込んでいた。

ドアがさっと開いて深刻な顔つきのコーネリアスが入ってきた。その次は、黒っぽい長い髪をポニーテールにまとめたマチルダだ。ふわふわしたヒマラヤンを抱いている。猫の名前は〝花美男《コ・ミナム》〟だけど、いつもは〝猫ちゃん〟と呼ばれている。最後に入ってきたのはパトリシア・タフトで、嘔吐に備えてごみ箱を手にしていた。人によってはナイトブルームの影響が強く残ってしまうことがある。

マチルダはラグナーのそばに行って膝に猫を落とした。ラグナーがびっくりしてマチルダを見上げる。

「これで気持ちが落ち着くよ」マチルダが言った。

コ・ミナムは爆走するブルドーザーみたいな音で忠実に喉を鳴らした。

「ぼくには？」レオンが悲しそうに言った。

マチルダはテーブルを回っていってレオンをやさしくハグし、犬にするみたいに頭をぽんぽんと叩いた。「だいじょうぶ、今度は人を撃てるからね」

これでやっと全員揃った。

順番に片付けていこう。

「みんな聞いて。この人はベレジン皇子」コンスタンティンのほうにうなずく。

「コンスタンティンと呼んでほしい」コンスタンティンはチャーミングな笑顔で言った。

全員が彼をにらみ返した。

「コンスタンティンはロシア帝国の代理人よ。この件でわたしたちに協力してくれることになったの」

アラベラがルナのコーヒーから金属のスプーンをとり、折り曲げる。

わたしは続いて、皇子、契約、スミルノフ、それにからむ全部を説明した。

誰も何も言わない。

「ライナスを襲った犯人はわかった？」アラベラがたずねた。

「ええ」

「手は打った？」

「いいえ」

アラベラの顔が怒りに染まったので、思わずアレッサンドロに盾を出してと頼みそうになった。

「カタリーナ！」アラベラが怒鳴った。

「名前はケイリー・カベラ。どう関わってるのかはまだわかってないの」

「ぼくは知ってる」コンスタンティンが口を開いた。

彼のほうを向く。

「ケイリーは無能力者だった。ルチアナは正式な後継者を決めろと家族からせっつかれていたが、ケイリーにするわけにはいかなかった。アルカンとルチアナのつながりのことは、もうみんな知ってるだろうけど」

アレッサンドロは話せと言うように手を振った。

「ルチアナは問題の解決を求めてアルカンに接触し、アルカンは手を貸した。ケイリーは生き延びて、突然変異の〝超一流〟と化した。だがこの件をダンカンに警告した者がいて、ダンカンは彼女を追い始めたんだ。ルチアナは、監督官が娘に目をつけ、監視の目をじょじょに強めたことに気づき、アルカンに殺してくれと頼んだ。だがアルカンは断った」

「なんで?」レオンが訊いた。

「テキサス州監督官を狙うのはリスクが高いからね」アレッサンドロが答えた。「実行したあとの反撃を乗りきれるかどうか自信がなかったんだろう」

「とにかく、ルチアナは怪物と化した娘を連れてダンカンを殺しに行った」コンスタンティンが続けた。「ルチアナが契約を破ったことでアルカンはひどく怒った。だが我に返ったとき、せめて損害を抑えなければならないと考えたんだ。そしてシャビエルに、人目につく形でルチアナを殺せと命じた」

「だからライナスのレストランを選んだのね」考えを声に出す。「和解の贈り物として。〝この女はおまえを殺そうとした。だから罰してやった〟と」

「そのとおり」コンスタンティンがうなずいた。

アルカンの頭の中では、これでライナスとは貸し借りなしになったのだろう。そこにロシアの皇子が現れて、アルカンを倒すチャンスだと考えた。監督官局とアルカンはいずれぶつかる。そこで両方を一押しした。うすうすそうじゃないかと思っていたけれど、確認がとれてよかった。

「その女には死んでもらう」アラベラが感情のない口調で言った。

「もちろんよ。わたしだってあの子の喉を絞め上げてやりたい」そう言って両手で空気をぎゅっと握ってみせた。「そしたらもううちには手出しできないから、安心よね」

みんながこちらを見た。この言葉が予想外だったみたいだ。

「でも残念だけど、わたしは宣誓した身なの。監督官代理だから……義務がある」

「義務なんかどうでもいい」アラベラがテーブルをどんと叩いたので、少し揺れた。

「ケイリーは逮捕するつもりだ」アレッサンドロがアラベラに言った。「抵抗したら、なんらかの方法で制圧する」

アラベラは唇を引き結んだ。

続けて言った。「全館封鎖は続けるわ。アルカンが攻撃してくるはずだから。子どもたちは外に出したほうがいい？」

「必要ないよ」ラグナーが答えた。

ハリーがテーブルから顔を上げた。「うん、絶対出ていかない。ここが家だから」

コーネリアスのほうを見る。

「あたしはここにいる」マチルダが口を開いた。

コーネリアスもうなずいた。「そうするのがいちばんいい選択じゃないかな」

パトリシアがごみ箱をつかんで廊下に飛び出し、ドアを閉めた。

全員黙って顔を見合わせたまま、えずく音がやんでパトリシアが戻るのを待った。

戻ってきたパトリシアが断言した。「子どもたちを外に出したら、敵に人質にされる」

「じゃあ子どもたちはうちにいて。レジーナはどうしてる?」

「妻はまだリヨンのいとこの家にいて、あと一週間は戻らない予定よ」パトリシアが言った。「この状況のことを伝えて、旅行を切り上げないように言っておいた」

二人のやりとりが手にとるようにわかった。レジーナのことだから、次の飛行機でヒューストンに戻ると言い出しかねない。

母がたずねた。「電話の復旧はどうなってるの?」

全員の目がバーンに集まった。バーンはテーブルの下から大きな箱を取り出した。中には持ち主の名前のラベルを貼った携帯電話がきちんとおさめてあった。レオンは自分のをとり、箱を隣に回した。

「もう二度とこんなへまはしないよ」バーンが宣言する。

アラベラがたずねた。「アルカンの件だけど、計画ってあるの?」

「コンスタンティンからの情報で、アルカンの資金調達の内容がわかったわ。あいつはアメリカ国内にかなりの額の資金を隠しているから、それを奪い取るつもり」

喜んで手伝ってくれそうなFBI捜査官を一人知っている。

アレッサンドロが口を開いた。その口調は、雑用について話し合うみたいに冷静だ。

「奴はハリス郡地方検事事務所にスパイを潜り込ませてる」

レオンが口笛を吹いた。

それを知ったときはわたしも毒づいた。

「ほかにもスパイはいるが、こいつがいちばん重要だ」

「そいつの正体をあばくつもり？」アラベラが訊いた。

「いや、直接処理する予定だ」

マエストロのその声は、ぞっとするほどきっぱりしていた。アレッサンドロがどんなに怒っているか、忘れていた。

アラベラは笑顔になった。「そういうとこ、最高」

わたしはレオンのほうを向いた。「ＦＢＩに何があったの？」

レオンは肩をすくめた。「べつに何も」

黙って話の続きを待つ。

レオンはため息をついた。「カベラ家まであとをついていったんだ」

「姿を見かけなかったけど」

「見かけなくて当然だよ。だって〝こっそりあとをつけろ〟って言っただろ？」

それもそうだ。

「ジャスティス・パーク通りでアルカンの部下に襲われたんだ。ＦＢＩの現地事務所まであと四十五秒だったのに。電光テレキネシスとか、ほかにも変なのがいろいろいてさ。その電光テレキネシス野郎がなんか撃ってきて、そしたら車がちょっと爆発して……」

「ちょっとってどれぐらい？」母がたずねた。

「運転席側のドアが吹き飛んで、エンジンが飛び出してSUVの屋根を直撃した。屋根はひしゃげたけど、突きぬけたわけじゃなくて」レオンは片手を左右に傾けてみせた。「半分へこんで半分そのままって感じかな。屋根が曲がったから窓は割れちゃったけどね」

「安い強化ガラスなんか使ってるから」祖母が意見を述べた。「政府契約の仕事なんてそんなもんよ」

思わずうめきたくなるのを我慢した。

「その電光テレキネシス野郎は倒したけど、ほかの気味悪い奴が反対側から出てきてさ。海藻みたいにぬめぬめした、クラゲみたいに刺すやつで攻撃してきたんだ。その海藻がFBIの車に巻きついて、中から煙が出てきたときはさすがにやばいと思った」

「そのときFBIの捜査官はどこにいたの？」母がうめくように言った。

「車ん中」

それはまずい。

「そいつを見つけるのに手間取ったよ。車から煙は出てるし、おかげで視界はきかないし息もできない。海藻の力で車がひしゃげていって、その音がキーキーうるさくて何も聞こえないし」

アラベラがテーブルに突っ伏した。

「そいつが今度はこっちにその海藻を投げつけようとしたから、やっと居場所がわかったんだ。あとは言わなくてもわかるだろ?」レオンはにやりとした。

「毒ガスを吸い込んで、車ごとつぶされそうになったFBI捜査官はどうなった?」アレッサンドロが訊いた。

「二人ともぼくが助け出したよ。ガルシア捜査官はほぼ無傷だったけど、ウォールは息をしてなくて、心肺蘇生《そせい》を試した。そのうちビルからFBIが出てきて手伝ってくれたんだ」

「よくがんばったわね!」祖母が言った。

わたしはレオンをじっと見つめた。

「なんだよ?」レオンは両腕を上げた。「帰ろうとしたときは、ウォールはもう息してた。仲間が酸素マスクをかぶせようとしたけど、すぐはずしてずっと毒づいてたよ。まあ、終わりよければすべてよしってこと。それにクールな傷跡もできたし。傷跡ってもてるって言うだろ?」

「この家族、ほれぼれするね」コンスタンティンがにっこり笑った。

これぐらいで感心されては困る。

「それじゃあ、みんなやることはわかってるわね。アラベラは警備、わたしはアルカンの口座、アレッサンドロとコンスタンティンはスパイの処理」

「ぼくたちは？」ラグナーが訊いた。

「体を休めて。いつ次の攻撃が来るかわからないから」

「解散の前に訊いておきたいことがある」コーネリアスが口を開いた。「誰かあの蜘蛛《くも》を見なかったかい？」

「蜘蛛がいるのか？」コンスタンティンが言った。

アラベラが目を見開いた。「そう、すっごく大きい毒蜘蛛」

バーンがノートパソコンをタップした。オフィスの廊下を撮った監視カメラ映像が壁のスクリーンに映し出された。ヤドビガがゆうゆうとカーペットの上を歩き、アラベラのオフィスに入っていった。タイムコードは午前三時四十一分だ。

「そうか、まだ生きてるね」コーネリアスが言った。

「今、ここよ」マチルダが壁を指さした。「静かになったら、説得して誘い出せないかやってみる」

「繰り返すけど、いつ攻撃されてもおかしくない状況よ。アルカンは持ってる手を全部使う気でいる。ネバダとローガンはマシュー・ベリーと例の傭兵《ようへい》集団の件で忙しいし、アメリカ政府は問題なんかないふりをしてる。アメリカ評議会は議長の死の対処でせいいっぱい。うちは自力でやるしかないわ」

みんなうなずいた。誰も驚かず、ただ受け入れている。この三、四年で、ベイラー家は立派な戦闘一族になった。急襲すれば倒せるとアルカンが思っているとしたら、期待外れに終わるだろう。

「ハワイアンブレッドと豚ヒレ肉の残りで、ママにサンドウィッチを作ってやって」祖母が言った。「そしたら見張り台でお腹をすかせなくてすむから」


みんな会議室から出ていった。

レオンは出ていく前にアレッサンドロに話しかけた。「ブラーが刃に弱いってなんで知ってたの？」

「奴が武器召喚者と戦う動画を見たんだ」

武器召喚者は武器を召喚し、その力を魔力で増幅させる。彼らは戦闘魔術家と呼ばれ、接近戦では特に手ごわくなる。

「その武器召喚者は光る日本刀を持ってた」アレッサンドロが説明した。「でも歯が立たなかったよ。戦いが終わるころには力が尽きて、日本刀は消えてしまった。ブラーに喉をつかまれたとき、召喚者は短剣を取り出して鎧を貫こうとした。短剣はたしかに刺さったように見えたが、ブラーは激怒して相手を踏み殺した」

「いい動画を見つけたね」レオンはそう言って去った。

そして、アラベラ、アレッサンドロ、わたしだけが残った。

「だいじょうぶ?」アラベラにたずねる。

「解毒してくれたとき、残り時間はどれぐらいだった?」

「十二分。ハリーが真っ先に取りかかってくれたの」

アラベラは考え込むようにこちらを見ている。

「大変だったわね」そう言う。

「もうひどいことばかり起きるのにうんざりしちゃった」

「わたしも」

アラベラはため息をついて立ち上がった。「じゃあ……いろいろ片付けてくる」

アラベラは部屋を出てドアを閉めた。アレッサンドロと目を合わせる。

「いとこのサーシャの話をくわしく聞かせて。なぜロシア帝国と関わるようになったの?」

アレッサンドロはため息をついた。「ロシアの王朝の変遷について、どれぐらい知ってる?」

「くわしくはないわ。一九一六年、第一次世界大戦で力のバランスがロシアに傾いた。多くの戦死者を出したドイツ帝国は、皇帝ニコライ二世を暗殺することを決めた。たしかイースターの自動車パレード中に家族全員を爆殺しようとしたはずよ。そして先頭の二台に乗っていなかったアナスタシアとアレクセイだけが生き残った」

「そのとおりだ」アレッサンドロはうなずいた。「暗殺のあと権力の空白が生じた。アレクセイは幼く病弱で、玉座に就くことはできなかった。ロシア帝国は戦争のまっただなかで、強いリーダーを必要としていたんだ。そこで数人に玉座を打診したが、皆辞退した」

ヨーロッパ最大の帝国の玉座がたらい回しにされるなんて想像もつかない。わたしが読んだ歴史の教科書は、そのへんは軽く触れているだけだ。もちろん、テキサスの歴史の教科書では西洋文明全部よりもテキサスの歴史のほうが大きく扱われている。

「それでどうなったの？」

「ロシアはあわてて、玉座を受け入れてくれる皇帝としてふさわしい人間を探した。そして、ドイツ帝国への攻撃を率いたミハイル・ベレジンを選び出した。ミハイル・ベレジンはミハイル一世となり、一族全員が彼を守ろうと集結した。国の将来がかかっていたからね。ロシアは外国との戦争や国内の暴動に直面し、大都市では共産主義者が労働者を扇動していたんだ。だがドイツがニコライ二世を殺したためにニコライ二世は殉教者としてまつり上げられ、運動はほとんどが失敗に終わった。ロシア人は新たな王朝を求め、報復を求めた」

「その話を聞いてコンスタンティンの考え方が理解できたわ。家族対世界、という構図なのね」

「そうなんだ。ミハイル一世にはボリスという弟がいたんだが、その男は母親と同じメンタルディフェンダーで、共産主義者のシンパでもあった。彼はロシアの未来にとって王朝は邪魔だと考え、共産主義者と結託して兄の暗殺をたくらんだ。ロシアの秘密警察は組織にスパイを潜入させ、ボリスを見張らせた。そして暗殺計画はあばかれた」

「計画ってそういうものよ」

「ミハイル一世が弟を殺すのを躊躇《ちゆうちよ》したため、ボリスは爵位と資産を奪われ、国外に追放された。そして流れ着いたイギリスで偽の身分を買い、ウィンストンズという商家の娘と結婚した。ウィンストンズ家は、〝一流〟上位の血を一族に迎え入れるために、あやふやな出生証明書や旅券には目をつぶったんだ」

「あなたのお母さんの一族ね」

アレッサンドロはうなずいた。「ぼくの曾祖父《そうそふ》は執念深くて、死ぬまでずっと爵位や地位を取り戻そうとしていた」

「共産主義者じゃなかったの？」

「それは貧乏になる前の話さ」アレッサンドロは低く笑った。「祖父も同じように爵位にこだわりがあって、そのせいで母は父の一族との結婚に追いやられたんだ」

アレッサンドロの母は〝一流〟下位のメンタルディフェンダーだ。アレッサンドロの話では、魔力はあるけれど貧弱で、訓練もしていないという。

「母方の祖父は爵位のための結婚をお膳立てし、母は父が好きだったし、家族から逃げ出したい思いもあってその話にのった。父は母を美しいと思い、力のある子どもが生まれると考えた。父方の祖父は持参金を手に入れた。全員満足のいく結婚だったんだ」

アレッサンドロの目は暗かった。結婚式から十一年後、アルカンがマルセロ・サグレドを殺したことでアレッサンドロの人生は一変した。

立ち上がり、彼の体を抱きしめる。アレッサンドロは緊張感を吐き出すように無言でため息をついた。

「ロシアはあなたを取り戻したがってるの？」

「心配してるのは自分のことじゃない。コンスタンティンは危険だ」

「わかってる。気をつけなきゃ」

アレッサンドロの携帯電話が鳴った。ポケットから取り出し、眺める。「アルカンがアラスカからサンダースを引っ張り出した」

アルカンが抱える〝超一流〟の中で、いちばんの脅威がサンダースだ。

アレッサンドロは立ち上がってわたしにキスした。「電話してくるよ」

「わたしはロシアの皇子に自分の立場を思い知らせてくるわ」

アレッサンドロが片手を上げた。静かにハイタッチをかわすと、会議室を出てアレッサンドロは自分のオフィスへ、わたしは玄関へと向かった。

コンスタンティンはオフィス棟の外にある石のベンチに座っていた。会議のあとでそこにいてほしいと言った、まさにその場所だ。うちの警備犬が一列になって彼の前に並んでいる。犬たちは一匹ずつハンドラーに連れられ、近づいていく。匂いを覚えるためだ。アレッサンドロと二人で外に出かける前に、ちゃんと認識させておいてほしかった。

曇りにしようか晴れにしようか迷っているような空模様で、風が雲をあちこちに押しやっていた。外に出たとき頭上の雲が晴れ、合間から金色の光がこぼれてコンスタンティンを照らし出し、髪と肌を輝かせた。まるで天使だ。神々しい天使ではなく、親しみを感じさせる天使。映画の一シーンのように、今にも感傷的な音楽が流れて彼が振り向きそうな気がした。

コンスタンティンが片手を差し出すと、大型のジャーマンシェパードのレンジャーがその手を嗅いだ。

「犬は好き?」

コンスタンティンはうなずいた。「人と違って、正直な生き物だ」

よくわかってる。

皇子がこちらを向いてほほえんだ。

すてきな笑顔。

「きみが優秀な剣の使い手だとは知らなかった」

「あなたが知らないことはたくさんあるわ」それを教えるつもりはないけれど。

「どうもそうらしいね」

　こちらを見るあの目……ちょっと手に負えなくなってきた。

「どうしてアルカンはスミルノフを狙わなかったの？　うちにいるのはわかってたはずなのに。武器庫にいるのは考えればわかることよ。でもブラーは見向きもしなかった」

　コンスタンティンは美しいアクアマリン色の目でこちらを見た。「アルカンには客観的な視点がない。感情的で、友情を重視している。たとえばシャビエルだが、あいつは未熟で衝動的で、行動の予想がつかない。アルカンが嫌悪する特徴ばかりだ。だがアルカンなりの理由でシャビエルに好意を持ってる。弟子みたいに思ってるんだろうな。ほかのエージェントがやったら見限られるようなことをしても、おとがめなしだ。アメリカ流に言えば、依怙贔屓《えこひいき》ってやつだよ。スミルノフのことも贔屓している。二人は基礎訓練で出会い、ともに帝国保安局に引きぬかれ、苛酷な戦闘訓練を耐えぬいた。アメリカの特殊部隊の訓練と似たようなものかもしれないが、そっちの訓練は途中で辞められるし、訓練中に死ぬこともほぼない。だが、帝国保安局の訓練ではよく死人が出るんだ」

「あなたがスミルノフを殺したと知ったら、アルカンはどうする？」

　コンスタンティンはにやりとした。「空を見上げて狼みたいに吠えるだろう。その顔を見たいものだよ」

コンスタンティンは、いつでもアルカンに電話して、親友は死んだと告げることができる。コンスタンティンがスミルノフを殺したことをアルカンが知ったら、どんな犠牲を払ってでもコンスタンティンを罰しようとするだろう。だからコンスタンティンはそのタイミングを待っている。

犬たちはハンドラーに連れられて行ってしまった。

「犬はあれで全部だね」

「いいえ、まだよ」

チチッと舌を鳴らすと、左側の茂みが揺れてシャドウが出てきた。シャドウはよそ者が嫌いだ。そして、見られたくないときは隠れるのがとてもうまい。

皇子はまばたきした。

シャドウを抱き上げ、コンスタンティンを指さして言う。「悪者」

シャドウは小さくわんと吠えた。

「そうよ、みんなこの人が嫌いなの。悪者だから」

「ダックスフントと何が混じってるんだろう？　スコティッシュテリア？」

「そんなのどうでもいいことよ」

わたしの声に敵意を聞き取ってシャドウがうなった。地面に下ろすと、本気なところを見せるためにもう一度わんと吠えて尻尾を上下させた。体を起こしたとき、木立の下の道を大きなものが二つ、細くて小さい人間を間にはさんでこちらに来るのが見えた。その二つに比べるとおもしろいほど小さな四番めの影が、そばをとことこ走ってくる。一団は音をたてず、木々が落とす影に毛並みをさらして歩いてきた。

コンスタンティンの目がおもしろそうに光っている。「これで全員に会ったな。もう勝手に歩き回ってもいいんだろう？」

「だめよ」

「まだいるのか？　ミニチュア攻撃プードルとか変異チワワとか？」

「そんな感じ」そう言って道のほうにうなずいてみせる。

そちらを向いたコンスタンティンは、口を閉じた。

数年前、軍は魔力と遺伝子工学を利用して高度な知性を持つ熊を作り出した。戦闘に利用するつもりだったらしいけれど、その理由や利用方法はさっぱりわからない。プロジェクトは中断され、動物の戦闘員だけが残った。テディ軍曹もその一員だ。巨大なアラスカヒグマで、ふだんの体高は一メートル半強、うしろ脚で立ち上がると三メートルを超える。体重は七百キロ近い。手のひらはわたしの頭より大きく、一振りすれば人間の頭蓋骨をくるみみたいに砕くことができる。かぎ爪は十五センチもあり、牙は悪夢そのものだ。

それなのに、テディ軍曹は平和主義者だった。自然界で暮らすより人といっしょにいるほうを好み、子ども好きだ。隣にいる十歳のマチルダはやせ細った幼児みたいに見える。

そのうしろをついてくる体重三十キロ近いゴールデンレトリーバーは、生まれて六週間の小犬みたいだ。

マチルダの反対側をゆっくり走る生き物は、平和主義者とはほど遠い。最初に目につくのはその色だ。現実離れするほど鮮やかなインディゴブルーは、巨大なネコ科の猛獣よりエキゾチックな鳥に似つかわしい。体高およそ八十センチ、体長二メートルで、大きな手足には鎌形のかぎ爪を隠している。筋肉質の体は虎に似ているけれど、首にぐるりと触手が生えているのは、ゼウスが地球上の生き物ではない証拠だ。

二頭の獣が近づいてきた。ゼウスはコンスタンティンから六十センチほど離れて止まり、身を乗り出して匂いを嗅いだ。その目がターコイズに光る。

ロシアの皇子は身動き一つしない。

その顔が微妙に変化した。今の顔は信じられないぐらいりりしい。

「ちゃんと自己紹介してなかったね」コンスタンティンがマチルダに話しかけた。「ぼくはコンスタンティン・ベレジン皇子。ぼくが光栄にも会話を許されたこちらのお嬢さんの名前は？」

「マチルダ・ハリソン、ハリソン一族よ」

「よろしく、マチルダ」コンスタンティンは頭を下げた。「ぼくの行動のせいで父上が怪我を負うことになってすまない。この件に父上を巻き込むつもりはなかったんだ。許しを請うと同時に、償いの機会を求めたい」

　驚きだ。彼は一瞬でマチルダを読み取った。普通の人は十歳児にこんなふうに話しかけない。でも、マチルダが子どもの外見をした大人だということをコンスタンティンは見抜いた。

「本物の皇子なの?」

「そうだ。叔父は皇帝で、ぼくのことをいつもお気に入りの甥《おい》だと言っている」

　マチルダは考え込んだ。「そうなの?」

「叔父は、自分の思いどおりに動かすために甥全員に同じことを言ってるんじゃないかな」

　マチルダは顎を上げた。「謝罪を受け入れます。テディ軍曹が、あなたは熊みたいな匂いがする、って」

　コンスタンティンはうなずいた。「うちの一族は昔から熊に親近感を抱いてる。家族同然と言ってもいい」

　いったいどういう意味だろう?

　マチルダはコンスタンティンをうさんくさそうに見つめたあと、わたしのほうを向いた。

「匂いの採取は終わったわ」

「ありがとう、マチルダ」

「まさに『ジャングルブック』の世界だな。狼に、熊に、ピューマに」

「ご心配なく、ニシキヘビはいないから」

彼は真顔で言った。「いや、彼女とはもう会ってる」

「え？」

「なんでもない、つまらない独り言だ」

「ふざけるのはやめたほうがいいよ」マチルダが言った。「父は、〝超一流〟である以上、殺しは避けられないって言うの。もしあなたがルールを破ったら、あたしが殺す」

「警告、たしかに受け取ったよ」コンスタンティンはうなずいた。

ゴールデンレトリーバーがとことこと近づいてきて座り、満足げに犬らしい笑みを浮かべてコンスタンティンを見た。

「この子はルースター。あなたの見張りよ」

「犬ならいくらでもいるのに、ゴールデンレトリーバーを選ぶとはね」コンスタンティンはわずかに眉を上げた。

「姿を変えてみて、殿下」マチルダが言った。

コンスタンティンの顔がぼやけ、アレッサンドロが現れた。ブラーと戦ったときにできた顎の細い傷まで完璧に再現している。

ルースターがいっきに吠え出した。ただうるさいだけじゃない、耳をつんざく爆音だ。

「すごいな」コンスタンティンが声を張り上げた。「鼓膜を殴られてるみたいだ」

「もとに戻って」マチルダが命じた。

コンスタンティンが現れた。ルースターは吠えるのをやめ、彼を見つめた。

「ルースターは百十二デシベルで吠えるの」マチルダが教えた。「何時間吠え続けても平気。あなたが姿を変えたら吠えるし、逃げようとしても、離れようとしても――」

「吠えるんだ?」コンスタンティンが引き取った。

「そう。一分以上吠え続けると、首輪の電子センサーから警報が送信されるの。首輪を切ったりはずしたりしても警報が出るようになってる」マチルダは彼を見つめた。「もしルースターや首輪に何かあったら、あたしが駆けつける。友達を連れてね。これでわかった?」

「一点の曇りもなくわかったよ」コンスタンティンはマチルダに言った。

「じゃあ、ついてきて。本部の中がどうなってるか、案内するように言われてるから」

「喜んで」

二人は、熊と神秘域から来た触手のある虎といっしょに道を歩いていった。そのあとから、コンスタンティンをじっと見つめたままルースターがとことこついていった。

パトリシアがオフィスから出てきてそばに立った。「だいじょうぶかしら?」

「あの人をずっと閉じ込めておくわけにはいかないわ。監視つきで自由にさせたほうがいい」

パトリシアはため息をついた。「ここ、見張られてる」

「それはもうわかってる」

「アルカンに見られてるってこと。ときどきドローンが飛んでくるし、敷地の境界線のすぐ外の木にカメラが設置されてた。見つけるたびに壊してるけどね。でも今度は見張り台が二つ設置されて、一つは正面ゲート、もう一つは私道の監視を始めた。二十四時間態勢で見張るつもりよ」

「それはしかたないわ。状況しだいではこっちに有利になる」

パトリシアはうなずいた。「それから、向こうから接触してきた」

「鞭《むち》、それとも飴《あめ》？」

「今のところは鞭。脅されたの。手を引かないならわかってるな、って」

「レジーナのこと？」

パトリシアはまたうなずいた。彼女はうちのヒーローで、警備スタッフをチームとして動けるようにしてくれた。パトリシアがいなかったら、今ごろ行きづまっていただろう。レジーナはパトリシアの弱点で、敵がレジーナを狙ってくるのも当然だった。

「レジーナには言った？」

「ええ」

「二人とも、それについてどう思ってる？」

パトリシアはにっこりして、イギリス風の発音できびきびと答えた。「寝返るなんて考えたこともない」

詰めていた息を大きく吐いた。

「初めて会ったのは決していいタイミングじゃなかったけど」パトリシアが言った。

「そうね」

二年前にパトリシアがオフィスを訪れたとき、うちの警備はめちゃめちゃで、彼女の評判は最悪だった。たいていの有力一族が求める基準からははずれていたけれど、うちは追いつめられていたし、ローガンのもとで働く歴戦のハート軍曹から強い推薦があった。ハート軍曹は誰もが一目置く優秀な強面《こわもて》の男性で、とくに母は高く買っていた。この一年で二人のロマンスは進んだ。こっそり会ったり、母がさりげなく〝ハート軍曹から電話があった〟と言うぐらいだったのが、外の店で食事したり、プールでいっしょにリラックスするようになった。二人ともこの関係を正式なものにしようと考えていて、わたしたちも応援している。パトリシアにとって、ハート軍曹の推薦ほどたしかなものはなかった。

パトリシアがこちらを見た。「今はここがわたしの家。二人ともここが気に入ってるの」

「よかった」

パトリシアはふふっと笑った。

「今回の件を無事に乗りきったら、あなたは人気者になるわ」

パトリシアは眉を上げてみせた。

「アルカンを撃退した警備のチーフ。これまでの経歴にどんな傷があろうと、帳消しよ。有力一族がこぞってあなたを雇おうとする。あなたの言い値で雇ってくれるわ」

「それを指摘するのが自分の利益にならないってわかってる?」

「ええ、でも公平でいたいから」

「それなら、わたしを引き留める方法を考えたほうがいいんじゃない、〝超一流〟のベイラー」その口調は、引き留めるのはそう難しいことじゃないと告げていた。

「覚えておくわ」

10

脳の働くスピードに体を合わせようとして、うろうろと歩き回る。同盟関係にある一族やターゲットになる危険が大きい知人のほとんどに、うちが攻撃されていることを伝え、協力の申し出を十件以上断った。コーネリアスの姉と兄は仕事でワシントンＤＣにいて、人目もあるし護衛もついている。厄介者の叔母は、民間警備会社の手を借りてメキシコの路上で誘拐してもらった。危険が過ぎ去るまで、見張っておいてもらう予定だ。

ウォール捜査官の携帯電話にかけたものの、留守番電話だった。まだ回復していないみたいだ。

アルカンの目と耳をふさぐのを手伝ってくれる男性と、機材と補償について電話で長々と疲れる会話もした。まるで小さなプールで巨大な鮫《さめ》と泳ぐようなものだ。あまりに大変だったので、三分の二まで話したところでアラベラにメッセージを送り、交渉を代わってもらった。

アレッサンドロとコンスタンティンは一時間前に出発した。地方検事事務所にいるアルカンのスパイを倒すためだ。今度は何が起きるだろう。送り込んだ部下が倒されたと知ったら、アルカンはすぐ攻撃を仕掛けてくるかもしれないし、時間をかけて総力を集め、最終攻勢に打って出るかもしれない。アレッサンドロは、話し合いの間にビデオ通話をすると言っていた。攻撃があるとしたら、そう遠い先ではないはずだ。

何か見落としているというういやな感じがつきまとって離れなかった。なんだろう? ふさぎそこねた穴はどこ?

「ずっとそうしてたら、ラグを取り替えなきゃいけなくなる」バーンが言った。

バーンが座っているデスクはU字型で、まわりをぐるりとモニターに囲まれている。倉庫に住んでいたとき、バーンの機器類は〝悪魔の小屋〟と呼ぶ小部屋に詰め込んであった。引っ越してから、そこは本格的な隠れ家になった。バーン自身の設計でリノベーションした低い塔の一階は、フロア全体がコンピューターラボだ。フロアの大部分はU字型のデスクとそのためのスペースで占められているけれど、片側にガラスの壁で仕切られたゲームルームがあって、パソコンとゲーミングチェアが何列も並んでいる。それ以外の家具といえば、飲み物でいっぱいの小さな冷蔵庫と、ルナがうたたねしているソファだけだ。バーンは古代の専制君主みたいに王国に君臨している。そしてその口調からすると、わたしの行動を極刑に値する重罪とみなしたようだ。

来てくれと言われたので来てみたものの、中に入ると、待っていたのはさかんにキーボードを叩《たた》くバーンの後ろ姿だった。

「何を忘れてると思う？」

「食事。睡眠」

「笑える。そっちが最後に寝たのは？」

「どうでもいいだろ。ほら、見ていいよ」

近づいていってバーンの椅子のそばに立つ。そこには、意味不明のコードが浮かぶ黒い画面があった。

「ハニー？」バーンが呼んだ。

ルナがソファから起き上がり、よろよろとこっちに歩いてきた。

バーンが右手を上げ、わざとらしいほどゆっくりとエンターキーを押した。

スクリーンにコードがはじけ、目もくらむ速さでスクロールし始めた。と、また真っ暗になった。

「最高」ルナはそう言うとバーンを抱きしめ、頬にキスした。

バーンはにっこりし、ルナはまたソファに戻った。

「今のは何？」

「アルカンのネットワークをぶっつぶした」バーンが答えた。

二人で暗いスクリーンを見つめる。

「あいつ、今叫んでると思う？」

たずねられたバーンはこちらを見てまたにっこりすると、手早くキーボードに何か打ち込んだ。「見せたいものがある」

頭上の大きなモニターに、装甲車の内部が映し出された。運転席にいるのはアレッサンドロだ。隣に座る黒っぽい髪の女性は、うちの警備スタッフが着る戦闘服を着ている。知らない顔だ。

女性がコンスタンティンの声で、ロシア語で何か言った。

「どうしてこれが見られるの？」

バーンは映像をいったん停止した。「ダッシュボードに隠しカメラがある。うちの車には全部のせてるんだ」

この改造には気づかなかった。「いつから？」

「二カ月前から」

「わたしの許可がないとできないんじゃないの？」

「ぼくが許可した」バーンが答えた。「監視とサイバーセキュリティの責任者としてね」

「なんの責任者ですって？」

「監視とサイバーセキュリティ。会社の定款にはそう書いたよ。監視カメラはセキュリティ対策として当然だ」

「わたしの車のカメラは止められる？」

「うん」

バーンはそれ以上何も言わなかった。だったらフリーダおばあちゃんに頼もう。カメラを設置したのはおばあちゃんに決まってるから。今はそれより大事な問題がある。

「アレッサンドロをスパイしてるの？」

「違う、皇子をスパイしてるんだ」

「録画のタイムラグは？」

「三十分」

「脇役に甘んじる男だったとは意外だよ」コンスタンティンが英語で言った。「おまえは一族を率いる者として育てられた。一族といっても廃墟《はいきょ》みたいなものだが。豪華客船の一船員より、沈む船の船長を選ぶタイプだ」

「そっちだって玉座に仕える身であって、座る立場じゃない」アレッサンドロの声は淡々として静かだった。

「だが、リーダーになることを期待されて育ったわけじゃないからな。サグレド伯、おまえは違う。彼女は一族の長《おさ》で、命令を出し、決断を下す。おまえの立場はなんだ？　忠実なボディガード？　ベッドで仕えるハンサムボーイ？」

よくもそんなこと……。

「一人の自由と生まれ持った権利を手放してまで彼女のそばにいるのは、ちょっと腹が立つ部分もあるんじゃないか？　あの家族がおまえの言うことを聞くのは、彼女がいるからだ。彼女を満足させているからそこにいるのを許しているだけで、おまえがいつもほしがってた愛情あふれる家族ってわけじゃない」

アレッサンドロは答えなかった。痛いところを突かれたから？　アレッサンドロはうちの家族のことをそんなふうに思ってるの？

「二人が喧嘩《けんか》すれば、家族はいつも彼女の味方につく。もし別れたら、全員がおまえを蹴り出す列に並ぶだろう。立場を固めるには子どもをつくるしかないが、おまえたち二人の魔力は相容《あいい》れない」

不安で心がぎゅっと締めつけられた。わたしは子どもがほしい。すぐにじゃなくて、いつかは。アレッサンドロの子どもがほしい。子どもにどんな魔力があろうとどうでもいい。アレッサンドロを愛しているし、二人の子どものことも愛する。きっとアレッサンドロみたいに頭が切れてユーモアたっぷりの子だろう。彼の目とほほえみを受け継ぐかもしれない。ひとりよがりの愛情かもしれないけれど、アレッサンドロがどう思っているか、疑問に思ったことはなかった。彼の血筋は長い歴史がある。子どものころ、アレッサンドロはそれをどう守るかを叩き込まれた。力を次世代に引き渡すことを常に期待されている。もしわたしたちの子どもがメンタルディフェンダーじゃなかったら？

「それも一理あるかもしれない」アレッサンドロが口を開いた。「ただ、彼女の母は優秀な狙撃手だが、子どもたちの恋人は欠点があってもみんなまだ生きてる。おまえの母親があのホテルの客室で兄の婚約者を絞め殺したとき、どう思った？　完全無欠の兄は、どう受け止めた？」

　コンスタンティンの笑みが大きくなり、その歯がむき出しになった。気にさわったらしい。アレッサンドロの言葉は弱点を射ぬいていた。

「母はぼくらを無条件に愛している。ぼくたちによかれと思ってやったことだ。子どもたちの利益のためなら、自分が罪をかぶるだろう。おまえに同じことが言えるか？　いや、それより、同じことができるか？」

　アレッサンドロはコンスタンティンのほうを向いた。

「彼女に何を差し出せる？」

「何を考えてるか知らないが、やめろ」アレッサンドロが言った。

　コンスタンティンは笑顔になった。「最近、シベリアのダイヤモンド鉱山を訪ねる機会があった。そこではこんなことわざがあってね。〝ダイヤモンドを見つけた者はそれを持ち続けられない〟――ダイヤモンドを見つけてくれたことを感謝するよ、サーシャ」

　車は新しい司法センターの正面にある駐車場に入った。アレッサンドロは車を駐《と》め、皇子を見た。思わずあとずさりしたくなる視線。マエストロモードに入ったその顔は、とてつもなく冷たかった。

「コンスタンティン、ここはロシア帝国じゃないし、彼女は石じゃない。人間だ。おまえは、人間も含めたすべてが自分たち一族のものだという考え方になじんで育った。悪い癖だぞ。この国では誰もが自由で、選択肢は自分自身にある。彼女がどんな選択をしても、それが実現するよう協力するつもりだ。誰かが彼女の前に立ちはだかるなら、ぼくが排除する」

コンスタンティンはわざとらしく身震いしてみせた。「怖いことを言うじゃないか」

「一五四七」

「なんのことだ？」コンスタンティンは眉を上げたが、姿勢が少し変わった。

「おまえの両親がストレスから逃れるために身を隠し、釣りを楽しむために使う丸太小屋のコードだ。これからどう動くか、慎重に考えるんだな」

画面が暗くなった。

「ルドミラの事件を調べてみたんだ」バーンが言った。「コンスタンティンの兄のフィアンセだったが、家族との旅行中、訪れたホテルの部屋で首を吊《つ》って死んだ。ロシアのマスコミによると、〝精神的に不安定〟だったそうだ。どう解釈するかはカタリーナしだいだよ」

ぎゅっと腕組みして画面を見つめた。

「あいつがカタリーナのことを話す様子を見ていると、よく考えてるのがわかる。衝動的な発言なんかじゃない」

「そうそう」ルナがソファから言った。「あいつ、いつもカタリーナを見てるしね」

「わたしもそれは気づいてた」

ベレジン皇子はわたしに不健全な関心を抱いているようだ。というより、ロシア帝国がわたしに関心を抱いている。それはどう見てもまずい。きっぱりあきらめさせるいい方法を考えないと。

どこかでドアがばたんと閉まり、アラベラが紙切れを振りかざして塔に駆け込んできた。

「四十七万二千ドルってどういうこと⁉」

ルナが驚いて起き上がった。「なんなの？」

「なんでもない。きみは寝てていいよ」バーンが言った。

「これってなんかの冗談？」アラベラが腕を振り回した。

バーンはアラベラを横目で見た。「ゲームでガチャを回すのはやめろって言ったじゃないか。二次元キャラに金をつぎ込んだってろくなことにはならないよ。確率を考えればわかるだろ？」

「これ、ゲーム課金の話じゃないの！　記録局からの請求書のこと！」

しまった、忘れてた。

った。


「レオンの奴《やつ》、殺してやる」アラベラはうなるように言った。

バーンはノイズキャンセリングヘッドホンをつけ、ゲームルームを指さした。

「向こうで話しましょう」わたしはレオンにメッセージを送りながらゲームルームに向かった。


「四十七万二千ドルだよ！」アラベラが怒鳴った。

レオンは肩をすくめた。「安くすんだほうだと思うけど」

アラベラはレオンをにらみつけた。アラベラの頭が爆発しないのが不思議なぐらいだ。妹の音量調節機能はかなり深刻な機能不全におちいっている。断定口調でしか話せなくなっている。

「いいかい、車十二台、壊れた街灯二本、舗装し直した駐車場の一部。車の交換費用は時価で計算してる。現金で弁償するか交換するか選んでもらったんだ。ほとんどが現金を希望したから、うちにとってはそのほうが有利――」

アラベラが両手でばんとテーブルを叩き、身を乗り出した。「そういうことじゃない」

「建物の弁償を請求されないだけましだった」レオンはとても理性的な口調で言った。

「一セントだって払っちゃだめ。うちが損害を与えたんじゃないんだから。あそこを破壊したのは、シャビエル、ガンダーソン、アルカンよ」

「セイブリアンに確認したんだけど、ガンダーソンを訴えることはできても、たぶんこっちが逆に不法行為で訴えられるだろう、って。向こうが勝たなくても裁判はずるずる長引いて、最後には訴訟費用の山が残るそうよ。ガンダーソン一族が払えるなら払わせればいい。でも信用調査報告によると、あの一族の経済状態はよくないらしいの。だから勝ったとしても、賠償金を手にするには何年も――」

「うちがガンダーソンを訴える必要なんてない。記録係が訴えればいいのよ」

レオンが言った。「アラベラがそういう状態だと、まともに話すのは難しいな」

「記録係との友好関係を維持するのはとても大事なの」続けて言い添える。

「この家族でお金関係の責任者は誰？」アラベラが訊《き》いた。

「アラベラよ」

「でしょ？　その点がはっきりしてよかった。この請求書は払わないからね」

「いいえ、払います」

「うちの責任じゃないのに！」

「ママが危なかったから、わたしが行くまで記録局で守ってもらったの。そのあと駐車場で戦闘になって、記録局の職員の車が破壊された。誰かが弁償しなきゃ。シャビエルとガンダーソンは弁償しないだろうし」

「うちの責任じゃない」アラベラが言い張った。「記録局はママを守って当然よ。それが市民としての義務なんだから。ただぼーっとしてるだけが仕事じゃないでしょ」

「壁に話してるのと同じだな」レオンが目玉を回した。

アラベラは殺意に満ちた目でレオンをにらんだ。「少しは交渉してみたの？」

「ああ」

「で、どうだった？ くわしく教えて」

レオンは肩をすくめた。「記録局に行ってマイケルに会った。なんか暗い奴でさ。ベイラー一族を代表して損害賠償の話をしに来たって言ったら、リストをくれた。それを見ると妥当な感じだった。だから謝って、なんとかするって言ったんだ」

「相手はなんて言ったの？」

「何も。しゃべれないのかもしれないな」

「しゃべれるわ」そう教える。

アラベラが背を起こした。「そのリストを貸して。丸めてマイケルのケツに突っ込んでやる」

「やめろ！」「やめて！」レオンと同時に声が出た。

「やめない」

「そんなことしないで。これは上官からの命令よ」わたしは命じた。

「どうでもいい」

「アラベラ、マイケルと戦おうとしたら殺されるわ。恐ろしい人なんだから。死と暗闇そのものよ」

アラベラは顎を上げた。「よかった。ちょっと運動したかったんだ」

どうしよう。この顔つきは知ってる。わたしの言うことなんか聞かない。今は誰の言うことも聞かないだろう。強力な援護が必要だ。

携帯電話をつかみ、ネバダに電話する。ネバダはすぐに出てくれた。通話をフェイスタイムに切り替える。姉は車の助手席にいた。

「アラベラが記録局からの請求書に激怒して、マイケルと決着をつけるって言ってるの」

ネバダは携帯電話のほうに身を乗り出した。アラベラのほうに画面を向ける。

「絶対無理よ」ネバダが言った。

「まあ見てて」

「そんなことをしたら家族全員が危険にさらされる」

「記録係が何をするっていうの？　うちを攻撃する？　それじゃ、ちゃんと列に並んでもらわないとね」

「いいから聞いて」ネバダの声には権威があふれていた。母みたいだ。「ママが怪我《けが》して、ライナスが昏睡《こんすい》状態におちいったことで、あなたはすごく動揺してる。誰かを罰してやりたいだろうけど、記録係を罰するのはお門違いよ。記録係がママを怪我させたわけじゃない。マイケルでもない。それどころかマイケルはママを助けてくれた。カタリーナもコーネリアスもね。アラベラの考えは正しくないわ」

「でもね、ママが怪我をしたのだって正しくないと思わない？」アラベラの声から怒りがいくらか消えていた。

ママはわたしたちを愛してくれるし、子どものころは誰よりも偉大な存在だった。でもみんなが十代になったとき、ネバダもママと同じぐらい面倒を見てくれた。家業を継ぎ、生活を支えてくれた。どう対処していいかわからない悩みができたら、まずネバダに相談して、次に母に相談した。

「うちが片をつける必要があるの」ネバダが言った。「今、この問題はまだお金で解決できるけど、アラベラが衝動のままに動いたら取り返しのつかないことになる。お金が必要ならうちに山ほどあるわ。ママを助けてくれた人が損をせずにすむなら、出したってかまわない」

なんて賢いやり方だろう。

アラベラの態度が変わった。「お金は出さなくていいよ。うちにもあるから」

「バグがシャビエルを捜してるの」ネバダが言った。「あのゲス野郎を見つけたら、コナーがゴキブリみたいにひねりつぶすわ」

「うん、もうわかった」アラベラは片手を振った。

わたしは通話を切った。

「アラベラが間違ってるわけじゃない」レオンが言った。「でもぼくらが正しいってわかるよね」

「うん」アラベラは低い声で言った。「請求書と交渉、ありがとう。支払いはしておく」

「よろしく」

アラベラは立ち上がって出ていった。思ったよりうまくいった。

レオンはタオルに包んだ細長いものをテーブルに置いた。「これ、カタリーナに」

タオルをとると、ライナスが作ってくれたゼロ空間の剣が出てきた。嘘みたい。無事だったんだ。

「ライノの残骸から引っ張り出してきた」

「レオンって最高！」

「そうさ」レオンはまじめな声で言った。「それがぼくがしょってる十字架だ」

ガラスの壁の向こうからバーンが手招きした。

「あっちを見てくる」

「いっしょに行く。ぼくも見たいんだ」

大きなモニターに、レノーラ・ジョーダンのオフィスが映し出された。どっしりした書架、赤いカーテン、ペルシャ絨毯《じゅうたん》。四十代の黒人女性レノーラ・ジョーダンが、再生木材を使った重厚なデスクの向こうに座っている。彼女はただのハリス郡地方検事ではない。決してひるまず、誰にも屈しない、清廉潔白な正義の騎士だ。グレーのパワースーツは鎧《よろい》も同然だった。ヒューストンの有力一族は司法の重要性を認識していて、彼女をその執行官に選んだ。レノーラ・ジョーダンは決して怖じ気《け》づかない。

目の前のノートパソコンを見るその顔は冷静だった。デスクの向かい側には大きな革の椅子があり、アレッサンドロとコンスタンティンが座っている。コンスタンティンはスミルノフの姿に戻っていた。長身だけれど猫背でむっつりしていて、座ったままそわそわしている。これまであんなコンスタンティンは見たことがないから、あれはスミルノフの特徴に違いない。

部屋に丁寧なノックの音が響いた。画面の外でドアが少し開いたらしく、レノーラが顔を上げてうなずいた。部屋に入ってきたのは部下のマットだ。最後にマットを見たのはアレッサンドロを迎えに来たときで、ドレスシャツの袖をまくり上げ、髪は乱れ、顔には無精髭《ひげ》があった。今日のマットは髪をうしろに梳《と》かしつけ、黒いスーツを着て、浅黒い顔はきれいに髭が剃《そ》ってある。まさに成功した若い法律家だ。

マットは部屋に入ると、レノーラのデスクの前にある絨毯の真ん中で足を止めた。「いったいなんの用――」

その目がスミルノフをとらえた。ほんの一瞬、薄い仮面が裂けるように表情が変わった。手がジャケットの中に入る。

アレッサンドロが信じられない速さで駆け寄り、マットの腕をひねり上げた。銃が絨毯に落ちる。まばたきしていたら見逃す速さだ。マットが銃に手を伸ばしたと思ったら、次の瞬間アレッサンドロに腕を押さえられ、体を折り曲げていた。

「ありがとう、〝超一流〟のサグレド」レノーラが言った。「あとは引き受けるわ」

アレッサンドロはマットから手を離し、一歩下がった。

絨毯から太いチェーンが飛び出し、一瞬でマットの体に巻きついた。魔力のこぶしでつかまれたマットの体が六十センチほど浮き上がる。鼻の上の眼鏡は曲がっているけれど、その顔をゆがめる敵意は少しも薄れていない。

マットはレノーラを見下ろしてせせら笑った。「ああ、あんたから見える世界はこんな感じなんだな」

「あなたはこの事務所を裏切った」レノーラが言った。

「そうだ」

「なぜ？」

「もちろん金さ」その顔が険しくなった。「初任給がいくらか知ってるか？　いや、知ってるわけがない。六万四千ドルだ。ここに三年いて、六万八千ドルに上がった」

レノーラは動かない。

マットの顔に血の気が戻ってきた。彼は続けた。

「コロンビア大を出た時点でロースクールの奨学金の返済額が十九万ドル、学士号をとったベイラー大学での奨学金が十万ドル。アパートメントの家賃は月三千ドルもする。メルセデスやアウディに乗った有力一族や〝超一流〟のガキどもが、未成年飲酒だの麻薬の影響下での運転だので捕まるのを毎日見せられて、自分はどうかっていえば、必死に働いてもせいぜいホンダ車止まりだ。笑い物にならないように買うスーツだってカード払いさ」

「そうなの？」レノーラは首を傾《かし》げた。「百七十二ドル」

「なんの話だ？」

「わたしが高校を卒業した年に母がもらっていた毎月の食料切符の額よ。あなたのスーツの話、もう一度聞かせて。着心地はどう？」

マットははっとしたが、我に返った。「わかってるはずだ。あんたは最低の上司だよ、レノーラ。部下の面倒を見ようとしない。だから見てくれるボスを探したんだ。ぼくから何を引き出そうとしてるか知らないが、この頭を守ってる呪文は、あんたの繰り出す魔力じゃ太刀打ちできない」スミルノフのほうを向いてにらみつける。「おまえもうおしまいだ。覚悟しとくんだな」

ドアがさっと開いてネバダが入ってきた。姉はレノーラの隣に立った。

マットの顔から血の気が引いた。

「ミスター・ベンソン」ネバダが言った。

マットは答えない。

ネバダは絨毯の端をつかんで半分に折りたたみ、その下にある黒っぽい床をむき出しにした。チェーンがネバダの前からしりぞくように動いたかと思うと、またマットをまっすぐにした。

「昨夜、シャビエル・セカダがうちの母の脚に金属をたっぷりぶち込んでくれたの」

マットは息をのみ、唇を舐《な》めた。「それは残念だったな」

「同感よ」ネバダはチョークを取り出した。「あなたと腹を割って話したいと思ってる」

携帯電話が鳴った。351から始まる知らない番号だ。今度は何?

バーンに手を振ると、動画をミュートしてくれたので、通話をスピーカーに切り替えた。

「〝超一流〟のベイラーです」

「わたしはクリスチーナ・アルメイダ、アルメイダ一族の〝超一流〟よ」

若い女性で、かすかに訛《なま》りがある。スペインでもなくイタリアでもないどこかだ。

バーンの指がキーボードの上を舞い、検索エンジンが結果を吐き出した。アルメイダ家は、ゴムとコルクで財を成したポルトガルの由緒ある富豪一族だ。

「なんのご用件でしょう」

検索結果の次のページが表示された。クリスチーナ・アルメイダ、〝超一流〟の武器召喚者。戦闘魔術家だ。鎧を召喚したブラーのように、武器召喚者は武器を召喚し、熟練の技術で使いこなす。

「フィアンセを取り返しに来たの」クリスチーナが言った。

「フィアンセ？」

「アレッサンドロ・サグレドよ」

えっ？

ＧＰＳ座標つきのテキストが表示された。

〈疑問だらけでしょうね。それも当然。一時間後にここで会って話しましょう〉

その座標をバーンに見せると、バーンが検索してグーグルマップを表示してくれた。ここから車で十分の公園だ。

アルカンが動いたのだ。思ったよりも早い。

「来る？」クリスチーナがたずねた。

一時間後というのは急だけれど、準備する時間は充分ある。

「行くわ」そう答える。

「よかった。話し合いを楽しみにしてる」

11

「いとこ兼弟としては、この状況が激ヤバってことは指摘しないわけにはいかないな」角を曲がって脇道に入ると、レオンが口を開いた。

「そういう言い方はしないって約束したと思ったけど？」

「〝激ヤバ〟？」

「いとこ兼弟。どちらかにして」

　ヒューストンはタコが触手を伸ばすみたいに都市部を広げているけれど、本部の周囲はまだほぼ手つかずだ。道の両側は野原で、ぽつぽつと農家があり、道路沿いに車の修理屋や動物病院がふいに現れる。兵員輸送装甲車は減速帯をがたがたと乗り越えた。この車は守りは堅いものの、ライノみたいに乗り心地がよくない。あの戦車並みのＳＵＶがなつかしかった。

　レオンはシグ・ザウエルをチェックした。ルナもこの外出に同行すると勇ましく申し出てくれたけれど、まだろくに立てない状態だ。何より、レオンは〝なぐさめがほしい〟と言っている。つまり、誰かの役に立ちたいという意味だ。

「そのフィアンセっていうのは本物？」レオンがたずねた。

「たぶん」

「どういうこと？」

「アレッサンドロの家族が勝手にしたことだと思う。最近頻繁に電話があったし」

「電話って？」

「人前でとらない電話。会話はイタリア語で、いらいらしてるの」

サグレド一族は何世代にもわたって借金を重ねてきた。山のような負債を抱えた彼らは、アレッサンドロを高値で売りたがっている。一族は三度アレッサンドロの婚約を決めたけれど、彼は全部ぶち壊した。四度めの婚約を画策するのも充分考えられることだ。

レオンは顔をしかめた。「間違ってたら教えてほしいんだけど、アレッサンドロって勘当されたんだよね。もう関係ないはずだ」

「そうよ」

「なのに結婚させようとするわけ？」

「もし事情があってレオンが絶縁されたとしたら、もうバーンやアラベラやネバダを心配しなくなる？」

レオンは顔をしかめた。「なるほど、人の気持ちを逆手にとるんだ」

「たぶんね」

　子どものころの経験は、深いところで基本的な性格を決めてしまう。アレッサンドロは、一族の長《おさ》としての立場を立派に引き継ぐこと、サグレドの名を絶やさないこと、債権者を追い払えるような上昇婚をして、一族が一世代分生きながらえるようにすること――それらを幼少期から叩《たた》き込まれてきた。アレッサンドロには一族を守ろうとする本能がある。そういう本能は消えず、強くなるだけだ。ただ、今その保護本能はわたしとうちの家族に向けられている。コンスタンティンと出かける前、アレッサンドロはキスして、ぼくが戻るまで本部を離れないようにと言った。わたしがこのちょっとした会合のために外出したと知ったら、とても心配するだろう。

　残念だけれど、どうしようもない。この脅威がどれほどのものか、確かめておかないと。

「ひどい一族よ。家長はアレッサンドロのおじいさんなんだけど、アレッサンドロのおばあさんもお母さんも逆らえないの。おじいさんはアレッサンドロをお金持ちの娘と結婚させようともくろんでる」

「おばあさんがいるんだ。で、うち程度じゃ金持ちとは認めないってこと？」

「お金だけの問題じゃなくて、何世代も昔から積み重なってきた罪悪感とか、どうでもいいはずの爵位とかが問題なの。おじいさんは、アレッサンドロがリッチな妻とイタリアに戻り、おとなしく一生を送ることを望んでる。自分もアレッサンドロのお父さんもそうしてきたからよ。あの一族の男が引き継ぐべき伝統なの。アレッサンドロが外の世界に出て自分でお金を稼いだら、おじいさんの全人生を否定することになる。だからアレッサンドロの成功を望んでないの」

「自分が苦しんだんだから、一族のみんなもそうするべきだ、ってことか」

「まさにそう」

「理解できない。自分が苦しんだんなら、孫息子には楽してもらいたいって思わない？」

「わたしやレオンがそう思うのは、ろくでなしじゃないからよ」車はまた道を曲がった。

「このタイミングで連絡してくるなんて怪しすぎる。アルカンのスパイをつかまえたら、そのとたんにアレッサンドロのフィアンセが現れるなんて」

「気に入らないな」レオンが言った。

「わたしも」

　この半年、アレッサンドロと二人で、おじいさんから受けるダメージをなるべく大きくしないよう手を打ってきた。でもいくら準備しても、すべての危険を防げるわけじゃない。

　アレッサンドロは何も教えてくれなかった。

「アレッサンドロが尻尾を巻いておとなしく一族のもとに帰るわけないのに」レオンが頭を振った。

「でもあの人たちはそう思ってる」

右側の野原が途切れ、石壁で区切られた新しい分譲地が現れた。道に沿って看板が並んでいる。

ブッシー・クリーク分譲地
四十万ドルより
第一期分譲中
夢の新居へようこそ
左折

曲線を描く石壁の花壇で区切られた、分譲地の入り口が見えてきた。その中に車を入れる。営業事務所を兼ねたモデルハウスを通り過ぎた。
四車線の道は緑の芝生を敷きつめた島にぶつかって二手に分かれている。島は公園になっていて、大きなあずまやの中にピクニックテーブルやバーベキューグリルが並んでいる。入り口に近い住宅はほとんど完成しているけれど、このあたりはまだ建築中だ。骨格だけの家が両側に並び、作業員が木材を運んだり柱に釘《くぎ》を打ったりしている。タコス屋の大きな青いトラックが公園の端に駐《と》まっていて、タコスやサンドウィッチを作業員に売っていた。

トラックをじっと見つめる。

「PTSD?」レオンがたずねた。

「まあね。爆発する気がして」

島を回って向こう側に行き、入り口へ戻る道に面した場所に車を止め、エンジンを切った。道の両側は規則正しい工事の音でにぎやかだったけれど、公園自体には人気《ひとけ》がなかった。

レオンが口を開いた。「カタリーナたちが付き合い出したころは、あいつのこと大好きってわけじゃなかった。ばかばかしい独りよがりでカタリーナを傷つけたしね。でも気が変わった。あいつ、よく働いていつもぬかりがないし、おとぎ話みたいにカタリーナを愛してる」

眉を上げてレオンを見る。

「みんなほしがるけど、一般人には縁がない〝愛〟ってやつさ。あいつはもう逃げないよ」

「逃げる心配はしてないけど、アルカンたちにひどい目にあわされるんじゃないかって心配なの」

ドアを開け、車を降りる。レオンも外に出て、わたしたちはテーブルのそばのベンチに座った。

この会合の手はずを整える間に、バーンがクリスチーナ・アルメイダの素性をざっとチェックしてくれた。アルメイダ一族はポルトガルで七番めに財力のある一族で、クリスチーナは現役世代の中でいちばん若い。あらゆる情報が、彼女が家族に愛されていることを示していた。

アルメイダ一族はほとんど表舞台に出てこないが、武器召喚魔術にはさまざまな種類がある。召喚したもの、現実に存在するものを問わず、あらゆる武器を使用し、肉体をより強い殺戮者《さつりくしゃ》に変化させることができる。速度や力を増す者もいれば、柔軟性を増す者もいる。武器を使って魔力を解き放つ者もいる。

タコスのトラックが窓を開けた。十人以上の作業員が列を作っている。

「来たわ」レオンにそう告げる。

レオンの顔に、ゆっくりと夢見るようなほほえみが浮かんだ。

シルバーのアウディが低い音をたてて道の反対側の端にすっと止まった。引き締まった長身の白髪の男性が運転席から降り、後部座席のドアに回った。その肌は黄土色に近く、顔立ちは短気な彫刻家が石から削ったみたいに鋭い。顔や動作から年齢はわからなかった。ざっくりと三十から五十というところだ。

レオンが『荒野の用心棒』のオープニングテーマを口笛で吹き始めた。

白髪の男がドアを開けると、女性が出てきた。わたしの一歳年上で肌は白く、黒っぽい長髪にはセンスを感じさせるハイライトが入っている。百八十センチ近い長身で、体重はたぶん六十キロ弱、脚も腕もすらりと長い。バランスのいい軽い足取りはフェンシングの選手を思わせる。黒っぽいパンツスーツはぴったり体に合っているけれど、楽に動けるだけの余裕がある。

卵形の顔、大きなグレーの目、まっすぐな鼻筋、ペールピンクの口紅で印象をやわらげた大きめの唇……上流階級の遺伝子を感じさせる、かなりの美人だ。〝ヨーロッパのお嬢さま〟で画像検索したら、きっとこういう顔がいくつも表示されるだろう。大きな目と魅力的な笑顔、顔立ちを強調するのではなく洗練させるメイクをした女性の顔が。

彼女はこちらに歩いてきて正面に座った。白髪の男がそのうしろに立つ。すぐさま魔力を繰り出した。触手がらせんを描いて注意深くクリスチーナのそばをすりぬけ、背後の男に忍び寄る。意思系の能力者じゃない。彼の心に壁はなく、無防備だ。たぶんイージス使いだろう。わたしならイージス使いを連れてくる。

「単刀直入に言うけど」クリスチーナはアクセントのある口調で言った。「アレッサンドロの家族とうちの一族は、取り決めをしたの。うちの一族なら、サグレド家の経済的な期待に応えられるわ」

サグレド家はまたアレッサンドロを売りわたした。予想どおりだ。

魔力の触手の一本で、羽毛のように軽くクリスチーナに触れる。そこにはメンタルディフェンダーの壁があった。

　おもしろい。

「いくら出したんだい？」レオンが訊《き》いた。「最近、〝超一流〟のハンサムなメンタルディフェンダーっていくらぐらいで売りに出されてるのかな」

　クリスチーナはレオンを無視した。「あなたたちが互いに抱いている気持ちは、この取り決めの前では意味がないの。大事なのは一族、義務、そして子どもよ」

　彼女には、玄武岩のようなアレッサンドロの心の強さがない。ランクはもっと下――たぶん〝平均〟だ。メンタルディフェンダー兼〝超一流〟の武器召喚者。パワーアップした武器を召喚できるのかもしれない。

　クリスチーナは椅子の背にもたれ、少し顎を上げた。「彼の一族は絶対にあなたを受け入れないわ」

「あいつは絶縁されてるんだから、そんなこと主張しても無駄じゃない？」レオンが口をはさんだ。

「これは財力だけじゃなく、階級や血統に関する話なの。あなたにはそのどちらもない。そのうえ、サグレド家の者をどう扱うか、あの一族の力関係にどう対応するか、何も知らない。彼の祖父はどうしようもなく不愉快な人よ」

　その点は同意する。

クリスチーナは続けた。「アレッサンドロと結婚してイタリアに行ったら、あの祖父のせいでみじめな目にあわされて、結局は別れさせられるか殺されるわ。アレッサンドロと結婚してここに留《とど》まったら、彼の絶縁は一生続くものになる。母親や妹たちとのつながりも失う。その罪悪感でひどく苦しむでしょうね。一族への義務感がアレッサンドロの弱点で、外見のよさとかセックスのすばらしさがどうせ長くは続かないのは、わたしたちのどちらもわかっていることよ。ヴァギナに魔力なんかない」

レオンがにっこりした。

「ミズ・ベイラー、あなたと違ってわたしには、家族の絆《きずな》を断ち切らずにアレッサンドロを祖父の手から解放する力があるの。アレッサンドロが本当に求めているものを与えられる――地位があり、魔力に恵まれた子どもがいる家族よ。うちの家系はメンタルディフエンダーの魔力に適合しているの。祖母もわたしもメンタルディフェンダーよ。よかったらわたしの心を試してみて」

なんだか笑ってしまう。

「わたしたちの子どもは強力で、将来も保証されているわ。うちの一族が全力をあげて訓練するからよ。アルメイダの名に恥じない子どもたちになる。あなたとアレッサンドロの子どもは、遺伝的な奇跡で才能に恵まれたとしても苦労するでしょうね。彼を解放して。愛しこれまでずっとアレッサンドロが持っているふりをしていたものを持たせてあげて。愛してるなら、彼にとってできるだけ痛みが少なくなるよう、力を貸して。アレッサンドロがここにいるべき人間じゃないのはあなたもわかってるはずよ」

わたしはレオンのほうを向いて言った。「〝一族が全力をあげて訓練する〟っていうところ、聞いてた？」

「うん。性悪ジジイが死ぬまでは話を合わせて、そのあとはサグレド家を自分たちの一族に取り込むつもりなんだろうね」

「結局はわたしが勝つ」クリスチーナが言った。「あなたの力を録画で見たわ。効果を出すには魔方陣が必要だし、剣の腕も未熟。肉体も魔力も一族の力も、わたしとは比べ物にならない。この件をさっさと片付けられるなら、交渉に応じるつもりよ。金額を言ってくれればこの不愉快な話し合いは終わる。賄賂とは思わないで。自己犠牲の精神的な痛みを理解する者からのサポートと思ってくれればいいわ」

なんて子どもっぽい人だろう。

レオンに向かって言った。「もういいわ。これで知りたいことは全部わかったから」

「わたしがどれほど譲歩したと思ってるの？」クリスチーナの語気が強くなった。

「そうよね。だからそのお返しに教えてあげる。一族同士の血で血を洗う抗争のまっただなかに、今あなたは飛び込んできた。わたしの敵におとりとして利用されたのよ。アレッサンドロがあなたといっしょに行くことはありえない。あなたの前にも三度結婚を断ってるし、誰かの指図に黙って従うような人じゃないの。あなたといっしょにおとなしく出国すると思ったら大間違いよ。大人の人間関係がわかってないのね」

クリスチーナの頬が怒りで赤くなった。

「車に戻って飛行機に乗り込んで、家に帰りなさい。身のほど知らずな行動だし、ここに留まるつもりなら安全は保証できないわ。うちの戦力はすべて一族を守るために使ってるから、あなたの護衛に人員を割くわけにはいかないの」

「護衛なんかいるもんですか」クリスチーナが吐き出すように言った。「わたしは〝超一流〟なのよ！」

「ここにいる全員がそうよ。これ以上は時間の無駄ね」そして白髪の男性を見上げて言った。「この人を連れて帰って。ここにいると危ないし、この戦いには無関係だから」

クリスチーナが立ち上がった。「それなら今ここで決着をつけましょう」

「決着って、なんの？　アレッサンドロ・サグレドなら、わたしが心に触れた瞬間気づくわ。ここに来てからずっとあなたの心を探ってたのがわかった？」

ほぼ同時に三つのことが起きた。クリスチーナの手に黄金の細い長剣が現れた。白髪の男が手を大きなかぎ爪に変化させ、飛び上がった。レオンが一発撃った。

男が脇腹を押さえてテーブルの上に倒れ込む。その手が血に染まっている。

クリスチーナがあとずさった。

「死にはしないよ」レオンが言った。「一時間以内に病院に連れていけば、だけど」

クリスチーナの目が丸くなった。攻撃したときに男が自分のほうを向いていたから、撃たれるなら正面のはずだと気づいたらしい。ところが男はうしろから撃たれていた。レオンが何を使って銃弾を跳ね返らせたのかわからないけれど、恐ろしい腕前だ。

「はっきり言っておくけど」今度はトレメインの声ではなかった。ベイラー一族の〝超一流〟として、監督官代理としての自分の声だ。「ここはわたしのなわばりよ。わたしが許さない限り、生きては帰れない。うしろを見て」

クリスチーナはゆっくりと振り返った。

すべてが動きを止めた。工事の騒音も、人の話し声も消えた。二十人を超える作業員とタコス屋の女性がこちらを見ている。その顔は全部わたしだった。

クリスチーナは口を開いたが、言葉が出てこなかった。

「帰って。これが最後よ」

わたしの顔をした作業員が二人歩いてきて、白髪の男を抱き上げ、アウディへと運んでいった。三人めのがっしりした作業員が来てわたしの隣に立った。二人の作業員は負傷した男を車に押し込んでいる。クリスチーナは彼らを見つめ、わたしを見て、また車のほうを見た。一人が運転席のドアを開け、片手で優雅にこちらへと合図している。

「どうぞ」作業員はわたしの声で言った。

クリスチーナの長剣が消えた。こちらに憎々しげな目を向けると、彼女は車へと走っていって運転席に乗り込んだ。アウディは猛スピードで走り出し、ピクニックエリアを回って銀の弾丸みたいに分譲地から出ていった。

「うしろから撃ったの？」レオンにたずねた。

「ちょっと凝ったことしてみようと思って」レオンが答えた。

がっしりした作業員の体がみるみるうちに細くなり、エレガントな姿に変わる。

「いろいろ考えると、うまくいったんじゃないかと思うね」

オーガスティン・モンゴメリーがそう言った。

12

オフィスの前で、アレッサンドロが腕組みして待っていた。バーンに確認して、わたしが誰に会いに行ったのか聞いたのだろう。でもバーンは頼んだとおり行き先は言わなかった。

攻撃は最大の防御だ。

車を駐《と》め、アレッサンドロのそばまで歩いていって頬に軽くキスする。

「あなたのフィアンセのこと、怒ってないから」そう言って脇を通り過ぎ、オフィス棟に入る。

アレッサンドロが我に返るまで三秒かかった。こちらがデスクに座ったとき、ようやくオフィスのドア口に現れる。

「本部を離れたね」アレッサンドロは中に入ってドアを閉めた。

「ええ」

「待っているように言ったのに、出ていった。護衛の部隊もつけずに」

「レオンとオーガスティン、それに二十人ぐらいのモンゴメリー国際調査会社のスタッフがいっしょだったわ。わたしが行く前に現地の安全を確保してくれたの」

コンスタンティンが電話でロシア帝国との契約について祖国に許可をとる間、わたしはアレッサンドロとモンゴメリー国際調査会社を使うことについて話し合った。あちこちに身を隠しているアルカンのスパイをいっせいに叩《たた》くために、モンゴメリー国際調査会社のスタッフの手を借りたいと思ったからだ。この作戦には人手が必要で、うちだけでは足りない。クリスチーナのためにお芝居してもらうのをオーガスティンに頼むのは急な決断だったけれど、彼は力を誇示するのが好きだだし、得意でもある。

アレッサンドロは首を振った。「そういうことを言ってるんじゃない。きみには関わってほしくなかった」

「それなら話してくれればよかったのに。〝ぼくの秘密のフィアンセには絶対に会うな〟なんて一度も言わなかったじゃない？」両腕を広げて言う。

「彼女はぼくの秘密のフィアンセじゃない」うなるような声だ。

「じゃあ本人にそう言って。こっそり何度も電話してたでしょう？」

アレッサンドロはイタリア語で毒づいた。

「どうして言ってくれなかったの？」

「自分自身で解決すべきトラブルだからだ。ぼくが背負う重荷だよ。きみたちには絶対に会ってほしくなかった。アメリカには来るなと、クリスチーナ本人にも母にも言っておいたんだ」彼は髪をかき上げた。「ぼくらの関係を邪魔しようとする家族のたくらみに負けるつもりはない。ぼくがなんとかする。もう二度ときみの邪魔はさせない」

わたしは顔をこすった。いったいどう言えばわかってくれるだろう。

「きみのことは絶対に――」

「本部を買い取って改修するために、あなたは何カ月も倒れそうになるほど働いてくれた。言ってみれば、これはわたしの重荷よ。そしてこの抗争自体がわたしの重荷。副監督官じゃなかったら、うちの家族がこんなことに巻き込まれることはなかったからよ。あなたはわたしの重荷をいっしょに背負ってくれるのに、わたしはあなたの重荷を背負えないの？」

「それとこれとは話が違う」

「違うって？」

「とにかく違うんだ」

「それじゃあ、このちっぽけな脳みそでも理解できる言葉が見つかったら教えて」

「こんなことはもう二度と繰り返さない」

体を思いきり揺さぶってやりたい。「あなたに怒ってるの」

「わかってる」

「本当にわかってるとは思えない」

「きみが怒ってることを認めた書類に、立会人二人が署名したものを用意しようか？」

「いいえ。あなたの家族が無理を押しつけてきたら、それを知らせてほしいの。あなたを愛してるから、つらいときは言ってほしい。何かあったときはすぐわかるし、心配もする。あなたがあの人と出ていくと思ったから会いに行ったんじゃないわ。アルカンのスパイをつかまえたとたんにどこからともなく彼女が現れて、フィアンセを迎えに来たと言い出したからよ。脅威を評価するために行ったの。彼女が来たのが偶然なのか、それともアルカンがサグレド一族に圧力をかける方法を見つけ出して、その結果いろんなことが連鎖的に起きたのか――それは今でもわからない。あなたが何も言ってくれないのは、助けを求めるのをプライドが許さないからかもしれないし、なんの力もない役立たずのわたしからサポートを受けたくないからかもしれない。でもせめて礼儀のうえだけでも、こういう最低な事態が起きてるって教えてもらえない？」

アレッサンドロは両手を前に出してあとずさった。

携帯電話が鳴った。怒鳴らないよう自分を抑えて出る。「もしもし？」

「〈スパ〉から電話があったわ」パトリシアの声だ。

〈スパ〉――別名シェナンドア刑務所は、罪を犯したセレブのための場所だ。背筋が冷たくなった。

「事故があったらしくて、おばあさまが負傷した」

〈スパ〉の中央通路を我が物顔でつかつかと歩いていく。周囲の人はわたしの顔を見て道を空けた。

正直に言うと、それはたぶんわたしじゃなくて隣のアレッサンドロのせいだろう。邪魔する者は踏みつぶすと言わんばかりの顔つきだからだ。

少し前に〈スパ〉に電話し、暗い声をした刑務所の副所長と話した。彼女がまるで市場でリンゴを品定めするみたいに慎重に言葉を選んで話すので、倍も時間がかかった。祖母は襲撃を受けて怪我《けが》を負い、医務室に運ばれた。この事件で少し動揺しているようなので、ヴィクトリア・トレメインが激怒しているので、お願いだから早く来てなだめてほしい。誰かの〈スパ〉としては喜んで通常の訪問手続きを省略するという。翻訳するとこうだ。ヴィク脳が耳から流れ出す前に。

電話を切ったあと、家族に〈スパ〉に行くと告げ、アレッサンドロは同行すると宣言した。わたしたちは喧嘩《けんか》をやめて、八人の護衛とレオンといっしょに、装甲バスと軍用ハンヴィーでここに来たのだった。今レオンは護衛たちといっしょに刑務所のゲートの前で待っている。ゲートの守りを固めるため、そしてレオンが〈スパ〉を見て〝ここはヤバい〟と言ったためだ。

コンスタンティンもいっしょに行くと言ったけれど、すぐにあきらめさせた。祖母のことだから、コンスタンティンの頭の中をいじりかねない。ロシア大使館との会話が頭に浮かぶようだ。〝皇子をお返しします。本当に残念なんですが、まともに話せなくなってい て……〟

角を曲がり、医務室に入る。看守が一人、前に立ちふさがった。

「〝超一流〟のトレメインの面会に来た〝超一流〟のベイラーよ」

「右側の二番めの部屋です」

右に曲がり、アレッサンドロが二番めのドアを大きく開けた。邪悪な祖母が病室のベッドに寝ていた。頭に包帯が巻かれている。メイクは少しも乱れず、白いカフタン風ブラウスと白いパンツはしみ一つない。こちらをじろりとにらんだ目は、ペールブルーの二つのダイヤモンドみたいに鋭く冷たかった。人間の姿をした番犬トレヴァーが、高価な黒いスーツ姿でベッドのそばに無表情のまま立っていた。短髪でサングラスをかけた正体不明の政府のスパイが必要なら、彼をおいてほかにはいない。

「ノックぐらいしてもよさそうなものね」祖母が言った。

アレッサンドロはドアのほうに振り向き、内側をノックした。

「賢いつもりかしら」

祖母の目つきはしっかりしていたけれど、声には張りがなかった。襲撃でショックを受けたんだろう。

　わたしのせいだ。祖母を力に満ちた難攻不落の城だと思い込んでいたせいで、安全を守ることをすっかり忘れていた。祖母は無限の魔力の源だ。でも今こうしていると、ずっと弱さを隠し続けてきた七十代のおばあさんにしか見えない。

　罪悪感がのしかかる。家族のことなんかなんとも思っていない厄介者の叔母をわざわざメキシコで保護したのに、たった一時間のところにいる、わたしたちの生死を気にかけている祖母についてはすっかり忘れていた。

　トレヴァーのほうを向く。「何があったの？」

「奥さまは庭で襲われました。女性看守に棒で後頭部を殴られたんです」

「その女は死体置き場で冷たくなってるわ」ヴィクトリアが言った。「問題は解決したから、あなたに連絡をとる必要も、駆けつけてもらう必要もなかったのだけど」

　クリスチーナが現れたのは、こちらがマットをつかまえたことに対するアルカンの仕返しだと思っていたけれど、間違いだった。アルカンは祖母のほうを狙ったのだ。あらかじめ計画しておいたんだろう。電話一本で計画は実行された。看守がもう少しすばやいか、もう少し強く殴っていたら、祖母は死んでいたはずだ。

　祖母のことはよく知っている。襲撃犯から残らず情報を絞り出し、心を握りつぶしたはずだ。わたしに何もたずねないところを見ると、襲撃犯からはあまり情報を得られなかったようだ。誰に雇われたのかすら知らなかったのかもしれない。今祖母は、これまでの所業のどれが自分の身に跳ね返ってきたのだろうと考えているはずだ。

家に連れて帰らないと。

「おばあさま、ここは安全じゃないわ」

ヴィクトリアは鼻で笑った。「ばかなことを」

携帯電話が鳴った。専属弁護士のセイブリアンからメッセージだ。

〈手続き完了〉

「ここから連れ出そうと思うの」

「とんでもない」祖母はぴしゃりと言った。「誰にもどこにも連れていかせませんよ。ここにいると自分で決めたんだから」

祖母は、看守を雇った者がもう一度襲ってくるのを確信している。誰がうしろで糸を引いているか確かめるために、次の襲撃を期待している。

「シニョーラ・トレメイン」

アレッサンドロがイタリア風に呼びかけた。その声はやさしく、きっぱりとしていて理性的だった。礼儀正しく接したほうがよい反応が返ってくると判断し、自分の持てる力すべてをつぎ込んでいる。

「我々はイグナット・オルロフに狙われています。あなただけじゃない、ベイラー一族全員が危険なんです。そしてあなたは弱点として攻撃されている」

祖母は刺すような目でこちらを見た。その魔力がわたしの心を締め上げる。「ロシアの元暗殺者がいったいなぜあなたの一族を狙うというの？」

「人前では話せない内容だから、本部に戻って安全を確保したら喜んで話すわ。うちの弁護士が、医療のための緊急措置として仮釈放の手続きをとったの」

これにはいろいろ下準備が必要だったものの、祖母の刑期は残り半年だけだったし、こういうことがあるのは予期していた。書類は全部用意してあり、必要事項を書き加えるのに時間はかからなかった。〈スパ〉は祖母を厄介払いできて喜んでいる。

「装甲車を用意しています」アレッサンドロが言った。「不快な思いをせずに移動できますよ。ここに留《とど》まる限り危険は去らないし、ベイラー一族はあなたを失うわけにはいかない。あなたの知恵と導きがなければ一族として生き残れませんからね」

わたしの心をつかむ力が強くなった。祖母の目がこちらをにらみつける。その視線を受け止めるのは、まるで太陽を見つめるようなものだ。用心しないと、目を突きぬけて心まで焼かれてしまう。

「質問に答えなさい」

「おばあさま……」懸命に口を開いた。

身を乗り出した祖母はまるで猛禽《もうきん》のようだ。「何を隠してるの？」

ほかにどうしようもない。

「トレヴァー、おばあさまが危険なの」

トレヴァーから見えないこぶしのように魔力が放たれ、祖母に襲いかかった。祖母は白目をむき、ベッドに倒れ込んだ。トレヴァーがその体を抱き上げる。安心させるように彼に力を送ると、彼とわたしをつないでいた魔力の蔓《つる》が脈動した。

「こっちよ」

アレッサンドロと医務室を出る。祖母を抱いたトレヴァーは二歩うしろからついてきた。まるでこちらが疫病の患者を運んでいるみたいに、警備員は目をそらして脇へ避けた。

「トレヴァーを抱き込んだのか?」アレッサンドロがイタリア語でささやいた。

「ええ」

「いつ?」

「ヴィクトリアが彼を連絡係として送り込んでくるたびに、少しずつ」

「あの人が目を覚ましたら大変なことになるな」

「覚悟はできてる」

オフィスに入ってドアを閉め、デスクに座って深呼吸する。祖母は二階の寝室に寝かせた。まだ意識を失ったままだ。重荷と秘密のフィアンセについてアレッサンドロとまた話し合う気だったのに、パトリシアが来てアレッサンドロを連れていってしまった。彼に見てほしい警備上の緊急事態が発生したという。

ちょうどよかった。少し頭を冷やす時間ができた。

じっと画面を見つめる。今朝はいろいろありすぎて、消化する暇もなかった。

デスクの上のアロマキャンドルに目をやる。〝落ち着きと平穏〟の香り。そう、今必要なのはこれだ。いちばん上の引き出しを探ってライターを取り出し、キャンドルに火をつけ、眺めた。普通落ち着きをもたらすキャンドルはラベンダーの香りだけれど、これはバニラにかすかなシナモンが混じり、神経をなだめる温かな香りがして、ケーキ作りとネバダを思い出させた。

ネバダ……。

キーボードをタップし、ビデオ通話を立ち上げる。電話でもよかったけれど、直してあってもまだ心配だった。もちろん、パソコン経由の通話のほうが安全というわけでもない。

画面にネバダが現れた。髪をゆるく編み込んでいる。家の二階にある危機管理室で大きなソファに座っている。画面からは、ネバダとコーヒーテーブルの端っこがよく見えた。タブレットを使っているみたいだ。

映ってはいないけれど、たぶんバグがモニターの壁の前に座っているはずだ。アーサーはネバダの隣で寝ていて、黒っぽい髪が姉の膝にのっている。誰かがかぎ針編みのブランケットをかけてあげたらしい。ローガンのお母さんが孫息子のために編んだブランケットだ。アーサーはいろんな色のブランケットを一揃《ひとそろ》い持っている。

「どうしたの？」姉が言った。

「今、だいじょうぶ？」

「ええ。ここにいるのはバグだけで、バグはヘッドホンをしてるから」ネバダはマグを口元に運び、一口飲んだ。

「何を飲んでるの？」

「ミルク入りウーロン茶。落ち着くわよ。カタリーナも好きだと思う。今度の件が片付いたら、持っていってあげる」

「マットの件、手伝ってくれてありがとう」

「いいのよ、お礼なんか。地方検事事務所をよけいなことで悩ませたくないし、貸しも作っておきたいから」

「いい情報は手に入った？」

ネバダの笑顔は恐るべき尋問者そのものだ。「あの男は情報の宝庫だったわ」

あたりさわりのない会話のたねが尽きてしまった。本題に入らなければ。

「ライナスの意識がまだ戻らなくて」

ネバダはため息をついた。「あの人は簡単に死ぬようなタイプじゃない。まだ呼吸してるなら、希望はあるわ」

「ライナスはUSBメモリを残してた。〝これを見てるということは、わたしはもう死んでいるわけだ〟みたいな動画が入ってたわ。わたしがうっかりして水に入れたから、今はバーンの乾燥機の中だけど」

「ふうん」

「ライナスはわたしたちの祖父だって言ってた」

ネバダはウーロン茶を飲んだ。

「驚かないのね」

「うすうすそう思ってたから」

「筋の通った理由もないのに、いつもわたしたちのことを心配してたから？」

ネバダは首を振った。「パパのことはどれぐらい覚えてる？」

父が亡くなったとき、わたしは十二歳だった。「どういう意味？」

「パパの顔を思い出せる？」

思い出そうとしてみた。父がいたことは覚えているし、部屋にいるときの感じも金髪も思い出せるけれど、その顔は……ぼやけている。罪悪感に襲われた。父親の顔を忘れるなんて。

「サーバーの〝写真〟の中に、〝ママとパパの結婚式〟っていうフォルダーがあるはずよ」

ネバダが言った。

画面を半分に分割し、フォルダーを見つけ出してスライドショーを再生した。白いドレスを着て笑っている母。とても若い。わたしたちの姉妹と言っていいほど、まだ子どもに見える。そう思うとなぜか落ち着かなかった。隣にいる父はりりしい顔つきでほほ笑んでいる。子どものころの思い出がどっとよみがえった。今は父の顔を思い出せる。

ネバダが少し身を乗り出して携帯電話をとり、操作した。

こちらの携帯電話が鳴った。

アーサーが身じろぎして、コーヒーテーブルの上のリモコンが浮き上がった。ネバダはそれを引ったくってテーブルに戻し、なだめるように息子の頭を撫《な》でてまた寝かせた。

「今も寝ている間に物を動かすの?」

「ええ。投げるのはやめたから、それはありがたいわ。携帯電話を見て」

画面を見ると、ネバダから画像が届いていた。黒っぽい髪の若い兵士が笑っている。その手には奇妙な銃……。

「これ、ライナスね!」

ネバダはうなずいた。

似ているのが一目でわかった。父はまさに金髪バージョンのライナス2・0だ。少し背が低く、顔立ちが繊細だけれど、目も鼻も笑顔も同じだった。

「二年前に気づいたの」ネバダが言った。「ライナスとコナーは、ある退役軍人のためのチャリティの大口寄付者だった。そのチャリティで直接話し合いが必要なプロジェクトがあって、コナーと二人で出かけたの。そのとき、軍務経験のある寄付者の写真が一面に飾られててね。それを見てたら、髪の色が違うパパがいた。信じられない瞬間だったわ」

携帯電話の画像をじっと見つめる。じゃあやっぱり本当なんだ。心のどこかではまだ疑っていて、ネバダがそんなばかなと言ってくれることを少し期待していた。

「どうしてライナスは教えてくれなかったの？」

「さあね。ライナスなりの理由があったんでしょう。パパの生まれは複雑だから」

ヴィクトリア・トレメインは子どもをほしがっていたけれど、妊娠を継続できない体質だったので人工授精と代理母に頼った。本人の話では、ある〝超一流〟にお金を払って父親役を頼んだらしい。でも代理母になってくれる〝超一流〟は見つけられず、祖母は恐ろしい罪を犯した。昏睡《こんすい》状態のベルギー人女性の体に胎児を埋め込んだのだ。その女性は最初の〝ケルンの野獣〟で、最後の変身で理性を失ってしまっていた。

父は四つの魔力の遺伝子を受け継いだ。母親から尋問者、父親からセイレーンとヘーパイストス、移された子宮の持ち主からは〝ケルンの野獣〟の変身者《メタモルフォシス》。アラベラの能力は、胎児母体間マイクロキメリズムの産物だ。

複雑の一言ではとても言い表せない。

「話はそこで終わらないの」ネバダはタブレットのうしろに手を伸ばし、画面の前にある物体を持ってきた。その一部となっている木製の道具には見覚えがあった。

「それ、かせくり器？」

「そう。中心部はね」

かせくり器というのは、かせにした毛糸を玉に巻くために使う、木製の傘の骨みたいな道具だ。でもこれにはミシン糸とフック型に曲げた奇妙なワイヤーがついていて、そのフックには虹色の糸を輪にしたものが引っかけてある。

「アーサーが作ったの」ネバダが言った。

「どういうこと？」

「大人が話し込んでいたとき、そばでアーサーをベビーチェアに座らせておいたの。そしたら話している間におばあちゃまのかせくり器と裁縫箱をこっそりとって、コナーが気づいたときにはこれを空中で組み立ててたのよ」

とてもカラフルな道具だ。

「道具を作ったことは前にもあったわ。意味のない小さなものとか」

ネバダの口調には含みが感じられた。

「これには何か意味があるの？」

「動くのよ」

「どういうふうに？」

ネバダは複雑なかせくり器をまっすぐ持ち上げ、その一部を引いた。青い糸が空中に飛んだ。かせくり器が回り、恐ろしい速さで輪っかを発射する。

あれは糸じゃない。なるほど！

「アーサーはかせくり器と糸で、輪ゴムのマシンガンを作ったってこと？」

「画鋲《がびょう》も使ってる」

ライナスは手を使わないと武器を作れない。魔力で部品をくっつけることはできるけれど、狭い範囲での話だ。もしアーサーがヘーパイストスなら、部品を念力で持ってくることができる……すごい。

「だいじょうぶ？」ネバダはだいじょうぶには見えなかった。

姉は輪ゴム銃を見つめている。「だめ。だって画鋲よ。先が尖《とが》ってる。触っちゃだめなはずなのに、こうやって曲げて小さなフックにしてるの」

「弾にしなかったのが不幸中のさいわいね」これを言ったのは失敗だったかもしれない。

「アーサーはまだほとんどしゃべれないのに、張力と動く部品を利用してちゃんとした武器を作ったのよ。念動力があるのはわかってる。これからどういうふうに発達していくのか、どんな危険があるのかもわかる。でもヘーパイストスの魔力がどんなものかは、何も知らないの。ライナスにはなるべく早く目覚めてもらわないと。本人のためにも、わたしたちのためにもね。もし目覚めても、殺しちゃだめよ、カタリーナ」

ネバダの言葉に一瞬ぞっとして、とっさに画面から体を離した。「どうしてわたしがライナスを殺すの？　何か隠してる？」

「カタリーナはアラベラに隠し事をするでしょ？」

たしかにそうだ。

「姉っていうのは、大義のために隠し事をしなきゃいけなくなるものなの。ライナスを殺さないと約束して。ライナスにはうちの息子を助けてほしいから」

「ライナスが目を覚ましても殺さないって約束する」

ネバダは満足してうなずき、輪ゴム銃を下ろした。

二人の目が合う。

「冗談はともかく、アラベラにライナスがおじいちゃんだって教えたほうがいい？」

ネバダはため息をついた。「どうして？」

「アラベラも知るべきだと思うから」

「家族の友人を失うのと、これまで知らなかった祖父を失って、そのあと死ぬまで後悔と答えのない問いを抱えて生きていくのと、どっちがいいと思う？」

頭の中でその言葉を繰り返した。

「ネバダの言うとおりね。ただ、嘘をついてるみたいな気がして」

「アラベラはママが怪我したこととナイトブルームの件でまだ動揺してる。今はそれだけで手いっぱいよ」

「どうしてナイトブルームのことを知ってるの？」

ネバダは身を乗り出し、目に力を込めてささやいた。「わたしはなんでも知ってるの」

画面が暗転した。

跳ぶように立ち上がると、わたしはオフィスのドアから出て本棟に向かった。どうしても何か料理しないと気がすまなかった。

鶏《とり》の腿肉を並べたトレイをオーブンに入れる。しょうゆ、ライム二個分の果汁、手製のスイートチリソース、その他スパイス類を混ぜて一時間マリネしておいた。一晩置かなければちゃんとしたマリネとは言えないと考える人も多いけれど、実際、たいていの肉は一時間で充分だ。

本棟のキッチンは静かだった。キッチンはわたしの聖域。今はどうしてもこの聖域が必要だった。

トマトをいくつか洗い、カッティングボードをアイランドカウンターに持っていって、お気に入りのナイフを取り出した。

携帯電話が鳴った。ウォール捜査官からだ。やっと連絡が来た。

「当局はこの件を厚意で引き受けた」ウォール捜査官が言った。

いきなり本題だ。

「そして、偽の犯罪現場を調べて偽の記者会見を開かされた。この四十八時間で魔力で骨抜きにされ、吹き飛ばされ、有毒ガスを吸わされ、パートナーにののしられた」

「一瞬、呼吸も止まったのよ」

「いい話を聞かせてくれないか、〝超一流〟のベイラー。忍耐が限界に近づいてるんだ」

「じゃあ、これで貸し借りなしにしましょう」今朝書いておいたメールの下書きを送る。

「貸し借りは関係ない。ガキの喧嘩じゃないからな。わたしは法を守る捜査官だ。違法行為を見つけ出し、止めるのが仕事だ」

「メールをチェックした?」

長い沈黙があった。携帯電話をスピーカーモードにして、トマトを刻む。

「これは合法なのか?」

「ええ」

たった今送ったのは、五億ドル分の違法行為だ。アルカンのアメリカ国内の口座、そして資金洗浄、脱税、国際的なブラックリストに載っている人物との資金のやりとりを示す証拠が並んでいる。コンスタンティンは約束以上の働きをしてくれた。

「どうやって手に入れたのか、訊《き》いてもいいのか?」

「匿名の情報源から、とだけ言っておくわ。下までスクロールしたら、ファイルの最後にメモがある。とくに興味深いのが三番めよ」

三番めに書かれている金の流れというパンくずを追っていけば、アルカンからルチアナ・カベラへの支払い記録が見つかるはずだ。

また沈黙があった。

「説明してくれ」

「この回線はどれぐらい安全？」

「きわめて安全だ」

それには議論の余地があるものの、必要なものを手に入れるには話を合わせるしかない。

「五年前、〝超一流〟の集団が、オシリス血清のサンプルを盗み出すアルカンに資金を提供したの」

「続けてくれ」

ことの重要性を理解している口調だった。この窃盗事件に関しては、何もかも注意深く扱わなくてはいけない。アメリカ評議会とアメリカ政府は盗まれたこと自体を認めようとしなかった。国際的な影響が大きすぎるからだ。この情報を明かすのは相手への多大な信頼を意味する。ウォール捜査官はそれがよくわかっていた。

「ルチアナ・カベラもその一人だった」

「なるほど、数年前にカベラが何度か奴《やつ》に支払いをしたようだな」

ルチアナはとても慎重だったけれど、アラベラとバーンは複雑なお金の流れを解きほぐすのがうまい。

「同じ口座からカベラに支払いがおこなわれたあともある。これはなんだ?」

「配当金よ」

アルカンは、改良した血清から得た利益を分配していた。投資家は全部で五人。数年前、ローガンとネバダがある陰謀を封じたとき、そうとは知らずにそのうちの二人を倒した。ライナス、アレッサンドロ、わたしの三人がさらに二人を倒した。カベラは残りの一人だ。

「この口座を凍結できる?」

「できる。ああ、できるとも。時間と、それなりの人材が必要になるが」

「どれぐらいかかる?」

「丁寧にやるとしたら二日か三日。大至急というなら二十四時間だ」

「それなら大至急がいいわ。終わったら教えてくれる?」

「もちろんだ、カタリーナ」

カタリーナ、か。ファーストネームで呼び合う仲になった。

「用心しておけ。アルカンは反撃してくる」

「それが狙いよ。それから、今モンゴメリー国際調査会社がアルカンのスパイをあぶり出そうとしていて、いっせいに叩く予定なの。あなたも協力する？」

「ここではっきり言っておくが、ＦＢＩはモンゴメリー国際調査会社の補佐をするつもりはない。この件で補佐役を務めるのは向こうだ。こっちが捜査を主導する。もちろんベイラー一族をのけものにはしない」

短い間があった。

「それから、今後も協力するという信頼のあかしとして一つ情報を提供する。アラスカで動きがあったそうだ」

どういう意味だろう？

「気をつけろ」

ウォール捜査官は通話を切った。とりあえず感謝しておこう。

今のはサンダースのこと？　アラスカにいるアルカンの手下はサンダースだけだし、もう呼び寄せたのもわかっている。あいつにはアレッサンドロとわたしを殺したいと思う個人的な理由がある。

刻んだトマトをボウルに入れる。次は黄色いトマト、みじん切りにしたたまねぎ、コリアンダー、塩、ライムの果汁少々。

アラベラがキッチンに入ってきて、どすんと座った。「記録局への支払いが完了したって言いに来たの」

「早かったのね」

「たった十四件だったから。全員に連絡して、送金して、うちの全責任を免除するという書類にサインしてもらった。駐車場の修理は記録局がやってくれることになって、うちはその分を一括で支払ったの」

必要となれば、妹は怖いぐらい有能になる。

「それからさ、ライナスの様子を見に行ったとき、邪悪なおばあちゃんが隣の寝室の魔方陣の中で気絶してて、どんなに驚いたかわかる？　ちゃんとバスルームも使えるようにしたなんて、ほんと気がきいてる」

あの魔方陣はとても手が込んだものだ。ネバダとアレッサンドロにテストしてもらいながら、かなりの時間をかけて作った。あの部屋は、祖母を閉じ込めることを念頭に置いて設計されている。二カ月前、家の改修が最終段階に入ったとき、祖母に食事を運べるよう小さなエレベーターまで設置した。

「ごめんね。話す時間がなくて」

「本部を守れって言ったくせに、予備の寝室にドラゴンを入れたのを教えてくれないなんて、どういうこと？」

「ほんとにごめん」

「ソフトタコス、作るの？」

「ええ」

「ステーキもある？」

冷蔵庫を開けて大きな容器を取り出し、特製のファヒータ用マリネ液に漬け込んである数キロ分のハラミ肉をアラベラに見せた。マリネ液はたまねぎ、梨、からみのアクセントになるスパイス、にんにく、ウスターソース、ライム果汁、しょうゆをブレンダーにかけて作ったものだ。

アラベラの目が輝いた。「許してあげる」

「今回の支払い、うちの予算に対してどれぐらいの打撃だった？」

「予想外の大出費よ。緊急用の資金は全部なくなった。毎食ラーメンにする必要はまだないけど、毎食ベイクドポテトはありかも」

「じゃがいものほうがラーメンより安いんじゃない？」

「バター、塩、チーズ、調理時間を考えたら高くつく」

さっき作ったピコ・デ・ガヨを二つのボウルに分け、マンゴーをむく。マンゴーピコに関しては家族の意見は真っ二つに分かれる。半分は大好きで、半分は大嫌い。どちらも自分たちの好みが受け入れられないと怒り出す。

遠くでいっせいに犬がわんわん吠《ほ》える声が聞こえてきた。

アラベラがうめく。

鳴き声は近づいてきてやんだ。コンスタンティンがキッチンに入ってきて、渋い顔でアラベラの隣に座った。ルースターがとことこ近づいてきて、その足元に座る。皇子は片手で顔をおおった。いらだっていても驚くほどハンサムだ。フリーダおばあちゃんがここにいたら何枚も写真を撮っていただろう。〝後世に残すため〟とか言って。

「ようこそ殿下、それから忠実な番犬も」アラベラが声をかけた。

コンスタンティンは陰気な目でアラベラを見やった。

ルースターは座ったまま尻尾を振り、コンスタンティンの顔を見つめたまま、そばににじり寄った。

「地獄の番犬だよ」

「外見を変えなきゃルースターも静かにしてるはずよ」アラベラが言った。「わたしがあなたの立場なら、ありがたいと思うけどどな。だって好きでいてくれるのはルースターだけだもん」

「外見を変えようとしたわけじゃない。顔にかかった髪をブラシでかき上げただけだ」

「あっそう」アラベラはうんざりした顔をしてみせた。

コンスタンティンがアラベラのほうを向いた。「どうしてぼくが嫌いなんだ？」

「母が怪我をして、姉が怪我をして、おばあちゃんが怪我をした以外に、四十七万二千もの理由があるからよ。それに、自分のことをすごいって思ってる。自分の国じゃそうかもしれないけど、ここじゃオーガスティンのほうが全然すごいんだから」

家族の中でモンゴメリー国際調査会社といちばん頻繁に関わっているのがアラベラだ。向こうに案件を渡すこともあれば、向こうからそのお礼が来ることもある。仕事の管理とお金の手配を担当しているアラベラは、オーガスティンとその鮫《さめ》みたいなビジネスセンスを尊敬するようになったらしい。お金と権力、そして一方を得るために一方を活用するやり方への本能的な理解力を二人とも備えている。オーガスティンはアラベラを将来有望な妹として扱っている。

「オーガスティンとやらは幻覚の使い手なのか？」コンスタンティンがたずねた。

わたしたちのことをちゃんと調べておけば、オーガスティン・モンゴメリーが何者なのかわかったのに。

「そう。あなたより優秀よ」アラベラが答えた。

コンスタンティンは首を振った。「現存している幻覚の使い手でぼくより優秀な者はいない。自慢してるんじゃなくて、これは事実だ」

「オーガスティンは透明になることだってできるんだから」アラベラが顎を上げた。

「ありえない」

「いいえ、わたしも見たわ」口をはさむ。「見えなかったけど」

コンスタンティンは顔をしかめた。

「じゃあ、試してみようよ」アラベラはテーブルに両肘をついて、手に顎をのせた。「透明になってみて」

皇子は何を言ってるんだと言うように目を細くした。

レオンがふらふらとキッチンに入ってきて、うれしそうな顔で夢見るようにほほえんだ。

「このいい匂い、何？」

「スイートチリチキンよ」

レオンの笑みが大きくなった。「ソフトタコス？」

「ソフトタコスにはスイートチリチキンとハラミ肉ステーキ、普通のタコスには小エビと牛肩肉のマリネとチーズとホットマイルド二種のサルサ。二種のピコソース、パプリカのソテー、コーンのグリル、サラダ、ライス、豆、ポテトチップスも用意したわ」

レオンは両手をこすり合わせた。「まじめな質問なんだけど、十段階で言うと今どれぐらい怒ってる？　七か八ぐらい？」

「十一」そう答える。

「最高」

コンスタンティンはレオンを見やった。「どうして怒りのレベルを知りたいんだ？」

「カタリーナはストレス解消のために料理するんだ」レオンが説明した。「十一ってことは、すごいことになるぞ」

レオンにステーキの入った容器を渡す。「役に立つところを見せて」

レオンは敬礼して回れ右すると、バーベキューグリルのある外へと向かった。

家の中に、鋭い怒りの叫びが響きわたった。

アラベラが立ち上がった。「わたしの出番だ」

コンスタンティンがものといたげにこちらを見た。

「邪悪なおばあさまが目を覚ましたようね」

「わたしが話してくる。好かれてるから。おじいちゃんやおばあちゃんは、みんなわたしが好きなの」アラベラが言った。

「魔方陣から出さないで」うしろから呼びかける。

「カタリーナ、わたしを誰だと思ってるの？」アラベラは鼻歌を歌いながら行ってしまった。

「自分の祖母を魔方陣に入れたのか？」皇子がたずねた。

「ええ」

キッチンは静かになった。わたしとコンスタンティンだけだ。ピコソースを作り終え、冷蔵庫に入れる。デザートが必要だ。簡単なものがいい。パイだ。リンゴかチョコレートか。アレッサンドロはチョコレートが好きだから……。

「一つ疑問があるんだが」コンスタンティンが口を開いた。

「何？」冷蔵庫に生クリームはあったっけ？　賞味期限はどうだろう。

「きみは男なら誰でも選べる立場だ。どんな有力一族からも、どんな国からも選び放題。どうしてアレッサンドロなんだ？　あいつの何がそんなにいい？」

生クリームの容器を取り出してカウンターに置き、グラニースミス種のリンゴをフルーツ入れからとる。これは危険な質問だ。

「どうしてそんなことを訊《き》くの？」

「わけがわからないからだ」

心の中で、コンスタンティンとわたしは言葉という剣で戦っていた。

「数年前、アレッサンドロはインスタグラムの神だった。最高にハンサムな」

「たしかにそうだ。それに魅力的だし」

「そうね。もしかしたら、目がくらんだだけかも」

「そうは思えないが」

コンスタンティンは座ったまま身動きした。その姿は物憂げだけれどエレガントで、心を引きつける。その座り方に誘惑を感じさせるものは何もない。ただ空気が特別なのだ。もしこのキッチンに画家クールベがよみがえったら、キャンバスと絵の具と絵筆を求め、絵が完成するまで出ていこうとしないだろう。

これは偶然ではない。コンスタンティンはたまたまああいうふうに座っているわけじゃない。彼は〝超一流〟で、歌がわたしの一部なのと同じように、その外見も魔力の一部なのだ。コンスタンティンに目をやるたびに、彼はわたしにベッドを思い浮かべさせようとする。ただの癖かもしれない。計算のうえとも考えられるし、虚栄心のせいかもしれない。とはいえ、こちらの感情を取り込めば、保険が一つ増えるだろう。もしかしたら本当に帝国側に雇おうと考えているのかもしれない。危険だ。

「ぼくらは似てる」コンスタンティンが言った。

「どのへんが？」

「生まれつきの性格と環境のせいで、計画を立てることにこだわる点。うちの一族もきみのところと似ている。兄はネバダと共通点が多い。頭がよくて有能でちょっと怖くて、強い責任感の持ち主だ。次の大公になることに自分を捧《ささ》げている。骨の髄まで父の息子だよ。兄がもし人生の舵《かじ》を自分でとって別の方向に進もうとしたとしても、義務と宿命に押しつぶされただろう。兄はぼくを愛し、気にかけている。純粋な愛情からか、兄の義務だからかは知らない。兄はあらゆる面で模範になろうと努力しているんだ」

ネバダがわたしやアラベラを義務からではなく心から愛していることは、全然疑っていない。でも、それとこれとは関係ない。大事なのは、コンスタンティンが進んで情報を明かすなら、できるだけたくさん集めることだ。

「弟はどうなの？」

皇子はにっこりした。「弟はアラベラにそっくりだ。ミハイルはどんなルールにも反抗する」

コンスタンティンの口調には、どこか不快感がにじんでいた。弟って本当に厄介なものだと思わないか？　とでもいうように。

「その反抗が正しいときもある。でもそれ以外は、ただ退屈だからとか、そういうふうに生きることに慣れてしまってパターンから抜け出せないとか、そんな理由だ。あいつは気性が荒い。抑える時間が長くなればなるほど、爆発したときの破壊力が強くなる。弟はきみより二歳年上だが、両親や兄やぼくがいなくなったら、うちの一族は半年で滅びるだろうな」

アラベラも気性は激しいけれど、理性に耳を傾ける性格だ。

「あなたはどうなの？」

「ぼくは調停人だ。間に入って落ち着かせる。話を聞き、必要ならお世辞を言い、安心させ、脅し、計画を立て、一歩ずつ進んでいく」

「で、それとアレッサンドロとなんの関係があるの？」

「きみの家族と同じように、ぼくの家族も強烈な個性の持ち主が揃ってる。一度方針が決まって納得すればそれを守りぬくから、結束は強い。いつも命令に逆らってる弟でさえ、危機に瀕《ひん》したら言われたとおりに動く。ぼくは前にもアレッサンドロと協力したことがあるけど、あいつは自分が決めた以外の計画を全部拒絶するんだ。反抗じゃない。権威に反抗するには、まず権威の存在を認める必要があるからね。アレッサンドロは一匹狼《いっぴきおおかみ》で、自分だけの世界に生きている。短い間ならつないでおけるかもしれないが、完全にコントロールすることはできない。あいつが飛び出す気になったら誰も止められない。要するに、もしあいつと毎日いっしょに動けば、数週間で頭がおかしくなるってことだ」

「でも実際いっしょだったんでしょう？」

アレッサンドロから聞いたわけではない。これもあとで話し合わないといけない話題だ。ただ、こう推測するのが筋が通っているように思えた。

「三年前、少しだけね」コンスタンティンは身を乗り出した。「率直に言おう。ロシア帝国は、アレッサンドロほどの〝超一流〟を手に入れるためならなんでもするだろう。それなのに、皆いっさい手も打とうとしない。あいつは両刃《もろは》の剣《つるぎ》なんだ」

コンスタンティンの話を聞いていると、まるでアレッサンドロは理屈の通じない短気な子どもみたいだ。的外れすぎて笑う気にもならない。アレッサンドロはライナスの命令に自分の意思で従っている。アルカンに殺されそうになってから、彼は変わった。でもそれは優先順位がはっきりしたからであって、性格の芯が変わったわけじゃない。そして、わたしがまだ知らない何かがそこにはある。

「じゃあもう一度訊くが、どこが魅力的なんだ？　この謎を解くのを手伝ってほしい」

肩をすくめる。「あなたはアレッサンドロが見せたいと思う面しか見ていないし、達してほしいと思う結論にしか達していない。わたしが見てるアレッサンドロは別人よ」

「きみに見せてる顔が本物だってどうして言える？」

彼を愛しているからだけれど、笑顔でこう答えた。「信じているからよ」

「答えになってない」

わたしはその言葉を無視した。

「あいつはトラブルのもとでしかない。苦労する価値があるのか？」

「ええ、あるわ」


作った料理がどれぐらいおいしかったかは、テーブルの会話の少なさでわかる。家族全員がまるまる十分無言だったところをみると、夕食は大成功だったようだ。

みんなそれぞれお代わりをして、レオンなんか四つめのタコスに手を出している。やがてゆっくりと会話が再開した。

「オーガスティンを雇ったの？」母が質問した。

「モンゴメリー国際調査会社を雇ったのよ」

「立場が逆転したね」レオンがタコスを食べながら言った。

「費用は監督官が負担する予定よ」またアラベラがお金のことで爆発するのは困ると思い

ながら、妹のほうをちらっと見た。「たぶん」

「いいアイデアだと思うよ」アラベラはコンスタンティンをにらみながら言った。

「このタコス、最高だ」皇子が言った。「とくにチキンが」

コンスタンティンはシュレッドチーズをボール状に丸め、ルースターにあげるために床に落とした。ルースターはコンスタンティンからほとんど目を離さずにさっとそれを口に入れた。

「ルースターに賄賂は効かないよ」コーネリアスがコンスタンティンに言った。怪我を治すために今までずっと体を休めていたが、顔色はよく、隣のマチルダはにこにこしている。

「マンゴー・ピコをとってもらえる?」ルナが頼んだ。

「なんて嘆かわしい」フリーダおばあちゃんが言った。「ピコはピコよ、フルーツサラダじゃなくて」

「またその話?」母があきれた。

会話は気まぐれな水の流れのように、テーブルにいる家族にぶつかったり回り込んだりした。この楽しい小さな池で、隣にいるアレッサンドロは黒っぽい陰気な岩みたいだ。冗談のやりとりは、黙り込む彼を避けて流れていく。だからといって記録的な数のステーキタコスをたいらげる手は止まらなかった。アレッサンドロの好物だから。

オーガスティン・モンゴメリーが入ってきた。三十代前半、引き締まった長身、整った顔立ち、明るい金髪というい つもの姿で、大理石でできた半神半人さながらのりりしさだ。

コンスタンティンが目を上げ、二人の幻覚の使い手は互いを見やった。

レオンがよくわからない西部劇のテーマを口笛で吹いた。

「いい傷跡だ」コンスタンティンが口を開いた。

「そっちもね」オーガスティンが答えた。

アラベラが立ち上がり、オーガスティンのために椅子を引いた。「どうぞ座って、〝超一流〟のモンゴメリー」

「喜んで」オーガスティンは座って料理を皿にとった。「完了したよ。FBIは大喜びだ」

よかった。

「何が完了したの?」母がたずねた。

「州内にひそんでいたアルカンのスパイを全員あぶり出したの。これでアルカンは目と耳を失ったも同じよ。コンスタンティンが情報を提供して、密告者のマットがその情報の正しさを証明してくれた。そしてモンゴメリー国際調査会社とFBIが協力して全員を確保したの」

「FBIは〝熊の罠《わな》作戦〟と呼んでいたよ」オーガスティンはうんざりした顔をしてタコスを食べた。「いつもながら最高の味だ、カタリーナ」

コンスタンティンがこちらを見た。「この家にはいろんな奴が食事に来るんだな」

「ときどきね」警備スタッフにも差し入れできる量を作っておいた。レオンに怒りのレベルを訊かれたとき、十一と答えたのは嘘じゃなかった。

携帯電話が振動した。目をやると、パトリシアからメッセージが入っていた。

〈来客あり〉

そのあとに動画があった。ミュートして再生する。ルチアナ・カベラの弟フリアンがオフィスにいた。むっつりした顔だ。両手を握り合わせ、床を見つめている。

「問題発生?」アレッサンドロがたずねた。

彼に携帯電話を見せ、家族に向かって言う。「ちょっと用ができたわ」

アレッサンドロが立ち上がった。

「お皿はそのままでいいよ」アラベラが言った。「わたしたちが片付ける。料理をしてくれたんだから、そうしないと不公平だし」

「おまえも手伝ったとは知らなかったよ」コンスタンティンがアレッサンドロに言った。

「いいや、その分稼いでくれるんだ」レオンが口をはさむ。

バーンがコンスタンティンのほうを向いた。「よけいなことを言わないほうがいい」

「玉座に対する敬意がないな」コンスタンティンはにやりとした。「気に入ったよ」

明るい笑顔だったけれど、目は笑っていない。

アレッサンドロと二人、急ぎ足で家を出て通路を抜ける。昼間の暑さはいっこうに衰えていない。どんよりとした空気はどこか不気味で、嵐の前触れを告げているみたいだ。

フリアンは一人で会議室にいた。パトリシアの〝超一流〟のもてなし方には一定の型がある。建物に入れ、閉じ込め、監視カメラで見張るというものだ。そうすれば犠牲者は最小限に抑えられる。

会議室に入っていくと、フリアンははじかれたように立ち上がった。

「すまない、ほかにどこへ行けばいいかわからなくて」その顔に必死な色が浮かんだ。「FBIに電話したらここへ行けと言われたんだ。あなたならなんとかできるだろう、と」

「どうしたんです?」アレッサンドロがたずねた。

「ケイリーが」フリアンは震える手で髪をかき上げた。「姪《めい》は正気を失ったらしい」

タイミングが悪すぎる。

「何があったんですか?」平静な口調を保って訊く。

「四時間前、サニーサイドにいるマリアから電話があった」

「サニーサイド?」アレッサンドロが訊き返した。

「両親の家がシュガーランドにある」

広がるヒューストンにのみ込まれた町はたくさんあるけれど、中心部から南西およそ三十キロに位置するシュガーランドもその一つだ。十九世紀にサトウキビの栽培場として始まったこの町は、大金と引き換えに優雅な郊外生活を味わえる瀟洒《しょうしゃ》な屋敷やアッパーミドルクラスの広々とした邸宅が集まる一画へと変わっていった。

「今朝、ケイリーは祖父母を訪ねると言って家を出た。祖父母に会えば悲しみも癒やされるだろうと思ったんだ。マリアの話では、ケイリーは祖父母といっしょに書斎に入ったそうだ。三十分後に必要なものがないか確かめに行くと、ドアは施錠されていた。ノックしようとすると、父の看護師のアフマドが床に倒れているのが見えた。もう息がなくなっていて、顔には太い血管がどす黒く浮き出ていたそうだ……」フリアンは手を握りしめた。

ケイリーがまた暴走した。アルカンの本部攻撃が決着したら彼女をつかまえに行こうと思っていたけれど、もうタイミングを選んでいる場合じゃない。

「ノックしたマリアは、自分の頭が爆発したと思った。ぴかっと光が見えて耳から血が出てきたからだ。ケイリーらしき笑い声も聞こえたらしい」フリアンは弱々しく息を吸い込み、こちらを見つめた。「前にもあの子の心を感じたことがあるが、あれは異常だ。鎮静魔術家とは思えない。わたしの知っているどんな能力者とも違う」

「それから?」やさしくうながす。

フリアンは息をのみ込んだ。「ああ、それからマリアに、全員家から出るよう言った。エリアスは、車で現地に行ってケイリーを諭せないかやってみると言い出した。三時間前、敷地内に入ったと電話があったが、それっきり連絡がない。携帯電話にも家にも電話してみたが、誰も出ない。いったいどうしたらいいんだ」

フリアンは打ちひしがれて椅子にもたれた。

「どうしてこんなことに……。ケイリーは悪い子じゃなかった。魔力がないのはみんな知っていたが、ルチアナはそれについて話したがらなかったから、そっとしておいたんだ。あの子は家族みんなに愛されていた。ケイリー自身も祖父母が大好きだった。母が心臓のバイパス手術で入院したときはずっと付き添っていたぐらいでね。一カ月前、ルチアナはケイリーの能力が目覚めたと言い出した。家族全員で喜んだよ……なのにどうして……」

「ちょっと失礼」アレッサンドロが言った。

二人で廊下に出てドアを閉め、フリアンに聞かれないよう奥へと向かった。

「あの人は嘘をついてないわ。手に汗をかいてるし、呼吸は浅い。声はうわずっていて、話の脈絡も見失いがちで、間違いなくストレスを感じてる」

「同感だ。だが罠の可能性もある。本人は気づいていないだけで、ぼくたち、とくにきみをこの家から引っ張り出そうと仕組まれたものかもしれない」

「どういうこと？」

「ケイリーは突然、病気の祖父母を襲う気になったわけじゃないってことだよ。彼女の祖父は酸素吸入が必要な状態だし、祖母は歩行器がないと移動できない。二人とも鎮静魔術家で、ケイリーにとっては怖くもなんともない。祖父母の家に行って人質をとったのは、人質を無事に解放しようとしてきみが出てくるとわかっているからだ。ケイリーはきみをあの家におびき寄せようとしてる」

わたしが行けば、銃をぶっ放す必要はない。歌を歌って人質と犯人を家から出せばいいだけだ。

これまで翼を使おうとしたとき、二度とも黒い翼が現れた。もう二度と歌えなかったらどうしよう？　誘惑する代わりに、ガンダーソンにやったみたいに悲鳴をあげて相手の心を引き裂いてしまうかもしれない。

バーンからUSBメモリを返してもらって、動画の続きを見ておけばよかった。もう乾いているはずだ。でも時間がない。

「きみはどうしたい？」アレッサンドロがたずねた。

「無視するわけにはいかないわ。フリアンは気づいてないけど、監督官局に助けを求めたのと同じよ。わたしたちは手助けする義務がある」

「そのとおりだ」

「〝番人〟の目から見て、どの程度の脅威があると思う？」

「ぼくらが行ったら、ケイリーはきみを殺そうとするだろう。何者かわからないが、援護もいるはずだ。ぼくの相手ができるぐらいの能力者が」

「留守にしている間、アルカンがスミルノフ目当てにうちを攻撃してくる確率ってどれぐらいだと思う？」

「かなり高いだろう」

戦闘に出られそうな顔ぶれを頭に浮かべてみた。「コンスタンティンが裏切りそうになったときのためにコーネリアスとマチルダが必要だから、コーネリアスは除外ね。まだ回復しきっていないし。オーガスティンに頼むとしたら交渉が必要になるし、部下たちがアルカンのスパイ狩りから帰ってくるのを待たなくちゃいけない。それに、これは監督官局の仕事よ。レオンは連れていく？」

アレッサンドロは首を振った。「やめておこう。ステーキを焼くのを見ていたら、肉を二度も落としそうになってた。本人は隠してるが、FBIの車をつぶした神秘域の植物の毒のせいだよ。パテル医師がかなりの量の解毒剤を使ったから、相当こたえているはず」

「ルナはまだ半分寝てる状態だし」

アレッサンドロはうなずいた。「全力で戦えるのはアラベラだけだ」

戦って勝ったとはいえ、みんな怪我をして疲れている。代償は大きかった。この件が決着するまで、また代償を支払うことになるだろう。

「だったら二人で行きましょう。それで充分なはずよ」

「いつだってそうだ」

13

「ワルサーQ5・MATCH・SF」固定されている場所から銃を取り上げ、向かいのベンチに座っているアレッサンドロに見せる。「青のトリガー。九ミリ。装弾数十七」

「ワルサーQ5。青のトリガー。装弾数十七」アレッサンドロが復唱する。

車体が道路の凸凹を通り過ぎるのに合わせてがたがたと揺れる。フリーダおばあちゃんが手掛けた装甲兵員輸送車の最新モデル、スカラベ17は、乗り心地はいいとは言えないものの、楽々と地雷を乗り越える。内部は装甲バスにそっくりだ。壁に二つのベンチが作りつけられていて、その間に武器ケースがある。今チェックしているのはそれだ。

ワルサーを所定の位置に戻し、次の銃を手にとる。「〈ダンカン・アームズ〉のリトルブラザー。赤のトリガー。九ミリ。装弾数十七」

「DAリトルブラザー。赤のトリガー。九ミリ。装弾数十七」

「マキシム・ディフェンスPDX」取り出したのは軽機関銃だ。「装弾数二十二」

「失礼だが」左側にいたフリアンが口を開いた。「それはなんの準備だね？」

「召喚の時間をなるべく短くするためです」そう説明する。「アレッサンドロがすばやく武器を複製できるように」

銃器の仕様を読み上げるのもコツだった。そうするとアレッサンドロの記憶に残りやすい。二人で何度も繰り返して磨き上げた手順だ。

剣は銃よりシンプルだから復唱する必要がない。アレッサンドロが剣を必要とするときは、細くてすばやいものとか、重くて幅の広いものを思い浮かべるだけで充分だ。正確な長さや重さは必要ない。でも銃は複雑なので、アレッサンドロが手早く複製できるようにこうして仕様を確認する。一度何かを召喚すると、少なくとも二十四時間は同じものを呼び出せない。だから、そのとき必要な銃を選ぶためには選択肢が多すぎてもよくないし、種類が少なすぎてもだめだ。

「了解。次」アレッサンドロが言った。

「モスバーグ９４０ＪＭ。12ＧＡ。装弾数十」

実際の装弾数は九発だけれど、アレッサンドロが銃を呼び出すと、手に現れたときにはもう銃弾が装填《そうてん》されている。このショットガンのすばらしいところはスピードだ。ちゃんと使えば、セミオートマチックライフル並みの速さで撃つことができる。

「ウィンチェスターＭ１８９５」仕様は言うまでもない。アレッサンドロはこのライフルを知っているのだから。

フリアンがあっけにとられて言った。「骨董品《こっとうひん》じゃないか」

「新しければいいってものでもないので」アレッサンドロが答えた。

「何を発射するんだ?」

「30・40クラグ弾」そう答え、復唱を続ける。「次、ダンカン・アームズのビッグブラザー」

コンソールの一部を軽く押すとその部分がまっすぐせり上がり、マシンガンが現れた。八キロもあるので持ち上げるつもりはなかった。

「338ノルマ・マグナム。最大射程二千三百メートル、毎分七百発」

アラベラはこれを〝六千ドルの銃〟と名付けた。ライナスはただでくれたけれど、銃弾は一つ八ドル半もする。一分間撃ち続けるとだいたい六千ドルだ。

フリアンは、鎌首をもたげたコブラを見るみたいにマシンガンを眺めた。「そんなものまでいるのか?」

アレッサンドロが首を振った。「現地に着いてみないとわかりません」

「わたしの家族なんだぞ」フリアンは手を握りしめた。

ふだんクライアントを同行させないのはこれが理由だ。フリアンはどうしてもと言い張ったのでしかたなかった。同行させなかったら自分の車でついてきただろう。監督官代理だと明かしたら強制的に待機させられたかもしれないけれど、それを打ち明けられるほど信用できなかった。今のところわたしたちは、救出に向かうＦＢＩのコンサルタントにすぎない。

「現地到着まで五分」ブリトニーが助手席から教えてくれた。

ブリトニーは警備スタッフで、うちの給料で雇えるただ一人のイージス使いでもある。イージス使いは恐ろしく高くつき、雇い主を選り好《よごの》みする。ブリトニーは〝優秀〟レベルで、普通の拳銃やライフルの射撃を防げるけれど、狙撃手の弾丸はシールドを貫通してしまう。

アレッサンドロの頭上に埋め込まれているスクリーンに、外部カメラ映像が映し出されている。車は田舎とも郊外ともつかない住宅地に入った。一万平米を超える敷地に、壁やゲートで守られた大邸宅が道から奥まったところに並んでいる。高級住宅街だ。ここで戦闘があるとすれば、住宅所有者組合との口論か、餌目当ての鹿の群れとの攻防ぐらいだろう。

「きっと大きな誤解があったんだ」フリアンが口を開いた。わたしたちを納得させようとしているのか自分自身に言っているのか、どちらだろう。「ケイリーが祖父母を傷つけるなんて想像できない。あの子はそういう性格じゃないんだ」

人の性格というのは不思議だ。五年前、わたしは誰ともぶつからず、人目につかずにこっそり人生を歩むことだけを考えていた。誰かと争うのも、自分に注目が集まるのも耐えられなかった。それなのに今はこうしている。

アレッサンドロがじっとこちらを見ていた。

「本当にやさしくて、いつもいい子だった」フリアンが続ける。「こんなことをするはずがない」

〝こんなこと〟がどんなことなのかはたずねなかった。怖くて触れられないのだろう。現実を直視してもらわないと、足手まといになりかねない。

「ミスター・カベラ、ほかの親族と連絡はとれましたか？」

フリアンは驚いた顔をした。

「大家族ですよね。ご両親の居場所も、お兄さんと姪《めい》の居場所もわかってますが、それ以外の親族は無事ですか？　今、あなたの一族の長《おさ》が狙われているんですよ」

車が道を曲がった。もうすぐ到着だ。

「それは……それはわからない」フリアンは目を見開いた。

「連絡してみてください」アレッサンドロが言った。「この車にいれば安全だ」

「わたしが行かなくていいのか？」

ふだんなら、上位の鎮静魔術家を戦闘に投入できるチャンスに飛びつくだろう。でもフリアンの手はずっと震えている。自分の呼吸を落ち着かせるためだけに鎮静魔力が必要なぐらいだ。

「ぼくらは戦うことはできても、あなたの親族に連絡することはできない」アレッサンドロの声は誠実そのものだ。「親族のことをよく知ってるのはあなたです。連絡をとってもらうことが大きな援護になる」

「そこまで言うなら……」フリアンの目にはっきりとわかるほど安堵《あんど》の色が浮かんだ。「ぜひお願いします」フリアンに声をかける。

フリアンは大きく息を吸った。「わかったよ」

車が止まった。

車内の壁に作りつけられている小さな箱を開け、チョークを二つ取り出してポケットに入れる。相手が魔方陣を描く猶予をくれるかどうかわからないけれど、持っていったほうがいい。

スクリーンには石敷きの私道が映っていた。ケイリーはわたしたちを家に入れようとはしないだろう。観客の前で派手にやり合いたいと思っているだろうし、ケイリーといっしょにいる者は、開けた場所で敵を狙うのが好ましいと考えているはずだ。私道の石は密に敷きつめてあるけど、魔方陣が描けるほどじゃない。線が途切れてしまうから、例のマットが必要だ。

アレッサンドロが後部ドアのロックをはずした。がらがらと音がしてスロープが降りた。前からヘルメットと防弾ベストというフル装備の戦闘服姿のブリトニーがやってきた。

「ミスター・カベラと残って」そう彼女に告げる。

「わかりました」

丸めたマットを車体からはずし、布製のストラップを肩に担ぐ。黒っぽいプラスチックを何層か重ねたこのマットは、二メートル弱四方の大きなヨガマットみたいなものだ。このマットにはチョークがとてもよくなじむ。魔方陣を描くためのマットは昔からあるけれど、本当に役に立つのは地面やビル屋上のコンクリートなど、動かないものに直接描いた魔方陣だと言われている。マットに魔方陣を描くと魔力の連続性が失われ、地面につなぎとめておくことができず、ただのチョークの線でしかなくなる。自分でも試してみたけど、しっかりした基盤のない魔方陣は驚くほど力が出なかった。

けれども去年、ある録画映像の中で、強力なサイオニックが草の上にマットを置いて魔方陣を描くのを見た。その男はマットに一族の伝承呪文レベルの魔方陣を描き、何百という人を恐怖でやみくもに暴走させるほどの力を放った。それをよく調べ、ライナスと二人で改造を重ねた。今脇に抱えているのが八番めの試作品だ。うまく機能するものの、重さは二十キロ以上ある。

ライナスの剣を手にとる。ずしりと重く、頼もしい。これは唯一アレッサンドロが召喚できない武器だ。魔力を流し込むとゼロ空間を生み出すこの剣の象眼は、アレッサンドロの魔力をショートさせてしまう。この剣を複製することはできても、ただの金属の塊でしかなくなる。

手で剣の重みを確かめる。準備はできた。

アレッサンドロと二人でスロープを下りる。彼が片手を差し出したので、マットを渡した――言い返しても無駄だからだ。ゲートに向かって歩いていく。

長い私道の先にある家は二階建てで、テキサス流の地中海風邸宅だ。テキサスの大都市ならどこでも、こんな家が高級不動産雑誌の表紙になっている。億万長者が住む界隈《かいわい》を車で通れば、まさにこういう怪物みたいな家が見つかる。千平米を超える敷地、多すぎる寝室とバスルーム、ベージュのスタッコの外壁、赤い瓦屋根。

この屋敷には柱が並ぶローマスタイルのポーチ――ポルティコがあり、ガラスと木でできたダブルドアを守っている。私道の突き当たりは、真ん中に大きな噴水を備えたロータリーだ。私道の入り口には鉄のゲートがあり、入れるものなら入ってみろと言わんばかりに開いていた。

「ケイリーの気配は？」アレッサンドロが訊《き》いた。

「まだ感じないわ」

ケイリーはこちらが射程内に入ったらすぐさま攻撃してくるだろう。生まれてからずっと劣等感を抱き続けるのがどんなものか、わたしは知っている。どんなにきれいでリッチでも、有力一族の間では魔力こそがいちばんの財産だ。ケイリーはこれまで魔力がないことを友人や家族に隠し通してきた。意思系の能力者をひねりつぶすのは、彼女にとって力を見せびらかすチャンス。アルカンからわたしの魔力を聞いて、いっそう殺意を強めたに違いない。わたしは意思系の能力者でありライバルでもある。アレッサンドロがわたしの手をとったときのケイリーの目つきを見ればわかる。

狙撃してくる者はいないはずだ。イージス使いを民間人の護衛のために車に残したのは、それが理由だった。

アレッサンドロを左に、ゆっくりと私道を歩いていく。心に張り巡らせた壁はもうすぐ完成する。この心は、魔力が編み出した蔓《つる》によってボールのようにしっかり包み込まれている。出発を決めた瞬間から編み始めていた。それを維持するのは消耗するけれど、魔力はちゃんと残してある。

アレッサンドロが足を止め、わたしの前に腕を突き出した。

噴水の上に怪物がたたずみ、大きな爪のある手で先端をつかんでいる。猿に似ているけれど体長は二メートル以上あり、分厚い筋肉は薄汚れた黒い長毛におおわれている。顔はヒヒとライオンが混じり合ったようにおぞましい。猿のような鼻、巨大な顎、頭蓋にめり込んだ小さな目。悪夢に出てくるヤマアラシみたいに背中に針が並んでいる。

気分が悪くなった。

怪物はこちらをにらんでいる。その背中の針がさっと立ち上がった。

胃の底に吐き気が渦巻き、恐怖が花開く。逃げたい衝動がふくれ上がり、常識を押しつぶす。本能のレベルでこの生き物のまがまがしさを感じ取り、生き延びるにはさっさと遠くまで逃げるしかないと体が命じている。

〝超一流〟のネイサン・サンダース。アルバータのメタモルフォシス。老練で強力で、戦うとなると手ごわい相手だ。

メタモルフォシスとの戦闘は経験がある。相手はシーリアという女だった。変身したシーリアには、わたしの魔力も、アレッサンドロが複製した拳銃も通用しなかった。血まみれになりながらチェーンソーで怪物を切り裂くアレッサンドロの姿が頭によみがえる。シーリアを倒したのは、チェーンソーと剣、そして、世界一パワフルな狩猟用のリボルバーで口に撃ち込んだ一発だ。あとでシーリアはサンダースのいとこだとわかった。

右側で低いうなり声が聞こえた。ヒヒとライオンの怪物を大きくしたものがオークの巨木の陰に待ちかまえていた。ディナープレートほどもある手とステーキナイフ並みのかぎ爪を持ち、あたりを這《は》いずり回る怪物だ。

三頭めの怪物がアレッサンドロの左にあるオークの枝にうずくまっていた。二頭めよりは小さいものの、噴水のサンダースよりは大きい。汚らしい赤に黒が混じった毛並み、ヒヒよりは猫に近い顔。黒いかぎ爪を鎌みたいに食い込ませて、手足全部で枝につかまっている。頭と太い首を取り巻く赤っぽいたてがみ。人間に変身できる力があるとしても、外見からはわからない。

ルークとギャビン。サンダースは息子たちを連れてきたようだ。

アレッサンドロはすばやくマットを肩から下ろし、落ち着いて開いた。

噴水にいるネイサンに魔力の触手を伸ばす。その心は不透明で動きがなく、人間らしさは何も残っていない。明かりはついていても無人だ。この心にどんな攻撃を仕掛けても、なんの効果もない。サンダース一族は完全型のメタモルフォシスだ。一度姿を変えると、攻撃衝動しか残らなくなる。命がけでターゲットをロックオンし、脇目もふらずに獲物を追いかけ、引き裂くまで決してあきらめない。

噴水にいる怪物が口を開け、大きな円錐《えんすい》型の牙をむき出した。

剣を振ると、しゅっと伸びて刃が完成した。この剣はゼロ空間を生み出す。魔力を注ぎ込めばあらゆるものを断ち切ることができる。でも、あっという間に力を消費してしまうから、使いどころには注意が必要だ。

いちばん大きな怪物、ルークの筋肉が盛り上がった。跳びかかる前のライオンのように、力をため込んでいる。その反対側で、猫に似たギャビンが枝の上で起き上がった。たてがみに見えた首のまわりの赤いものが、深紅のコブラみたいに逆立った。

アレッサンドロが目の前に、広げたマットを落とした。剣に魔力の波動を送り込む。有機金属の象眼がヒルのように魔力を吸い込んで輝いた。

「愛してる」アレッサンドロが言った。

「愛してる。剣を持って」

「ぼくはいい」

ネイサンが背中を丸め、噴水から跳んだ。開かれた脇に血管が走る肉色の膜が広がる。アレッサンドロは左に、わたしは右に跳んだ。アレッサンドロの手にオレンジ色の光がはじけ、ショットガンが現れた。モスバーグが三点バーストで火を噴く。

ダダダッ！

銃弾は怪物を空中で捕らえた。ネイサンは金切り声をあげ、飛びかかる前に落ちた。ルークが右側から突進してきた。

その前に立ちはだかり、いっきに剣に魔力をぶつける。

アレッサンドロは左側の枝にとまっているギャビンのほうにくるりと向き、撃った。

ダダダッ！

ルークが目に殺意を光らせ、すごいスピードでこちらに突っ込んでくる。ぶつかる半秒前で身をかわし、走りぬけるその脇腹を切りつける。剣は肋骨《ろっこつ》、筋肉、筋を軽々と切り裂いた。怪物は動物の喉から出た人の声で叫び、わたしに目もくれず走り去った。

ダダダッ！

アレッサンドロの銃弾が地面でのたうつネイサンにめり込んだ。くるりと向きを変え、今度はルークに向かって撃ち、横に跳ぶ。と、そこにギャビンが跳びかかってきた。ギャビンが狙う前からその軌道を読んでいたかのように、アレッサンドロは身を引いてかぎ爪を避けた。ギャビンの肩から血が噴き出ている。アレッサンドロの二度めの弾をくらったに違いない。

ルークはアレッサンドロを捕らえそこね、よろよろと振り向いた。さっきのわたしの剣で傷を負っている。メタモルフォシスには恐ろしいほどの治癒力があるとはいえ、多少は動きが鈍るはずだ。

そのとき心の中で痛みが炸裂《さくれつ》した。魔力の壁がそのほとんどをブロックしたけれど、すりぬけて入り込んだものが、白熱したのこぎりの歯みたいに心に食い込んだ。ケイリーだ。剣への魔力の流れを断ち切り、体に力を入れ、心に魔力の触手を巻きつける。ケイリーの射程はわたしより長い。右側、家のどこかに、かすかに彼女の存在を感じる。立ち向かうには力を増幅しなければ。マットは一メートルほど先にある。

アレッサンドロの手にＰＤＸマシンガンが現れた。

ケイリーがまた襲ってきた。魔力は憎しみの奔流そのものだった。世界が白く燃え上がる。ケイリーが引き裂いた穴を埋めようとして、ちぎれた魔力が壁ににじり寄る。目が見えない。

銃声が響いた。

マットのあるほうへ少しずつ近づく。心の壁に巻きついた蔓をケイリーの魔力が削り取っていく。

足がマットの端にあたった。見えないまま飛び乗り、足でマットを叩《たた》く。乾いた破裂音がして、マットの下に仕込まれた袋が破けるのがわかった。マットの下の層が溶け出して二つの化学物質が混じり合い、液体プラスチックが敷石の間に入り込んでマットを固定した。

ケイリーが心の壁に切り込んできた。焼けつくような痛みだ。傷口に蔓を何重にも巻きつける。その間にポケットからチョークを取り出してしゃがみ、筋肉の記憶だけに頼って足元に完璧な魔方陣を描いた。

左側から短いうなり声が聞こえた。アレッサンドロだ。怪我《けが》をしている。

ケイリーの魔力が襲いかかった。心に激痛が走る。歯を食いしばり、中心となる魔方陣に別の輪を描き足す。

ケイリーが心の壁を殴りつけている。切り込むことをあきらめ、力まかせに攻撃することにしたらしく、連打を浴びせてきた。バットで後頭部を殴られながら魔方陣を描いているみたいだ。手を動かすスピードを上げ、チョークをマットの上に滑らせる。心の壁は紙のように薄い。あと少し叩かれたらおしまいだ。

ガツン。心に怒りがはじける。

ガツン。

いいかげんにして。そんなに気づいてほしいなら、すごいものを見せてあげる。

つながっているかどうかわからないまま最後の線を描き終え、背を起こし、力の波動を魔方陣に送り込む。混じりけのない魔力の泉が体内に湧き上がって血管を駆けぬけ、痛み、不安、恐怖を追い払った。力だけが残り、大河の流れのように全身を駆け巡る。もう一度魔力を送り込むと、魔方陣がそれに応えた。わたしはあふれ出す魔力をむさぼった。

視界がくっきりと晴れ、すべてが見えた。目の前の家、バルコニーでほくそえむケイリー、左側で弾切れの銃をギャビンに投げつけるアレッサンドロ。ギャビンとネイサンがアレッサンドロを取り囲んでいる。ルークは血と内臓を引きずりながらよろめいている。その間に捕らわれたアレッサンドロは、背中が血で真っ赤だ。

わたしの中の猛《たけ》り狂う何かが吠《ほ》え、すべてを振り払って恐怖の叫びを世界に浴びせようとした。あいつらはアレッサンドロを傷つけた！　絶対にやり返す！　殺してやる。その卑しい心をずたずたにしてやる……。

ケイリーが次の攻撃に向けて力を集めるのがわかった。その心の輝きは真っ白な星みたいだ。

体の中で黒い翼がうごめき、先端をルビーのように赤く染めて外に飛び出そうともがいている。体と心を引き裂き、さなぎから羽化する蝶《ちょう》みたいに外へ出ようとしている。敵を痛めつけ、殺し、大事な者を守るために。

いけない。決めるのはわたし自身だ。

内なるそれは意思で押しつぶされながらも解放しろと叫んでいる。懸命にそれを握りしめ、抑えつけた。

叫んではいけない。

背中の翼が開いた。じりじりするような一瞬、その羽毛はにごった灰色のままだった。

絶対に叫んではいけない。

これはわたしの魔力。わたしがふるう力。言いなりにはならない。従うのは力のほうだ。

口を開き、歌う。いっきに色彩がはじけ、翼があざやかな緑と金に染まった。

こちらを見たギャビンが驚いてひるんだ。

剣を差し出し、魔方陣から力を引き出しながら、あふれ出るメロディを歌にして放つ。

約束と許しに満ちた、美しい歌。それは波のように広がり、ケイリーの心に押し寄せ、貧弱な壁を押し流した。彼女は攻撃を知っていても自分を守ることを知らない。

アレッサンドロが二頭の怪物の間を信じられないほど優雅に駆けぬけた。近づいてきたその手が手をかすめると同時にわたしは剣を放し、彼に託した。

歌は高く強く舞い上がり、屋敷じゅうに広がっていく。

三頭の怪物がこちらに向かってきた。先頭はギャビン、右うしろにネイサン、少し遅れてルークがよろめきながら近づいてくる。

バルコニーではケイリーが悲しみのあまり、子どものように泣いていた。

アレッサンドロはギャビンの脚を切り落とし、さっと振り向いてネイサンのゆがんだ頭蓋を切り裂いたかと思うと、ルークの厚い胸板に刃《やいば》を沈めた。ネイサンが倒れ、ルークが膝から崩れ落ちる。ギャビンは左脚の傷口から血が出ているのもかまわず、スピードを上げてぎくしゃくと逃げ出した。

魔力が屋敷を貫き、ほかの心の光を見つけ出した。その人たちのために、約束と安全、やさしさと愛の歌を歌う。

アレッサンドロがオレンジ色の魔力に取り巻かれている。その手にウィンチェスターが現れた。逃げていくギャビンを狙い、撃つ。三本脚でよろめいていた怪物はあっけなく倒れた。

玄関のドアが開いて人が出てきた。皆わたしを見つめている。エリアスとゆっくりとした足取りの年配の男女、中年の男性三人、そして女性一人。ケイリーは鉄の手すりを乗り越えて跳び下りた。その左脚がぽきりと折れる。立とうとして転んだが、それでもわたしのほうへ這ってくる。

ケイリーをほかの人たちから引き離さないと。こうして心をつかんでいる限り、ケイリーは脅威にならない。

アレッサンドロがこちらに歩いてきた。シャツはずたずたで、胸に赤い傷跡がある。翼に黒が脈打った。わたしは必死に自制心を取り戻し、緑の羽根で真っ黒な部分を追い払いながら、歌い続けた。

そのとき、耳をおおうような金属のうなりが空気をつんざいた。音をするほうを振り返ると、巨大な金属の筒が木立の上に浮かんでいる。長さは十メートル、幅は二メートル半。空中に浮いていたそれは回り始めた。内側からたくさんの刃が次々と現れる。

ドリルだ。ローガン一族の伝承呪文。でもこれはローガンのものじゃない。ローガンのドリルは三つで一組だ。

あの人たちをここから逃がさなくては。どこなら安全だろう？　乗ってきた車はドリルの前ではひとたまりもない。屋敷の建物も同じだ。ドリルに切り刻まれるかつぶされるかしなくても、飛び散った破片でやられてしまう。わたしのほうへ寄ってくる人たちを分散させなくてはいけない。わたしが走れば、子ガモみたいについてくるだろう。かといって魔力を引きぬけば、みんなその場で崩れ落ちてしまう。

ドリルが高度を下げ、前へと進み出した。目の前にある木立が楊枝《ようじ》みたいにばきばき折れていく。そのうしろにあるバスケットコートの真ん中にシャビエルが立っていた。その周囲に複雑な魔方陣が輝いている。耳にヘッドホンをして、狂気の笑みを浮かべている。

シャビエルに魔力の触手を伸ばす。

遠すぎる。

アレッサンドロがさっと振り向き、ウィンチェスターを肩にあてた。銃声が響く。シャビエルが無言で笑った。

弾がはずれたわけじゃない。シャビエルの魔方陣がゼロ空間を生み出している。外側に描いたチョークの線が現実世界を締め出していて、銃弾は入り込めない。ミサイルを撃ち込んでも無駄だ。魔力が続く限り、シャビエルを倒すことはできない。生き残るには、シャビエルの射程と視界の外に出るしかない。

ケイリーの老いた祖父母は崇拝の目でこちらを見ている。危険がせまっていることなど何も知らない。わたしは歌で、何も心配いらないと伝えてしまった。一人で逃げることはできても、シャビエルはわたしが魔力でとりこにした人たちを全員殺すだろう。

刃のついた金属の筒が地面から一メートルのところで回りながら進んでいる。アレッサンドロがわたしにおおいかぶさった。

ドリルが止まった。回っているけれど、前進していない。

シャビエルは顔をしかめ、力を入れ直した。

ドリルは止まったままだ。

右側の木立が折れて倒れた。道に描いたシンプルな増幅用魔方陣の中に、マッド・ローガンが立っていた。隣にいるのはネバダだ。そのうしろで戦術チームがシャビエルをライフルで狙っていた。

マッド・ローガンの顔は、花崗岩《かこうがん》から切り出したように険しい。

今がチャンスだ。歌をやめて笑顔を作る。「こっちへ来て」

カベラ家の人たちは足をもつれさせながら、わたしを取り巻こうとして近づいてきた。

「バスに乗ってくれると、本当にうれしいんだけど」

そう言い聞かせると、全員が一つになって動いた。

アレッサンドロは年配の女性を抱き上げて車両へと運んでいった。フリアンが走り出てきて手を差し出した。アレッサンドロは女性をフリアンに託して振り向き、私道を這っているケイリーのところに向かった。

ドリルはまだ止まったまま回っている。アレッサンドロはあわてる様子もなくドリルの二メートルそばまで近づき、ケイリーを消防士スタイルで担ぎ上げると、ゆうゆうとこちらまで戻ってきた。

シャビエルが無言で叫んでいる。

アレッサンドロはマッド・ローガンに手を振り、ケイリーをわたしの足元に下ろした。

彼女は目をうつろに輝かせながら、脚にしがみついた。「心から愛してる。ごめんなさい、今までのこと。本当に悪かったわ。わたしのこと、嫌いになってない?」

その髪をやさしく撫《な》でる。

アレッサンドロは、大事な宝物を扱うようにわたしを抱き寄せた。

シャビエルの鼻から血が噴き出した。両手を握りしめ、全身の筋肉をこわばらせている。その口が開いた。きっと大声で叫んだに違いない。

ドリルは一センチも動かない。

シャビエルの足元の魔方陣が、風に揺れるろうそくの火のようにまたたいた。すべての力を使い果たし、魔方陣に送り込む魔力が残っていないのだ。

ドリルを見るシャビエルの目に深い恐怖が浮かんだ。

ドリルは重さなどないかのように、ゆっくりとなめらかに向きを変えた。

シャビエルはただ目を見張っている。

ドリルは輪郭がぼやけるほど回転速度を上げ、まっすぐシャビエルのほうへと進んでいく。彼は両手を上げてそれを止めようとしたが、そんなことをしても無駄だ。ドリルはシャビエルへと突っ込んでいった。

なんの音も聞こえず、叫び声もしない。ただ、刃が赤い血で染まった。

14

ベッドに座り、目の前にノートパソコンを置いた。肩に濡《ぬ》れた髪がかかっている。帰宅したのは一時間前。アレッサンドロはシャワーを浴び、パテル医師が背中の大きな切り傷二つと胸の擦り傷を手当てしてくれた。ひどく出血していたものの、傷はどれも比較的浅かった。二年前のわたしなら見ただけでパニックになっただろう。でも今は、ひどくなくてよかったと思うだけだ。

診療室から出ると、コンスタンティンがアレッサンドロを待っていた。わたしは二人が話すにまかせて、家に帰ってきた。くたくただ。

ケイリーを魅了したわたしの魔力は、心に取り返しのつかないダメージを負わせず、正気に戻れる程度の速さで引きぬいた。ケイリーはこれから三日、もしかしたらそれ以上眠り続けるだろう。彼女をどうしたらいいかわからないから、これはいい時間稼ぎになる。こんな力の持ち主を家に置いておくわけにはいかない。ふだんならライナスが対応して、犯罪を犯した〝超一流〟をアメリカ評議会が連れていってくれる。ライナスはその仕事をまったくわたしに引き継いでいなかった。とりあえずケイリーは診療室に寝かせておくことになった。抗争が長引くようなら、昏睡《こんすい》状態にしなければいけなくなる。

魔力を抜く前に、知りたかったことをケイリーが全部教えてくれた。アルカンに〝超一流〟にされたこと。新しい力を味わって四カ月になるころ、母親にライナスを殺さなければいけないと言われたこと。ルチアナが会合を設定し、母娘《ははこ》は徒歩でライナスの家を訪ねたこと。計画ではケイリーはピートを襲い、母親は鎮静魔力でライナスをおとなしくさせ、二人で殺すつもりだった。

ところがライナスはその隙を与えなかった。ルチアナが魔力を繰り出したとたん、ライナスは逃亡した。最初の攻撃はライナスをかすめただけに終わった。

ピートはなんとか銃を抜いたが、使う間もなくケイリーに殺された。ルチアナはケイリーに逃げるよう告げ、銃を拾い、ライナスを追いかけた。ケイリーは逃げ出し、そのあとすぐルチアナも慎重に家から出て娘と合流した。

ピートの銃の意味がわかった。ルチアナはそれでライナスを撃つつもりで手にとったけれど、地下工房があるのを計算に入れていなかった。ライナスはライナスで意思系の攻撃にひるみ、階段を下りてロックしたり防御システムを起動したりするのに時間がかかったのだろう。おかげでケイリーは逃げ出す時間ができた。人は時としていちばん単純な筋書きを見逃す。ケイリーが生きて外に出られたのは、ウサギみたいに足が速かったからだ。

カベラ家の人たちとその使用人たちから魔力を抜くのに時間がかかり、終わるころには魔力の面でも肉体の面でも疲れきってしまった。その間に彼らから大部分の話は聞けた。ケイリーは祖父母を人質にとり、阻止しようとする使用人を二人殺した。エリアスが到着すると、その心にも攻撃を仕掛けた。エリアスが生き残れたのは、攻撃を予想して心の壁を強くしておいたおかげだ。ケイリーのパワーはすさまじいものの、伯父のように訓練を積んだ経験豊かな能力者の心の壁を完全に崩す方法は何ひとつ知らなかった。エリアスは最初の打撃を受けて死んだふりをした。

二人のカベラ兄弟は両親と使用人を引き取り、フリアンが全員をリバー・オークスにある一族の屋敷に連れ帰った。その間エリアスは両親の家の後始末を監督し、葬儀の手配をした。誰もケイリーを引き取るとは言い出さなかった。家に着いたら真っ先に絶縁の書類を書くつもりだろう。

帰宅するとライナスのUSBメモリがテーブルの上で待っていた。バーンかルナが持ってきてくれたに違いない。

ライナスはまだ意識が戻らない。本当なら心配で胸が苦しくなるのに、今は気持ちが麻《ま》痺《ひ》していた。

シャワーを浴びると少し気分がよくなり、ロングTシャツと新しい下着に着替えて、ノートパソコンを持ってベッドに座った。そしてかれこれ五分、ただ画面を眺めている。

どうしてためらうんだろう。怖いわけじゃない。ただ……疲れきって不安なだけだ。

無知からよい結果は生まれない。ＵＳＢメモリをスロットに差し、動画を開いて、覚えている場所まで早送りした。

「まもなくきみは危機に直面する。もう直面しているかもしれない。これまでは魔力の一面だけを使ってきたが、その力はきみが気づいているよりずっと複雑だ。その問題が最初に形になったのが黒い翼だよ。感情の負担が大きいと、事態は深刻になるだろう」

ライナスは椅子の背にもたれた。このポーズには見覚えがある。教師モードだ。

「人混みにまぎれて氷使いが襲ってきたとしたら、どうやってそいつを見つける？」

「熱があるのが犯人よ」

魔力は自然の法則を変えるけれど、壊しはしない。氷使いはターゲットが持つ水分の温度を劇的に下げる力を持つ。奪われた熱のほとんどは魔力が吸収するものの、取りこぼす部分もある。氷使いの周囲の空気は目立って熱くなるのだ。彼らが魔力を使い続けると、汗をかいて顔が赤らむ。

「氷使いの魔力は凍らせる力と定義されているが、吸収により非効率的に熱を生む力と言い換えることもできる」

ライナスは何を言おうとしているのだろう？

「セイレーンは誘惑し魅了する。我々の魔力は彼女の名を冠しているが、セイレーンには別の一面もあるんだ」

アレッサンドロが音もなく部屋に入ってきた。動画を止め、隣の毛布を手でぽんぽんと叩《たた》いてみせる。彼には隠し事をしたくない。

アレッサンドロは近づいてきてブーツを脱ぎ、隣に寝そべった。そちらに体を寄せると、彼はむき出しの太腿に頭をのせた。ライナスが残した大作の再生を続ける。

「……別の一面もあるんだ。それがハルピュイアだ」

えっ？

「ハルピュイアは黒の翼で飛ぶ。ハルピュイアは歌で誘わず、破壊する」

「ハルピュイア？」アレッサンドロがつぶやいた。

「きみの魔力は生き残ることを最優先にしている」ライナスは続けた。「生まれた瞬間から周囲を観察し、脅威とみなしたものを排除しようとする。お母さんから聞いたところによると、かかりつけの小児科医をはじめとして、セイレーンの力が通じない人がいたそうだね。彼らは本心からきみによかれと思って行動する。しかしそういう人は多くはない」

「小児科医のほかには？」アレッサンドロがたずねた。「もちろんぼくものぞいて」

「コーネリアスとルナは免疫があったわ。免疫って普通はじょじょにできるものだから、不思議な話よね」

「人は基本的に利己的な存在だ。積極的に他人に害をなすことはないが、きみの命と自分の利益のどちらを選ぶかせまられたら、自分の利益をとるだろう。それだけで無意識下の魔力が脅威とみなす。だが、かかりつけの小児科医は違う。きみを救うためなら自分の命も投げ出すだろう」

　画面の中でライナスがグラスに口をつけた。

「きみは自分が悪いわけでもないのに力を恐れ、ひどく苦労してそれを抑えつけてきた。その自制心は見事なものだ。そのいっぽう、自制心を育てるために感情の大部分を抑え、周囲の人々が自分の魔力にさらされないようにしてきた。デートもできず、友人も作れない。社会の中で自分の居場所を見つけるための、人とのつながりを持つことができない。人間は社会的な生き物だよ、カタリーナ。孤独を選ぶことはできるが、それには犠牲がともなう。この二年はきみにとって初めてのことが多かった。初めての親友。一人で重い責任を負った初めての機会。初めての恋。初めての失恋」

　わたしはアレッサンドロの髪に指を滑らせた。

「初めての、意思ある殺し。誰かにやれと言われたのではなく、自分で判断した結果の殺人だ。かなり遅くなったものの、その行為は精神の成人であり、深いレベルできみはそれを歓迎した。ハルピュイアは、怒りや恐怖を司《つかさど》る存在というだけで片付けることもできる。しかし、怒りや恐怖は乗り越えられるが、ハルピュイアを抑えることはできない。ハルピュイアは愛そのものなんだ」

動画を止める。

愛？　黒い翼を持った怒りの悲鳴をあげる生き物が、愛そのもの？

「言っただろう？　きみはきみだって」アレッサンドロがやさしく言った。

動画を再生する。

「ハルピュイアはどんな犠牲を払っても愛するものを守ろうとする」ライナスが続けた。「だが、効率的にやってのけるわけじゃない。ハルピュイアの力は、叫び声で敵の魂を破壊する原始的なものだ。犠牲者の脳は無傷だが、人を人たらしめている複雑な思考や感情のつながりは破壊される。自我が消滅するんだ。考えることも感じることもできない者は、誰かを傷つけることもできない」

思っていたとおりだ。ガンダーソンは、マイケルの闇にのみ込まれる前に死んでいた。

「セイレーンはこの二つの面のバランスをとろうとする。愛する者を守ろうとする衝動と、相手の愛だけを求める利己的な気持ちの間でね。理想的な翼の色は灰色で、どちらの力が強まるかによって明るくなったり暗くなったりする。きみはどちらの面も異常なほど発達していて、だからこそ歴史に残るパワフルなセイレーンでいられるんだ。同時にそれは両《もろ》刃《は》の剣《つるぎ》でもある。きみは長い間自分を抑えてきた。ハルピュイアは大事な者への止められないほど激しい愛から力を得る。大事な者を守るために、許容値をかえりみずに魔力のすべてを燃やし、自分の心を食い尽くしても叫び続けようとする。そうなればきみは死ぬ。

ハルピュイアのお気に入りが誰なのかは、わかりきっていることだ」

そう、わかっている。

ライナスは強烈な不安をぬぐいさろうとするみたいに、片手で顔を撫《な》でた。その目に苦しげな色が浮かんだ。「きみがいつ、どういう理由でこれを見るのか、わたしにはわからない。アルカンの制圧に成功していればいいんだが、たぶんそれはありえない。成功していればこの録画は消去して、きみとじかに話していただろう。カタリーナ、ハルピュイアに殺されるな。もし我々全員が恐れていることをアルカンがしでかしたとしても、生き続けるんだ。きみの家族の未来がかかっている」

ライナスがぐったりと椅子の背にもたれた。

「わたしはひどい父親だったが、息子を愛していた。息子の人生を見届けられなかったのが何より残念だよ。わたしはきみも姉妹もいとこも愛してる。きみたち五人は大切な存在だ。わたしの持つすべて、遺産のすべてはきみが受け継ぐ。生きるんだ、カタリーナ。これがきみへの最後の要望だ」

動画が止まった。

アレッサンドロが起き上がり、ノートパソコンを閉じてこちらを見た。

「ハルピュイアのお気に入りって、ぼくのこと？」

「ええ」

「ライナスが言ってたのはなんの話だ？　きみたちが不安に思ってることって？」

胸の中で恐怖が手を広げ、鋭い爪で心をえぐった。

アレッサンドロが頭を下げて視線を捕らえようとした。「カタリーナ？」

彼の顔を見る。「アルカンのことになると、あなたは理性を失ってしまう」

「どういう意味？」

「ずっと前からあなたはアルカンを殺そうとしてきたわ。まるで取り憑《つ》かれたように。あなたとあいつはもうすぐぶつかる。自分を犠牲にするしかあいつを倒す道がないとなったら、あなたはそうするはずよ。それが怖くてたまらない」そこで少し間を置いた。「アレッサンドロ、あなたを本当に愛してるわ。あなたを生かすためならわたしがなんでもすることを、ライナスは知ってる。もしあなたが死にそうになったら、ハルピュイアはわたしを乗っ取って、魔力も理性も食い尽くしてしまうでしょうね。ライナスはそれを心配してるの」

これで隠し事はなくなった。

アレッサンドロが手を差し伸べた。その腕が肩に回り、自分のほうへと軽々と引き寄せた。

「奴《やつ》を憎む気持ちよりきみへの愛のほうが強い。奴を殺しても、きみを失ったぼくには何も残らない。きみと奴の命のどちらかを選べと言われたら、奴を見逃すほうをとる」

「でもそれじゃ――」

「奴を殺すこととときみと生き続けることのどちらかを選べと言われたら、生きるほうを選ぶ。復讐《ふくしゅう》のために命を捨てないと約束するよ」

抱きしめるアレッサンドロの腕に力が入った。

「奴と戦わない約束はできない。ぼくは奴を倒したい。あの目から命が消えるのを見たいし、奪ったのがぼくだと思い知らせたい。だが、最初から命を捨てるつもりはない。いい人生を送りたいし、誰よりもしあわせになりたいからね」

「約束して」

「誓うよ」

彼はわたしが聞きたいことを全部言ってくれた。でも、まだ怖かった。

しばらく抱かれたまま座っていた。アレッサンドロの香りが励ますように、誘惑するようにあたりに漂った。

「クリスチーナのことを言っておけばよかったよ」

「いつから始まったの?」

「二カ月前。祖父から、子どもじみたことはやめて帰ってこいと電話があった。ぼくを許してやる、と。もったいぶった言い方だったよ。祖父はまた結婚を押しつけてきたんだ」

「なんて答えたの?」

アレッサンドロはため息をついた。「ちょうど忙しかったから、自分の考えを単刀直入に伝えた。祖父は怒って、家族への責任があるだろうと問いつめた。その口調が気に入らなかったから、身売りしたいなら自分がしたらどうかと答えた。年季が入って状態もよくない商品だから、ディスカウントしたほうがいいけどってアドバイスしたんだ」

「すっとする言い返しだけど、分別には欠けるわね」アレッサンドロはわたしや家族以外に対しては計算したうえで言葉を発する。祖父のことはよほど頭にきていたんだろう。

「くやしいが、祖父はいらだちを母にぶつける癖があって、今回もそうだった。電話が止まらなくなったのはそれからだよ。母が監視されていて、無理やり言わされているのは知ってる。イタリア語を使うからね。母はぼくたちに話すときはいつも英語なのに。しかも、台本を読んでるみたいな口調なんだ。親が息子を叱るときは、普通ならもっと感情を込めて言うものだ」

「かわいそうに」思わずアレッサンドロの頬を撫でた。

彼は首を振った。「母が本心で言ってるわけじゃないから傷つかないよ。それほどはね。それより問題なのはきみに言っておかなかったことだ。謝るよ」

「謝罪を受け入れるわ。でしゃばるつもりはなかったんだけど」

アレッサンドロに引き寄せられ、抱きしめられた。背中と胸が密着し、彼の腕がわたしを捕らえている。こうしていると、これ以上いたい場所なんか思いつかない。

「わかってる。ぼくらの間にあるものを守りたかったんだ。自分の一族のことだから、自分でなんとかしたかった。それでなくてもきみは忙しい。ねばねばしたカエルを投げつけて驚かすような真似《まね》はしたくなかったんだ」

「カエルはねばねばしてるわけじゃないわ。皮膚は乾いてる。肌の分泌物のせいでねばねばして見えるけど、触ったら全然……ねえ、たまには〝黙れ〟って言ってもいいのよ、今みたいなときは」

「黙って」アレッサンドロはやさしくそう言ってほほえみ、髪にキスした。

アレッサンドロは一族の借金をほとんど返済した。残っているのは千七百万ドルほどだ。大金だけれど、もともとの借金に比べればたいした額じゃない。アレッサンドロはローガンが申し出てくれた融資を使って借金を買い取ろうとしたものの、債権者に断られた。お母さんと二人の姉妹の生活を支えるだけで満足するしかなかったのだ。アレッサンドロはお母さんたちに毎月送金している。

抱きしめられたまま身じろぎした。彼は体を乗り出し、首筋にキスした。最高の気分。

「ハルピュイアに会いたいな」

「もう会ってる」

「でもあれはプールで、人目のある場所だった」アレッサンドロの唇が肌に熱い跡を残していく。「二人のベッドの上で会いたいんだ」

「どうして?」

「どれぐらいぼくを愛してるか知りたい」その歯が軽く首を噛《か》む。

うなじから爪先まで震えが走った。わたしのもの、わたしだけの……。

体を抱く腕は黄金色で、その下には固い筋肉が隠れている。

「ぼくはハルピュイアのお気に入りって言ったじゃないか」その声はあからさまに誘惑していた。愛撫《あいぶ》し、誘い込むその声にはあらがえない。

「そうよ」

心の中で強く、荒々しく、彼女が起き上がるのがわかった。アレッサンドロは彼女の、そしてわたしの世界の輝く中心だ。二人は一つの存在であり、自分自身を抑えつけることはできない。

アレッサンドロを押しのけ、振り返って顔を合わせる。渇望が浮かぶ目、一歩も引かない断固とした顔つき。こんな目で見てもらえるなら世界を捨てたっていい。

「見せてほしい」

「よくないことだと思うけど」そうささやく。

アレッサンドロがすぐそばまで顔を寄せた。「何もかも見せてほしいんだ」

「自分が何をほしがってるのかわかってる?」

「わかってる。だから頼んでるんだ」

アレッサンドロの肌からシトラスとサンダルウッドの香りがかすかに漂う。すぐそばに彼がいる。この顔のすべてを知っている。熱く溶けた目、険しい頬骨、まっすぐな鼻筋、官能的な唇、削り出したような顎。それなのに、初めて会ったかのように驚きとあこがれの目で見てしまう。自分でも説明できないものがほしくなる。それは欲望やセックス以上の何かで、まるで魂に空いた穴を彼だけが埋められるような気がして、求めるのをやめることができない。

心が黒い翼でいっぱいになる。魂の中でそれが羽ばたいている。

アレッサンドロが触れそうになるぐらい身を寄せた。すぐそばからその声が吐息となって唇にかかる。「愛してくれ、ぼくの美しいハルピュイア」

飛びつくと、アレッサンドロは不意を突かれてベッドに仰向けになったが、すぐに床に足をついてわたしを抱いたまま起き上がった。指先がかぎ爪のように彼の背中に食い込む。両脚をからめ、むさぼるようにキスする。彼が傷つけられたことに対する怒りと、正気を失うほどの愛と欲望を込めて。彼を、彼だけを味わい、永遠の愛を誓う。アレッサンドロが主導権を奪い返すようにキスに力を入れ、舌を忍び込ませた。わたしの攻撃は誓いへと変わる。これはキスではなく誓約だ。彼の唇を噛み、血の味で封印した。

頭の中で理性がブレーキをかける音がする。一歩先は崖だと叫んでいる。その声を振り払い、駆け出していってジャンプし、底なしの穴へと落ちていった。黒い翼が先端を赤く輝かせて開き、わたしは滑るように空を飛んだ。

一瞬アレッサンドロが驚きの目でこちらを見つめた。その顔を両手ではさみ、キスする。翼が二人を囲い込むようにはばたく。もし翼に実体があったら、アレッサンドロとわたしは空へと舞い上がっただろう。

ヒップをつかむ彼の手が焼けるように熱い。その手が下着を引き裂いた。彼を抱いたままベッドに身を投げ出す。服を脱ぐ暇も与えずにアレッサンドロを引き寄せ、ベッドに仰向けに寝かせてその上に乗った。すっかり固くなっているのがわかる。荒々しくシャツを脱ぎ捨てた。

こちらに伸ばされた腕をベッドへと押し戻し、腰を落とす。彼が中に入ってきた瞬間、快感が爆発した。その衝撃が体を突きぬけ、叫びとなって放たれる。唇から出たその音は歌でもあり悲鳴でもあった。呼び寄せられた魔力が二人を取り囲み、荒々しい岩場に砕ける波しぶきが遠くでこだまする。彼はわたしが世界から盗み取った一人の船乗りで、地上のどんな力でも引き離すことはできない。

頭を振り上げ、動きを速めていく。黒い翼が広がっている。アレッサンドロの手が胸を愛撫し、腰をつかんで一突きごとに強く引き寄せる。震えるオレンジ色の蛇のように、彼の魔力がはじける。リズムに合わせて腰を突き上げるアレッサンドロの腹部は固く平らで、胸の筋肉が張りつめている。すさまじいパワーを秘めたそのたくましい体、瞳、そして魔力。この瞬間、すべてがわたしのものだ。

解き放たれるのを待つ嵐のように、体が張りつめていく。もっと、もっと激しく。理性は一しずく残らず消え去った。

欲望もあらわにアレッサンドロがうめき声をあげた。

体の中の嵐がエクスタシーとなって砕け散った。海中に引き込むほどの強さで快感の波が押し寄せる。前のめりになって彼の肩をつかんだ。こちらを見る彼の目を、魅了されたようにただ見つめる。こんなにも美しい目が、じっとわたしを見つめている。

もう二度と誰にも手出しさせない。

二人でともに嵐の中へと身を投げ出す。そこにはためらいもやさしさもない。それは凶暴なまでのつながりを讃《たた》える歌となって、すべてを魂に熱く刻み込んだ。

酔いしれそうなその瞬間、ふたたびオーガズムが訪れ、いっきに体を駆けぬけていった。頭をのけぞらせ、体を快感にゆだねる。嵐を捕らえようとするかのように翼が大きく開き、わたしは歌った。言葉のない、長い響き――それは音楽ではなく魔力そのものだ。

アレッサンドロが体を岩のように固くこわばらせ、両手でわたしをつかんだまま、絶頂に達した。唇についた血を舐《な》め取りながら、その体が震えるのを感じる。

そしてわたしは力を奪われ、彼の隣に倒れ込んだ。

15

歯を磨いてシンクに吐き出す。朝が来た。真夜中に攻撃があると予想していたのに、何も起こらなかった。おかげで八時間たっぷり眠ることができて、腹ぺこだった。

襲ってきてもおかしくないのに、あの男はなぜそうしなかったんだろう？

「こんなの矛盾してる」クローゼットから二人で服を取り出しながら、アレッサンドロに言う。

「何が？」

「昨夜あいつがわたしたちを殺そうとしなかったからストレスを感じてるなんて」

「二十四時間以内に仕掛けてくるだろう。全戦力を投入してくる」

アルカンがあと何人残しているか計算していると、頭が痛くなってきた。

二人の携帯電話が同時に鳴った。ああ。よろよろとバスルームに戻ってシンクの上の携帯電話をつかみ、スピーカーモードに切り替える。「何？」

「クリスチーナ・アルメイダが来てる」パトリシアが報告した。

「最高。なんで今なの？」

「あなたを待ってるわ。今はレオンが付き添ってる」

「中に入れたのね。どうして？」

「人質を連れてきたから」

「人質？」

「サグレド伯爵夫人」

　伯爵夫人？

「どこだ？」アレッサンドロが歯を食いしばった。

「本棟のパティオ」パトリシアが答えた。「問題が発生したときのために、ミセス・ベイラーがクリスチーナの頭を狙ってる。急いで」

　サグレド伯爵夫人はメキシカンプラムの木陰にある石造りのベンチに座っていた。その前の小さなテーブルに置かれたアイスティーは手つかずだ。天気がよくてそれほど暑くないとき、ここはみんなで集まる場所になる。景色がよくて居心地がいい一画なのに、アレッサンドロの母は、床に流れる溶岩に今にもベンチがのみ込まれそうな顔で座っていた。両脇に男が二人立っている。両方熟練の戦士で、プロの手さばきで悪事を成し遂げるタイプに見えた。

クリスチーナは伯爵夫人と護衛の左に立ち、レオンをにらんでいた。レオンはパティオの入り口の反対側にあるベンチに座り、目をつぶって朝日を顔に受けている。

伯爵夫人がこちらを見た。その顔は血の気がない。下調べをしておいたからわたしより背が高いのは知っていたものの、小さく、華奢《きゃしゃ》に見える。まるで場所をとりすぎるのを怖がるかのように、はかなげな雰囲気を身にまとっている。きれいな人だけれど血色が悪く、メイクをしていても顔に生気がない。黒っぽい髪は白髪が見えないから染めているんだろう。ルーズなアップにしているので、どこかやつれて見える。その顔つきも場違いな雰囲気を強めている。自分がどこにいるのか、なぜここにいるのかわかっていないようだ。

クリスチーナのほうは自信たっぷりで、勝ち誇っているようにさえ見えた。じっとアレッサンドロを見つめながらゆっくり腕組みし、近づいていくわたしたちを高慢な笑顔で迎えた。アレッサンドロがつかつかと大股で歩いていくので、こちらは小走りになった。彼が母の前に立つと、伯爵夫人は立ち上がった。

「妹たちは?」骨まで寒くなるような声だ。

伯爵夫人はひるんだ。

「それが母親に対する口のきき方?」クリスチーナが言った。

「黙っててくれ」アレッサンドロはれんがを投げるみたいにその言葉を投げつけた。

伯爵夫人はまたたじろいだ。

アレッサンドロは伯爵夫人に向き直った。「妹たちはどこだ?」

「ヴィラにいるわ」その声はかすかに震えていた。

「妹たちの身の安全をあの毒蛇にまかせてきたのか? まだ売り物にならないから、妹たちのことなんかなんとも思ってないってわかってるのに」

左にいた大柄な護衛の男が咳払《せきばら》いし、イタリア語で言った。「おじいさまがよろしくとのことでした」

なるほど。この人たちはクリスチーナの護衛じゃない。アレッサンドロの祖父がつけた監視役だ。

「リリアン、この件については話し合ったでしょう? こうするのが彼にとっていちばんいいんだ、って。負けないで」

火山が噴火しそうになっていることをクリスチーナはわかっていない。

アレッサンドロは一瞬体を固くし、ゆっくりとクリスチーナのほうを向いた。その声は永久凍土みたいに冷たかった。「黙れと言っただろう。ぼくの言葉が理解できないのか? 二度と口を開かないでくれ」

クリスチーナは彼をにらんだ。「命令される筋合いなんかない。あなたの子どもっぽいいいわけを聞きに来たんじゃないもの。一族同士のビジネスの話をしに来たのよ。大人の男なら、子どもに言い聞かせるみたいに説得しなくても受け入れるような話を。あなたが事実を受け入れようとしないから、お母さまに来ていただくしかなかったの。せめてわたしたちに礼儀を見せて」

「ぼくらが大人なのがわかっていてよかった」アレッサンドロが答えた。「確かめた限りでは、ぼくの代わりに交渉する権利を持つ者はいない。ぼくは誰かの所有物じゃないし、売りに出されてもいない。祖父とどんな取り引きをしたか知らないが、ぼくには関係のないことだ」

「もう支払いは終わってるの」クリスチーナが宣言した。

アレッサンドロは彼女に背を向けた。「それはきみの問題だ」

「行かせないわ」クリスチーナの声が響いた。「後悔するわよ。ここにいる〝超一流〟はあなただけじゃない。人の手を借りないと行儀を思い出せないなら、喜んで手を貸すわ」

ついに直接脅してきた。携帯電話を取り出し、母にメッセージを送る。

〈彼女を撃たないで〉

マエストロがほほえんだ。

急いでアレッサンドロに告げる。「この人は傲慢で失礼で子どもっぽいけど、世の中、もっとひどい人もいる」戦闘モードをオフにして。わたしたちにはもっと大きな敵がいる。

クリスチーナがこちらを向いた。気のきいたことを言い返そうとしているようだ。

アレッサンドロが首を傾《かし》げた。「後悔させてくれ、〝超一流〟のアルメイダ。ぼくをあっと言わせてみろ」

見えない鞭《むち》をふるったみたいに、クリスチーナの周囲で魔力がはじけた。黄金の剣が現れ、それを手にアレッサンドロに飛びかかる。アレッサンドロはすばやくよけ、クリスチーナの顔に肘を叩《たた》き込むと同時に足を払い、倒れる彼女の手から剣を奪い取った。

リリアンが息をのんだ。

クリスチーナはあわてて起き上がったが、鼻からは血が出ている。

アレッサンドロはごみでも捨てるみたいに、うしろを見もせず剣を放り投げた。「まだだ」

クリスチーナはまた剣を召喚し、飛びかかった。アレッサンドロは体をそらして攻撃を受け流すと、彼女の右腕を左腕で止め、手首を握った。空いている手でもう片方の手首も捕らえてクリスチーナの腕をクロスさせ、ひねる。彼女はあっけなく床に転がった。

いったいどういう技を使ったの？　あとで教えてもらわなくては。

「もう一度」アレッサンドロが言った。「もっと感情を込めて」

クリスチーナはすばやく立ち上がり、バレリーナみたいに回った。その剣に魔力の炎が走るのが感じ取れた。剣が黄金の光の軌跡を残して半月形に宙を切り裂く。アレッサンドロは剣をよけ、クリスチーナのうしろにまわると左腿を蹴った。クリスチーナは叫び、膝をついた。

クリスチーナは歯を食いしばって立ち上がった。その顔はゆがみ、目には怒りが燃えている。

「もう一度！」

　アレッサンドロの攻撃はとても慎重だった。痛みは与えるけれど、治らないほどのダメージは一つもない。

　クリスチーナが手首を振ると黄金の剣が二つ現れた。それを持って飛びかかる。アレッサンドロはふたたび体をそらしてよけた。顔から一センチのところの空気を黄金の剣が削り取っていく。

　クリスチーナのもう一方の太腿にアレッサンドロのキックが入った。下向きに蹴りつけるシャッセ・イタリアン。完璧なタイミングだ。膝を上げ、ピストンのように敵の脚にかかとを振り下ろす。クリスチーナはまた倒れた。

　アレッサンドロがあのキックで敵の動きを封じるのを見たことがある。場所を見きわめ充分な力をかければ、相手の膝に大きなダメージを与えることができる。

　クリスチーナはさっと立ち上がって叫んだ。痛みではなく怒りの叫びだ。武器も持たないアレッサンドロに面目をつぶされた怒り。

　まだ歩けるのが不幸中のさいわいだ。

「まだまだだな」アレッサンドロがほほえんだ。「きみが本物の敵と戦えると保証した奴《やつ》が存在するなら、ひどい勘違いだ」

「このクソ男！」クリスチーナが言い捨てた。

「もう悪態か。まだ式を挙げてもいないのに」

アレッサンドロが指をさっとこすり合わせた。魔力が渦巻き、オレンジ色のスパークがシャワーとなって右手に降りかかり、次々と武器の形をとった。日本刀、マチェーテ、ウィンチェスター、リトルブラザー、短剣。クリスチーナに向かって歩きながら、手に触れた武器をどんどん捨てていく。アレッサンドロのあとに凶器の川ができた。

最後に、その手は黒い短剣をつかんだ。わたしが気に入っている古代ローマの剣。それを軽く回して指の間に刃を滑らせていく。まるで神秘的な力で手に密着しているみたいだ。

「こんなばかげたことはもう終わりだ」

どれでも好きな武器が選べるのに、アレッサンドロは婚約を終わらせるためにあの剣を選んだ。それはこちらへのはっきりとしたメッセージだった。

クリスチーナがあとずさった。明日になれば太腿は両方ともあざになり、ベッドから出るのに手助けが必要になるだろう。鼻血は止まっていた――きっとアレッサンドロの攻撃が軽かったからに違いない。でもまだ涙目だし、地面には容赦なく叩きつけられていた。今は全身が痛いはずだけれど、それよりずたずたにされたのはプライドだった。

右にいた護衛が前に出た。

リリアンがさっと立ち上がってエレガントに両腕を伸ばした。指先がオレンジ色にはじける。同時に二丁の銃が火を噴き、護衛が二人とも倒れた。

レオンがベンチからずり落ちた。リリアンが持っているのはシグ・ザウエルＰ２２６とグロック17。レオンの銃を複製していた。

リリアンは石の上で血を流している二人の男を見やった。「この時が来るのをずっと待っていたの」

いったい……今のは何？

アレッサンドロは母を見つめた。クリスチーナは口をぽかんと開けている。

サグレド伯爵夫人はクリスチーナに眉を上げてみせた。「息子の言葉を聞いたでしょう？　逃げるなら今のうちよ」

クリスチーナは我に返り、両手を握りしめた。何か言おうとして口を開いたが気が変わったらしく、パティオから立ち去った。うちの警備が一人、茂みの陰から飛び出してそのあとを追った。

「レオン、ちょっとはずしてくれる？」わたしはそう頼んだ。

「いい銃ね」リリアンがレオンに言った。「ありがとう」

「どういたしまして」レオンは立ち上がって去っていった。

二丁の銃をそっと石のベンチに置くと、リリアンはアレッサンドロに向き直った。「さっきの質問に答えます。あなたの妹たちは昨夜飛行機でシカゴに着いたわ。おじいさまは二人の居場所を知らないけど」

アレッサンドロは無言で母を見つめた。

「アレッサンドロ」リリアンはやさしく言った。「久しぶりなのに、ハグもないの？」

アレッサンドロの目の中で何かが堰《せき》を切った。血だまりをまたいで近づくと、彼は母を抱きしめた。

リリアンはグラスに入ったミネラルウォーターを飲んだ。さっきとは別人みたいだ。従順な雰囲気は消えた。はかなげなところはまだ残っているものの、この繊細さは別物だ。リリアン・サグレドの繊細さは鋭く細いナイフと同じ。折ることはできても、その前に両手をずたずたにされるだろう。

ロートアイアンのテーブルをはさんで、アレッサンドロはわたしとリリアンの正面に座った。彼が何を考えているのかわからない。

「よかったらわたしは――」そう言いかけた。

「いてくれ」アレッサンドロが答えた。「お願いだ」

リリアンがこちらにほほえみを向けた。「わたしはかまわないわ。さあ、アレッサンドロ、なんでも訊《き》いて」

「何から訊けばいいのか」

リリアンはため息をつき、繊細な指でグラスのふちをたどった。「あなたはマルセロを崇拝していたから、この会話は避けたかった。小さな男の子は父親を崇拝するものよ。とくにそれがマルセロみたいに颯爽《さっそう》とした人だと」

リリアンはつかの間言葉を止めた。

「マルセロは思いやりのある夫で愛情深い父親だった。いつも家族のことを気にかけていて、特別だと思わせてくれたわ。でもお金や相続のこととなると、何も考えていなかった。口を開いても出てくるのはおじいさまの言葉ばかり。フランコ・サグレドは怪物よ。イタリアに到着したとたん、おじいさまはわたしのパスポートを保管するからと言って取り上げた。もう一度手にしたのは二日前よ。わたしは何もわかっていなかった。うちの両親は年がいっていて、わたしは一人っ子だったから、とても大事にされて育ったの。フランコは親切そうに見えたし、奥さまは笑顔を絶やさないやさしい方だったから、こんな人たちが義理の両親で幸運だと思ったわ。初めて何かおかしいと感じたのは、旅行でギリシャに行ったときのこと。マルセロの友人夫婦と会って、みんなで買い物に行ったんだけど、そのときいろいろなものといっしょに美しいネックレスを買ってくれたの。翌日、休暇を続ける友人夫婦と別れたマルセロは、買ったものは返品しないといけない、予算をオーバーしているから、とやさしく言ったのよ。まったく理解できなかった。結婚したのは富豪一族で、わたしは三千万ドル分の株を持って結婚したというのに。結婚してまだ半年で、こんなにお金に困るなんてありえないと思ったわ」

リリアンの笑顔が苦々しくなった。

「お金持ちの中には倹約家もいるから、マルセロもきっとそうなんだと自分を納得させるしかなかった。あなたが生まれて実家の両親に孫を見せに行こうとしたとき、やめたほうがいいと言われたの。自分の口座を確認しようとしたら、お金を引き出せなくなっていた。そのときは知らなかったけど、おじいさまはわたしに精神疾患があると周囲に思わせたの。二人の医師の診断と第三者の証言までとるという徹底ぶりだった。そうしてわたしのお金を完全に自分のものにしたのよ。あなたはまだ生後二カ月だったのに、パスポートも財産も夫もあの冷血漢に握られて、逃げ場を失ったの」

「父さんは何もしなかったの？」アレッサンドロが訊いた。

リリアンは唇を噛《か》みしめ、慎重に言葉を選んだ。

「フランコがどんな人で、家族にどれほどのプレッシャーを与えられるか、あなたならわかるわね。最初の十年、あなたにはわたしとマルセロがいた。自立心のある子に育つように、二人でできる限りあなたを守ったわ。でもお父さまには誰もいなかった。生まれた瞬間から、フランコに全人生を支配されたの。マルセロは勇気があってやさしかったけど、言い争おうとすると濡《ぬ》れた紙人形みたいになってしまう。でも、愛して結婚した人だからあきらめたくはなかった。愚かにも、彼を解放できると思い込んだの。マルセロが亡くなって葬儀をした翌日、フランコがうちに来て、あなたを連れていったのよ」

リリアンは言葉に詰まり、咳払いした。

「わたしは息子を取り戻そうとして戦った。後継者が生まれたから、わたしはもう用なしだと言われたわ。下の娘二人は一族を支えるためにいずれ売り払う、と。わたしは消耗品だった。子どもたちに会わせてもらえるだけで感謝しなければいけない、そんなふうに思うしかなかった」

なんて恐ろしい話だろう。

「おばあさまに助けを求めたけど、わけがわからないふりをされたわ。わたしは絶望して、フランコを殺そうとした」

アレッサンドロが息をのんだ。「まさか！　かなうわけがないのに」

「実際そのとおりだったわ。わたしにはフランコのように訓練されていなかった。全力で戦ったけど、反対に殺されかけたわ。わたしには年老いていても、魔力は年とともに強くなるばかりよ。あのときは顔を隠したままかろうじて逃げ出して、フランコが家に乗り込んできたときはしらを切り通したわ。フランコは怪しんでいたけどたしかな証拠はなかったし、わたしを殺してしまうのは都合が悪かった。うちの両親が存命で、その遺産を狙っていたからよ。それ以来フランコは、マルセロを殺した男からわたしと娘たちを守るためと言って護衛をつけるようになったわ」

　リリアンはグラスに目を落とした。

「一人、友人がいたの。同い年ぐらいの地元の女性で、子どもは幼い男の子が二人。わたしたちのために掃除と料理をするのが仕事だった。この護衛二人組は、わたしの目の前で彼女を殺したのよ」

　これには言葉がなかった。

　リリアンの声は抑えきれない怒りで震えた。「彼女には魔力がないから危険はなかったし、二人を挑発したわけでもなかった。ただわたしに身のほどをわきまえさせるため、頭を撃ったの」

　アレッサンドロの顔には血の気がなく、仮面のようにこわばっている。

「知っているとおり、それ以降はあなたとほとんど会えなくなった。週に一度がいいところだったわ」

　アレッサンドロは静かに言った。「会うたびに、ちゃんとした友人と付き合うこと、出るべきパーティに出ることがどんなに大事か言い聞かせてくれたね」

「フランコはそういう機会を結婚広告のようなものだと考えていたけど、わたしは世界じゅうの人に、母親と同じぐらいあなたを愛してほしいと思ったの。誰もにあこがれられる有名人になってほしかった。いずれあなたは祖父に反抗するだろうし、そのとき闇に葬られては困る。フランコにとらわれて突然行方不明になっても、大勢が捜索して、フランコに不都合な質問をぶつけてほしいと思ったの」

アレッサンドロはテーブルの下で手を握りしめた。その手にそっと手を重ねる。

「いっしょに逃げてほしいって頼んだ夜のことだけど」アレッサンドロがたずねた。

リリアンは左目から涙をぬぐった。「あのときいっしょに行こうとしたら、逃げきれなかったでしょうね。あの一族の本性を少しでも教えていたら、あなたは出ていかなかったはずよ。義務に対して忠実だから、わたしたちを見捨てるなんてできるわけがない。あのときは子どもを一人だけ助けるチャンスができたと思って、全力であなたを突き放したの。もし同じ状況になれば、お互いどんなに傷つくかわかっていても同じことをするわ」

「借金の大部分はぼくが買い取った」アレッサンドロは静かに言った。「残りはたった千七百万ドルだ」

「そうね。あなたが何年もわたしたちを経済的に支えてくれたことも、そのために何をしたかも知ってるわ」

「ビアンカに聞いたんだね」

リリアンはため息をついた。「アレッサンドロ、あなたは何千ユーロもの大金をヴィラに持ち込んで、その管理を十四歳の子に託した。あの子はどうしていいかわからずに、部屋じゅうに隠していたわ。枕の中や生理用品の間に押し込んだり、ドレッサーの裏にテープで留めたり……」

アレッサンドロは片手で顔をおおった。

「トマソが亡くなって、ビアンカがあなたへの仕事の仲介を引き継いだけど、ビアンカがどうしてあんなにうまく仕事をこなしたか、不思議に思わなかった？」

トマソは最初の仲介人だった。ビジネスとしての暗殺業を教えたのは彼だ。

「いいや」

「わたしたちは手を尽くしてあなたを辞めさせようとしたけど、あなたは決して手を止めなかった。殺人鬼を罰したいという衝動が強すぎたの。わたしたちにできたのは、なるべく安全にあなたが任務を遂行できるようにすることだけ。やめてくれて本当によかったわ」

「どうやって逃げ出したんだ？　どうして今？」

「去年、あなたはランダー・モートンという男性を助けたでしょう？」

水没地区の事件だ。ランダーの息子が殺され、わたしたちはそれを解決した。

「母さんと父さん、そしてランダーがヨットにいる写真を見たことがある。ぼくを妊娠していた母さんがつわりで苦しんでいたとき、彼がジンジャーエールを一ケース差し入れしてくれたと聞いたよ」

リリアンはうなずいた。「数カ月前、その彼が連絡をくれたの。病気の身で、自分亡きあとのお孫さんたちの行く末を心配していたわ。お金には困っていなくて、使い方はとてもうまかった。調査のうえでうちの窮状を知って、取り引きを申し出てくれたの。わたしと娘たちに偽造身分証を用意して逃亡を助ける——その代わりに、あなたはモートン一族と同盟を組むと。確認もせずにあなたの名を出したことは謝るわ。でも必死だったの。二十二歳になったビアンカを、フランコは繁殖用の牝馬《ひんば》みたいに売り払おうとしていたから」

フランコ・サグレドには最悪の最期を遂げてもらうしかない。

リリアンは苦しげな顔で身を乗り出した。「できるだけ引き留めようとしたの。仮病を使わせたり、あなたが送ってくれたお金を使ってクリニックに不妊の診断をもらい、噂《うわさ》を流したり。でも去年の冬、フランコはビアンカやわたしの意思を踏みにじって、独自に診断させたのよ」

婦人科の診察はそれでなくても楽しいものじゃない。そのあと売り飛ばされるとわかっていながら、意に反して診察室に連れていかれるなんて……思わず歯を食いしばった。

「フランコはビアンカの婚約話を固めようとしていたから、どうしても逃がしたかった。来週発《た》つ予定だったんだけど、あなたを罪悪感で操るためにフランコがわたしをここに送り込んだの。娘たちが人質になっているし、長年従順だったわたしなら命令どおりに動くと考えたんでしょうね。だから計画を早めるしかなかった。モートンの部下が娘たちを連れ出してくれたわ。今ごろフランコも気づいてるはず……」

アレッサンドロはリリアンの手をとった。「だいじょうぶだよ、母さん。きっとうまくいく。どうして教えてくれなかったの？」

リリアンはやさしい顔で息子を見た。「あなたがフランコを殺そうとするからよ。あの人はとても強い」

「ぼくもだ」

「危険すぎるわ。やっとフランコから自由になったあなたを、また引き戻すなんて」

彼は首を振った。「人生で出会う女性たちは、なぜか皆ぼくを守らなきゃと思うみたいだ」

すぐに話題を変えたほうがいい。

わたしはリリアンに向かって言った。「ベイラー一族がモートン一族と同盟を組むことに異存はありません。あなたがたの安全のためなら、これぐらいの代償はなんでもない。必要なだけここにいてください。お迎えできてうれしく思います」

「ありがとう」リリアンが頭を下げた。

アレッサンドロ親子はとても似ていた。どちらも胸に渦巻く感情を抱えているのに、注意深くそれを隠して、向き合っている。二人きりにしてあげたほうがいい。アレッサンドロはわたしにいてほしいと言ったけれど、それは互いの胸の内を話し合うのを避ける口実に過ぎない。二人とも言いたいことがたくさんあるはずだ。

立ち上がってほほえみを浮かべる。「ちょっと用事があるので失礼するわ」

そしてアレッサンドロに引き留める隙を与えず、その場を後にした。

リリアンが受けた仕打ちはひどすぎる。彼女の言葉どおり、フランコ・サグレドはまさに怪物だ。でもこれでアレッサンドロは母の愛情と妹たちを取り戻した。怒り、恐怖、しあわせ……どれを感じているのか、自分でもよくわからなかった。その全部をいっきに感じているのかもしれない。自分でも受け止めきれない。自動車事故を間一髪で逃れ、心のどこかでアドレナリンを求め続けているみたいに、現実感がなかった。

本棟に入ると警備スタッフとぶつかりそうになった。

「〝超一流〟のトレメインがお呼びです」警備スタッフが言った。

最悪のタイミングだ。わたしは覚悟を決めて上階に向かった。

ヴィクトリア・トレメインは信じられないほど複雑な魔方陣の中に立っていた。正確にはそれは円形ではなく、六つのパワータンクと一つの排出部からなる列を二つつないだものだ。その魔方陣は、バスルームとクローゼットつきの広い部屋全体に広がっていて、壁と天井も利用している。二カ月かけて描き、すぐに完成できるように特定の部分だけを残しておいた。一度稼動させるといずれは力を失い、もう一度描き直さないといけなくなるけれど、あと一週間ぐらいは動くはずだ。

チョークの線が怒ったように白く脈打った。おばあさまはご機嫌斜めらしい。

ヴィクトリアは腕組みした。「自分のことをさぞお利口だと思ってるんでしょうね」

「とんでもない、おばあさま。わたしはただのアマチュアで、学んでいる途中。おばあさまというお手本を見てると、もっとがんばらなきゃと思うわ」

ヴィクトリアはこちらをにらんだ。今にも頭が爆発しそうだ。

「今度はばかにするのね」

「まさか。本心を言ったまでよ」

「トレヴァーを丸め込んだでしょう」

嘘をついてもしかたがない。「ええ」

「ほかに何をしたの？　全部言いなさい」

「〈エンピリアン・ホールディングス〉。ベルフェア一族とフィンチ社」

ヴィクトリアは問いつめるように目を細くした。「どうやってアルビオン・フィンチを落としたの？」

「隠し子がいたの」

祖母の眉が上がった。「アレシア？　姪《めい》の？」

「そう」

「五年前にクビにしておけばよかった」

「でも、しなかった。だからおばあさまの投資先の三分の一を押さえることができたの。それから、バーンはトレメイン一族のネットワークにちょっとした楽しいウイルスを送り込んだ。わたしが承認しない限り、雇い人に給料を支払えない仕組みよ」

「本当に腹の立つ子だこと」

「そうよね。でも自慢にも思うでしょう?」わたしは手を合わせた。「少しぐらいは」

ヴィクトリアは魔方陣の中を歩き回った。線がストロボのように白く点滅した。ああ、本当に怒っている。

この複雑な罠《わな》を完成させ調節するのに、あと三年ぐらいあればどんなによかっただろう。今は一時的に祖母を封じ込めているけれど、それだけじゃ足りない。当初の計画では、すべてのパーツをきちんとあるべき場所に並べ、祖母が一線を越えたら一撃で制圧できるようにするはずだった。でも、結局この妥協案で我慢するしかなかったのだ。

「いつまでここに閉じ込めておくつもり?」

「それはおばあさましだいよ。アルカンが攻撃してくるし、そうなればおばあさまの助けが必要になる」

祖母はじっとこちらをにらんだ。「絶対に質問に答えないのね」

答えないに決まってる。「ええ」

「なぜアルカンに狙われているの？」

「知っているはずよ。アルカンはアレッサンドロのお父さんを殺した。そしてこの十年、アレッサンドロはアルカンを狙い続けた。だからあいつはアレッサンドロを永遠に葬り去りたいと考えてる」

「嘘ね」

「おばあさまの魔力はこの魔方陣を越えられないはずだけど」

「魔力なんか必要なもんですか。孫娘のことなんて目を見ればわかる。それに、わたしには脳があるの。あのロシアの執行人の力は知っているし、考え方もわかる。あの男はリスクを冒したがらないわ。わざわざ狙ってくるのは、おまえのハンサムなボーイフレンドだけが理由じゃないはずよ」

もうどうでもいい。「そのとおりよ。嘘をついてたの。でも、おばあさまの嘘のほうがずっとたちが悪いんじゃないかしら」

祖母は疑わしげに目を細くした。「嘘？」

「ライナス・ダンカンがわたしの祖父だった件」

祖母は殴りつけられたみたいにあとずさった。

「知ってたのに教えてくれなかったわね。おかげでライナスのことは、不思議なほど親切な家族の友人だとばかり思ってた。家族は大事、血の絆《きずな》は重要といつも言っているくせに、よくもそんなことができたわね」

祖母は息を吸い込んだ。「おまえに言うなんて、あの愚か者……」

「誰が言ったかは関係ない」

祖母は一瞬言葉に詰まったものの、やがて挑発するように顎を上げた。「あの男が家族だなんて、ずうずうしいにもほどがある」

「なんですって？」

「あの男はわたしとジェイムズを捨てたのよ。父親を必要とするときに見放したうえに、ジェイムズが逃げたとき、わたしからかくまうのを手助けまでした」

「それはパパの生まれが原因なんじゃないの？」

祖母は歯を食いしばった。

「あなたは同意も得ずに他人の子宮に胎児を移植して、育てさせた。それがなんの罪にあたるか、わたしにはわからない。レイプなのか誘拐なのか、人身売買なのか……。恐ろしすぎて、罪名さえつけられないぐらいよ」

「おまえが生きているのは、わたしがしたことのおかげじゃないの！」祖母は両手を握りしめた。「わたしにどんな家族がいたか、知っている？」

「一度も話してくれなかったわね」もちろん知っている。ちゃんと調べたから。

「わたしは七人きょうだいの末っ子で、愛されて育った。愛情あふれる両親、五人の兄、一人の姉。その家族全員が、三年の間に奪い取られたのよ」

わたしの曾祖母《そうそぼ》は、出産まで胎児を育てるのが遺伝的に困難な体質だった。何度か流産したあと、最初の夫は離婚を求めた。曾祖母は結局、六人の子を持つ男性と再婚し、その子どもたちを我が子のように愛した。ヴィクトリアの誕生は喜びに満ちた大きな驚きだった。一家全員がヴィクトリアをかわいがった。祖母は愛に包まれていた——家族を壊されるまでは。

祖母の声にはありありと感情が表れていた。「初めて人を殺すはめになったのは十二歳のときよ。自分を犠牲にしてわたしを守ってくれた姉は、目の前で死んでいったわ。一族同士の抗争ですべてを失った。両親、兄、姉、健康。しあわせも安全も、何もかも！」

祖母の魔力に反応して魔方陣がちかちかと白く点滅した。思わず一歩下がる。

「あのぬくもりを少しでもいいからよみがえらせたかった、ただそれだけよ。子どもがほしかったの。慈しんで育てる子どもが。そして家族が！　それがそんなに恐ろしいこと？　もちろん息子には一族の名を継いでもらいたいと思った。わたしたちは不滅だってことを示すのはもちろん、何より、息子には安全でしあわせでいてほしかったからよ。あなたの父親をこの世に生み出すためには、多くを犠牲にするしかなかった。人の道にはずれることをしたのはたしかかもしれない。でも、そのせいで恐ろしい罰を受けたわ。あんなに愛していた息子が逃げ出すなんて。あの子には魔力がなかったから、強く育てようとした。

自分の身を守れないあの子を、家族を失ったように失いたくはなかった。ところが息子はそのせいでわたしを憎んで逃げ出したの。ライナスと同じようにね。わたしはたった一人で息子を捜し続けた。どこかであの子が生きていることを示す、小さなパンくずを追ってね。結婚していたことを知るすべはなく、赤ん坊のおまえたちをこの手に抱くこともかなわなかった。それだけを求めてきたというのに。もう息子を抱くこともできない。死の床に寄り添うこともできず、そのうえ息子の娘たちはわたしを憎んでいる。知ってるわ、わたしのことをこっそりなんて呼んでいるか。〝邪悪な祖母〟でしょう」

祖母の目に涙があふれた。どうしよう、これからどうしたらいい？

「ライナスのことをやさしい老人だと思っているみたいだけど、あの男のしたことときたら、夜中に悪夢で目を覚ますようなものばかりよ。わたしよりずっとひどい。なぜかあの男は下水をかいくぐってもバラの匂いをさせるところがある。そのいっぽうで、わたしは悪い魔女同然に憎まれて……」

部屋と部屋をつなぐドアが開き、ライナスが現れた。点滴のスタンドで体を支え、背を丸めて立っている。

「ヴィッキー……ハニー」

「そんなふうに呼ばれるのはごめんよ、嘘つきの悪党なんかに！」

口がぽかんと開いてしまった。これは現実？　いったいどういうこと？

祖母の声は苦々しかった。「取り引きしたでしょう？」

「傷つけるつもりはなかった」ライナスが話し始めた。

「嘘はもうたくさん！　わたしが何をしていたか、知っていたくせに」

「きみがあんなことをやり遂げるとは思わなかったんだ」

脳のどこかが、ライナスが目覚めたという事実を認識し、彼が責任転嫁しようとしていることを冷静に見抜いた。

「ええ、そうよ。だから何年も罪滅ぼししようとしてきた。彼女の家族の面倒を見て、家を与えて、かくまって、支えて、誘拐されそうになった姉妹を助けた。あの契約で求められたことを全部果たしたわ。魂から罪が消えるわけじゃないのはわかっていても、力を尽くした。それに比べてあなたはどうなの？　わたしや自分の息子に対するあの仕打ちは？」

「孫娘たちはきみを愛してる。カタリーナは二年もかけてきみを捕らえる罠を用意していたが、きみの安全のためにあっさり捨てたんだ」

「恩着せがましいことを」祖母はそこで我に返った。「それより、ここで何をしてるの？」

「ライナスは襲撃されて仮死薬を過剰摂取したの」わたしはそう説明した。

祖母はライナスをにらんだ。「正気でも失った？」

今度はわたしが爆弾を落とす番だった。「それから、ライナスはテキサス州監督官で、わたしは副監督官よ。ほかにかくまう場所はないわ」

部屋は墓場みたいに静まり返った。

ライナスは右手を上げた。「ヴィッキー……」

「なんてことを！　このろくでなし！」

おっと、これは……。

「理性的に話そうじゃないか――」ライナスが言いかけた。

「その脳を焼き尽くしてやる。よくもこの子を監督官なんかに！　わたしのものだというのに！」

背後のドアが開いてアラベラが顔を出した。「いったい何を怒鳴り合って――」

アラベラを引き寄せ、その口を手でふさぐ。

「ほかに二人いた」祖母がなじるように言った。「いちばん上の子を選んでもよかったのよ。あの子はあなたに似てるし、完璧だった。それがうまくいかなかったら、いちばん下の子にすればいい。〝やさしいおじいちゃま〟の笑顔を見るためなら、焼けた石炭の上だって歩きかねない子で、祖父を崇拝しきってるんだから。それなのに、わたしが選んだ娘を奪うなんて！」

ライナスが首を振った。「これには事情があるんだ」

「事情なんか聞きたくもない。わたしの知ったことじゃないわ」

魔方陣が目もくらむほど明るく光った。こんなにも強烈な魔力で攻撃されたら、脳が溶けて耳から流れ出すだろう。

祖母は腕を振り回した。「この子はトレヴァーを丸め込んだのよ！　それなのに気づきもしなかった。そのさりげないやり方、緻密な計画。くたびれた老いぼれの脳には想像もつかないでしょう？　わたしが教え込んだの。わたしが型にはめ、一族のリーダーに仕立てあげたのよ。完璧なパートナーを見つける手助けもした。あの二人を出会わせるのがどんなに難しかったかわかる？　この子の認定テストにあの青年を呼べと記録係に提案したのよ。そしてこの子に、自分の一族を捨てて別の一族に加わらないと約束させた。あの青年を愛するのを禁じたのも同然だった――禁断の果実ほど甘いものはないからよ。わたしのところに来たときのこの子は、従順で不安定で、あの青年に二秒でも見つめられようものなら気を失いそうだった。二人の子どもは無敵になるわ。それなのに、そっちのばかげた計画と、義務だの大義だのの愚にもつかないたわごとのせいで、すべてが台無しになった。監督官とやらの先の見えないもくろみのせいで、この子は死ぬのよ！」

言葉が出ない。

ライナスが何か言おうとした。

「黙りなさい！」祖母はライナスに指を突きつけた。「いいわけなんか聞くものですか。取り引きをして、わたしはその約束を守った。あの愚かしいシーザー計画を助けたわ！

あなたのために犯罪者になって、刑務所にまで入った。子どもたちは自由にしていいって約束したじゃないの。一人選べばいい、邪魔はしないって言ったくせに！」

魔方陣が脈打った。床が揺れている。

「わたしに嘘をつくとは！」

白い光が走り、チョークの線が小さな音をたてた。全員が見つめるうちに、光は消えた。

「質問があるんだけど」わたしは口を開いた。

祖母と祖父がこちらを見た。

「訊きたいことはいろいろあるけど、いちばん重要なのはこれ。愚かしいシーザー計画って何？」

誰も何も言わなかった。

「打ち明ければいい」祖母が言った。「孫娘に、自分がしでかしたへまのことを」

「複雑な話なんだ」ライナスがつぶやいた。

「この人がシーザーなの。すべてはアメリカ評議会があのばかばかしい陰謀組織を解体するためにでっち上げたこと。あなたの祖父は、組織に入り込んで自分をトップに据えたのよ」

こんなこと、耐えられない。

思わず両手で顔をおおった。

「カタリーナ、だいじょうぶ？」アラベラが訊いた。

「ええ、平気よ。この人はわたしたちのおじいちゃんだし、ネバダに約束したから殺すわけにもいかない」アラベラのほうを向く。「ここをまかせてもいい？　今は……今はとても無理」

「だいじょうぶ。あの二人にはクッキーでも食べさせておくから」

わたしは背を向け、部屋から飛び出した。

16

自分のオフィスがいちばんいいと思い、ここに隠れた。

しばらくはメールを眺めながらなんとか読もうとしたものの、内容が頭に入ってこない。二十分後、あきらめて監督官ネットワークにログインした。

探すものはすぐに見つかった。過去に監督官が扱った案件ファイルは、普通ならもっと高い地位でなければアクセスすることができないものも多い。副監督官のときは手が出なかったけれど、今は監督官代理だ。ネットワーク内のアーカイブは自由に見ることができる。

ヴィクトリアの言葉は正しい。ライナスはシーザーそのものだった。

アダム・ピアースが銀行を吹き飛ばしたことが発端でわたしたちが関わるようになった事件の二年前、複雑な汚職事件を追っていたライナスは件《くだん》の陰謀を突き止めた。二十を超えるテキサスの有力一族、鉄壁の評判や強力なコネや驚くほどの資金を持つ人々が関わっていた。規模が大きすぎて外からでは倒せない。アメリカ評議会の代表と協議のすえ、ライナスは組織内に入り込むことを決めた。

それには半年かかった。組織の者たちは、つけいる隙のない評判を持つ表の顔――新たに仲間を引き込むときの看板になり、臆病風に吹かれた仲間を落ち着かせられる人物を必要としていた。握手して、あなたのしていることは正しい、この大義は崇高で、未来の世代はあなたたちの努力と犠牲を讃《たた》えるだろうと心から誠実に保証してくれる誰かを。ライナスはその〝誰か〟になった。組織の顔となる権力なきリーダー、シーザーに。

アーカイブの内容は、とてもくわしい部分もあれば大雑把《おおざっぱ》なところもあった。ライナスは一挙手一投足を監視されることにいらだちを感じていたようだけれど、この作戦を挑戦とみなしてもいた。直接介入と暗躍のどちらかを選ぶ場合、ライナスはいつも暗躍を選ぶ。州の機関や著名な〝超一流〟を誰にも気づかれることなくチェスの駒のように動かすライナスを、わたしはこれまで見てきた。

この陰謀には統一された命令系統はなかった。共通の目的でゆるく結ばれた、力を持つ複数グループの寄せ集めだ。行動の前にライナスに相談することもあったけれど、しないほうが多かった。独断で動く触手を持ったタコと格闘するようなものだったに違いない。ライナスは両手を縛られていたも同然だったので、代わりに汚れ仕事を引き受ける誰かが必要だった。そこでライナスが選んだのがローガンだ。

ライナスの率直な表現によれば、ローガンは戦後生気を失っていた。ローガンのいとこのケリー・ウォラーはこの陰謀にどっぷり浸《つ》かっていて、そのうえ息子まで引っ張り込んだ。息子のギャビンは陰謀に参加するメンバーの中に英雄視できる者がいないか探したすえ、アダム・ピアースを選んだ。ライナスはアダムがいずれコントロールできなくなると予想し、実際にそのとおりになった。ローガンが関わるきっかけを作ったのがギャビンだ。ネバダは名前さえ出てこなかった。

ヒューストン全土を燃やし尽くそうとするアダムをローガンとネバダが阻止してつかまえたとき、陰謀のリーダーたちが集められた。ライナスは、アダムを支えるのはリスクが大きすぎると彼らを説得した。彼らはアダムを見捨て、ライナスは初めての勝利を手にした。

こちらで一言言葉をはさみ、あちらで一つ提案しながら、ライナスは慎重にこの陰謀を内側から少しずつ解体していった。そして事態の進行に合わせてライナスの進む方向も変わっていった。今になって振り返るとそれがよくわかる。ライナスには陰謀を解体すると同時に、もう一つの目的ができた――ネバダを守ることだ。

ライナスは、姉に向けられた暗殺指令を二つ阻止し、三度めの暗殺にやってきた〝超一流〟をみずから殺した。ネバダやわたしたちを守るため、大きなリスクを冒した。

オリヴィア・チャールズが死亡したとき、報復としてコーネリアスを殺そうとした上層部を説得したのもライナスだ。ライナスは、コーネリアスの妻ナリの死に激怒していた。

その事件に気づかなかったこと、止められなかったことで自分を責めた。ファイルにはこう書かれている。〝もしもっと早く気づいていれば、マチルダは母親を失わずにすんだし、人生が始まったばかりのあの若い女性は今も生きていた。わたしが自信過剰だったために彼女は死んだのだ〟と。また、有力一族の一員、スタームの異父母兄弟について、初めて聞く話も書かれていた。

あの陰謀の仕組みについてはちゃんと把握していたつもりだったけれど、浅い知識でしかなかった。わたしの知らないことが何層にもわたって深く広がっていた。これは大物たちがプレイするゲームだ。学ばなければいけないことがまだたくさんある。

ライナスは大きな責任と強い罪悪感を背負っていた。監督官の道を選んだ者は清廉潔白のまま引退することはできない、と一度ライナスが言ったことがある。今になってその意味がようやくわかった。十年後にまたこういう陰謀が発生したら、悪人を演じ、自信過剰のせいでなんの罪もない人が死んだと書き残すのはライナスじゃなくてわたしだ。よく学んで必死に仕事をこなせば、の話だけれど。

そこにはもう一つファイルがあり、別のコードでロックされていた。名前は〝私用〟。わたしのコードで開いた。ライナスはいつかこれをわたしに見せようと考えていたのだろう。

オリヴィア・チャールズが死んだあとの騒動が落ち着き、スタームを制圧して、あの陰謀を徹底的につぶしたと思っていたころ、コーネリアスがライナスに会いに行っていた。ローガンとネバダの結婚式のすぐあとだ。コーネリアスはライナスに、あなたを殺しに来た、しかし先に釈明を聞くつもりだと語った。二人は話し合い、どちらも死ぬことはなく、コーネリアスは帰った。

〝きみの家族はぼくの家族だ。きみとアラベラとネバダは、マチルダにとっては姉同然なんだ。ぼくがきみたちに危害を加えることは絶対にない〟

コーネリアスは知っていた。きっとわたしの祖父を許したに違いない。そして、家族としてわたしたちを許してくれた。もちろんネバダも知っていた。あの陰謀が瓦解したあと、ネバダはメンバーたちを尋問した。その話から、背後で動いていたのはライナスだとわかったはずだ。

ネバダはヴィクトリアを憎んでいる。祖母のせいでネバダはひどい目にあった。憎むのは当然だ。だから絶対にアーサーをヴィクトリアに近づけようとしない。それなのにネバダはライナスを許し、秘密を守り、自分の人生から追い出さなかった。ライナスの目的が正しいと思ったからなのか、自分の命を守ろうとしてライナスが危ない橋を渡ったのを知ったからなのか、どちらだろう。たぶん両方だ。この件が全部片付いたら訊《き》いてみよう。お茶を用意して心を静めるキャンドルをたくさん灯《とも》し、二人きりで静かに話したい。

コーネリアスに話したのがネバダだったとしても驚かない。ネバダのことだから、コーネリアスにライナスと会うよう言ったのだろう。

奇妙な形の大きな蜘蛛《くも》がデスクに現れ、目の前で止まった。ヤドビガとわたしは見つめ合った。

ゆっくりと慎重に手を伸ばし、引き出しを開け、プラスチック容器を取り出す。

急に動いてはだめだ。低くハミングしながら魔力を繰り出し、容器をひっくり返して持ち上げる。

「〝静かに、赤ちゃん、おしゃべりはおしまい……〟」

待って、わたしは何をしてるの？　相手は蜘蛛なのに。

少しずつ容器を下げる。

「〝ママがマネシツグミを買ってあげる……〟」

ヤドビガはじっとしている。

魔力が効いているのかもしれない。

容器の影がヤドビガの上に落ちた。

ヤドビガはデスクの上をさっと走っていき、絨毯《じゅうたん》の上に落ちたかと思うと壁を這《は》い上がり、通気口に入った。

残念。容器を引き出しに放り込む。

ハアハアいう声が聞こえたので顔を上げた。ルースターがオフィスの入り口に座り、空中の一点を見つめている。

なるほど、そういうこと。「うちの妹の言葉が気にさわったの？」

何もない空間があちこち破れて溶け、太陽を浴びた天使のようなコンスタンティンが現れた。手にアーサーが作った輪ゴムのマシンガンを持っている。

「ものには道理がある。世界一の幻覚の使い手として、評判を汚されるのはいやなんだ」

「いいわ、入って」

コンスタンティンは中に入ってクライアント用の椅子に座り、甥《おい》の武器をテーブルに置いた。「この奇妙な武器はドローンできみに送られてきたんだ。だから自分から配達を買ってでた」

ネバダのおかげで約束のことを思い出した。

「試してみた？」そう言って顎でマシンガンを指す。

コンスタンティンはうなずいた。「驚くことに、ちゃんと動いたよ」

ルースターはコンスタンティンの太腿に顎を置き、こちらを見ている。コンスタンティンがその頭を撫《な》でた。

「裏切り者」ルースターに向かって言った。

「こいつのせいじゃない。ぼくは犬に好かれるんだ」

「蜘蛛はどう？」

コンスタンティンは笑った。「無理だろうな」

「あなたのお目付役は、寝返ったから交代させるわ」

「必要ない」コンスタンティンはルースターの耳をかいてやった。「二十分前、アルカンが偽名を使ってヒューストンに入った。猶予は夜明けまでだろう。あいつは派手な演出を好む。それに、夜明け前は視界が悪い。夕暮れでもいいが、真っ暗な中でこの広い敷地をうろつくのは避けるはずだ」

いよいよその時が来た。

「何を考えてるか当ててようか?」

「自分が才能あるアマチュアで、知らないことがまだまだたくさんあると思い知って、それを受け入れようとしてるところよ」

「そうか。てっきり、アレッサンドロが母親と話してるからふさぎこんでると思ってたよ。さっきちょっと寄ってみたんだが、とても込み入った話をしているようだった」

彼に笑顔を向ける。「未来の義母のこと、とても気に入ったわ」

ルースターは寝そべることにしたらしく、コンスタンティンは脚を組んだ。「ほう?どのへんが?」

「狙いがとても正確」

コンスタンティンは顔をしかめた。

しばらく沈黙が流れた。

「アルカンは明日仕掛けてくるだろう」コンスタンティンが言った。「そのあとどうなるか、考えてる？」

どんなことが起きるか、あらゆる面から考えてみたものの、今はそれどころじゃない。

「なんの話？」

コンスタンティンの顔つきが変わった。

黄金の天使は消えた。今目の前にいるのは、ハンサムなただの人間だ。金髪は同じでも、その肌からは完璧な日焼けが消えている。上品だった顔つきは険しくなった。角張った顎、断固とした口元、まっすぐ前を見すえる目、太い金色の眉。左頬に刻まれた、口角をかすめてこめかみから顎に走る傷跡。色が肌と同じところをみると古傷に違いない。でも間違いなく深く切られている。

ルースターが低くわんと鳴いた。コンスタンティンがかがんで頭を撫でてやると静かになった。

「この会話は顔を合わせてしたほうがいいと思ったんだ」

その声も新しい顔に合っていた。きびきびとして無駄がなく、いつものくだけた感じがない。これは本物のコンスタンティンだ。喜べばいいのか警戒すればいいのかよくわからなかった。

「翼を見せてくれるかい？」

彼は素顔を見せた。それなら公平にしよう。

翼を開く。それは肩の上で美しい緑色に輝いた。魔力を送り込むと、真っ黒な光が根元から先端へと走り、一瞬全体が血のように赤く染まった。

コンスタンティンは眉を上げた。

翼の黒が薄れるのを待って緑色の羽をかすかに揺らし、魔力を自分の中へと押し留《とど》めた。

「このままでも会話を続けられる？　それともしまってほしい？」

「出しておくと疲れる？」

「いいえ。疲れるのは、魔力を抑えておくときよ」

「そういう意味ではぼくらは同じだ。幻覚を薄れさせるためにその力を使うんだ」コンスタンティンは翼を見つめた。「目が離せなくなるな」

そのための翼だもの。「何を話したいの？」

「明日サーシャが死ぬことは理解してるね？」

胸に不安がはじけた。「自信があるのね」

「サーシャの父親の最期の姿を観《み》たことは？」

「あるわ」

アルカンの魔力は独特で恐ろしい。あの男は魔力を放って時を止める。それが力の本質ではないはずだけれど、傍目《はため》にはそう見える。アルカンはマルセロの親友を殺すためにその結婚式に乗り込んだ。マルセロが親友の前に立ちはだかったとき、アルカンは結婚式すべてを凍結した。その力が薄れるまで、被害者の傷から血が流れることすらなかった。あれは一度見たら忘れられない光景だ。

コンスタンティンがまっすぐこちらを見ている。目を合わせるのは怖いけれど、一度見たら引き離せない、エネルギーを発するビームのような目だ。

「アルカンの魔力には太刀打ちできない。五秒間、その場の全員が動けなくなり、あいつは好きなことをする自由を得る。射程は二十五メートル。戦場の一部を凍結することができるんだ。あの魔力に名前はない。あいつだけの力だからだ。きょうだいも息子もあの力を受け継いでいない」

「子どもがいるの?」

「いたんだ、息子が。死んだけどね。ちょっとシャビエルに似てた」

「それなのに今まで隠してた」

コンスタンティンはうなずいた。「きみが奴《やつ》を殺すのに迷いが生じるといけないからね。アルカンを怒らせる必要があった。〝メキシコの虐殺王〟がその名のとおりの力の持ち主でよかったよ」

「あなたって策略ばかりね、殿下」

「職業病だよ。サーシャは周囲の魔力すべてを無効化できる。理論上、アルカンの力に対抗するには完璧だ。だがサーシャが究極の力を発揮するためには魔方陣がいる。アルカンは魔方陣を必要としない。しかも、明日のサーシャは魔方陣が使えない」

何が言いたいのだろう？「どうしてわかるの？」

「あいつの魔力は全方位に向かう。狙えないんだ。半径八百メートル以内の魔力を全部消し飛ばす。電磁パルス爆弾の魔力バージョンだよ」

実際には半径九百メートルだ。

「きみの家族は魔力がないと戦えないが、アルカンの部下たちは魔力がなくても熟練の殺し屋だ。明日サーシャが反魔力爆弾を爆発させたら、きみも、姉妹も、いとこも、祖父母も、全員ただの民間人になる。いっぽうでアルカンには、なんでも命令できる十人以上のプロの殺し屋が残る」

コンスタンティンは、アレッサンドロの魔力が環境干渉型で、一定の範囲にいる全員に影響をおよぼすと思っている。それは間違いだ。アレッサンドロの力はその範囲内にいる人々に影響するけれど、環境干渉型ではない。

「アルカンは凄腕《すごうで》の殺し屋だ」コンスタンティンは続けた。「ロシア帝国きってのエリートに鍛え上げられたからね。サーシャはたしかに優秀な戦士だが、才能に頼りすぎる。若いし動きも速いが、きみたち全員が力を失った場合、独力では太刀打ちできない。明日、アルカンがどこに現れようと、サーシャは誘導ミサイルみたいにアルカンを狙おうとするだろう。きみがどんなに計画を練っていても、あの二人が互いに目をつけた瞬間、計画は吹き飛んでしまう」

数日前ならそのとおりだと思ったかもしれない。今も疑心暗鬼で苦しい。でもアレッサンドロと約束した。愛する男性を信じられないなら、二人に未来はない。

「お母さんなら狙撃手としてライフルを使えると考えてるかもしれないが、それも無理だ」

母のことは考えてなかったものの、悪くない指摘だ。

「これから言うことは国家機密に属する。国家への反逆も同然だよ」コンスタンティンは一瞬ユーモアのない笑顔を見せた。「時間停止は、アルカンが持つ意識下の能力だ」

たいていの能力者は意識下と無意識下の力を持つ。意識下の力は能動的な働きかけが必要で、無意識下の力は呼吸や発汗のように自動的におこなわれる。わたしの場合、無意識下の力で他人の脅威を見きわめ、こちらを好きになってもらおうとする。いつも力を抑えているのはそれが理由だ。いっぽうで、歌は意識的な働きかけが必要になる。コンスタンティンは無意識下の力で幻覚を見抜き、意識的な働きかけで姿形を変える。

「アルカンはみずから無意識域を生み出せるということ?」これは初耳だ。監督官ネットワークもアレッサンドロのスパイも、そんな事実には触れていない。

「そうだ。厚さはおよそ六ミリ。アルカンが許可しない限り、何物もそこを通ることはできない。刃も銃弾も届かない。朝、服を着たり髪を梳《と》かしたりする場合は意識的にそれを消す。本人の意思で無意識域を消して酔っ払うことはできるが、無理やり喉にアルコールを流し込もうとしても無駄だ。録画されている可能性があるときは、秘密を守るためにわざと切られてみせたりもする」

この話は本当？　それとも嘘？　ネバダがここにいてくれたらいいのに。

「呼吸はどうするの？」

「奴の無意識域は密度や脅威のレベルによって変化するんだ。気体は通すし、液体もいくらか通す。でも固体はまったく通さない」

「じゃあ、毒使いが気体を媒体に使ったらうまくいくのね」

「おそらくね。だが確実にそう言えるわけじゃない。密度だけじゃなくて、脅威のレベルもからんでくるからだ。雨に濡《ぬ》れることがあるいっぽうで、酸を繰り返し浴びせられても火傷《やけど》しない。アルカンは身近に毒使いを一人も置いておらず、雇っても自分には近づけない。食事は自分の庭で採れた食材を使って調理するのを好む。毒味役を置き、旅行のときは心を守るための専属のイージス使いがいっしょだ。絶対に殺せない男なんだ」

「電光使いは？」

「きみがそれを言い出すとはね。ぼくらが二度めに奴の抹殺を試みたとき、同じことを考えたよ。奴の無意識域は電光を無力化する。炎も、電光念動力による発火も試してみたが、だめだった」

背筋に冷たいものが走った。「アレッサンドロはそれを知らないの?」

「ああ」

これはすべてをひっくり返すような情報だ。時間停止の力は最後の切り札であり、数秒間しか続かないから、その間アルカンの守りが少し手薄になるのに賭けていた。スナイパーによる狙撃、多方向からの銃撃、毒使いによる攻撃を複雑に組み合わせた一連の動きを計画していたのだ。この計画は、アルカンが時間を止めたときアレッサンドロがその射程内にいないことが前提だった。

この計画ではアルカンを倒せない。

「この会話が終わったら、きみはすぐサーシャに伝えに行くだろう」コンスタンティンはため息をついた。「それでも何も変わらない。サーシャは楽観的だ。イタリアの血筋だよ。逆にロシアでは、悲観をオリンピック種目とみなしているぐらいだ。明日ぼくらはアルカンを殺す。きみの義理の兄か、親友か、妹が奴に打撃を与えるだろう。きみの歌で死に追いやれるかもしれない。喉をかき切らせてね。でも誰一人として充分なスピードが出せない。サーシャは真っ先にアルカンに攻撃を仕掛けて、アルカンに殺されるだろう。ここで最初の質問が重要になってくる。そのあときみはどうする?」

アレッサンドロが死んだらどうするか？「……わからない」

「サーシャとのしあわせな思い出があるこの家に留まるか」コンスタンティンはあたりを見回した。「きみにとってこの家は思い出にあふれてる。愛し合い、未来を語り、ともに笑った思い出だ。彼が逝ってしまえばそれがすべて汚される。過去のぬくもりのこだまを求めてここに留まるかい？　それはあまりに苦しいと思うが」

「何が言いたいの？」

「もし苦しすぎると思うなら、いっしょにロシアに来ないか」

なんとなく予想はしていたけれど、やっぱり突然だった。

「裏切りに思えるのはわかってる。サーシャは今まだ生きているし、抱きしめることもできるからね。でも明日、すべてが終わったとき、たった一人で向き合う必要はないんだ。これまで起きたすべてから遠く離れて、新しいスタートを切ることができる。批判もされないし罪悪感もない。新しい人生だよ」

「これはロシア帝国からの正式な雇用の申し出なの？」

「一人の皇子から、大事な客人になってほしいという誘いだ」

「意味は同じじゃない？」

「それは違う」

ため息が出た。「コンスタンティン、もしあなたといっしょに行けば、いずれ誰かが皇子の恩に報いるべきだって言い出すわ」

「誰もそんなことは言わない。ぼくが許さない」

コンスタンティンの口調は、まるで古代の兵士に向かって〝侵略者からこの橋を死守しろ〟と命じるかのようだった。その言葉には重みがあり、百パーセントの自信があった。現代社会では、王家の人間が本気でこんな言葉を口にできる機会はほとんどない。

「ロシア帝国がきみの力をほしがっていないと言ったら嘘になる。それほどの魔力を持つ能力者を王家の兵力に迎えられるのは非常に好ましいことだ。だがそれがこの招待の理由じゃない」

「じゃあどういうことなの、殿下?」〝殿下〟の言葉が嫌みっぽく響かないように言った。

「ぼくはアルカンの監視映像を山ほど観た。必要な情報を集めるために、何時間も画面を見つめるだけのこともあった。奇妙なことに、ぼくはそれを楽しみに思うようになった。なぜなら監視映像の中にときどききみがいたからだ。水没地区で人工の神に向かって歌う姿。祖母がいる刑務所を訪ねて、そのあと動揺する姿。雨の中、犬を散歩させる姿」

話の流れが気に入らなかった。「それはわたしのほんの断片に過ぎないわ、コンスタンティン。あなたは敵だらけの恐ろしい場所にいて、正体をいつわり、自分の行動に神経を尖《とが》らせ、そのうえ何日もずっと画面を見つめていた」

彼は皮肉っぽく笑った。「国を離れたのはあれが初めてってわけじゃない。こういう任務ならこれまで何度も、いや、二十回以上はこなしてきた。でも誰かに興味を持ったことなんか一度もないんだ。知り合ってからぼくが話したすべてのこと、きみが見ているのを承知のうえでサーシャと交わした車内でのばかげた会話、犬を紹介してくれたときの言葉、キッチンでのおしゃべり——その全部でぼくはいつもきみの欠点を見つけようとしていた。きみに背を向ける理由がほしかったからだ。ところが結局こうして素顔をさらしている」

わたしたちが監視していたのを知っていたらしい。いつも計算ずくだったとは、驚きだ。

「きみの考え方が好きだ。笑顔も。キッチンの窓から差し込む光を受けて、野菜を刻んでいる姿も。これまでずっと何かが欠けてると思ってきたが、それがどこにあったのかわかった。ぼくらは同類だ。二人で一つなんだ」

これもコンスタンティンの仕掛けたゲームだと思いたい気持ちはどうしようもなく強かった。でも違う。彼は心から誠実に話している。

「サーシャにかなわないのはわかってる。きみはあいつを愛してる。でも明日、あいつはいなくなる。ここには苦しい思い出だけが残る、耐えがたい場所になる。監督官たちに文句は言わせない。きみは義務を果たす以上のことをしたからね。一族の長《おさ》の仕事はきみの姉妹がやすやすと受け継ぐだろう。悲しみに溺れるきみより、彼女たちのほうが適任かもしれない。きみの妹は計算高い現実主義者だ。ネバダと祖父母が導けば、なんの問題もなく一族の舵取《かじと》りができるはずだ」

奇妙なことに、アラベラについてはコンスタンティンの言うとおりだ。

「もしぼくにチャンスをくれる気になったら、ベイラー一族は無敵になる。ロシア帝国の市民権と庇護《ひご》が保証されるんだ。アメリカに残るとしても、特別な地位を得ることになる。いとこたちとアラベラは社会の最上位層に迎え入れられるだろう。ロシア帝国という後ろ盾があるから、もう二度と抗争に巻き込まれることもない」

コンスタンティンは重荷を下ろすみたいに肩をすくめた。

「どれも決定打にはならないけど、あと一つだけ言っておきたい。きみをテキサスに置いておくのは才能の無駄遣いだとサーシャに言ったのは本気だよ。きみはもっと大きな舞台に立つべき人だ。ロシアは広大で、我々の利権も多い。活躍の場が大きく広がっていることに惹《ひ》かれないか？　自分の力の限界を試したり、本当の力を探求したりできるんだ」

「わたしが求めているのはシンプルな暮らしよ」

コンスタンティンの顔がぼやけ、わたしの顔が現れた。少し年長で今より鋭く、世間を知り尽くした目をしている。着ているのは、金色が混じった深い緑色のフォーマルなドレス。頭にはエメラルドが並ぶ金色のティアラをかぶっている。その姿は美しく、強く、気高い。これがコンスタンティンの目に映るわたしだ。

幻覚が破れ、本物のコンスタンティンが最後に笑みを浮かべたかと思うと、世間に見せている完璧な顔に戻った。

コンスタンティンは立ち上がった。

「考えておいてくれ」

そう言って彼は去った。忠実な犬を絵に描いたように、ルースターがそのあとをついていった。

アーサーが作った輪ゴムの機関銃を持って本棟に入り、階段を駆け上がった。祖父母の部屋には誰もいない。ヴィクトリアの魔方陣は破られていた。きっとアラベラが出したんだろう。

みんなどこに行ったの？　ライナスはろくに歩けないはずだけれど。

キッチンから声が聞こえてきた。あそこだ。

階段を駆け下り、キッチンに続く短い廊下に入ったとき、急ぎ足でこちらにやってくるアラベラにぶつかって跳ね返されそうになった。

「入らないほうがいいよ」アラベラはこっそりそう言うと、行ってしまった。

いったいどういう……。廊下を抜けてキッチンに入る。

母、フリーダおばあちゃん、アレッサンドロのお母さんがこちらを見返した。

「何か必要なものでもあるの？」母がそう言ったものの、必要なものなんかあるはずない、という口調だ。

「邪……じゃなくて、ヴィクトリアとライナスを見なかった？」

「西のバルコニーよ」フリーダおばあちゃんが答えた。

「ありがとう」そう言ってすぐにキッチンを出た。

西のバルコニーは本棟の中でもお気に入りの場所の一つだ。三階にあって、アラベラの塔と本棟をつなぐ通路と一体になった屋根つきのベランダの一画にある。分厚い石造りの手すりに守られた広いスペースは静かで美しく、テキサス南東部の緑豊かな景色を見晴らすことができる。

ライナスとヴィクトリアは小さなテーブルをはさんで座っていた。テーブルにはアイスティーのグラスが二つと、アラベラお得意のヴィーガンマフィンらしき皿があった。

誰も怒鳴っていない。これはいい兆候だ。

「カタリーナ」ライナスが言った。

輪ゴムのマシンガンをテーブルに置き、三つめの椅子に座る。

「これは？」ヴィクトリアがたずねた。

「銃に似てるな」ライナスはマシンガンを手にとって、隠れている引き金を引いた。空中に輪ゴムが飛び出した。「原始的だし不器用な作りだが、ちゃんと機能する」

ライナスがマシンガンを撫でると、かせくり器を使った改造銃に若草色の魔力が走った。

「幼児にしては複雑だが、十代にしては単純すぎる」ライナスはマシンガンをテーブルに戻した。「この謎のヘーパイストスはいったい誰だね？」

「アーサーよ」

ライナスはさっとこちらを振り向いた。

「祖母のかせくり器と毛糸と輪ゴムと画鋲《がびょう》を材料に、念動力を使って空中で組み立てたの。ネバダは画鋲にびっくりしてたわ」

「それは当然ね」ヴィクトリアが言った。「尖っているから」

ライナスはマシンガンに手を伸ばし、聖杯でも持つようにそっと持った。

「おめでとう」ヴィクトリアの口調は皮肉っぽかった。「ようやく一人見つけたわね」

「あの子はどうして武器を作るの？　誰かを撃つなんてことは理解できないはずだけど」

「武器を作ったことには気づいてない。周囲にあるものを操れる、と魔力が知らせるんだ。

輪ゴムは伸びるし金属の画鋲は固く、毛糸はもの同士を結びつけることができて、この木製のものは回る。あの子はいろんな形でそれらを組み合わせ、滑ったりはじけたりするものを作った。本能のなせるわざだよ。次は動く彫刻を作るだろう」

「どうしてこれがヘーパイストスの魔力と呼ばれるの？」

「銃を作るのは何より楽しいからね」ライナスが答えた。

そこで切り出した。「二人とも、わたしに嘘をついていたわね」

「わたしたちは誰にだって嘘をつくわ。おまえだけを特別扱いする理由がある？」ヴィクトリアが答えた。

「わたしは家族よ。あなたを大事に思ってるの、ヴィクトリアおばあさま。でも、だからってあなたのしたことは帳消しにはならない。父の生まれ方だけじゃなくて、ネバダもひどい目にあわせたわ。それに、ローガンに人身売買とレイプの罪を着せかねない複雑な罠《わな》を仕掛けた」

ライナスは祖母を見つめた。「ヴィクトリア!」

「あれを公表するつもりなどなかったに決まっているでしょう」

「でもネバダには公表すると思わせたわ。あれを水に流すことなんてできない」今度はライナスのほうを向いた。「例の陰謀に関するファイルを読んだわ」

「だろうと思ったよ」

「わたしたちとの関係を隠していたのはなぜ?」

ライナスは何も言わなかった。

「拒絶されるのを恐れたのよ。父親の役割など何ひとつ果たさなかったくせに、今はやさしい祖父を演じようとしている。おまえたちに知られたら人生から締め出される――それが怖かったのよ」

首を振って言う。「今だってまだその可能性はあるわ。アーサーにはあなたが必要だけど、わたしには必要ない。副監督官もトレメイン一族の一人であることも、やめたってかまわない。なんの良心の呵責《かしやく》も感じないわ」

「訊きたいことがあったんじゃないのか?」ライナスがたずねた。

「アルカンは無意識域を持ってる」

「それで?」ヴィクトリアが言った。

二人にその事実とコンスタンティンからの申し出を説明した。

「よくもまあ」ヴィクトリアがうなり声をあげる。

ライナスが祖母を制した。「手出ししないでくれ」

「コンスタンティンのことは気にしないで。あなたたちは二人とも恐ろしい存在だけど、何十年という経験を積んでる。明日、どうすればアルカンを殺せるか教えて。アイデアを出し合って、必要な場所に連絡して。そうしないとアルカンはアレッサンドロを殺して、わたしはロシア帝国に逃げることになるから、二度と会えなくなるわよ」

ただの脅しにすぎないのは全員わかっているけれど、自信たっぷりに言いわたせてすっとした。

ヴィクトリアがライナスを見やった。「この人にお訊きなさい」

ライナスはうめき声をあげ、椅子の背にもたれた。

「また何かたくらんでるのね」ヴィクトリアが言った。

「この子たちを守ろうとしてるんだよ」

　ヴィクトリアは肩をすくめた。「人を守るのと足かせをつけるのは別の話よ。その境線がどこにあるのか、わたしにはわかってるし、しょっちゅうそこを行き来している。あなたは助ける必要などない。ただ反対しなければいいだけよ」

「きみはアラベラの判断力を信頼しているかね？」ライナスがわたしにたずねた。

「何について？　車の趣味は最悪だと思うけど」

「男だ。恋愛相手を選ぶとき、正しい判断ができるだろうか？」

「もちろんよ」なんの迷いもなかった。人を見る目に関してはわたしより持っているくらいだ。

　ライナスが椅子から立ち上がった。「電話をかけさせてくれ」

　携帯電話のロックをはずし、ライナスに渡す。ライナスはそれを持って出ていった。

「わたし、後悔すると思う？」

「いいえ。あの人は自分は正しいと思ってるけど、いつもそうとは限らない」

「わたしたちを思いどおりにしてもいいと、ライナスと約束したのは本当？」

　ヴィクトリアは鼻で笑ったものの、その音はなぜか弱々しく聞こえた。「ええ、そうよ。あなたたちの存在を知る前はジェイムズ捜しを手伝うと約束してきたの。そうやってわたしを引き込んだのよ。そしてあの人は、ジェイムズはヒューストンにいる、姿を見たと言った」

それは嘘ではなかった。「それから？」

「例の陰謀が進行していくにつれ、あの人は手助けを必要とするようになった。だからわたしにジェイムズが死んだことを打ち明け、孫の中から好きな子を選んでいいと言ったのよ」

ライナスへの怒りはしばらくおさまりそうもない。

ヴィクトリアがこちらを向いた。「カタリーナ、いったいなぜ監督官になったの？」

「複雑な事情があって」

「それはあの人から聞いたから知っているわ。でもそのせいで今はこんなありさま。監督官の仕事が原因で、一族の存続が危うくなっているのよ」

「あのひどいたくらみのせいでネバダがどんなに苦しんだかわかる？　あのときのほうが今よりずっと大変だった」家を手で指し示した。「今回は単純よ。敵の正体がわかってる。あのときのネバダは、まさかあなたに背中を刺されるとは思ってなかったわ」

ヴィクトリアはため息をついた。「それでネバダは今、ローガン一族の恐るべき尋問官になってしあわせなの？　わたしがあの子を自由にしたのは、妻や母になるため？」

「わたしたち、この件では絶対に意見が合わないわ」

「ライナスとなら合うと思っている？　人生のあらゆる面でしくじってきた人なのに？　あの男はわたしとあなたの父親を見捨て、出ていって武器商人になった。監督官になったのは自分の罪を償うためよ。それしか見えていない。わたしの刑期が始まったとき、あの男は刑務所に面会に来たの。驚いたわ。やっと人間性のかけらが見えた、と思ったから」

「でもそうじゃなかったのね」

「あの人は、例の陰謀にからんでいた有力一族が刑務所にスパイをひそませて、わたしを監視させていたことを嗅ぎつけたの。そしてそのスパイをあぶり出したいと考えた。わたしたちは庭で面会して、あの人は新しいローマを打ち立てるだの、大義は死なないだの、ぺらぺらとしゃべりまくった」

　思わず笑ってしまった。我慢できなかった。

「首を絞めてやろうかと思ったわ。絞めるべきだったのよ。わたしを刑務所に入れて、いったいどんないいことがあったというの？　あの男がまだ生きてるのは奇跡よ。わたしは感謝すらされない」

　ヴィクトリアは首を振り、お茶を飲んだ。

　ヴィクトリア・トレメインの名ゼリフだ――〝あれもこれもしたのに、感謝すらされない〟。

「どうしてライナスはあなたたち親子を捨てたの？」

「あの人と会ったのは、ニューヨークの小さなコーヒーショップだった。ライナスは祖父と喧嘩《けんか》して着のみ着のままでアメリカに渡ってきたの。二年もドナーを探し続けていたわたしは、またとないチャンスだと思った」ヴィクトリアはため息をついた。「出会い、話し、相手を魅力的だと思ったとき若者がすることをしたわ。あの人はドナーになるのを承諾した。代理母のことは言わなかったけど、つなぎ合わせればそれとわかるヒントは与えたわ。欠点がたくさんあっても、あの人はばかじゃない。だからそんなヒントは無視したの。そのあとジェイムズが生まれて家に連れ帰ると、あの人は有頂天になった。あなたのお父さんほどかわいらしい赤ん坊はいなかったわ。つかの間、わたしたちは家族だった」

ヴィクトリアは遠くを見る目をした。

ヴィクトリアはこの話をネバダにもしている。ヴィクトリアの話のほとんどは、事実が半分しか含まれていない。ほかの尋問者が嘘をついているかどうか知るためには、尋問者はしっかりとそれに集中しなければいけない。そしてネバダはヴィクトリアを信じた。

「長く続かないのはわかっていたの。ライナスは野心家で、目標があった。家族というのは心地よいものよ、カタリーナ。わたしたちといっしょにいて家族ごっこをすることに惹かれている自分に気づいて、まずいと思ったんでしょうね。ライナスは代理母の契約を知って腹を立て、喧嘩になり、去った」

「どんな契約だったの？」ヴィクトリアが契約の話をするのはこれで二度めだ。

「ミーシャは植物状態だった。新たな〝ケルンの野獣〟を手に入れようとして、彼女の家族を狙う輩《やから》がいたの。魔力のない人たちだったけど、そんなことは関係なかった。その家族は子どもを一人盗まれていた。代理母として利用する代わりに、わたしがあの一家を敵から守る。彼らはその条件で納得したの」

顔を手でおおった。「ひどい話ばかりだわ」

「これはわたしの罪であってあなたの罪じゃない。ミーシャの家族は、ましなほうを選んだのよ」

「ましかもしれないけど、邪悪なおこないよ」

ヴィクトリアは無言だった。

「誘拐された子どもは取り戻したの?」

「もちろん」

ライナスが急ぎ足で戻ってきた。「護衛を集めてくれ。出かける用ができた」

17

アラベラはこの装甲車の仕様を超える時速五十キロでカーブを切った。

「ピートのことは残念だったわ」わたしはライナスに言った。

ようやくライナスに今回の事件の全貌を話した。アラベラからだいたいの話は聞いていたようだけれど、アラベラが知らないこともある。

ライナスは何も言わなかった。ライナスとピートは二十年近い付き合いになる。ピートは使用人ではなく友人だった。

「ピートの息子は？」

「この件にけりがつくまで、モンゴメリー国際調査会社にかくまってもらってる」

「それはよかった」ライナスは言った。「まだわたしに怒ってるのか？」

「ええ」

この怒りはしばらく解けないだろう。ヴィクトリアに向き合うときに恐怖や腹立ちをのみ込み、犯罪現場に臨むときに嫌悪を隠し、コンスタンティンが目にあこがれを浮かべてこちらをじっと見つめるとき深い不安を胸の奥にしまうように、この怒りも抑え込んだ。わたしにはそういう力がある。だからって忘れたり許したりはできないけれど。

「言ってくれればよかったのに」運転席のアラベラが言った。

「祖父だということ？　それともシーザーのほう？」

「両方」わたしたちは同時に答えた。

「きみたちにはまだ受け止められなかった」

「言っても無駄よ。いつも自分が正しいと思い込んでるから」アラベラにはっきり断言する。「十年前にパパが亡くなったとき、おじいちゃんがいればどんなによかったか」

「知らなかったんだ」ライナスはため息をついた。「出ていって以来、きみのお父さんに会ったのは一度だけだ。ビルから出たとき二十歳の若者とぶつかった。顔を見たらまるで鏡を見ているようだった。その若者はこう言った。〝あなたに頼み事をしたことは一度もないけど、あの人をヒューストンに寄せつけないでほしい〟その夜ヴィクトリアから電話があった。ジェイムズがヒューストンにいるはずだから、捜すのを手伝ってくれと」

「それで、どうしたの？」アラベラが訊《き》いた。

「シアトルにつながる手がかりをでっち上げて、ヴィクトリアにわかる場所に仕込んだんだ。そのあと自分でジェイムズを捜そうとしたが、なんの手がかりもない。名字すら知らなかった。ヴィクトリアは息子に、身を隠す方法を教え込んだ。ヴィクトリアは、万が一自分の身に何かあったら、魔力のない息子が狙われると信じていて、姿を消す方法を叩《たた》き込んだんだよ。ジェイムズが身を隠したとき、ヴィクトリアは見つけられるはずだと思ったが、彼はわたしたち二人より頭がよかった。ネバダが誰なのかに気づいたのは、彼女が尋問者だと知って身元を調べたときだよ。きみのお父さんの運転免許証でわかったんだ」

記録局の駐車場は思っていたほどひどい状態ではなかった。建物に空いた穴は、作業員が直していた。

「わたしはろくでもない父親だった。だからこそ、いい祖父になろうと努力している。きみたち五人を愛しているからだ」

「心配ないよ」アラベラが言った。「わたしたちもライナスを愛してるから。ときどきひどい人だと思うけど」

今わたしがライナスに対して抱いている感情は怒りと傷心だけ。もっと深いところを探ればそれ以外の感情も見つかるかもしれないけれど、その二つがすべてを圧倒していた。

妹は車を駐《と》め、全員で車を降りてビルに向かった。タワー棟のロビーは涼しくて気持ちよかった。ライナスが受付係に話しかけた。

アラベラがあたりを見回した。「ふぅん」

妹はどうしても同行したいと言い張った。本当はレオンかアレッサンドロを連れてきたかったけれど、アラベラは、もし自分が同行しなければ〝おじいちゃん〟に恐ろしいことが起きると思っていた。アラベラはライナスが祖父だという事実にあっという間になじんでしまった。

「ロビーで待ってて」アラベラに言う。「もし誰かが車を吹き飛ばしても、放っておいて」

「わかってるって。装甲車はそのへんの木に生《な》ってるし、新車なんてただ同然だもんね」

「ライナスが意識を取り戻したから、損害はなんでも補償してくれるの」

「そういうこと」

エレベーターのドアがしゅっと開き、マイケルが出てきた。その視線がライナスとわたしをとらえ、アラベラで止まった。アラベラはひるむことなくマイケルを見返した。

一瞬沈黙が流れた。マイケルは横によけて手でエレベーターを指した。ライナスと二人で乗り込むと、あとからマイケルが入ってきた。エレベーターは五階に向かった。

デジャブにとらわれる。

まもなく、一同は円形の図書室に入った。記録係がソファのそばに立っている。

「〝超一流〟のダンカン、〝超一流〟のベイラー。監督官局のお二人が揃《そろ》った姿を拝見できて大変うれしく思います」

「今日は一民間人としてここに来たんだ」ライナスが言った。

記録係の黒い目が鋭くなった。「どのようなご用件で？」

「メンタルディフェンダーがどうやったらイグナット・オルロフを倒せるのか知りたい」

記録係が命じた。「ちょっとはずしてくれないか、マイケル」

マイケルはうなずき、出ていった。

「対価は？」ライナスの言い方は率直だった。

「ご存じのはずです」記録係の口調もはっきりしていた。

「取り引き成立だ。わたしは邪魔はしないが協力もせず、すべては彼らにまかせる。わたしに言えるのはここまでだよ」

「申し分のないお答えです」記録係がほほえみ、一瞬その歯が鋭さを増したように見えた。

「お待ちを」

記録係は書架の間にある暗い影の中に消えていった。

「今のはいったい何？」わたしは小声でライナスにたずねた。

「本題はこれからだ。こんなことはしたくないが、思いどおりにいかないこともある」

「説明してくれる？」

「だめだ。きみはアレッサンドロを救いたいと思っている。これがその代償だ。信じてほしい。きみたちを危ない目にあわせたりはしない」

記録係は紙の束とペンを持って戻ってきて、それを渡してくれた。「魔方陣を描く腕前はいかがかな、ミズ・ベイラー？」

「完璧よ」今は謙遜している場合ではない。

「思ったとおりだ。よく見ていてください、一度しか説明しませんので」

記録係のうしろから闇が渦を巻いて現れ、部屋を満たした。

「動かないで」そうささやく。

「くすぐったい」アレッサンドロが答えた。

「あなたは鉄の意志を持つ凄腕《すごうで》の暗殺者でしょう？　我慢して」

アレッサンドロはため息をついた。

「ため息もだめ。呼吸は浅くね」

アレッサンドロの筋肉隆々の背中に手首を押しつけ、首、胸、両腕を通って背中へと通じる、複雑なパターンの小さな象形文字を描いていく。アレッサンドロは、二人で暮らす家のリビングの真ん中で、黒い下着だけの姿で立っていた。

午後の日差しが窓からあふれている。記録局から戻ると、いやなニュースが待っていた。ローガンの宿敵ベリーが率いる傭兵《ようへい》集団PACが動き出したのだ。ローガン一族の情報源から義兄に、ローガンとネバダの家を襲わせるために何者かがベリーを雇ったという知らせがあった。致命的な一撃を加えるために兵員を集めていて、決行は明日の朝いちばんだという。

アルカンがベリーを使って、ローガンとネバダの足止めを狙ったというのが全員の一致した見方だ。また、それに関しては打つ手がないというのもあきらかだった。ベリーは熟練の兵士を大勢抱えていて、やる気満々だ。クライアントがＰＡＣに支払ったのはたったの一ドル。ローガン一族はこれを無視するわけにはいかない。わたしたちは自力で戦うことになる。

指先の感覚がなくなりそうだ。でも、まだ背中の半分と太腿が残っている。アレッサンドロ、わたし、ノート、マーカー、見学するシャドウ、それがここにあるすべてだ。

「行くよ？」コーヒーテーブルに置いた携帯電話からバーンの声がした。スピーカーモードにしてある。

「どうぞ」アレッサンドロが答えた。

「サンプル一」

アラベラが一度聞いたら忘れられないような声で話し出した。「おまえは死ぬ。これが最後の警告よ。立ち去るなら追いかけはしない。おまえは無駄死にしなくてすむ」

「サンプル二」

イントネーションがかすかに変わった。「おまえは死ぬ。これが最後の警告よ。立ち去るなら追いかけはしない。おまえは無駄死にしなくてすむ」

「サンプル三……」

妹は、必要にせまられるとものすごく威圧感のあるしゃべり方ができるらしい。

「三番めがいちばん怖い」そう答えた。

「一番めだ」アレッサンドロが言った。「兄を罪悪感で脅そうとする妹、って声だな」

「ぼくらも一番めがいいと思ってる」バーンが答えた。

「あなたたちの仕事なんだから、一番めにすれば？」

バーンは通話を切った。

文字を描き続ける。この象形文字のパターンを読み解くのは難しくない。ただ、描くとなると信じられないほど大変だ。

「今日、きみのオフィスにコンスタンティンがしばらくいたみたいだね」アレッサンドロが言った。

「ええ」

「あいつはきみに何を話したんだ？」

「あなたが明日死ぬって思ってるみたい」

「死なないよ」

もちろん死なないに決まってる。だからこうしている。

「ほかには？」

アレッサンドロは何があっても聞き出すつもりだ。この口調は聞き覚えがある。

「彼は、カタリーナ・ジェイムソフナ・ベレジーナ妃っていう呼び名をなかなかいいと思っているみたい」

指の下で筋肉が岩のように固くなった。マーカーが滑ってしまった。

「もう」メイク落としシートをとって、アレッサンドロの肌から描き間違えた象形文字を拭き取る。「一晩じゅうここにいたいの？」

「答えはイエスでもありノーでもある。今夜はあることを予定してたから」

やっぱり。「その予定の中で、あなたは裸？」

「うん」

「じゃあ、そのとおりになったわけね」

象形文字を描き直し、脇腹と腰に手が届きやすいように膝立ちになった。

「ぼくの予定ではきみも裸だった」

アレッサンドロを見上げる。「服を脱いでほしい？」

その目がオレンジ色に輝いた。「だめだ、きみの身が危なくなる」

「また誘うような声を出してる」

「ごめん。気が散る？」アレッサンドロが訊いた。

「少しね」

「そうか、もっとがんばらないといけないな」

「あなたががんばるのは、これが早く終わるようにじっとしていること。しゃべらないで」

象形文字を描き直し、続けていく。

「コンスタンティンはいろんなものを持ってる」アレッサンドロが考えをそのまま声に出すように言った。「誰にでもなれるから、ベッドでは飽きない。金と権力があって、ウィットもある。会話は刺激的だ。それにもちろん、王族という利点がある。儀礼、儀式、身分。つながりができれば一族の利益になる」

手を止め、アレッサンドロを見る。

その顔に、鋭く楽しげなアレッサンドロらしいほほえみが浮かんだ。そんなふうに笑顔を向けられると、いつも魂を抜かれたみたいにうっとりと見つめてしまう。

「でもそれら全部を手に入れるためには、毎日コンスタンティンを我慢しなきゃいけない。死よりも悪い運命だ」

「それで終わり?」そうたずねる。

「たぶん」

「よかった。もうしゃべらないで」

「カタリーナ、愛してる」

うなり声が出た。

「きみは頭がよくてきれいだ」

「アレッサンドロ、黙って」

「翼は息をのむほど美しい」

殴ってやりたい。

「料理する姿は女神みたいだし――」

「もう！」マーカーを放り出した。

アレッサンドロはわたしの手をとって立ち上がらせた。その目は溶けた琥珀《こはく》みたいだ。

「きみの隣で目覚めるたびに、こんなラッキーな男はいないと感じるんだ。ぼくを選んでくれたのが信じられない。ぼくのすべては永遠にきみのものだよ。この広い世界で、こんな人はほかにいない」

彼の指先が頬に触れ、唇が重なった。やさしさにあふれたキス。愛と希望を感じさせるそのキスに、わたしはたまらなくなった。これまでずっと冷静さを保ってきたけれど、どんなに気を強く持ってもこれには耐えられない。

アレッサンドロは指でわたしの頬の涙をぬぐい、額に額を寄せた。肌に描いた象形文字はまだ完全に乾いていないので、わたしたちは少しだけ間を開けた。

「明日、死なないで」

「死なないよ。約束する」

18

壁の北西の角は、パティオとなって広がっている。もともとはウエディングフォトに美しい背景を添えるために設計されたものだ。パティオにはあずまやがあり、派手派手しく飾られたその建物をわたしたちはウエディングケーキと呼んでいた。本部を買い取ったあと、ウエディングケーキは強化壁と大きな防弾窓を備えた監視所に変わった。改装後、チャーミングなテーブルと椅子はさまざまなカメラや双眼鏡を置いた実用的なカウンターに変わったけれど、そこは今もウエディングケーキと呼ばれている。

わたしはその中に立ち、金色で〝きみならできる〟と書かれた白いマグでコーヒーを飲んでいた。

防弾窓の外では空がゆっくりと赤とオレンジに染まり、夜が明けつつあった。まもなくテキサスでも指折りの美しい日の出が見られるはずだ。

ウエディングケーキのうしろにあるパティオでは、アレッサンドロが複雑な魔方陣を描いていた。建物の開いているドアからその姿がはっきりと見える。黒い服を着て、背中にはゼロ空間を生み出すわたしの剣を鞘《さや》に入れてかけている。

隣にいるレオンがマカロニウエスタンのテーマを口笛で吹いた。

「自分の塔にいなくていいの？」

「まあ、あせらないでよ。周囲を観察して、土地の様子を頭に入れてるんだ。人生でアラモみたいな戦いは一度しかない。しかも、運がよくて一度。だから全部をしっかり覚えておきたいんだ」

レオンはわたしと同じく防弾ベストとヘルメットという姿だ。この装備で塔まで走るのは楽じゃない。

戦力は二つに分けた。守るべきゲートは二つ、ここのとフリーダおばあちゃんの修理工場に面した南ゲートだ。アルカンがばかじゃなければ両方から攻撃してくるだろう。だからフリーダおばあちゃん、警備スタッフの半分、ルナ、ヴィクトリアを南ゲートにあてた。皆で話し合ったあと、アラベラもそこに加わることが決まった。誰も口にしようとはしないけれど、祖母二人はどちらも七十歳の誕生日を祝ってからしばらく経《た》っているし、二人とも強い魔力を持っているとはいえ、妹がその背後を守っていると思うと皆が安心できた。

北ゲートは、レオン、アレッサンドロ、コーネリアス、わたしだ。コンスタンティンも入ると言い張った。アルカンが正面玄関をノックしたら自分が出迎えたいと主張して。昨夜以来コンスタンティンの姿を誰も見ていない。見ていても彼と気づかなかったか、出ていったかのどちらかだ。どちらにしても今は気にしている時間はない。ロシアの皇子の子守は今日の日程には入っていない。

母は本棟の見張り台に陣取った。そこからなら南北両方に対応できる。リリアンもいっしょだ。わたしの母とアレッサンドロの母はどうやら共通点を見つけたらしい。リリアンとゆっくり話す機会はまだとれていないけれど、うちの息子はラッキーだと言ってくれた。きっとうまくいくと思う。

ライナスはどうしても自分のマシンを使うと言って聞かなかった。ここに引っ越してきてから、ライナスのマシンの一部はフリーダおばあちゃんの修理工場に置いている。誰も操縦できないし、今の状態のライナスに使わせるわけにもいかない。でも、もしゲートで戦闘が始まったら、アルカンが壁のどこかから部下を忍び込ませてくる可能性は無視できない。マシンは軽くて機動性に優れ、すばやく対応できるから、ライナスとしてはどうしても使いたいのだ。

朝の空気を貫いて、遠くから砲撃の音が響いてきた。南ゲートの音にしては小さすぎる。

「PACがローガンの家に来て砂糖を貸してくれって言ってるらしいよ」イヤホンからバーンの声がした。

「魔方陣を描かなくていいの？」レオンがさっきのわたしの口調を真似《まね》た。

レオンの足元を見る。レオンも下に目をやった。二人の下に魔方陣があった。数秒あれば完成させられる。祖母ヴィクトリアと二人で、真夜中近くまで考えたデザインだ。必要な力は最低限ですむはずだ。これを維持するために力を消耗してしまうのは互いに不満な点だけれど、長く持ちこたえる必要はない。

「よけいなお世話だったね」レオンが答えた。

コーネリアスがパビリオンに入ってきた。ヘルメットとベストをつけたコーネリアスを見ると、なぜか笑ってしまう。全然似合っていないから。

「何かが近づいてくる」コーネリアスが言った。

「何か、って何？」レオンが訊《き》いた。

「大きなものだ」

「召喚者がポータルを開いた」バーンの声がした。「北ゲートの外、九百メートル」

アレッサンドロの魔力がちょうど届かない距離だ。知っていたのだろうか。

「ポータルが閉じた。何かが木立の中を進んでくる」

「大きなもの？」レオンが眉を上げた。

「そうだ。レオンは塔に行ってくれ」

足元の石敷きの床が揺れ、コーネリアスは振り向いて走り出した。

丘のふもとにある木立の中から、巨大なものが飛び出してきた。大きさは象ほどもあり、分厚いラベンダー色の皮に紫の斑点がある。違う、斑点じゃなくて鎧《よろい》だ。骨でできた厚いプレートで、先が尖《とが》っている。そのプレートが、大きな二本の角が突き出た頭をおおっている。アンキロサウルスみたいに鎧をまとったサイが、牡牛《おうし》のようにこちらに突進してくる。

床が震えた。

「行ってくる」レオンが外へと走り出した。

獣は足音を轟《とどろ》かせながら走ってくる。頭のプレートの間で、皮膚に埋もれた小さな三つの目が光っている。

「衝撃に備えて！」大声でそう言ってしゃがむ。どうしてそんなことをしたのか自分でもわからないけれど、こうするのが正しいと思った。

神秘域から来た獣はすさまじい音をたててゲートに激突した。衝撃で壁が揺れ、金属がきしんだ。

立ち上がり、パティオに向かって走る。

獣は駐車場で止まった。ひしゃげたゲートが角に引っかかっている。そいつが首を振ると、ゲートは飛んでいった。

たった一撃でゲートが破られた。

獣は吠《ほ》え、本棟に向かって私道を走っていく。

オークの木陰から小さな人影が歩き出て、獣の真正面に立った。

獣は突進していく。

コーネリアスが片手を上げた。その声がイヤホンに響いた。「止まれ」

サイのような獣は止まろうとして六本脚を突っ張った。ずるずると進んで、思わず笑ってしまうような格好でしりもちをつくと、また起き上がってコーネリアスのほうに歩いていった。

「あれが〝一流〟ですって?」ヴィクトリアの声がした。

獣はコーネリアスの手に頭をとんとあてた。その頭だけでコーネリアスぐらいの大きさがある。獣はとげのある長い尻尾を振った。

「来るぞ」バーンが言った。

振り向いてウエディングケーキに駆け戻る。木立の間から人影があふれ出し、獣が空けた壁の隙間に向かって走ってきた。いちばん前の兵士四人の姿はイージス使いのシールドで守られ、姿がぼやけている。

「いい子だ」コーネリアスがささやいた。「悪い奴《やつ》らを倒してこい」

アルカンの部下たちがすぐそばまでせまってきた。その姿がはっきりと見える。同じグレーの戦闘服、頭と耳をおおう奇妙な形のヘルメット。アルカンはわたしの歌を警戒して対抗策をとったらしい。

獣が吠えた。

「行け」コーネリアスが命じた。

狙撃手のライフルが三列めにいた男を倒し、イージス使いは上方向にシールドを広げた。床がまた揺れた。壁が震え、獣が自分が空けた隙間をフルスピードで突きぬけていった。こちらに進んできた兵士たちがぱっと散らばった。体がいくつも空中に飛ぶ。その中の一人は衝撃に備えて必死にシールドを調節している。

獣は丘をあちこち暴走し、邪魔するものを踏みつぶしていった。時間がなくて片付けていなかった車の残骸にぶちあたると、おもちゃでも投げるみたいに頭で放り投げた。

「心理戦を開始する。三、二……」バーンが言った。

アラベラの声がイヤホンから響いた。「おまえは死ぬ。これが最後の警告よ。立ち去るなら追いかけはしない。おまえは無駄死にしなくてすむ」

「バーン？」

「ごめん。スピーカーがオンになってた」

アラベラの声は消えた。

向こうで兵士の一人がヘルメットをむしりとった。ノイズキャンセリングヘルメットは便利だけど、兵士に命令を伝達する機能をオフにするわけにはいかない。バーンは敵の通信チャンネルをハッキングした。今、敵の兵士の耳には、死ぬぞと脅す妹の声が響いている。

砲撃が炸裂《さくれつ》する音が南から聞こえてきた。

「お客が来たわ」ルナが言った。

丘の上では兵士たちが縦列を作り直し、イージス使いを先頭にして壁の隙間に突っ込んできた。サイの獣の前にポータルがぱっと開く。丘を全速力で駆け下りていた獣はコースを変えることができず、そのままポータルに飛び込んだ。真っ暗な穴は吸い込まれるように消えていった。

「クラウスが射程内に入った」そう叫ぶ。

「いいぞ」アレッサンドロが魔方陣の中で背を起こした。

アルカンの兵士たちが壁の中になだれ込んできた。

レオンの塔からタッタッタッと短く銃声が響く。兵士はハエみたいに倒れていった。

壁の穴から入ろうとした最後列の女兵士が目の前の男を外科医の正確さで刺し、振り向いたかと思うと別の兵士の喉を切り裂いて、殺したばかりの男に変身した。今度は三人めの兵士の腎臓にナイフを立てる。コンスタンティンだ。

次々と姿形を変えながら、雑草でも刈るみたいにどんどん兵士を倒していく。

「勘弁してよ」レオンがうなった。「一回も撃つとこだった!」

「奴らの気配は?」アレッサンドロがたずねた。

「ない」バーンが答える。

本当の戦いはまだ始まってもいない。今までのは全部脇役だ。アルカンも、残っている二人の〝超一流〟と六人の〝一流〟も出てきていない。

アルカンはアレッサンドロを挑発してくるだろう。問題は誰を使うかだ。

コンスタンティンとレオンが侵入者を片付けていった。アルカンがゴーサインを出すとしたら今だ。

一人の女が丘のふもとの開けた場所に立ち、さっと両手を上げた。

「クラウスよ」マイクを手でおおい、アレッサンドロに呼びかける。「アルカンはクラウスを餌に使うつもりだわ」

「クラウスはどうやってアルカンの手下になったんだ?」

「戦ってみる?」

「ほかに選ぶ余地はなさそうだ」

マイクから手を放す。「みんな、決められた魔方陣のところに行って」

南から続けざまに爆発の音が聞こえてきた。

カウンター上のタブレットをつかみ取り、修理工場の監視カメラ映像を確認する。敷地の南端はまるでこの世の地獄だった。あちこちで深紅の魔力がアスファルトを燃やしている。オークの木が倒れ、燃え上がった。カメラの目の前にある修理工場の屋根はスイスチーズみたいに溶けている。

砲撃の音が轟いた。

壁の向こうで何かが爆発し、泥と炎が飛び散った。誰かが苦痛の叫びをあげている。フリーダおばあちゃんが命中させたに違いない。

相手の追撃砲が火を噴き、修理工場に深紅の炎が跳ねた。正面の壁が外側に曲がり、ふくれ上がり、破れた。

頭上で魔力がはじけた。

「バーン?」

「クラウスがカタリーナの頭の上にポータルを開いた」

タブレットの画面に、修理工場の裏から出て、南の壁に向かって走っていく小型戦車が映った。フルサイズのSUVより少し大きいだけの戦車だ。その上部に、四十の銃身を備える機関銃が顔を出した。普通の銃と違い、多くの銃身を束ねたこの兵器には可動部分がない。銃身に込められた弾丸には薬莢《やっきょう》も雷管もなく、パルスを銃身に送り込むことで電子的に発射される。その発射速度は驚異的だ。

戦車はロバの鳴き声みたいな音を発し、またたく間に全弾を発射した。

このとき初めて、戦場にいる実感が湧いてきた。

「ライナス?」ヴィクトリアが呼んだ。

「なるべく早く行く。今ちょっと忙しくてね」

コーネリアスがウエディングケーキに駆け込んできて隣に立った。コンスタンティンはすぐうしろにいる。わたしはポケットからチョークを取り出した。

丘のふもとではクラウスが体に力を入れているのが見えた。この場所からでもその腕がぶるぶる震えているのがわかる。今日、彼女はすでに二つポータルを開けている。三つめから何を引き出そうとしているのかわからないけれど、残る魔力のすべてを食い尽くすだろう。

「子どもたち、ゼウス、テディ軍曹を確保した」ルナが言った。「魔方陣を起動する」

本棟のどこかで魔力がぱっと広がった。心の中で明るい光が燃え上がり、消えた。コレオンがあせる様子もなくパビリオンに走り込んできた。チョークの線を飛び越え、コーネリアスの隣に着地する。わたしはしゃがんで魔方陣に二本の線を描き足し、完成させた。

「光が見える」バーンが報告した。クラウスが召喚している何かが姿を現す印だ。

「早く」ヴィクトリアがうなるように言った。

「今行く」ライナスが答えた。

ウエディングケーキの屋根に、雹《ひょう》みたいな音をたてて何かが降ってきた。召喚獣が巨大な滝となってなだれ込んできたようだ。

「あと三十秒であの男が来なかったら、待たずに始めなさい」ヴィクトリアが言った。

酸の臭いが鼻をついた。右側の屋根が崩れ、怪物がパビリオンに落ちてきた。中型犬ぐらいの大きさで、頭も首もない。体は革の袋に似ており、魚の腹のように白い体にはネオンオレンジの渦が散っている。口の代わりに穴がぽっかりと空き、ひょろっとした長い脚が袋を支え、かぎ爪のある三本の指がついた少し小さい二本の脚が腹から突き出ている。

レオンが撃つと、怪物はのけぞって死んだ。

「到着」ライナスの声がした。

心の中で、目もくらむような白い光が爆発した。ヴィクトリアが超新星のように魔力を解き放っている。光は燃え上がって消えた。

魔方陣に魔力を送り込む。チョークの線が白く輝いたかと思うと、あらゆる音が消えた。ウエディングケーキの屋根の穴から落ちてきた別の怪物が、魔方陣の見えない境界線にぶつかって跳ね返された。わたしたち四人はゼロ空間によって現実から切り離された。

パティオで、アレッサンドロの魔方陣がオレンジ色に燃え上がった。琥珀《こはく》色の旋風がその体を取り巻いている。空中にジャンプしたアレッサンドロの体がそのまま浮き、魔力の奔流が周囲にあふれた。魔力が彼を包み、肌を輝かせる。その輝きはまるで星のよう。

アレッサンドロのこの姿を見るのは二度めだった。やっぱり息をのむほどすごい。

目に魔力が輝いている。怒りを解き放とうとする神そのものだ。

アレッサンドロの魔力が爆発した。衝撃が放射状の波となって周囲に広がっていく。ゼロ空間の見えない壁を食い破ろうとして床を這《は》い回っていた怪物が死んだ。丘のふもとでクラウスが叫びながら崩れ落ちた。声は聞こえなかったけれど、体が痙攣《けいれん》している。

アレッサンドロの半径九百メートル以内にいるものは、すべて魔力を奪い去られた。

コンスタンティンがゆっくりと拍手した。「わがいとこは根っからのショーマンだよ」

「車が三台来る」バーンの声がした。

アルカンが餌に食いついた。

わたしは魔方陣を解いた。魔方陣を維持するのは重いものを持つのと同じで、最初は軽く感じても時間とともに負担になっていく。

コンスタンティンは外に出るとスミルノフの姿に変身した。「なるほど、奴の力は環境干渉型じゃない。いい情報を得たよ」

たった今、ロシア帝国にアレッサンドロの秘密を握られてしまった。避けられなかったからしかたがないけれど。

車から誰かが降りてきた。タブレットをタップし、拡大する。

アルカンだ。生身のアルカン。平均的な身長、鍛えられた体つき、感じのいい顔立ち。目立つ部分は何もない。ビジネスマン、弁護士、高校のバレーのコーチ、そのどれでもおかしくない。

もう一人が車から降りて、アルカンの隣に立った。

体が冷たくなった。

イヤホンから、純粋な怒りに満ちた女性の叫びが聞こえた。リリアンに違いない。

輝く魔力に包まれたまま、アレッサンドロが魔方陣から出てパビリオンに入ってきた。

二人の男をにらみつけるその顔は怒りで爆発しそうだ。

フランコ・サグレドが、実の息子を殺した男の隣に立っている。拘束されていないし、頭に銃を突きつけられているわけでもない。やつれた様子は見えない。あざけるような顔つきで一点を見つめている。

アルカンが手を振った。

「じつに感動的な家族の再会シーンだ」コンスタンティンが言った。

「それ以上一言でもしゃべったら撃つからな」レオンがユーモアのかけらもない口調で警告した。

フランコが両手を上げた。オレンジの魔力がはじけた次の瞬間、彼はロケットランチャーを構え、こちらを狙っていた。

わたしは走り出した。

全員パビリオンを飛び出し、階段を駆け下りる。背後でウエディングケーキが爆発した。

レオンは残っている壁のほうに駆け寄りながら銃を引きぬいた。コーネリアスは本棟に向かった。

アレッサンドロが振り向き、壁への階段を上った。パビリオンには大きな穴が空いているけれど、まだ持ちこたえている。強化壁が爆発に耐えたらしい。

丘は炎の海だ。その中を誰かが歩いてくる。まるで火でできた幽霊みたいに。

アルカンの部下に炎使いはいないはず。

一面の炎が分かれ、能力者の顔が見えた。アダム・ピアース。

なぜここに？　アダム・ピアースは脱獄不能なアラスカの刑務所に収監されていた。死ぬまで寒さと氷に囲まれているはずだった。

〝アラスカで動きがあったそうだ〟

まさか、そういうこと？

アレッサンドロはアダムに目をやりもしなかった。アルカンと祖父をにらんでいる。

わたしは彼の手をとった。

「フランコ・サグレドの命も今日までだ」マエストロがつぶやいた。

炎の壁が三メートルほどの高さに噴き上がり、こちらにせまってきた。気温が跳ね上がる。

「移動しなきゃ」

アレッサンドロは聞こえたそぶりを見せなかった。

「ママ、狙撃をお願い」マイクに向かって言う。

「やってる。でも火が熱すぎて……」

大口径の銃弾も止めるほどの熱をどうやって作り出しているんだろう？　そんなこと、普通の炎使いには……。

アルカンが血清を与えたに違いない。あいつは〝超一流〟にまでオシリス血清を与えた。最悪だ。

炎は生き物のようにごうごうとすさまじい音をたてている。こちらの声は届かない。

対抗する手段は何もなかった。世界の終わりだ。

そのとき黒っぽい物体が弧を描いて空を飛んだ。一瞬、目の錯覚かと思ったものの、映像に脳の理解が追いついた。

「まさか！」

ライナスのマシンがアダム・ピアースの上に着地した。二人が白熱する炎のボールにのみ込まれる。爆発の熱波がこちらに襲いかかり、体が浮いて壁に叩《たた》きつけられた。

が、思ったほど痛くない。

目を開けるとアレッサンドロに抱きしめられていた。魔力で衝撃を受け止めてくれたらしい。

ライナスが死んだ。今度は本当の死だ。あの爆発から生還できる人はいない。

「あれ、なんだったの？」アラベラが訊いた。

「なんでもない」悲しみと怒りが力になり、わたしは立ち上がった。

炎は消えた。マシンは真っ赤に光っている。

あいつらは祖父を殺した。

耳に無線の雑音がはじけた。

「フリーダ」ライナスの声がヘルメットの中に響いた。「ちょっと手伝ってくれないか。マシンから出られなくてね。しかも中はひどく熱い」

嘘。生きてた。

隣でマエストロが歯をむき出した。「ぼくの番だ」

「行って。援護する」

アレッサンドロはパビリオンに空いた穴を抜けて壁を飛び越えた。着地と同時に魔力がはじける。そのあとを追って穴を通り、壊れた壁の横に立った。

フランコは鼻で笑うと、空中から二本の棍棒《こんぼう》を取り出して孫息子に向かって歩き始めた。銃ではなく。

フランコの目的はわかっている。アレッサンドロを叩きのめし、プライドをへし折りたいのだ。アレッサンドロは命令に従わなかった。家族としてのつながりがあるから、アレッサンドロは怒りのあまり動きが鈍くなるか、ためらうだろうとたかをくくっている。

フランコもほかの兵士たちと同じくヘッドホンをしている。

アルカンの部下たちがアレッサンドロに向かって丘を駆けのぼってくる。群れの中で魔力がはじけた。数人の手に剣が現れる。アルカンが抱える最強の兵士たちだ。あいつはこの瞬間のために彼らを温存しておいた。アレッサンドロはその兵士たちを紙人形みたいになぎ払った。

フランコはまっすぐアレッサンドロに向かってくる。中世の戦場で互いを見つけた二人の騎士のようだ。誰も二人を引き離すことはできない。アルカンは映画でも観《み》るようにその様子を眺めている。

ここでは魔方陣は描けない。そこらじゅうにがれきが散らばっている。でもかまわない。魔方陣は必要ないから。

フランコとアレッサンドロの距離は二十五メートル。

わたしはヘルメットをとり、足元に落とした。

二十メートル。

魔力の触手を伸ばす。その先端が、フランコの心に張り巡らされた厚い壁を見つけ出した。

十五メートル。

魔力がフランコの意識に巻きつき、ターゲットを固定する。

十メートル。

あなたの孫息子をどんなに愛しているか、見せてあげる。

背中に黒い翼が広がり、わたしは叫んだ。

ハルピュイアだけの力じゃない。わたし自身の力だ。一体となったハルピュイアとセイレーン。迷いはなく、ためらいもない。わたしはすべてを解き放った。

魔力がレーザーのようにフランコの心に突き刺さる。

メンタルディフェンダーの花崗岩《かこうがん》の壁はびくともしない。

わたしは叫び続けた。悲鳴が奔流となってあふれ出ていく。

花崗岩がきしむ。

視界の隅に黒いものがにじみ出した。

わたしの全部をあげる。

残る魔力の最後の一滴を叫びに込めた。

その瞬間、フランコの岩石のような心が割れた。

みるみる目がうつろになり、彼は膝をついた。

悲鳴は止まらない。フランコの心は消えたけれど、止めることができない。

止めなければ。このままでは……。

〝愛してる〟アレッサンドロの声が記憶の中から呼びかけた。

その言葉の響きにすがり、悲鳴を止める。

何もかも静まり返った。兵士たちは戦いをやめ、足を止めた。皆こちらを見つめ、何人かは、表情のない顔で草むらに膝をついているフランコを見ている。

沈黙の中、アレッサンドロとアルカンが目にも留まらぬ速さでぶつかった。互いに切りつけ、叩き、蹴り、突き刺している。

体をひねり、回転する二人を誰もが見つめている。すべてはこのためにあった。戦いはこの形で終わるしかない。

わたしは壁から離れ、丘を下りていった。誰もかかってこない。伝説の海のように、人の波がわたしの前で二つに分かれた。

アルカンは年齢のわりにすばやく、経験も豊富だとはいえ、アレッサンドロのほうがより速く、強く、若かった。技量と怒りがぶつかる。血が飛び散っているけれど、どちらのものかわからない。

アルカンがアレッサンドロの腕に大きな傷を刻んだ。アレッサンドロは負傷をものともせず、剣をなめらかにすりぬけると、アルカンの膝頭にかかとを叩き込んだ。アルカンの脚ががくりと折れる。無意識域の守りがあっても、むき出しのキックの力は充分な打撃となるのだ。アルカンの魔力は鎖かたびらの甲冑《かっちゅう》と同じで、刃《やいば》や銃弾は跳ね返すけれど、強力な打撃を完全に吸収することはできない。

痛む足をかばいながら、アルカンが切りかかる。同時にアレッサンドロの肘がその顔を直撃し、アルカンはうしろにのけぞった。アレッサンドロは相手の脚を払おうとしたが、アルカンはぎりぎりで体をひねり、剣でアレッサンドロの顔を狙った。

アレッサンドロの左目の下に赤い線が走る。敵に贈り物をもらったかのように、その顔に笑みが浮かんだ。

アルカンの目にひそむ強い意志が崩れた。その瞬間、かなわないとさとったのかもしれない。このままではもう勝てない。

アルカンの心が光を放った。

その周囲に魔力がはじける。目には見えないものの、真っ黒でうつろな闇が押し寄せるのがわかった。波はアレッサンドロに激突し、わたしに襲いかかる——

まるで現実から切り離されたかのようだった。動けず、息もできず、言葉も出ない。アルカンの口元がゆがんでゆっくりと邪悪なほほえみに変わるのを、ただ見つめるだけ。目の前でアレッサンドロが手を握りしめ、腕を上げて動きを止めるのが見えた。

アルカンの笑みが大きくなった。

と、アレッサンドロの肌に描かれた黒い象形文字が浮き上がり、腕と首をおおい尽くしたかと思うと、閃光《せんこう》となって爆発した。

わたしにつかみかかっていた魔力が破れた。

人間の肌に描かれた、一度しか使えない魔方陣の力。アルカンの魔力は、すぐそばにある大きな物体すべてにつかみかかり、そのままの状態で止まらせてしまう。その力は信じられないほど強いけれど、崩れやすくもある。わたしがアレッサンドロの肌に描いた魔方陣はアルカンの魔力の最初の一撃を受け止め、それを燃料に変えて体の外に放出する。これがアルカンの力を破り、魔力は崩れ去った。

そのすばらしい一瞬、アルカンは目を大きく見開いた。顔が恐怖に染まる。

アレッサンドロはゼロ空間の剣を鞘から抜き、起動させ、アルカンの腹を刺した。

アルカンがよろよろとあとずさる。口をぽかんと開けている。現実を信じられないのか、それとも苦痛のせいだろうか。

周囲の人の間からスミルノフが進み出た。アルカンの視線がその姿をとらえる。スミルノフの姿がねじれ、コンスタンティンになった。

皇子はほほ笑んだ。「ロシア帝国からよろしくとのことだ」

アレッサンドロが剣を抜き、振り下ろす。アルカンの上半身がずれて草の上に落ちた。

終わった。

これで本当に終わり。もう感情を取り戻しても平気だ。我慢しなくていい。

アレッサンドロはアルカンの残骸に背を向け、こちらを見た。走ってきてわたしを抱き寄せる。アレッサンドロは生き延びた。突然膝が震え、抱かれていなければ倒れてしまいそうになった。

者は？」

コンスタンティンが、残っている兵士のほうを向いた。「ロシア帝国に戦いを挑みたい者は？」

アルカンの部下はばらばらになって逃げ出した。

正面ゲートだったところに空いた穴から、アラベラが巨大なペンチみたいな工具を持って走り出てきた。「ライナスはどこ？　これでマシンをこじ開けるわ」

二人の祖母は置いてきぼりだ。

「どうして南ゲートを守ってないの？」

「守るって何から？　ハート軍曹が来てくれたのに、わたしの出番があると思う？」アラベラはまだ赤々と光っているマシンを見た。「待ってて、おじいちゃん。今行くからね」

アレッサンドロはこちらを見つめている。顔から血が出てるし、左袖もその下の腕も傷だらけだ。その目に浮かぶ感情ははっきり読み取れなかった。少し自分を失っているように見える。

「だいじょうぶ？」小声でたずねる。

「これ以上ないぐらいだいじょうぶだよ」

クラクションの音がしたので振り返った。黒いＳＵＶが、丘の私道を上がってくる。ＦＢＩの車両には見えない。

コンスタンティンが顔をしかめた。

車が止まった。外交官ナンバーだ。

三人の男が降りてきた。いちばん背の高い人に見覚えがある。鍛えた体、ハンサムな顔、黒っぽい髪、鋭いグレーの目。いったいどこで……ああ、あれはコンスタンティンの弟のミハイルだ。

アラベラがマシンからライナスを引っ張り出した。

アレッサンドロの目が暗くなった。「取り引きは終わってるはずだ」

「ここはまかせてくれ」コンスタンティンが言って、三人のほうに歩いていった。

ロシア語で小さく言い争う声が聞こえる。

ライナスは草の上に伸びている。大きな工具を肩に担いだアラベラが戻ってきて、隣に立った。

ミハイルは近づいてきたコンスタンティンをよけた。それでもコンスタンティンは弟の前に立ちはだかった。ミハイルが押しのけると、コンスタンティンは車にでもはねられたみたいによろめいた。

ミハイルはアレッサンドロを見つめたまま、まっすぐこちらに向かってくる。「いっしょに来い」

コンスタンティンがうなるように言った。「ぼくが捺印《なついん》した契約がある」

「知ってるが、叔父は気が変わった。叔父の捺印のほうが兄貴の捺印より効力がある」

「いっしょに来いってどういうことだ?」アレッサンドロがたずねた。

「ぼくが受けた命令はシンプルだ。オルロフを連れて帰ること。もしおまえがオルロフを殺したなら、代わりにおまえを連れて帰ること。おとなしくいっしょに来るんだ。そうすれば厄介なことにはならない」

アラベラがミハイルの前に立った。「その取り引き、気に入らないわ。代わりにちょっと傷んだ死体を持って帰るのはどう? どうしてもって言うなら、正気を失ったイタリア人伯爵もつけるけど」

「早まらないで」ついいつものように、妹にそう言ってしまった。アレッサンドロを簡単に連れていけると思ったら大間違いだ。

ミハイルが右に一歩出た。

アラベラも同じ方向に動いた。

ミハイルがアラベラを見下ろした。アラベラのほうが三十センチぐらい小さい。

「どけ」

「どかしてみれば?」アラベラが答えた。

ミハイルが手を伸ばし、そっとアラベラを押しのけようとした。アラベラは動かない。

「きみが何者か知らないが、今日は大変なことばかりで機嫌が悪いんだ。ぼくの邪魔をしたらまずいことになるぞ」

「大変なことばかり?」アラベラは背後の本部を指さした。「わたし、ここに住んでるんだけど、見てよ、あの家。見終わったらこっちを見て。おとなしく車に戻って、来た場所に帰りなさい。そしたら見逃してあげる」

ミハイルはコンスタンティンを見やった。

コンスタンティンは肩をすくめた。「それはぼくじゃなくておまえが受けた命令だ。ぼくの仕事はもう終わった」

ミハイルの顎に力が入った。手を上げ、ゆっくりとアラベラの肩に置き、どかそうとする。アラベラは半歩動いたところで踏ん張り、相手を二歩押し返した。

ミハイルは怒った牡牛みたいに息を吐いた。殴りかかってきた彼をアラベラはうまくよけ、逆に肩からぶつかった。ミハイルは吹っ飛んで倒れたが、くるりと起き上がった。その目に熱く残虐な色が浮かぶ。

「ミーシャ、だめだ」コンスタンティンはせいいっぱい兄らしい権威を声に出そうとした。「ここではやめろ」

ミハイルの顔が震えた。

「相手は民間人だぞ、ミーシャ!」

ミハイルの体が裂け、巨大な怪物が姿を現した。毛むくじゃらの熊の頭に、大きな角が生えている。怒れるその体はどんどんふくれ上がり、大きくなっていく。

〝うちの一族は昔から熊に親近感を抱いてる。家族同然と言ってもいい〟

そういうことだったのか。

コンスタンティンが毒づいた。

アラベラは笑っている。

熊に似た巨大な生物が口を開いて吠えた。

アラベラの体がはじけ、〝ケルンの野獣〟となって吠え返した。

コンスタンティンはぽかんと口を開けている。

二人は同じぐらいの大きさだった。アラベラのほうが少し大きいものの、ミハイルは太くてどっしりしている。

わたしはコンスタンティンのほうを向いた。

彼は両手を上げた。「弟は〝カムチャッカの熊〟なんだ」

今度はアレッサンドロに向き直る。「知ってたの?」

アレッサンドロはうなずいた。「まさか来るとは思わなかったよ」

野獣のアラベラは助走をつけて走っていき、ロシアの熊に体当たりした。地面が揺れる。

二人は引き裂き、噛《か》みつき、爪を立てながら丘を転がっていった。

ライナスが起き上がってこちらにやってきた。髪から少し煙が出ていて、顔は真っ赤だ。

「おやおや。なかなか見られない光景じゃないか」

「やっぱり時間がかかりそうだ」熊を踏みつぶそうとするアラベラを見ながら、アレッサンドロが言った。「待つのはやめて、結婚しよう」

「今すぐ？　大変な一日だったのに」

「今日じゃない。でもすぐにだ。結婚してくれるね？」

「もうするって返事したはずよ」

「わたしは祭壇まで付き添えるんだろうね？」ライナスがたずねた。

「まだ決めてないの。怒りがおさまらないし、ハート軍曹はとてもよくしてくれるし」

アレッサンドロが笑った。その腰に腕を回すと、怪我《けが》のないほうの手がわたしを抱き寄せた。

これで何もかもうまくいく。

エピローグ

草の上に寝ころがって空を見つめる。すごく青い。裸だから草がちくちくするけど、起き上がる力がない。だから寝ころがったまま息を整えた。

ロシアの皇子が隣で裸のまま息を切らしている。

二人で三十分以上も戦った。もっと長かったかもしれない。どれぐらい経《た》ったのかわからなかったけど、カタリーナとアレッサンドロは待ちくたびれて中に入ってしまった。もう一人のロシア人もたぶんいっしょに戻ったと思う。

二人とも魔力が尽きる前にやめるべきだった。こんなに激しく、こんなに長く戦ったのは初めてだ。どうやら怒りが尽きると人間の姿に戻ってしまうらしい。今後のためにも知っておいてよかった。

ずいぶん暑くなってきた。動かないと胸が日焼けしてしまう。体はどこも日焼けしてるけど、わたしのもとの肌の色はモッツァレラチーズと雪の中間ぐらいだ。

うめき声をあげてなんとか起き上がる。

皇子がこちらを見た。上品に胸を隠してもいいけど、見返してもいい。だから見返すことにした。

へぇ、ロシア人ってよくできてる。本当に見事だ。

「あんたが勝ったわけじゃないからね」そう皇子に言う。

彼はわたしが頭を二つ生やしたみたいにじっとこちらを見つめた。よく考えれば、頭が二つあるぐらいどうってことない。この人は、自分が世界でたった一人の巨人だと思っていたんだろう。とんでもない勘違いだ！

「隣にヒアリの巣があるから、起き上がるときは左に避けるといいよ」

忠告してやってから、どうにかまっすぐ立ち上がり、裸のお尻から汚れを払って、壁を目指して歩き始める。カタリーナのことだから、きっとローブか毛布を用意してくれてるはずだ。

家からは煙が出てるし、壁には大きな裂け目ができているから、直すのは高くつくだろう。あとで管轄の機関ってやつが現れて今回の説明を求めるだろうけど、わたしには関係ない。自分の仕事は果たした。アルカンは死んで、姉とアレッサンドロは結婚する。ライナスおじいちゃんは正式に家族の一員になったし、最後の戦いで大事な人は誰も死ななかった。

あとは、壁にぽっかり空いた穴さえ直せばいい。お金はそのへんに落ちてないけど、オフィスのどこかを這《は》い回ってるのはたしかだ。わたしにはそれを見つける理由が二十五万ある。

今日もいい一日になりそうだ。

しあわせなさよなら

昼間の暑さが遠い記憶に思えるほど、秋の夜は心地がよかった。メインパティオに張り巡らせた電飾ケーブルに明かりが灯《とも》り、やわらかな光の下、バーンとルナがスローな音楽に合わせて踊っている。ルナの輝くロングドレスが、黒ずくめのバーンに白い雲みたいにからみついている。肩の上で波打つ赤い髪が美しい。まるで魔法だ。三百人の客がダンスフロアのまわりに置かれた小さなテーブルに座っていることなんか、あの二人は気づいていないに違いない。

目の前のテーブルにルナの投げたブーケが置いてある。燃えるようなオレンジのケイトウを束ねた大きなブーケだ。フローリストに黄色いバラを勧められたルナは、それだとバーンが結婚生活に間違ったイメージを持つと言って断った。バラはエレガントで落ち着いた雰囲気だけれど、バーンには花火を覚悟してほしいというのがルナが伝えたかったメッセージだ。わたしはママがブーケをキャッチできるようがんばったものの、なぜかわたしの手の中に落ちてしまった。

家族の皆が互いに小声でささやきながら二人を眺めている。左の奥にはローガンとネバダが、ローガンのお母さんといっしょに座っている。ミセス・ローガンは車椅子に座ったまま、音楽に合わせてそっと体を揺らしている。ローガンとネバダは体を寄せ合っている。きっと手をつないでいるはずだ。アラベラもいっしょで、赤ちゃんのアーサーがその膝の上で寝ていた。アラベラには、わたしがアーサーのお気に入りの叔母になるチャンスはゼロだ、と言われている。たぶんそのとおりだろう。その座はもう奪われているから。

ルナは、花嫁の付き添いが着るドレスにきれいなセージグリーンを選んだ。この角度から見ると、姉と妹はとてもよく似ている。アラベラのほうが背が低いし髪の色も薄く、顔立ちがネバダに似ているわけでもない。それでも二人はどこかそっくりなところがあった。

ダンスフロアの向こうでは、ヴィクトリアとライナスが同じテーブルにいた。あの二人、とくにライナスにはまだ怒りがおさまらない。ルナとバーンは二人を結婚式に呼びたいと言ったので、ネバダとわたしは祖父母が存在しないふりをすることにした。いつか納得できる日が来るとは思うけれど、それまでは、他人を駒として操るのが誰よりも得意なこの二人が居心地の悪い日々を過ごすことになる。そう思うとちょっと胸がすっとした。

隣のテーブルはハート軍曹とママだ。二人は手をつなぎ、ワインを飲んでいる。ハート軍曹は引退するつもりだと教えてくれた。アルカンがうちに急襲を仕掛けてきたとき、ハート軍曹には仕事があり、ママやわたしたちのもとにすぐ駆けつけることができなかった。

って当然だ。

そこで、いつも忙しい状態を永久に解決するために引退を決意した。ママはこの件に関して何も言わないけれど、しあわせなのはわかってる。見ればわかる。ママはしあわせになって当然だ。

フリーダおばあちゃんのテーブルには、レオンと、そのデート相手の背の高い女の子が座っていた。きれいなブロンドのすてきな子だけれど、五分話したら二人がうまくいかないのがわかった。レオンは……レオンだ。同じ歩調で歩いていける人が必要だ。

ラグナーもデート相手を連れてきた。まじめな顔つきの黒髪の少年で、マナーがすばらしい。自己紹介ではファーストネームしか言わなかったけれど、物腰を見れば一目瞭然だ。どこの誰なのか、どの一族かまではわからなくても、家柄がにじみ出ているし、明日までにはわかるだろう。踊る二人の姿は愛らしい。今二人は、姉のハリーと、アレッサンドロの妹たちといっしょに座っていた。リリアンは、今後皆のやりたいことが決まるまで家を借りてヒューストンで暮らすことにしたので、わたしたちとも頻繁に会っている。

ビアンカのことはすぐに好きになって、わたしたちはすんなり友達になった。リアと呼んでほしいと言った下の妹は、少しよそよそしい。とまどっているとしても当然だし、ゆっくり時間をかけて打ち解ければいい。最後に様子を見たときは、同じテーブルの皆に、アメリカのイタリア料理と本場のイタリア料理は比べ物にならないと力説していた。

左側のテーブルにはコーネリアスとその娘、姉、兄、そして意外にもオーガスティン・

モンゴメリーが座っていた。コーネリアスもデート相手を連れてくればいいのにと思っていたけれど、一人だ。彼に新しい出会いがあることを祈っているものの、亡くなったパートナーのナリみたいな人はいない。テディ軍曹、ゼウス、戦闘犬の一団、鳥たち、三匹の猫を含む動物の群れがそのうしろでうたたねしている。

わたしたちにとって大事な人が大勢揃《そろ》った。結婚式のために集まったのに、いつなんどき悪いことが起きないかとひやひやしている。でも、何もかも平和で穏やかだ。アルカンを倒し、ロシア帝国の誘いをはねつけ、皇子たちを祖国に送り返した。わたしたちは勝ち、成功した。これこそみんなのためにわたしが望んでいたことだ。

肩に手がかかった。振り向くと、アレッサンドロが隣の席にすばやく座り、まばゆいほどの笑顔を見せた。

「どこに行ってたの？」

「母に別れの挨拶をしてきた。母たちはヨークにいるぼくの祖父母に会いに行くらしくて、しばらくイギリスに滞在することになりそうだ。母は妹たちに祖国を見せたいと言ってる」

「すてきな計画ね。さびしい？」

アレッサンドロは首を振った。「いや。しばらく母や妹たちを独り占めしてたし、それに、会いたければいつでも会える。母はようやくやりたいことが見つかったらしい。もう誰に遠慮することもない。しあわせなさよならだよ」

わたしはほほえんだ。

彼が顔を近づけて耳元でささやく。「しあわせなさよならといえば……」

「何？」

アレッサンドロがさっと指を出すと、そこには二枚の航空券があった。

「バルセロナ？」

「手始めにね。きみに地中海を見せたい。いっしょに行こう」

「今すぐ？」

彼はうなずいた。「飛行機は朝四時に発《た》つ。責任も親戚も忘れて、二人だけになろう」

さりげなく祖父母のテーブルのほうを見ると、ライナスはバーンとルナを見つめている。

「許されると思う？」小声でたずねた。

「もちろんだ。ぼくらは無敵だからね」

「荷造りしなきゃ」

「もう終わってる。バッグは車の中だ」どこか大胆で楽しげな光が、瞳に小さく躍っている。「車から家族に電話すればいい。いっしょに行こう。後悔させないよ」

アレッサンドロの手に手をゆだね、そっとテーブルを離れて夜の中にまぎれ込む。誰も気づかれないところまで歩いてくると、ゲートに向かう私道をいっきに駆け出した。

訳者あとがき

『蒼玉《そうぎょく》のセイレーン』で姉ネバダに替わりベイラー一族を背負う立場となった次女カタリーナ。その活躍を描く三部作は、『翠玉《すいぎょく》のトワイライト』を経て今作でついにフィナーレを迎えました。姉ネバダが力に目覚め、現在の夫であるローガンと出会い、多くの危機を乗り越えながらベイラー一族として独立するまでを追ったネバダ三部作から数えると、本書がこの〈Hidden Legacy〉シリーズの六作めになります。

〈Hidden Legacy〉の物語世界のそもそもの始まりは、十九世紀にインフルエンザの治療薬研究の副産物として生まれたと言われる、ある血清でした。この血清が特殊な能力を持つ者を生み、その中でもとりわけ強力なランク上位者たちが権力を持つようになった平行世界、それがベイラー一家が暮らす世界です。

〈Hidden Legacy〉シリーズ第一作の『蒼の略奪者』当時、祖母、母、三姉妹、二人のいとこがお金はないけれど和気あいあいと暮らすベイラー家は、そんなエリート能力者集団が歯牙にもかけない無名の一族でした。けれどもシリーズ三作め『深紅の刻印』の最後で由緒ある名家をしのぐ力が証明されたことで、ベイラー一族はいやおうなく権謀術策渦巻く有力一族の抗争や血清を巡る陰謀の世界に巻き込まれていきます。

本書は、『蒼玉のセイレーン』で家族の家として暮らしていた倉庫を失ったベイラー一家が、意気揚々と新居を見学しに行くシーンで始まります。けれども、なつかしさとユーモアにあふれる導入部はすぐに急展開。『白き刹那』で登場し、陰になり日向《ひなた》になりベイラー家を見守ってきた州の権力者、監督官のライナス・ダンカンが、まさかの昏睡《こんすい》状態で発見されます。頼りになるボスを一時的に失った副監督官のカタリーナは、自分の力にひそむ新たな一面にとまどいながらも、これまで以上の覚悟を持って最愛のアレッサンドロと共に事態に立ち向かっていきます。

〝人の性格というのは不思議だ。五年前、わたしは誰ともぶつからず、人目につかずにこっそり人生を歩むことだけを考えていた。誰かと争うのも、自分に注目が集まるのも耐えられなかった。それなのに今はこうしている〟と本書で本人が語っているとおり、生きているだけで他者を魅了してしまうセイレーンの力を持って生まれたカタリーナにとって、自分が表に出るのは周囲の命に関わる危険な行為でもありました。「不安定で繊細で、もともと暴力が嫌いなカタリーナをどう成長させるかが課題だった」と作者がブログで書いていたように、三部作でのカタリーナの成長や、初回登場時には〝インスタのプリンス〟

だったアレッサンドロの変貌ぶりも、ストーリーの大きな推進力になっていたと感じます。

それにしても、五作分の伏線が重なった複雑な筋立てをこの一冊で見事に着地させただけでなく、単独で読んでもおもしろい一冊に仕上げてしまう作者の力量には感服するほかありません。発売直後のプロモーションを兼ねた作者インタビューで、夫婦デュオのイローナとゴードンは今作の内容について多くの質問に答えており、その中で執筆スタイルについてこう語っています。「二人で一つのパソコンに向かい、一人が口述してもう一人が入力する。書きながら文章を二人で決めていく」「皿洗い中、プール、車の中でいつも話し合っているので、書くときは意見のすり合わせができている。シーンによっては得意なほうがリードする」とのこと。合作がこんなに密な作業だったとは、本当に驚きでした。

さて、ネットでは原書の発売直後から「このために仕事を休んだ」「結局徹夜してイッキ読み」などの読者の感想があふれました。そして、「発売日に次作をせかされる作家がかわいそう」という前置きがありながらも、誰もが熱烈に次のアラベラ三部作を待ち望んでいる様子がありありとうかがえました（当然です）。ゴードンの中ではアラベラシリーズのキャラクターのアイデアやストーリーの方向性はできているとのこと。今作で、アラベラに興味を持つ男性が二人、それとなく触れられていたのはもう皆さんお気づきだと思います。また、カタリーナとアレッサンドロの結婚式については、映画『ゴッドファーザー』のオープニングシーンを想像しているそうです。どんな質問にも二人で手分けして答える様子に、創作に関して主従がまったく存在しないのがとても印象的でした。しばらくはファンタジーの執筆に軸足を移すようですが、今後も二人の創作活動に注目していきたいと思います。

二〇二三年二月

仁嶋いずる

訳者紹介　仁嶋いずる

1966年京都府生まれ。主な訳書に、サラ・モーガン『五番街の小さな奇跡』、ダイアナ・パーマー『雨の迷い子』『涙は風にふかれて』、イローナ・アンドルーズ『蒼玉のセイレーン』『翠玉のトワイライト』『蒼の略奪者』『白き刹那』『深紅の刻印』（以上mirabooks）などがある。

mira

紅玉《こうぎょく》のリフレイン

2023年2月15日発行　第1刷

著　者　イローナ・アンドルーズ

訳　者　仁嶋《にしま》いずる

発行人　鈴木幸辰

発行所　株式会社ハーパーコリンズ・ジャパン
東京都千代田区大手町1-5-1
03-6269-2883（営業）
0570-008091（読者サービス係）

印刷・製本　中央精版印刷株式会社

Printed in Japan
ISBN978-4-596-76743-1